張恨水精品集9

# 秘密谷

（含：秘密谷、銀漢雙星）

典藏新版

張恨水 著

# 張愛玲與張恨水：新文學史上的兩大傳奇

- 張愛玲是新文學史上傳奇性的作家，然而，她在其名著《流言》中，明晃晃地寫道：「我喜歡張恨水」。她甚至連張恨水小說《秦淮世家》《夜深沉》中的小配角都如數家珍；則她對張恨水的優質代表作像《啼笑因緣》《金粉世家》等的喜愛，自不待言。
  後來有評論家說張愛玲是張恨水的「粉絲」，這或許言過其實；但她明示對張恨水的讚佩和投契，確有惺惺相惜之意，畢竟是新文學史上的一段佳話。
- 張愛玲的文風，華麗、濃稠，卻又蒼涼；張恨水的文風，則是華麗、灑落，而又惆悵。名字適成對仗，文風亦恰可互映。由於作品皆以寫情為主，二人均曾被歸為鴛鴦蝴蝶派；事實上，他們的文學成就和境界均遠遠超越了鴛蝴派。二人均以抒寫古典轉型社會的繁華與破落見長，然張愛玲作品往往喻指文明的精美與崩毀，而張恨水作品則涵納了人生的滄桑與頓悟。張愛玲的《傾城之戀》，張恨水的《啼笑因緣》，皆予人以「萬古長空，一朝風月」的感慨。
- 當初，張愛玲的作品抗衡了四十年代整個左翼文壇的巨流；而張恨水的作品牽動了萬千多情讀者的心緒，同被來勢洶洶的左翼作家視為異己和頑敵。
- 但文學品位終究不會泯滅，所以魯迅、林語堂、老舍、冰心等名家衷心揄揚張恨水，正如夏志清、劉紹銘、水晶、張錯等學者熱烈稱頌張愛玲。
- 張愛玲在台港及海外華人圈早已炙手可熱，帶動小說風潮；張恨水卻因種種詭譎莫名的緣故，受到不合理的封禁。如今，本社毅然突破封禁，推出精選的張恨水作品集，以饗喜愛優質小說的廣大讀者，庶免愛書人有遺珠之憾

# 秘密谷

目錄

## 銀漢雙星

# 秘密谷

# 一　秘密谷

在南京建都十年以後的一個春天，天氣依然像年年三月那樣陰黯，雖然人口的增加和政治機關的添設成了個正比例，然而市政的建設也依然不曾達到頂端，一部分的舊式街道還保存著，在陰雨之後，那坎坷不平的石板身上，隨處都是一窪一片的泥糊，舊式的街巷裡，自然也就是舊式的房屋。

這江南的舊式房子，都是四圍黑暗的瓦屋，中間挖一個長寬不及一丈的天井，接受著光線與流通空氣。在陰雨的時間，屋子裡的居人，便感到異樣的煩悶。到了晚上，工作回來，而又疲倦了的人，除了在屋子裡看書而外，是無可排悶，因為出了自己的屋子，便是別人的屋子，天井下的屋簷，又是讓那簷溜水灑得一片潮濕，立腳不得。

這樣受環境苦悶的人當然是不少，而康百川先生便是其中一個。他閉了半作書房、又半作臥室的朝外窗戶，在一盞不甚明亮的電燈光下，攤書在桌上看。

他無精帶彩地揭開了一頁書，卻在書頁裡捽出一張二寸相片來。相片上有個二十附近的少女半身相，鵝蛋臉兒，斜梳著那歪桃式的分髮，長長的睫毛，水汪汪的眼珠，牙齒半露地微笑著。

這是康百川在部裡同事的一個女職員，她到部裡去服務是康百川薦引的，康百川和她有婚約，而且都貧寒，所以一同服務，預備奮鬥著掙些錢來結婚。可是她奮鬥的結果，卻是把愛情淡下來，把婚期延誤下來，康百川也只增加了一些疑慮和悲憤。

這天，他曾約了她散值以後一同去看電影，然而她卻派人送了一封信來，那信上說：

百川先生：

你今天晚上電影院的約會我本當去，但是我今天多辦了一件公文，身體疲倦極了，似乎有些燒熱，實在不能在陰雨天出門了。明天會。

妹李士貞上

在百川看了那相片之後，不覺地在抽屜裡又把那封信拿出來再看了一遍，就對了那相片嘆了一口氣道：「現在你對於我總是這樣冷淡的了。」就畢，扔下了相片和信，自己站起身來，就在屋子裡來回踱著步子。

這樣地走了若干遍，他想起了，她不來，那就算了，我一樣地可以去看電影，於是把一件七成舊的雨衣穿將起來，兩手插在雨衣的假口袋裡，就這樣走到電影院去。

這電影院門口的道路，照實說起來，差不多和他家門口的道路要相隔到一世紀。這裡電光燦爛，柏油路光滑乾淨，一對對的男女，彼此都手臂相挽著，笑嘻嘻地走了進去。百川的這兩隻手無人可挽，也無人挽他，依然插在雨衣的袋裡，就這樣地走了向前。

當他走到票房窗戶外來買票的時候，偶然回頭，卻看到一輛油漆光亮的汽車停在門口，這是認著熟透了的，乃是部裡的公用汽車，常是被項司長坐著的，一定是項司長也來看電影。

自己是極不願和上司見面，去守那規矩的，現在見了面，是畢恭畢敬地行禮，還是不理會呢？

他正在這樣躊躇時，見汽車門開了，果然是項司長下來了，而跟著下來的，卻是一個摩登少女。

這個日子，夾衣還不足以禦寒，那少女所穿的是一件粉紅色的單長旗衫，不過外面罩了一件絲絨大衣，這是在大衣下擺露出來的一截，她正伸了一隻纖纖玉手，扶著項司長下來，那隻手上戴了一隻鑽石戒指，在電光下，那鑽石耀著人的眼睛，射出一道光芒來。

「呵，項司長又娶了這樣漂亮的一位姨太太！」他正如此想著，那個少女卻向司長身後藏了起來。這一來，他看清楚了，那正是未婚妻李士貞女士。好，她和司長一路坐汽車來看電影，怪不得這樣子闊綽漂亮。

那司長似乎也看到了康百川，然而他卻板了面孔，掉頭望著別處，將這位少女緊緊地引著，就走進去了。

他身後有個聽差，已經買了票，在入座的門口等著，代為遞過票去了。康百川站在票房門口，只望了那門發呆，心想：「她說疲倦得要害病，不能陪我，原來卻是這樣一段緣故。她是我的未婚妻，怎麼可以瞞著我來陪司長看電影？我若喊叫起來，讓大家都沒有臉。不過真這樣地做起來，恐怕冒昧一點兒，也許她是不得已而敷衍司長的，我暫且不能發怒，應當問個青紅皂白。」

他想定了之後，也不買票了，就到公事房裡，讓賬房去打一塊玻璃板，上寫：「請李女士外面談話，百川。」

他這樣辦了，便在入場門外，靜靜地站著等候，心裡自是這樣地想：她一定是裝著麻糊，不肯出來的。當然，一個貧寒出身的姑娘，哪裡禁得住上司的勢迫利誘，得了一個機會，我慢慢地勸導她也就是了。

一個人這樣了捉摸著，約有五分鐘之久，李女士果然出來了。她一見百川，板住了臉，首先瞪了眼問他：「你為什麼打玻璃板，找我出來問話？是不是因為我和項司長一路來看電影，你心裡有些不服？」

百川不料她竟先取了質問的態度，這也就有氣了，便道：「這是公眾娛樂場合，我不願和你吵鬧，可是你自己也得想想，你這種行為是對的嗎？」

士貞道：「有什麼不對？交朋友是我個人的自由，我願意和什麼人交朋友，就和什麼人交朋友，你沒有權能干涉我！」說畢，她扭轉身軀，又進場看電影去了。

百川受了這一個重大的刺激，真恨無地縫可鑽，呆站了一會子，冷笑了一聲，就走開了這電影院。走路的時候，心裡也就想著：這是我自取其辱，我一個穿破舊雨衣的人，如何可以和坐汽車送鑽石戒指的人打比，這只有讓開他與她得了，戀愛不是可以強迫的，強迫來了，也沒有什麼趣味。

他自己自寬自解地走著路，好像是十分解脫，然而他走不了幾步路，就要把腳頓上一頓，而且捏了拳頭，也只是捶了另一隻手的手心，自己莫知所之地走了一陣，心裡便又想著：我就這樣很無聊地回去嗎？我若是回去，雨夜淒涼，更會感到無聊，有了，不如到俱樂部去坐坐吧，雖然那裡不過是打桌球、下棋兩件事可以消遣，但是找幾個朋友在一處談天，便可以混去幾個鐘頭的時間，談天談得疲乏了，再回去睡覺，當然是一倒上床去就睡著了。

他覺得這個辦法是非常妥當，於是直向清心俱樂部。

這個清心俱樂部，是南京一部分知識階級分子組織的，其間自不免也有一些政界的人物在內。康百川雖是個小官吏，可是他離開學校不久，依然喜歡和知識分子來往，所以也就時常到清心俱樂部來消遣。

這天晚上，他到俱樂部來時，因為天雨之夜，裡面的人也非常少，四周靜悄悄的，聽不到一些聲響。走過兩進屋子，還看不到什麼人，只兩旁的屋子偶然有一兩盞殘餘未滅的電燈，發出那欲亮不亮的燈光，隔了玻璃，映射到窗子外面來。

他看這樣子，都不像有人，轉過一個長院，才有一陣哈哈之聲，由一帶走廊子下傳了出來。

那裡是個平常的休息室，並沒有什麼娛樂品，平常只幾個大學教授喜歡在那裡掉書袋，除了那些氣味相投的先生們，是不肯光降的。

百川自顧是個後學，雖是認得這幾位先生們，卻談得不大入調，所以也不大加入這個組織，然而今天晚上既然來了，又沒有別的地方可以去排悶，姑且走進屋子去看看這些老先生說些什麼，於是順了走廊，拉開了那房門，伸頭進去探望。

只見靠牆的三張安樂椅上坐著三位先生，其中倒有兩個銜著煙斗。第一個是余侃然博士，他是個生物學家，他穿了博大的學生服，衣袋都盛了東西而下垂，那蓬鬆而枯燥的頭髮中間略帶了幾根白色的在內，這表示著余博士漸入老境了。然而他的精神依然很好，在一張國字臉上配上了一部虬髯，很像是舊小說上所描寫的一位山寨大王。

第二個是歐陽朴博士，他是一位地質學家。他穿了一套深青色的西服，領子是半歪著，一條深藍色的領帶和領子只是虛奪著，猶如一條帶穗子的項圈，將前面黃光燦然的領扣都露了出來。他只是在鼻子下留了一小撮鬍子，他那個有皺紋的瓜子臉也配上一頭亂髮。余博士常是這樣地譏笑他，說他是魔術班的小丑。

第三位是徐彬如先生，他是個詩家。他總是穿了長袍馬褂，垂著到後腦下的長髮。在他的橢圓形臉上架著一副玳瑁大框眼鏡，這更增加了他的幽默。
兩位博士都架了腿，斜銜了煙斗，望著徐先生的面孔，徐彬如笑道：「大王，假使你能賣老命的話，我是願意奉陪的。」
余博士在接到大王尊稱之後，他照例是回他一句外號的，便笑道：「Beautiful，假使你捨得離開了你的太太時，我就捨得我這條老命。」
歐陽博士笑道：「山賊的話，也很幽默。」
余博士道：「小丑，你以後少叫我山賊，不然，我就說你是扒手。」
徐先生笑道：「其實大王也只是名義好聽。」
他三人正這樣開玩笑時，百川站在門口完全聽到，覺得老先生談話也不一定就是速度加時間等於距離的那樣枯燥，便走近了一步，一一地叫著先生，因為余博士和徐詩家都是他的老師，尤其是徐老師，他們是很接近的。
彬如道：「你怎麼有工夫到俱樂部來？」
百川在他下手一張椅子上坐了，身子向後靠著，似乎是表示那樣舒適的樣子，便道：「我是個閒人，怎麼沒有工夫？」
彬如道：「在南京自然有不少的地方可以讓你去度夜生活，自然是閒人更沒有工夫的了。」
百川道：「這樣解釋，那我就無話可說了，剛才徐先生說什麼捨命賣命，我倒不懂，徐先生還不曾加以答覆。」

余博士手握了煙斗，卻將煙斗的嘴子向他指點著道：「你也能拚命捨命嗎？」歐陽朴道：「如果康百川兄願意加入，我們倒是二十四分的歡迎。他是安徽人，或者可給我們做嚮導。」

百川聽了這話，卻是茫然。

彬如微笑道：「百川，貴省不是有個天柱山嗎？據人說，這天柱山的極高峰之下，有個神秘區域，和這個世界是隔絕的。但是那裡面有生物，也許有人類，只是經過千百年之久沒有人進去過，就越來越神秘了。有人說，那山的一方有個千百丈的削壁，削壁之下，是條大河，這河裡曾發現過人的衣服和帽子，這是那山上落下來的。鄉下人便以為是仙物。又有人說那山上有人骨頭落下來，說是山裡有妖魔，把山下的人捉去吃了，吐出骨頭來。這都是些不經之談，我不能相信。據歐陽博士的揣想，那也不過是個較險的山谷，被草木把路塞了，所以沒有人去。可是去年有飛機由那裡經過，發現下面有人類，那些人穿了古代的衣冠。今年上一個月，又有飛機經過，更看到裡面廬舍田園與外邊無二，這卻引起了我們的疑問，他們為什麼不和外間交通？若是野蠻人，這個裡邊不會有生番*的，因為在過去的地志或歷史上，絕沒有人提到這一件事，由疑問便又引起了我們的興趣，我們打算親自去看上一看，到底是些什麼人物。」

百川笑著一拍手，站了起來道：「問別的什麼話我不知道，若問到這個話，那就談到我家門去了。天柱山在潛山境內，我就是潛山人。」

這一說，三位先生們一齊高興起來。

余侃然首先問道：「你當然知道那山上有沒有生物的了，據我揣想，哺乳動物是不多的，爬蟲類或者蔓延。」

歐陽朴道：「那是很顯然的，它是大別山脈，是一個斷塊山，在地質學上……」

彬如笑道：「我們現在還不必做學理上的討論，與其說是在地質學上，不如說是在煙斗上。卓別林先生，你那斗煙沒有火氣在三十分鐘以上了，不該換了嗎？」

歐陽朴笑著換了那斗煙，吸著煙向百川道：「康君，你可以把你所知道的告訴我們一些。」

百川笑道：「若是要像歐陽先生那樣說著，先要在什麼學上去找，我可沒法子去找。」

余侃然道：「當然只要你報告事實。」

百川笑道：「據我們鄉人傳說，那是塊仙地，在周圍幾十里的樹林子裡，有一個四面削壁的高峰，這削壁上，差不多連草也不長一根……」

歐陽朴道：「由地質學上推測，這當然是長石，其面極平滑而……」

彬如皺了眉道：「卓別林先生，我們現在並不上地質學這一堂課，可不可以等康君報告完了，你再做學理上的檢討。」

歐陽朴於是躺在安樂椅上，含笑吸著煙，看了百川，且不說話。

百川道：「這一片石岩雖然不長草木，但是在這上面卻有一個小平原，有十幾畝地大，可以種水田。這種話，當然是沒有理由的，在山的頂端，何從得水？沒有水，當然是不能有田了。但是在高峰的半山腰，小峰圍繞，那裡的確有個深谷，鄉下人的土話，叫作山崖。那個崖裡頭，常是冒出煙來，據土人說，那是仙家煉丹的煙。那是不能成立的一句話，但是這煙卻是事實，許多人看見過的，假使這些谷裡面沒有人類，這煙從何而來？」

余侃然道：「對了，動物是不會利用火的。」

彬如笑道：「這又該搬上生物學了。據我看，這用不著到書本子上去找證據，乃是一件很平常的事，用平常的情理去推測就行了。」

百川道：「若用平常的情理去推測，那是不通的，那裡無人，何以現出許多有人的形跡？那裡有人，何以願在深山大谷裡藏著，永不和外人往來？」

歐陽朴道：「這是很容易解決的一個問題，百聞不如一見，就該我們自己實地考察去了。我們為這事討論了好幾次，今天決定了，我們三個人是基本隊員，再找三四個粗人，我們就組織一個探險隊。那個地方，我們也取了個名字，叫作秘密谷，我們就算是秘密谷探險隊。康君是潛山人，那就好極了，請你寫幾封信回家鄉去，介紹幾個人給我們，做我們的嚮導。」

百川微偏著頭，想了一想，問道：「三位先生決定了去一趟嗎？」

余侃然道：「當然，我們並不是三歲兩歲的小孩子，豈能自己和自己開玩笑？

這裡還有一個待決的問題，就是這位大詩家的夫人。」

歐陽朴銜了煙斗，斜看了徐彬如笑道：「什麼待決的問題，卻是徐夫人？」

侃然道：「小丑，你怎麼總忘不了丑角的口吻，我的話不過是這樣說，意思是徐先生去是想去的，然而他的夫人帶去是不可能的，丟了夫人在南京，又有些捨不得，所以成了問題。」

彬如對他二人的嘲笑只是微笑著，他們二人都不說了，他才道：「二位老先生的夫人都不曾在南京，假使二位老先生覺得這並不算什麼稀奇的話，那麼我也就可以和二位一同去探險了。」

侃然搔著他的虬髯，點了頭笑道：「這兩句話，你很不失掉你那種幽默。」

百川聽了，心裡真覺得有些著急，剛才把這個問題說得有些接近了，老先生又掉起書袋來，把這問題揭了開去，只得站起來道：「假使三位先生決定了去，又需要一個嚮導，那麼，我就毛遂自薦，願來幹這一件差事。」

余侃然也站起來道：「老弟臺，你這話是真嗎？」

百川道：「絕對真。」

侃然笑道：「你不是也看過愛因斯坦的學說嗎？其實應該說相對的真。」

這一說，大家全笑了。

侃然道：「百川，我猜你一定沒有結婚。」

百川笑著點了一點頭。

他又道：「我猜你也沒訂婚。」

百川又點頭。

侃然道：「不但是沒有訂婚，而且沒有愛人。」

彬如笑道：「你不要像江湖賣卦先生一樣看風轉舵，聽了人家的話音，只管追了上前去下那肯定語，你要知道……」

百川道：「不管怎樣，我是願去探這一回險的。我在鄉居時，我家的大門在五十里之外正對了天柱山尖，我一出大門便想著，眼面前就是一個神秘的所在，我哪一天得了機會，非一探這神秘谷不可，這個心願我立下了多少年了，今天相遇，我豈肯平白地放過。」

侃然道：「那麼，你衙門裡的職務呢？」

百川道：「我決定請假，如是請不動假，我就辭職。總而言之，我決定了去。我不但是當個平常的嚮導，在那兒我還有親戚，可以找了他們來幫我們的忙。」

歐陽朴走上前來，握了他的手，緊緊搖撼了一陣，笑道：「我們熱烈地歡迎這位新同志加入。」

百川受了老先生這樣的歡迎，自然也是十分高興，於是在這一握手之間，他就在他這一生的過程中，把最爛漫的一頁開始記錄了。

## 二　探險隊

康百川這晚在俱樂部裡談得很高興，幾位要去探險的先生經過他對家鄉一番詳細的報告，知道要預備什麼東西，也很高興，又約了他，次日仍在這裡會議，決定探險隊的組織，並籌劃探險隊的費用，談到夜深，方始散去。

百川有了這樣一件可以興奮的事情來做，對於電影院那一幕傷心的影子，便不放在心上，次日還照常地到部裡去辦事，晚上到俱樂部來會議時，三位先生都在座了。

徐彬如坐在那沙發椅上，手上捧了一張紙沉吟著，表示出他那滿紙上都是計劃。歐陽、余兩位博士在兩邊椅子上坐，都極力地吸那煙斗，雖然煙斗上燒出來的煙有些熏眼睛，然而他們都不注意，全把眼光射在那紙上，直至百川進來，才把這三個人坐定了的形勢打破了。

徐彬如指著對面的椅子，讓他坐下，笑道：「我昨晚一夜沒睡，擬了一個計劃書，剛才經二位一番斟酌都通過了，現在交給你看看，有什麼可以斟酌的地方沒有。」於是將那張紙交給了百川。

百川接著，坐下細看一番，計劃訂得很周密，大綱就是歐陽博士做隊長，指揮全隊，余博士管理庶務，徐先生管理文書，康先生擔任交際。經費是一千元，由本俱樂部贈送。在南京只帶兩個工人，其餘的工人就地雇用；路線是由南京乘輪船到安慶，由安慶雇小車送行李到山腳，由山腳再改挑夫，槍械、藥品、食物、用物，歸余博士辦；宣傳、請護照由徐先生辦；領錢雇人歸歐陽博士辦。在南京無所謂交際，百川倒成了一個閒人。

他將這計劃書看過了，也十分同意，就問大家哪一天起程。

歐陽朴道：「我們都是要急於知道這秘密谷的人，當然是越快越好，我們決定再有三天的預備就可以動身了。我們這兩位老先生，帶了這兩個煙斗，就沒有可掛累的了，你呢，不也是一個人嗎？」

百川微微笑著點了一點頭。

歐陽朴笑道：「所剩下的，就是我們這位詩家，不知道他的唱別詩作成功了沒有？」

彬如笑道：「不用多說，到了那天動身的時候，我們還在這裡齊集，看看是哪個先到吧。」

余侃然笑道：「詩家的生活，他是不喜歡太平淡的，要有些悲歡離合，才可以增長他的詩興，所以彬如為了陶冶他的文學起見，他應該和他夫人在甜蜜的反面做些功夫。」

彬如笑道：「我們也是老夫老妻了，有什麼甜蜜不甜蜜？」

侃然道：「不過詩家是要女人點綴的。」

彬如笑道：「其實世界上的事，都少不得有女人點綴的。」

侃然突然站了起來，將煙斗拿在手上，指著彬如道：「我反抗你這個定論，我拿事實來證明，譬如我們這回探險的事，就沒有什麼女人的緣故在這邊點綴著。我們四個人，可以取決多數，這話是對不對呢？」

百川聽說，臉上現出了一片苦笑，好在彬如對於這種反抗，卻也沒有什麼議論發生，大家就笑了一陣，也就過去了。

三天的期限是很容易的，在三天的時間，百川也只草草地把各事料理就緒。這天的報紙上，已經把他們到秘密谷去探險的事整個地披露出來，而且載明了他們是於這日上午八時，在清心俱樂部出發。

這個時候的南京市民，除了謀做官而外，也有些人感到科學趣味的，所以在南京的市民增加到一百萬以上，這天到清心俱樂部來和探險隊送別的，也有一百人上下。

這一百人，在大廳裡開了個臨時的歡送會，後來由歐陽博士作答詞。他看了全場並沒有女人，先說了幾句對於秘密谷感想的話，然後又笑道：「在本問題以外，我們四個人曾發生了一個不甚重要的興趣問題，就是徐彬如先生說，現代的事物一切離不開女人，但是我們不相信，現在我們看看今天的事，是不是離開了女人呢？」

於是全場人笑著鼓掌，這掌聲不是贊成歐陽博士的話，原來是徐彬如夫人來了。

歐陽博士舉了他的帽子，在空中搖撼著道：「諸位，你不要說我說錯了，這是徐彬如先生他有心要駁倒我的話，所以把事實來攻擊我。諸位，你想，徐夫人有不給徐先生掙面子的嗎？假使我的夫人在南京，今天她一定阻止徐夫人前來。」

徐彬如在人叢裡很從容地站起來，微笑著答道：「那麼，這件事情由一個女人增加到兩個女人了，現代的事物是能離開女人的嗎？」

歐陽博士真窘了，用手去搔他的虬髯，在一分鐘之間，他忽然得了一個妙策，就用偏師去反攻徐先生，他說：「我們想，秘密谷裡面，也許是部落時代，那裡頭有國王，自然也就有公主，徐先生主張一切離不開女人，讓他到那裡去招贅做駙馬吧，那麼，我的理論雖然失敗了，然而老友與有榮焉啦。」

徐彬如笑著坐下去了，於是全場鼓掌，給歐陽博士一個滿堂彩。在這說笑聲中，探險隊的行李由兩個工人押解著，先運去了下關，隨後四個隊員也就到下關來，當日上午十點鐘，他們搭了上水輪船，向安慶而去。

次日到了安慶，無所謂勾留的，休息大半天，雇了三輛人力小車，推運行李，就向潛山出發。他們四個隊員，兩個工人三個車夫，順著大路步行前進。由這裡到潛山縣城，插上當年解餉銀的驛道，車子很是好走。

由安慶向東北走七十里，轉過一帶小山，已經看到對面白雲堆裡青隱隱地露出一片高山。由這裡看去，那山的下半截斜斜地伸著，上半截有時讓白雲完全掩藏了，有時在雲裡伸出一個尖角來，這個山尖真不同其他的山尖，彷彿像人並伸出小指、無名指、中指，三個指頭的樣子。

百川指著白雲堆裡道：「諸位看看，我們所要尋訪的秘密谷，就在那山尖的後面。」

彬如笑道：「這真是上青天了，雖然看去很高，可是我想著，一定是富有趣味的。」

一說之後，大家走著路，都向了山尖看去。

在路上歇了一日，經過潛山縣城，那山尖就慢慢地變了圓形，變了扁形，面前是一帶大山擁起。

由了康百川的引導，漸漸地走到大山的腳下了。順著大山的腳，有一條干河，河裡一望無際，全是大小鵝卵石，淺淺的清水，由石灘上流過，只管嘩啦作響。河堤上有一個小廟，廟邊搭了兩間茅屋，全坍倒了，並沒有人，看看那廟的橫額乃是「河神廟」三個字。

百川笑道：「糊裡糊塗地走到了目的地了。」

歐陽朴道：「什麼，這是秘密谷嗎？」

百川笑道：「我是說我們的車子到了終點了，河那邊還有幾家鄉店，是做山上人生意的，我們應當過了河，再卸下車子。」

於是大家坐在河堤草皮上，脫了鞋襪，扶了三輛人力車子，在鵝卵石上半推半抬，渡過水去。

過河之後，有一里路的灘河，就上岸了。一叢深深的綠竹林子裡，汪汪地發出幾聲狗叫。大家順了小道前進，露出一排背山面水的人家。

一家門口放了幾個掛麵架子，一家門口堆了一些篾編的竹器，都半掩了門。其中一個店面的人家，雖然是關了門窗，看那架格上空空地只放了一些火柴佛香和紙錠，櫃臺上有一個大瓦缽子裝了鹽，櫃臺頂梁上垂了幾綹麻捆，在櫃壁上有一張成了灰色的紅紙，寫著「端木遺風，百貨俱全」八個字。

彬如看到，首先笑了，他向大家道：「寫這字條的人，意思很幽默。」

百川笑道：「不然，在山上人看來，他們所需要的，這裡都有了，也許是百貨俱全了。」

大家說笑著，就進了這店堂。

這店堂裡放了一張桌子，可沒有板凳，裡面一土磚門下，有個老頭子跨了一條板凳，在牆邊打草鞋。他張望了許久，不敢過來。百川操了家鄉話，告訴他是來逛萬山的，要在這裡借住一宿，請他代找幾個挑夫。老人這才放大了膽，四處找出了幾條板凳給他們坐。在門外捧了一大捆乾茅草，送到旁邊一個灶裡去，掀開灶上的鍋蓋，用一個大葫蘆瓢，在水缸裡舀了幾瓢水進鍋去，接著就蓋了鍋，向灶裡點著一把火。不多會，水沸了。

他在灶頭上取下一個竹筒子，由裡面抓了一撮灰也似的東西，灑到鍋裡，於是提了一把大瓦壺來，將瓢在水裡攪盪幾下，就舀水向壺裡灌。接著，他便帶了三只粗飯碗和那壺一齊送到桌上，原來這是敬客的茶呢。

徐彬如看了，真覺這種生活別有風趣，只是笑，因為他們都如此賞鑑那些小動作，所以事事有味，也就忘了辛苦，當天就在這裡歇了。

次日，由店裡代雇了五名挑夫，代挑著車上的行李物件，三輛小車自回去了，因為這屋後便是山，大家換了短衣，換上布底鞋，結束一番，預備登山。

在未開步之前，百川找了六根細棍子來，南京來的人一個人分得一根。歐陽朴拿了棍子問道：「這是什麼意思呢？」

百川笑道：「暫且不說，將來自有用處。」

於是一行十一個人，就開始上山了。

前面是百川一人先行，後面跟了五個挑子。這五個挑子裡，粗笨的帳篷，精巧的照相匣子，一切都有。兩個工人、三位教授在後相隨。因為這依然是大路，大家並沒有什麼戒備。

余侃然博士掛了一個採集標本的箱子在身上，手上拿了根棍子，東指西捌，很是高興。百川在前面，回轉頭來看到，便笑道：「余先生不要太高興了，回頭會走不動的，不信，請你看前面。」

大家向前看時，兩道斜岩環把中間伸出一個大山峰，那山峰邊有個缺口，似乎人行路在那裡。

百川道：「我們非過了那個山峰，不能歇腿。」

侃然道：「這也不遠呀，有什麼困難呢？」於是大家繼續地向前走，走了一個小小的山峰，侃然有些喘氣，棍子不能東打西搠了。

這裡所經的路，是在半山腰順著山的形勢砌成的階級，始終左是高峰，右是懸崖。看到前面有個高坡，可以不久跨上去，然而偏是山形一轉，要繞了半個圈子過去，或者到了高坡邊，不能向上，反要下降，下降之後，才登那個高坡。在高坡這邊，看到那邊是一層一層的石階路，然而翻過石階時，又有一個高坡在面前頂著，這石階也不過是個名，其實就是在斜坡的石面分了一些層次，那石面就崎嶇不平。有些石板太光滑了，或者石板上又有碎石，簡直站不住腳。余博士不知不覺地用那根棍子當了老人的拐杖使著，走一步，用棍子拄著地上一步。

看看同行的人，除了那五個挑夫而外，不都成了老人了嗎？百川走在眾人的前面，有時跨上那二尺高的石階時，還能借著棍子支持的力量跳上一跳，然而其餘的人差不多是爬了。

這山上都零落地長了一片一片的草皮，疏疏落落的。也有些松樹，有那不大高的松秧長在路邊，常是借它一把力，把人帶上石階去。大家要掙一口氣，非過那山峰不歇腿，累得上氣不接下氣，一陣陣的汗從背上透出。

好容易轉過那山缺口，呵呵，何嘗是山峰，不過是一個山峰下的起點罷了。

歐陽朴博士見余侃然兩臉通紅，笑道：「你採集了多少標本了？老實對你說，這山上的人，過一十年後，也許不知道標本箱子是博士的招牌，你掛那幌子做什麼？」

余侃然喘了氣道：「我不和你說。」他放下了標本箱，在石頭下的草皮上躺著了。

行路的人是不能休歇的，一休歇之後，猶如新婚的男子愛新房一般，總很依戀地捨不得那一片休息之地，好在大家的遊歷期是沒有限制的，多休息一會兒也不算什麼。

歇了兩小時之久方始開步，這樣走一小時歇兩小時地走著，當天只在山上走了二十多里路，遇到一個較為整齊些的山村，不等太陽落山，大家便安歇了。

這山村的所在，是在兩片小峰之下，凹下去一片平地中，蓋了七八戶人家的屋子，屋子後面還靠著山呢。這裡有一家是挑夫的親戚，託挑夫去說明了，這人家借了一間堂屋，一間臥室，做了他們休息的地方。

這主人翁是個五十多歲的漢子，他間日在山上送一回竹器下山去賣，常和鄉鎮上的人見面，他在這裡已經算是文明分子了。他看到先生們是斯文一流，引到堂屋裡坐下，依樣地提出一把瓦壺來。

這瓦壺口上蓋了一個瓦碟子，碟子上盛了不少的稻草灰，那茶碗的質料也進了一步，是瓦質的，不是粗瓷的了。帶來的行李物件，主人對之十二分的小心，都讓人搬進到臥室裡去。

他不敢直接地向來賓說話，只是當了來賓的面和挑夫們說話。山上的太陽落得快，紛亂一陣，天色已經昏黑了。主人翁於是搬了一個破瓦缽子，放在堂屋中間，捧了一堆竹子簍破碎了的粗篾片放在缽子邊，然後點了火，零碎地向缽子裡添著燃燒，挑夫們坐在階沿石上吸旱煙，抽出那燃燒的竹棍來點火。主人翁又捧了一捆長可五尺長篾來，他抽出兩根，在缽子裡點著了一端，將另一端插在黃土牆眼裡。

這黃土牆上正有不少的牆眼，兩根長篾插在堂屋的東西兩壁，那火焰放出來一二寸長，居然照著堂屋裡有些光輝，原來這是當燈亮用的。四個探險隊員，各據了一條木凳，圍了桌子坐著。桌上是一把瓦壺，兩個瓦碗，那壺裡的茶，倒到碗裡看時，正好似兩碗黃黑色的顏料水，滿碗飛著茶葉末子，不必喝，只聞到鼻子裡就有一股子刺鼻子氣味。

徐彬如坐在上方皺了眉道：「我看這屋後有一道清泉，那水想是好的，可惜只對付這種茶葉。」

百川解得這位詩家的意思，便向主人翁攀談，他說姓褚，都叫他老三，百川便向前笑道：「三哥，我們走路辛苦的人，別的罷了，只想一口好茶喝，我們自己帶有茶葉，請你不要用鍋燒水，就把這瓦壺刷乾淨了，燒一壺開水來，我們自己來泡茶。諸事有勞，明天我們多算火錢。」

老三道：「不打緊，水火我們這裡是兩便的。」於是他提著水壺去了。

彬如笑道：「交際的事完了，這該庶務了，可以到網籃子裡去，把茶壺、茶杯、茶葉拿出來。」

余博士兩手伏在桌子上，搖了頭微笑道：「假使叫我馬上得著科學獎金會的獎金，叫我離開這凳子，我也是要謝絕的，我真覺得這舒服極了。黃得全，李炳南，你們去辦一辦。」

這就是他們南京帶來的工友，他們在南京，也到過中山陵，也上過清涼山，以為遊山值不得說一個難字的事，所以欣然應命地擔任了這一次工作，現在走了一天，都後悔著不該來。這時一人得了一張矮凳，靠了黃土牆坐著，也感到無限的甜蜜，聽說叫他起來，真是無限的懊惱。

百川笑道：「我自小還走過兩年山路，對付著比你們都好些，還是讓我來。」說著，他在地上撿起兩根篾片點了，插在牆上，接住了先燒的篾片，又點了一根篾片，當了燭用，照著行路，去取東西去了。

一會兒工夫，褚老三捏了一把篾片引路，百川提了一籃子東西來，計有桌布、筷子、碗、茶具、燭臺、茶筒。

侃然笑道：「多謝，多謝，你全辦了。」

百川鋪上了桌布，點了一支燭，將燭臺放在桌上，立刻這屋子就由原始時代進到了十八世紀。褚老三也就去提了那瓦壺開水來，給他們泡茶。雪白的桌布上，擺著珐瑯瓷的茶具，百川又捧一盒餅乾來放著，大家都有了精神了。

褚老三退後一步，望了他們，覺得他們城裡人太過講究了，喝一杯茶還要費這些事。徐彬如看他有些詫異的神氣，便笑道：「你以為我們太有排場了吧，我們也覺得山上人太會打算盤，怎麼連油燈也不要呢？」

褚老三道：「我們山上人天一黑就睡，要燈無用，這篾片是家裡現成的，不點篾片，倒去買油嗎？」

彬如道：「難道你們不吃晚飯嗎？」

褚老三道：「為了省燈油，不等天黑我們就吃過了，諸位也是要吃飯的了，打多少米，我好去預備。」

百川道：「他們挑夫，一個人要一升米；我們這六個人，至多是三升米，你打八升米吧，我們帶的有鹹菜，你給我們找一兩樣素菜吃就好，要多少錢，我們照算。」

褚老三道：「有芥菜和小青菜，只是沒有油。用鹽煮兩碗來吃，好嗎？」

百川道：「我們帶了臘豬油，你去預備吧，有嫩筍給我們切兩支，我們自己來炒。」

褚老三道：「諸位也吃這個嗎？這是我們辛苦人吃的呀。」

這五位南京來的朋友一齊奇怪起來，南京的紅燒冬筍，恐怕要賣到一元二角錢一碗，我們不吃，倒是辛苦人吃的，這也真是一件神秘而又反常的事了。

# 三 草木皆兵

這實在也不是一件什麼稀奇的事，據這裡的主人褚老三說，到了春季，這山上出的竹筍就和蘿蔔地裡的蘿蔔一樣，遍地都是。這山居的人，以養竹子為第一項職業，竹子養得好，便有碗口粗，賣去很值錢。

要養成這樣粗的竹子，在出筍的時候，就要挑選一番，把細的竹筍拔了，把肥的竹筍留著，因為筍太密了，竹子是不肯長的，所以到了春季，山上人要拔著好些竹筍回來。這竹筍並無別樣用法，只有煮了吃。

山上人是向來不用油下鍋的，只將水來煮著筍片，略微加些鹽花在內，天天吃這個，餐餐吃這個，怎樣地不煩膩？大人為了生活問題，只有勉強地吃。小孩子吃不下去，卻只有哭了。

兩個博士聽了這話卻還罷了，只有這位詩人徐彬如聽著，便發生了一種新的感想，天下無奇珍，物以稀為貴，他心理如此想著，那十個字就脫口而出。

歐陽朴道：「我看天下最能作偽的，莫過於文人，尤其是詩人。以先大家爬山的時候，彬如不曾念著什麼『蜀道之難，難於上青天』，這個時候喝過了茶，吃過了餅乾，才來一唱三嘆。」

彬如笑道：「爬山的時候，我雖沒有詩興，可是我得了一個新感想，假使有電影家在面前，他可以得了一個極好的鏡頭。」

余侃然將煙斗敲著灰，笑問道：「是不是卓別林新尋金記？」

歐陽朴笑道：「對了，有這樣險峻的山景，就更可以襯托出山賊的威風來了。」

百川在一邊聽著，不迭地叫苦，這三位先生有這樣的閒情逸致，直到現在大家還餓著肚子，他們又由談論學理變到互施笑謔了，因道：「山上人是睡得早的，幾乎是太陽不見了就要上床，我們要吃什麼，讓這裡的主人翁趕快給我們做，時間延長了，人家眼睛睜不開，恐怕支持不住。」

為了他這樣說著，三位先生才決定了還是炒筍吃，而他們圍了桌子，還是坐了不肯站起來。百川只好進進出出，料理一切。

忙著吃過了晚飯，大家就上床安歇。山居人家別的沒有，竹篾和茅草是極有富餘的。竹子架的床，上面疊了一尺來高的茅草，一間草屋裡設了兩張竹床，讓四位先生睡著。

大家頭落了枕，感覺到睡這件事比任何事情要舒適甜蜜。就以睡覺而論，生平也不曾有過一晚是像今晚舒服的。大家在厚草上打了兩個翻身，都把腳伸得直直的，以便周身的筋肉舒展，更是舒服些。而這位余博士還微微地「哎喲」了兩聲，這也就是表示著痛快之至的意思。

徐彬如躺著抖文道：「自有睡以來，未有甜睡如今晚者也。」大家笑著鬧著，又有一小時，方才睡定。

大家正矇朧睡穩的時候，忽然人聲大呼，放出那嗚唆嗚唆的聲音，接著狗吠聲、雞叫聲，鬧成一片。歐陽朴博士自以為是機警不過，順手摸了放在床面前的獵槍，走到房門口，就對了外面比著，看看外面。

那草堂外的天井，露出一片星光，其餘都黑沉沉的，余博士在床上拍著蓋被道：「電筒！電筒！」徐彬如也坐在床沿上，兩腳伸到床下亂塗，找他的鞋子。

百川在床上笑道：「不相干，這是山上的豺狗到人家偷雞吃，不關我們的事，大概是這裡的主人翁被我們鬧昏了，忘了關大門，讓豺狗闖進來了。這樣的事，山居人家很多，有時候，老虎乘著大霧跑進人家來拖豬吃，還是白天的事哩。」

說時，聽到褚老三咒罵著，接著又有關大門聲。

有人問道：「拖了雞去了嗎？」

又有人道：「我一棍子把畜生打跑了。」大家聽了這話，才知道果然是鬧豺狗，並非有什麼變故。

余侃然已經摸到了手電筒，放出光來，見歐陽朴博士還夾了獵槍在脅下，笑道：「快睡下吧，躲在房門後放槍打豺狗，讓人家笑話。」

歐陽朴道：「我還夾了槍在房門口等著呢，你只是在床上大叫電筒，若是有什麼變故，你這種態度，豈不糟糕。」

彬如覺得自己的腳底板又黏又濕，大概是踏在地上的緣故，這話說出來了，更是笑話，只好是不作聲了。

大家安睡下了，余博士用電筒一照手錶，便道：「還只是十點鐘，這個時候，野獸便出來了？」

百川道：「在山上本也就是半夜了。」

余侃然道：「豺狗這個名稱，大概是山上人叫的，其實這也是狼之一種，牠不群居，也沒有狼群那樣凶猛，這完全是因為環境的關係，將牠的生活改變了，遠遠看去，和瘦小的狗沒有什麼分別，只是嘴尖，牙長，毛色多棕黃色。」

歐陽朴道：「我在江西南境考察地質的時候，看到有一種野狗，也許和這種豺狗差不多，中國境內很少發現狼群的，你說這是狼之一種，改變了生活，但是我們知道生物改變生活，那不是短時間的事。」

余侃然道：「這有什麼疑問?當然是狼之一種。」

百川正想再安穩地睡著，不料這兩位博士大談其狼之種別，大有相持不下之勢，便笑道：「這個問題很容易解決的，我們在山上設法獵得一頭豺狗，拿來解剖一下，這就可以明白了。主人翁被我們鬧昏了，半夜裡放進豺狗來。若再要鬧，恐怕他頭腦不清楚，更會放進老虎來。」

談到一個虎字，大家多少有些害怕，果然就把談鋒停止了。

大家睡了一覺，醒的時候，卻聽到許多人說話，彷彿是天亮了，但是睜眼看看屋子裡，卻又是黑洞洞的。

余侃然用電筒照著手錶看了，已是六點鐘，因道：「照說這個時候是該天亮的了，何以屋子裡還是這樣子黑？」

百川笑道：「沒有山居過的人，這又是一種新聞，山上下霧的時候，往往是把白天變作黑夜，不點燈就不能看見。主人翁已起來了，我們都起床吧。」

他首先下床點了一支燭，大家陸續地起床。到外面一看，果然是天亮了。只是天空裡昏沉沉的，沒有太陽，沒有星光，也沒有下雨，彷彿這山谷裡是個蒸籠，半空裡不住地冒著蒸氣，那蒸氣裡面也帶有些水分。走到大門外，看看對過的山，都被這蒸氣籠罩了，一些看不出來。

別的地方也是這樣，歐陽朴博士正在大門口觀望，余博士道：「你不帶獵槍就站到大門口來，也不怕危險嗎？昨天百川說了，大霧裡面是出老虎的。」

歐陽朴知道他是打趣，卻也沒有理會，依然在門口呆望著。忽然一種奇怪的呼吸聲，不知在何方發出，只是哼呼作響。對面山溝裡，一陣鈴鐺響，有一樣東西向這邊直衝過來。

這大門外雲霧熏蒸著，一二丈路以外就是昏沉沉的，直等那東西衝到面前來，才看出是兩頭牛。

兩位博士神志混亂著，呆了說不出話，直到看清楚了這兩頭牛，才定了一定神。然而這大門外正橫了一棵老樹，唏唆一聲將樹葉衝動著，又嚇了人一跳。

余侃然笑道：「這個樣子，簡直是草木皆兵啦。」

歐陽朴笑道：「你這才知道草木皆兵啦，我以先看那些外國的探險小說，說到生番吃人，就毛骨悚然，但希望我們的對象秘密谷不要有生番才好。」

二人正在門口就著閒話，只聽到遠遠的一陣人語喧嘩之聲，同時雲霧深處有許多火焰，似乎有人擎著火把前來。

余侃然笑道：「說生番，生番真到了，進去吧。」

恰是彬如由裡面走出來，猛然聽到說生番來了，轉身就向裡面跑，和出來的一個挑夫撞了一個滿懷。

兩個博士起初以為是大家開開玩笑，後來只見那一大群黑影子，隨著大大小小的無數火把直擁到面前來。他兩人嚇了一跳，不敢再站在大門口，也向裡走去，然而那一群黑影，果然不是到別處去的，人聲喧嘩，一直鬧到大門口來。

余侃然問百川道：「這是怎麼回事？他們是些什麼人？山上有……」

百川笑道：「這山上全是和我們一樣的良善好百姓，沒有生番。」說著話，出去一問，回來報告著，大家都笑了，原來這山前山後的居民，傳說著山下來了許多洋鬼子，他們邀合了一大班人前來參觀，這都是四位先生的衣服和他們吃的東西太讓人家注意了。

徐彬如笑道：「我們雖沒有到秘密谷，但是山上這些人情風俗，也就夠我們玩味的了。」

他有了這種意思，那兩位博士也未嘗不是如此想著。因之這些山上人在大門外挨挨蹭蹭地看他們，他們也就對那些山民看得出神。

那些居民看了既不敢前來，望了兩個博士指指點點，只管交頭接耳地說著。後來余侃然在屋子裡拿出獵槍來，預備收拾行李登程，那一群人看到了槍，吶一聲喊，全跑走了。

余侃然對大家道：「這樣看起來，這山上乃是天字第一號的良善百姓，不會有什麼凶惡的集團。」

百川笑道：「這話難說，這個秘密谷的所在，土人叫作萬山尖，提起了萬山尖，他們一樣地和我們抱著神秘的態度。這裡過去三十里，土人叫著道人庵，道人庵的後面，就是鑽不進人的杉木矛竹林子，也就是秘密谷和外面分界的所在。我們與這疑怪疑仙的所在，只差三十里了。好像並沒有神怪的事物，但是你要問這些山民，萬山尖究竟是怎樣一種情形，他們一定更要說出許多八仙漂海一類的故事來，你就更會覺得神秘了。」

大家聽了這話，也就是將信將疑。

吃過了早飯，天色慢慢晴朗。在雲霧裡面，吐出林影山光來。大家督率著挑夫們，又繼續地前進。百川覺得擾了人家一晚上，心裡過意不去，臨別送了一塊錢的房火費。

褚老三生平未曾見過如此大手面的人，喜歡得眉開眼笑，將他們直送過兩個小山頭。由這裡前進，路上就沒有石級可登了，全是在沙地草皮上露出一道較平或光滑些的痕跡，這就算是人行路。

昨日所走的山路，不過是吃力，要在什麼地方站住，就在什麼地方站住，今天所走的，倘若你是站著的話，你的身子得半歪斜著，倘若你是走，就得將身子伸得和斜坡成一平行線。那種難受，尤其是無言語可以形容，因之大家遇到路線平正，可以立足的地方，就要休息一些時候。

行了大半天，僅僅翻過座大山。這山的對面，有一個峰頭，恰是像這邊一樣高，兩山對峙，中間凹下一個深谷去。由這邊看那邊，只見得青隱隱的，樹木岩石都分不出來，向下看時，深谷裡更是昏黑，只覺煙霧彌漫，深不見底。行走的所在，右邊是削壁，左面是懸崖。在上下陡立的山腰，有這樣一道可以插腳的路。

那懸崖下面，泛出一道白光，轟轟的響聲向耳朵裡傳來，那正是崖下的澗水聲。初走的時候，大家還不住地說笑著，互相說地方很險，大家要小心。久而久之，大家只有喘氣的分兒，寂然無語地手扶了山壁，身子歪著向裡，一步一步地向前移挪。

大家心驚肉跳地彎過了這一道山腰，才得了一條較平整些的山路，路邊有一片平地，草皮燒成焦糊色。百川道：「我們在這裡休息休息吧，大概前面的路是更不好走了，這裡有砍柴採藥人燒火打尖的痕跡，就是我們的旅行指南。」大家巴不得這一聲，就紛紛地在草皮上坐下了。

這路邊有這小小的清泉，在山壁的深草流著響下來，到了人坐的地方流成一道小溝。百川道：「由這裡前去，不但是沒有茶棚山店，怕是種山地的人家也很少了。我們可以把燒水壺拿出來，就在這裡燒水吃乾點心，再過去找水喝，恐怕是不能這樣的方便。」於是讓挑夫們拔了許多乾草，就在地上堆著，地上有人家擺著現成的三塊小石頭架著水壺，點了草，塞到壺下燒起水來。

大家圍著火遠遠地席地而坐，當大家正靜靜地坐著，望了火苗，等水開的時候，忽然嘩啦一陣很響亮的聲音，由半空裡傳來。

歐陽朴道：「這是什麼聲音？」

彬如笑道：「你這是笑語了，遊山的人，難道松濤的聲音你都沒有聽說過？」

歐陽朴道：「松濤的聲音我有什麼不知道？只要有松樹的所在，就可以聽見，不用得到這深山裡才聽到。你聽，這聲音遙遙而來，若有若無，並不發生在這附近的松樹上。」

彬如道：「那應該是瀑布聲了，但是這前前後後，並不看到有多大的瀑布。」

百川笑道：「這種瀑布聲也就是這山上的一種神秘之物，但當人心靜止的時候，這聲音就由半空裡傳了過來，可是遊山的人很少看見這瀑布是在什麼地方，我們這回來，必定要找到這個瀑布，響聲如此之大，這個瀑布必定不小。」

歐陽朴道：「這是很顯然的事，這秘密谷若是居住有人，沒有飲水如何安頓得住？我們不能看見秘密谷，自然也就看不見這瀑布了，水在土裡，它和土面上一樣，是要平均的，絕不會像鼓兒詞上的話，半天雲裡，會安上一個天河。」

余侃然笑道：「地質學家的話，那是沒有錯的，我們就決定這瀑布在秘密谷。」

歐陽朴道：「我身上並沒有掛上一個礦物標本採集箱，這不能算是我賣弄。」

余侃然正要用話去駁他，遠遠地看到兩個人，身上累累贅贅，背了許多東西。走了小半日的路，並沒有看到人，現在看到兩個人由前面來，這是可以驚異的事，大家都站了起來看著。

這兩個人走到近前，卻看明白了，乃是兩個採藥的，長的樹枝，短的草莖，紮了一大捆，在背上背著，手上更又提了兩個大籃子，裡面裝著野果子、蛇蛻、草根。

歐陽朴忽然拍手大笑起來，向余侃然道：「Beautiful，你的同志到了。」

大家都笑起來。

余侃然道：「這無所謂……」說時，用手伸到那連鬢鬍子裡去搔著。

那兩個採藥的看到這一大班人，帶了行李網籃，衣冠不像鄉人，也就站著望呆了。徐彬如就問那兩人道：「請問二位，這裡到道人庵還有多少路？」

那個人道：「還有十幾里路。轉過這角，就可以看到了。」

彬如道：「二位常到這裡來的嗎？」

他二人也放了東西，就地坐下，答道：「我們一年有半年在山上找藥材，怎麼不來？」

彬如道：「還有半年呢？」

其中又一個嘆了口氣道：「諸位想想，有法子還要吃這樣的苦嗎？還有半年，我們在外面混飯吃，就是做叫花子頭。」

徐彬如望了余侃然，笑道：「他這幾句話，續在歐陽博士的話以後寫了起來，大可以編入幽默文選。」

歐陽朴和百川都禁不住大笑，把這位余博士臊得面紅耳赤，不住地搔他的連鬢鬍子，這兩個採藥的，倒有些莫名其妙。

徐彬如怕引起這種人的誤會也有些不妙，便問道：「我們說家鄉話，你不懂。我和你打聽一件事，我們在路上走著，一路都聽到響聲，轟隆轟隆不斷，二位是常到這裡來的，一定知道這是什麼響聲。」

他道：「這萬山尖後，有個神仙洞，這是神仙洞裡的仙樂。」

徐彬如笑道：「這是笑話了，仙樂的響聲若果是這樣的，仙樂也就不過如此了。」

那個採藥的正色道：「實在的這是仙樂，各位在遠方來的，哪會知道山上的事情？我們終年在山上走，還有什麼不明白嗎？」

彬如笑道：「仙樂自然是仙樂，我們也不否認。但是這仙樂未免不如凡樂好聽。」

那採藥的又正色道：「我們是凡人，凡人的耳朵怎樣可以聽得懂仙樂？我們修煉成仙了，自然也就好聽了。這並不是仙樂不好聽，是我們沒有聽到仙樂的福氣。」

他如此說著，精神很是奮發，猛然地站了起來，眼望了前面，用手不住地向神仙洞那條路上指著。似乎他這幾句話，是可質諸鬼神無疑的。

彬如道：「二位既是常到山上來的，神仙洞裡的事當然知道的比別人多，請問到了道人庵那個老地方，可以看得見神仙洞裡什麼事情嗎？」

他道：「看見的，我們若是回不了家，住在道人庵的時候，半夜起可以看到兩盞通紅的神燈懸上半空。」

彬如笑道：「我又有點兒疑問了，既是凡人的耳朵聽不到仙樂，何以凡人的眼睛又可以看到神燈呢？」

他答覆得更妙了：「因為我們是凡眼，只看見兩盞紅燈，若是仙眼就可以看到神仙在半天雲裡來來去去了。」

這話在徐詩人又不得不認為是幽默的了。

# 四　不識廬山真面目

那兩個採藥的人如此說著，大家聽了，不由得哄笑一陣。

余侃然道：「這個地方有些神秘，我們已經到了面前了，還是傳著不經的神話。」

歐陽朴用手搔著連鬢鬍子道：「唯其是這樣，所以我們非趕著去揭破這個秘密不可，就要這樣，我們這一行才感著趣味；設若只走到這裡，便已知道了秘密谷裡是一種什麼神秘，那就沒有趣味了。譬如我們猜謎，一口說破，不費一點兒思索，痛快倒是痛快，可是有什麼意思呢？」

那兩個採藥的，看他們這些人行裝不同，也不知道說的是些什麼，覺得這班人倒有些神秘，可以玩味，只是站在一旁，望了他們出神。

歐陽朴道：「我們既是趕著要揭破這秘密，趕快就去，不要多耽誤了。」經了兩個採藥的一番渲染之談，連挑夫僕役們也興奮起來，大家立刻挑挑抬抬，再向前走。

到了這裡，山路當然是更難走。好在那秘密谷的神秘引起了大家的好奇心，因之大家都拚了命，帶爬帶走地向前走。

轉過了一個山峰，遠遠地看到面前一排山頂青隱隱的。余侃然站在一塊石頭上，用手上的棍子向對面一指道：「諸位看，那就是秘密谷的鎖鑰了，我聽人說，在道人庵後面，山路峻險，那還不算奇，最奇的就是有兩個山頭，密密地生長著樹木，沒有法子前進，那些青隱隱的就是樹木了。我們必定要穿過這些樹木，才可以達到我們所期望的秘密谷。」

大家聽著，都不免望了那青隱隱的山頭出神。

歐陽朴走到前面，揮了棍子道：「我們走哇！有在這裡出神的工夫，我們拿來趕路，趕到秘密谷去看一個究竟，那不比這好得多嗎？大家走哇！」於是他揮了棍子，口裡說著，在前面引隊先走。

大家經了無數的險道，已經快到遊人止步的道人庵。在這裡看了面前的山面，已經不長樹木，光禿禿地露出一片一片赭色石塊來，偶然有一兩棵松樹，長不過三四尺，橫或倒的，長在石崖裡。人在崖石下面走著，隨處都是堅硬而又不平的崖石，走起來更覺得是受累。那天空上的太陽，這時也變了淡黃色，曬在這光滑的石板山頭，好像人到了一種死的境界上。

這時，那位喘著氣的徐詩人忽然有些興奮，抬頭回顧，問道：「歐陽博士，我想月球裡的山地，假使沒有生物的話，也像這一樣吧？」

歐陽朴道：「不，據我想，月球不能完全死過去，至少還有蘚類植物，我們用地球的年齡來比例，地球在三十萬年前已有了蘚類植物，月球倒轉過去……」

余侃然不等他說完，搶著道：「無論如何，月球上是沒有生物了，我們在望遠鏡裡可以看到月球裡面是冰雪世界，整個世紀在冰點以下的溫度，怎樣能夠有生物存在？」

在這兩位博士忽然在這種趕路最吃緊的時候，卻談到了月球上面去。一個說上面有生物，一個說上面沒有生物，在兩極端之間，這是沒有法子來折衷兩可的，而且地質學、生物學，都是專家的學問，百川怎好插言？只得望了兩位博士微笑。

徐彬如卻反問百川道：「在這種地方開辯論會是最好不過，除了當事人，並沒有別人來作左右袒的，我們走吧，等這兩位博士去討論出一個結果來。」

還是這種不攔而攔的話，鬧得兩位博士無話可說，才停止了談鋒，更向前走。

在三個山峰夾峙中，中間有個小小的平谷，遠遠地便聽到一種泠泠不斷之聲，送進耳鼓來。在山峰腳下彎曲著一道山溝，在這裡發現水了。

山轉彎的所在，突出了一道流泉，那泉水在高低不平的澗石上撞擊著，就響了起來。有了水，也就有了生物。石溝上面，山嘴子邊，簇擁著一叢野竹子，在竹子裡面，露出一只屋角來。

大家到了這裡，本來都有幾分歡喜，以為找著一個地方歇息來燒水喝了，忽又看到竹子裡的屋角，大家更是如獲至寶，不約而同地一同歡叫起來，齊向竹子叢裡一擁，便看到一所石頭砌牆的矮屋，在迎面牆上挖了兩個圓洞，那就算是廟的象徵，廟門是沒有了，剩了個光門洞，門上也沒有匾額，只牆磚石上有焦炭塗的字，「蹈仁庵」「道人庵」「半山庵」「山神廟」「藥王廟」，大小不等地寫了些廟名。

走進廟去，裡面佛龕佛案一切都沒有，只牆上有個石洞，好像是神位，地上卻鋪了不少的茅草和火燒的痕跡。

歐陽朴站在廟門口，向大家搖著手道：「我們現在到了內外交界所在了，再進去，就沒有了歇腳的所在。我們不要慌亂，就在這裡安營紮寨，休息半天，明天我們吃過了早飯，先去探路，探一節，算一節，看出有路可走，我們大隊人才繼續前去。」

大家對於這種話都很同意，就在廟裡廟外布置起來。

徐彬如拉了百川先走出廟來觀看形勢。這廟後便是個削壁，無路可上。在削壁之下，長了幾棵顛三倒四的大松樹，正掩映著這廟的後牆，石壁左方有一個缺口，石澗是由那裡斜著下來，再看兩方，便是兩道石面大山斜斜的擁抱。

遠看那石崖，都光滑得像油抹了一樣，下面卻窪了下去，是這裡山腳擋住了，這要向前進，除了削壁上那個缺口，並無別路，回頭看看大家的來路時，一迭幾個山頭都在面前，山頭外卻是雲靄蒼茫和天相接，迎面幾陣涼風吹來，真個好像是人在天上了。

彬如沉吟著道：「不識廬山真面目，只緣身在此山中。」

余侃然走了來，拍著他的肩膀道：「這個時候，大家歇著還沒有喘過氣來，你倒有工夫吟詩。」

徐彬如笑道：「在這一隊旅行團中，我是管理宣傳職務的。」

侃然道：「到了這種見不著人毛的地方，要你宣傳什麼？」

彬如笑道：「是呀，我也是如此說呀。」

百川道：「徐先生倒並不是吟詩，我們是走出來看看去路來了。」說著，就向削壁那方面一指道：「你看，那一條溝，就是我們的去路，我們怎樣子走得過去呢？」

侃然看了一看，點點頭道：「當然是難走，但是到了這裡，好走，我們得上前，不好走，我們也得上前，我們把老朴找來，大家先看一看。」

歐陽朴也走來了，他道：「不用得討論，我一到這裡就留意了，我想是我們大意了，遇到那兩個採藥人的時候，我們應當問一聲，這裡前面是否還有路。既然是不曾問得，現在只有自己去尋找，好在那青隱隱的一片山頭，我們已經知道是秘密谷的外層，我們認準了那個山頭走去，總沒有什麼大錯。」

百川道：「錯是沒有錯，倘若削壁那邊是個無底的山凹，我們也一直線地飛過去不成？」

歐陽朴摸著他那瘦削的臉，沉吟道：「這一層我也考慮到了，現在我們揣想著路那邊的情形，都是無益，我們從明天起，開始去做探路的工作。到了那樹林邊，我們還要設計一番，是放火把樹林燒了呢，還是砍樹開路來……」

歐陽博士對了那石壁，拿著煙斗，指指點點地正在盡他領袖的職務，余博士在山澗那邊，忽然拍手大叫起來道：「我勝利了，這裡不是？」

大家聽了，以為余博士是找著什麼去路了，就都趕了上前。

余博士現出他那躊躇得志的神氣，口裡斜銜了煙斗，搓著兩手，在那一叢虬髯裡露出笑容來。

歐陽朴見他兩隻眼睛望在水裡，知道不是找到了出路，他是在生物方面有了收穫了，便道：「水裡有什麼，美男子，你想借水遁到秘密谷去嗎？」

侃然笑道：「你不用說，我這種勝利對於你也許有幾分之幾，有一次我們曾討論到蠑螈這樣東西，好幾個朋友說中國中部沒有，你似乎也贊成他們一說，以為中國中部是沒有的，但是我說中部有的，只是舉不出一個證據來，現在看，那大石下不是兩頭蠑螈？」

百川也擠上前看時，水裡面有一種像鱷魚一類的動物，不到一尺長，小時也看過一次，彷彿土人是叫土龍吧，這也是一件稀鬆的事，余博士倒這樣大驚小怪起來。

歐陽朴倒不以為自己失敗了，還要去想什麼辯論的法子，便對水裡出神道：「這個地方，居然還有這些東西，我們倒真可以處處留心，研究研究它是怎樣地遺傳下來。」

彬如道：「兩位博士，我現在有一個小小的抗議，就是二位要討論小的蠑蟵，大的月球，這都隨便，只有一點，凡是工作加緊的時候，可以不必討論。譬如說，秘密谷裡有了野蠻人，將我們圍住了，預備把我們的腦袋去當烤鴨吃，這個時候，我們只應當想法子怎樣去逃命，不必研究他們是苗族呢？是瑤族呢？或者是猓猓*呢？」

這幾句話駁得余侃然沒話說，只是用手去搔連鬢鬍子。

歐陽朴卻重重地吸著煙斗，噴出兩口煙來，他笑道：「那於你很有益呢，當他們捉住你，要烤著吃的時候，你可以吟兩首淒涼動人的絕命詩呀。」

於是大家都笑起來，百川心裡想著，遇到這樣三位洋醋先生，其酸真不亞於老秀才，自己是個後學，有什麼法子禁止，也只好由他了。

大家站在廟外說笑了一陣，還是歐陽朴記起，他道：「他們已經安排好了吃物，我來找你們進去吃喝的。你看，我這請客的人，連自己要吃飯也都忘了。」大家這才喧笑著，擁到廟裡去。

這時，三間廟裡已草草地打掃乾淨，屋角上有採藥人用石塊支的土灶，已經有挑夫架了枯柴，在那裡燒水。屋子中間，鋪上了草捆，支了行軍床，架起了活腿桌子。兩個聽差已經把鉛筆、日記本、望遠鏡、羅盤種種東西放在桌上。

歐陽朴笑道：「你看這種布置，倒很像一個旅行團的司令部。」

侃然道：「本來就是，說什麼活像。但是有了這種司令部，我們要做出一點兒成績來，才對得住人。若是在這裡這樣鋪張一番，一無所得，我們可沒有面子回南京去了。」

大家說笑之中，有了這樣的警告，不免都鄭重起來。在這天下午，大家就是這樣，喜歡得很興奮，可是想到了明天這一節路之難走，以及走了過去是否可以達到目的，大家又有點兒憂慮。

天色一黑，在整天的疲倦之餘，都安歇了。

次日天色一明，大家都立刻起身，四位旅行家就在廟外竹子邊一面吃喝著東西，一面計劃進行的路線。

大家商議一陣，這探路的工作不必大家走一條路，可以分作兩組，一組就由這削壁的缺口過去，一組由走來的山路繞了回去，看看可有別路通到旁邊的山上去。

議決之下，百川和侃然帶一個挑夫由削壁缺口進去，歐陽朴和彬如帶一個挑夫另去找路，所有其餘的人都在廟裡等候。收拾了一些應用的東西，就分途進行。

百川是個青年，又是本鄉人，便首先向削壁方面走去，將一根長繩索捆在腰上。剩下來幾丈繩索，將挑夫拴在第二位，侃然拴在最後，各背了行囊，拿了繩子，緩緩地向前走。

這個削壁的缺口雖然是很陡，所幸這崖石層層的破裂，成了雜亂不成規矩的階梯，因之手足並用地簡直爬了上去，費了許多的力量，爬過了這石壁，這才達到一個山腰。

這種地方當然是沒有人行路，更也捉摸不定由哪面去有出路，不過百川心裡知道，秘密谷是在西方，因之將羅盤架定了方向，轉著山腰向西去。

這樣走著也挑不出平坦些立足的地方，總是一隻腳高一隻腳低地這樣走著，轉過了一個高山腰，忽然遇到一個平平的山頭，正是隨腳可走的所在。

大家到了這裡，這比買獎券中了獎還要痛快，就揀一塊大石頭，先坐一會。在坐著的時候，雲霧裡的風兜胸吹了過來，讓人說不出那一種舒服。

侃然道：「百川，我想我們所聽到那些傳言，恐怕都是無稽之談，第一種，神仙，我們是斷定沒有了的。第二，野蠻民族，在中國中部向來沒有停留過。這個山上地方究竟不大，那能容留多少人？其三，除此以外的人，哪個不避艱險，到這種深山裡來住家？這三種人都不是，還有什麼人在這裡呢？」

百川笑道：「天地之大，何所不有，我們怎麼說這裡就沒有人經過呢？」

正說著，一陣清風吹來，夾著一陣很清爽的香味。

百川道：「怪了，這高山上哪裡來的這種香味呢？」

侃然將鼻子聳了兩聳，笑道：「不錯，有一種氣味，而且帶了蘭花味。」

百川道：「哦，我想起來了，我鄉居的時候，常託在天柱山下住家的人帶些蘭草給我們，這一定是山上的蘭草花開了。我們一路談談笑笑，心裡不靜，縱有蘭花香，我們也不覺得，現在我們只三個人，這裡空氣新鮮，不帶一點兒雜亂的聲音，心思是很幽靜的，環境也是很幽靜的，所以有這種香氣，我們就很容易聞到了。」

侃然笑道：「也許我們走近了神仙窟，這是仙境裡應有的現象呢。」說著，帶了笑又往前走。

到了這裡，不由得人又奇怪起來，面前一道小谷，沿谷陰好像有暗泉，山地是很潮濕的，在那斜坡上，青蒼一片，全是野蘭，空氣裡面香極了。

侃然道：「這真是空谷幽蘭了。」

百川道：「有我們來賞鑑這蘭花，也許是有生以來的第一次呢。」

三人走下山坡來，不像先前走的山腳是光禿禿的，這裡在石崖峰裡平坦些的地方，已經有一叢一叢的青草在極深的荒草裡雜生著，這不但是無路可行，而且也無地可走，人只在叢草裡鑽。

因為看不到地面去下腳，走得非常小心，也移步得非常之慢，把這種叢草雜生的一段小谷走完，人也實在疲倦，面前又是一方斜斜的石壁。

百川搖了頭道：「要我再爬過石壁，我沒有這種氣力了，這樣子看來，由這裡向前恐怕是不可能。」

侃然手上捧了羅盤，對好了方向，因向百川道：「我們看清楚了，秘密谷在正西，那就非爬過這石壁不可，你聽這風吹木聲，不就在這石壁後面嗎？」

百川道：「縱然是在這石壁後面，余先生今天爬了這些山路，還能上去嗎？」

侃然喘著氣道：「這個我也沒有把握，我們先坐下來吃些東西吧。」於是解下行囊，取出熱水壺和餅乾，坐在石頭塊上吃喝。

那個挑夫老丁，他究竟是山上的土產，卻不像他們這樣的受累，手上捧了一把餅乾，站在當地，四圍顧盼地咀嚼著。

百川問道：「老丁，你們上山的人，也有到過這種地方的嗎？」

老丁搖搖頭道：「我們山上人，都說廟後是神地，不敢來的；再說，廟後一無柴草，二無樹木，跑了來也沒有什麼意思，所以我們總沒有人來過。」

百川吃了些東西下肚去，精神比較得好些，站起來笑道：「我鼓著勇氣，一個人先爬上去看看。」

侃然站起來鼓了掌道：「好，好極了，你能夠上去，我拚了老命也跟著你上去！」

百川道：「據我想也並不難上去，不過，我們已經爬過了許多山路，再又爬這石壁，未免格外吃力，設若我們到了這山腳下，先歇上個一半天，然後一鼓作氣地往上一擁，一定就上去了，我這且試試。」

於是走到石壁下，向上面端詳了一會兒，忽然兩手一拍道：「哎呀，這是驚人的發現！這是驚人的發現！余先生，你來看，這石壁上不是有字跡嗎？一個『大』字，非常之明顯的，這山上是有人到過的呀！而且所談到的，並不是採藥的這一流。」

侃然伸了一個手掌，比齊了眉尖，擋了太陽，向著上面看道：「真的有字跡嗎？我的目力不大好，看不出來。」

百川道：「實在有字跡，那字跡還非常之明顯。」

侃然不由得跳起腳來道：「這真是我們一個莫大的發現，假使歐陽他們並沒有找出路來的話，我們把這個消息報告他，他還未必相信，以為我們是騙他的呢。努力吧，爬了上去看看，究竟有些什麼字跡。」

百川雖是十分的疲倦，現在發現了字跡，這也是尋到了秘密谷的一把鎖鑰，自然也是給予他一種極大的興奮，立刻就鼓了十二分的勇氣，兩手扶了石壁，一層一層地向上爬了上去。

在這石壁的裂縫裡，也有長出草木來的地方，百川在手攀著崖樹的時候，就停止片刻，在石壁四周去摸索，看看可有什麼文字。

等他摸索到那字邊，除了一行小些的字看不出來而外，在石壁上看到的那幾個字現在看出來了，乃是「大明」兩個字在上，「年月」兩個字在下，中間有幾個字模糊的，卻是石壁長的青蘚，把字埋沒起來了。

百川將身上帶來的繩索一端縛在崖樹上，一端縛在身上，然後慢慢地爬到字邊，將青蘚剝去了，這一行都剝完了，對有字的地方一看，原來就石壁上刻了一幢假碑的樣子，中間大書特書的一行字，乃是「大明崇禎二十年三月封」。

百川看畢，不由一拍手大叫起來道：「這裡的秘密我知道了！我知道了！」

他這一拍手，身子又晃動著，一個站立不穩，就由石壁上滾將下來，站在石壁下的余侃然只叫得啊喲一聲。

# 五　年代問題

當余侃然大聲疾呼的時候，康百川由石壁上向下一滾。在余博士料著他這一下損跌，便不摔死也要摔得皮破血出，折腿斷臂。然而人是滾下來了，但是經過了很長久的時候，人還不曾落下地來，原來是他身上背的那根繩子卻拴在樹上，人雖要向地上落，但是絆住了，只懸在半空中。

這一下子，嚇出了余博士一身冷汗之餘，他又哈哈地笑了起來，因道：「你這孩子淘氣，在這種地方還跟我開這樣大的玩笑。」

百川也是嚇得面如土色，兩手一陣亂抓，好容易抓著了石壁上一叢草，這才慢慢地挨著石壁爬了下來。

到了石壁下，長繩的那一端還繫在樹上。他將這頭繩子在身上解下了，喘著氣，定了一定神，拍著胸脯道：「這真不是玩的，原來……」說了這兩個字，他又鼓了掌，哈哈一笑道：「余先生，你猜怎麼著，這石壁上的楷書，清清楚楚地刻著，乃是『大明崇禎二十年三月封』，這樣看起來，這個地方，在明末的時候，一定還有人在這山上來住著，我們對於這個秘密谷的年代問題，首先可以打破了。」

余侃然笑道：「對了，我想大概的情形是如此，不過這些字刻在石壁上，也許來的人只到這裡為止，沒有進到石壁那邊去。」

百川道：「那不見得，因為這石壁上刻的字，末了一個，卻是一個『封』字，必定是有人常到裡邊去，或者有人常出來，到了最後，也許是裡邊的人不想出來，把山封了，也許是山外的人不願意山裡人出來，把山塞封死了。於是這石壁上就有了這一行字了。」

余侃然點了點頭道：「這種推測是很對的，然而也許是什麼官吏到這裡來，仿了封禪之法，在這裡祭天祭地，那麼，這個所謂『封』，就不是「封閉』的『封』了。」

百川道：「這個我們都無討論之必要，好在我們看了這一行字，可以知道在崇禎的時候，這裡一定是有人到過的就是了。我想他們二人所得的結果，未必好似我們二人。現在是什麼時候，我們可以回去了。」

余侃然由身上掏出鐵殼錶來一看，已經是三點鐘了，因道：「我們可以回去了，在我們十分疲倦以後，我們就是再去找材料，也不會找到什麼比這再好的了。」

二人決定了，就督率了挑夫老丁，順著原路走回道人庵來。

直到天色快黑，歐陽朴、徐彬如才喘著氣，走一步跌一步地走回來。

余侃然首先迎著他們道：「成績怎麼樣？」

歐陽朴笑道：「成績很好，假使我們努力進行的話，一定可以回到南京去。」

侃然笑道：「這樣說，你們所尋得的，只有走回去的那一條路了。」

歐陽朴道：「左右兩邊我們都尋找了，山勢下去的極陡，彷彿這裡是個魚背，我們要到魚頭上去，只有順了魚脊梁走，兩邊可下去不得。」

侃然道：「順著脊梁走，就是平坦大道嗎？」

彬如道：「當然，我們沒有找著成績，不能說你們一定要找出成績來。」

侃然用手搔著他的連鬢鬍子，瞅了百川微笑著道：「果不出他們所料。」

歐陽朴將他瘦小的肩膀抬了一抬，然後兩手一撒道：「這也不算什麼，我們為了怕在一路找不出成績來，所以分著兩路進行，你們找著了成績，那是更好。」

百川究竟是個青年，不敢和諸位先生開什麼玩笑，只得先向大家報告今日所找得路線的經過。他說著話時，覺得這種驚人的收穫，很可以自誇一陣，所以說話的時候，臉上笑嘻嘻地帶了笑容。

彬如先也聽得很入神，到了後來，他微笑著連連搖著頭道：「這話有些靠不住，崇禎一共只有十六年，那石壁上怎麼會刻成二十年哩？難道明思宗在景山殉國而後，又跑到這裡來做了四年皇帝不成？」

歐陽朴聽說，得意極了，笑著將手連連拍了兩下道：「撒謊不帶謊架子的人總是不成功，遲早是會露出漏洞來的。」

百川一番得意之餘，卻不料當面讓人家說破了是撒謊。自己果然是撒謊，讓人家說破，那也罷了，然而，這卻實實在在的是親身目睹查出來的事，不料為了一個時間的問題，卻會引出誤會起來了。自己一時說不出這原因何在，急得只把一張臉漲得通紅。

余侃然向他連連搖著手道：「你不用著急，事實勝於雄辯，我們明天一路再到那石壁下去再探望一回，只要看到了那石壁上真正的大字，是『崇禎二十年三月封』，其餘的話我們不必說，縱然是撒謊，好在這謊也不是我們撒的。」說著氣憤地裝了一煙斗煙絲，昂著頭坐在一邊抽。

彬如看了他這番情形，倒也有些相信，就問道：「除那一行字之外，沒有別的嗎？」

侃然噴了一口煙，搖著手道：「什麼話都不用說了，應當如何去研究，我們明天一路出發，到了那石壁下再說。」

歐陽朴看到他氣得連鬢鬍子簇擁起來，也不由得笑了。

到了次日清晨，大家商議了一陣，就當著石壁這地方是一條去路，將帳篷行李分作兩批，一批帶著跟了人走，一批留在廟裡，把兩個人守住，於是慢慢地向石壁下進發。

到了題字的所在，昨天繫在樹上的繩子依然還在，就公推彬如縛了那繩子，爬上石壁，再去看那字跡。他看了下來，果然是「大明崇禎二十年三月封」。

侃然道：「這不是我們撒謊了吧，至於明思宗是不是在這裡復活了，可以查問這塊石頭。」

歐陽朴高舉了頭上的帽子，向他半鞠著躬道：「我們中國唯一的美男子，這個問題不必研究，算我們說錯了，有了去路，我們應當研究進行的第二步辦法才是道理。」

彬如道：「真的，這一行字，我認為這秘密谷裡的人又在故布疑陣了，他在這石壁上愛刻漢朝年號可以，愛刻清朝年號也可以，為什麼卻把明朝亡國後四年的年號刻起來？」

侃然將煙斗在身邊一棵矮松樹上敲著煙灰，笑道：「我又該說話了，我們現在並不請你大詩家做什麼文章考據，這年月都沒有什麼問題。我認為我們瞎碰瞎撞，已經撞到這秘密谷的大門口了，這一個『封』字，是極有意思的，我這不是理想，多少還有點兒事實的根據。你看這個地方只有一小塊鬆土，這裡就長了兩棵松樹，無疑的這是飛來的松子自己長成的，松子被飛禽銜著走的機會很少，因為鳥要破開松球來吃松子仁不容易，松子仁假使是破裂出來了，鳥便可以吃了，不用得帶了走。」

彬如笑道：「我自然不必從事考據學，不過你大談其這樣幼稚的生物學，與我們探險，又有什麼關係？」

侃然道：「我不是談學問，是談一種常識，你想，這松樹若是風吹來的種子，它的母親就不會十分遠，你們靜靜地聽，這石壁之上，那松濤已隱隱可以聽見，必是這石壁上的山頭就是松林了。外面傳言，這秘密谷是讓樹林塞死不能進去的，假使這石壁上是松林開始的所在，那麼這石壁上刻著『二十年三月封』的一行字，就大有意思可尋了，這不是明明地說，在這裡封閉的山路嗎？他可以封閉山路，我們當然可以來打開山路，我們順了這裡前進可以到目的地，還有什麼疑義？而且有了這一行字，我們就也可以知道秘密谷裡絕沒有什麼神怪，只是一種山居的漢族，也決不是什麼野蠻人種。」

侃然這樣說著，大家仔細一想，於理是很講得通。百川道：「既然如此，我們首先一步，就是要看看這石壁上是不是森林了。」

侃然道：「森林是不必看的了，我們在這裡可以猜想到，現在所要知道的，就是這森林之內，是不是還有路可以前進。」

百川道：「那麼，我再上石壁去找路。」

侃然抬頭看了一看，笑道：「難道又是讓你一個人上去嗎？」

百川笑道：「這倒無所謂，我一個人上去也是要爬著走，大家上去也是要爬著走。」

彬如道：「好吧，你就上去吧，你可帶一根極長的繩子上去，假使有我們上去的必要，我們借著你的力量，都要上去了。」

百川決定了上去，更不搭話，腰上繫著繩子的一頭，於是緣著石壁，一步一步地就向石壁上爬著。他知道若是回頭一望的話，必定下臨絕地，會摔下來的，因之他並不回頭看，只管找著有腳可放的所在，一步一步向上面踏著上去。

他一口氣地爬著，居然很平安地就到了石壁上頭，向前一看，不由得他不大吃一驚。原來由這裡前去，一帶微微的巒頭，一叢黑黑森森的叢林，全是樹木，雖然這樹木有高的有矮的，但是高的樹棵棵密集，矮的樹又是和長的蓬蒿荊棘糾纏著一處，簡直看不出平地來，若是要由這裡向前走進，卻萬萬是不可能。

自己對於這個問題不能解決，於是將繩子綁在一棵樹上放下石壁去，向下比作手勢，大叫道：「你們快上來看看。」

下面的人以為石壁上面有了什麼新的發現，應著他的呼聲，首先是歐陽朴他那瘦小的身軀，抓著了繩子向腰上一攔，兩手扶了石壁，一步一步向上爬。且百川在上面拉了繩子，也就借這點力量爬上去了。

挑夫們看到先生們都如此努力，他們不肯示弱，也都各自爬上石壁來。在總動員之下，除了帶來的東西，可以說完全上石壁來了。

歐陽朴看了面前這種形勢，搖著頭道：「這個樣子的山路，如何可以前進？除非是放一把火，把這山頭燒了。」

侃然道：「放火也不行，這些活草活樹在這種春天不容易燒著，而且我們所要知道的秘密若是在這森林裡，我們無端放一把火把它燒掉了，豈不可惜。」

彬如道：「這話說得對的，你看，這山上幾個峰頭，草木都是這樣叢密，我們縱然放火，也不見得火就給我們燒出了一條路。」

百川道：「這個我是有經驗的，每年冬天，鄉下人放火燒山的時候，火勢走的路線極是不規則的，風向哪方面吹，火勢向哪裡走，有時火勢燒得很大，有時只燒著了一小塊地方就熄滅了。」

彬如道：「這個問題，不是三言兩語解決得了的，我的意思把東西吊上石壁來，我們就支著帳篷在這裡住兩天，慢慢兒地再找出路。」

歐陽朴一想道：「也除非是如此。」於是打發兩個挑夫下去，順理東西。兩個挑夫在石壁上放下繩子，將東西吊起來，忙碌了半天，各事清楚。

趁著太陽還倒照著山頂，將帳篷支了起來，於是大家分途去找了些乾木乾草，堆在三架帳篷外點起火來。

天色黑了，只見一鉤新月和一些寥落的星斗，都在頭上放出光亮來，那遠處的星星有的就在山頭上閃爍著，可以映出山頭黑影，周圍一看，什麼聲影都沒有，只是那風由叢林裡穿過，哄哄作響。

待到大家心靜了，微微地可以聽到帳篷附近草裡面有些嘰嘰喳喳的草蟲叫聲。在這種空闊寂寥的環境裡，人的心裡也是一樣的覺得空洞寂寥，正如此寂靜著，在帳篷裡展開鋪蓋，大家躺下，緩緩地入睡。

彬如忽然由地鋪上坐了起來，嘿著一聲道：「你們聽，這是什麼叫聲呀？」

這帳篷裡睡著三位老夫子，侃然在一張橫鋪上吃了一驚，問道：「有什麼聲音？」

彬如道：「好像是野獸叫，你們靜心聽聽。」

歐陽朴也坐起來了，他的手已經觸著了被褥下放的一支獵槍，大家都不作聲，沉默著去聽。

約有兩三分鐘之久的工夫，歐陽朴笑著打了一個哈哈道：「你們不要神經過敏了，這是那邊帳篷裡挑夫們打呼的聲音。」

侃然跟著笑起來，隔壁帳篷裡，百川也笑起來，彬如道：「打呼聲音，我還分辨不出來嗎？剛才我所聽到，實在是一種野獸叫。」

兩位博士也不再和他辯論，已經躺著睡下去了。

過了約有十分鐘之久，彬如又叫起來道：「你們聽！這實在是一種野獸的聲音。」

侃然也在枕上聽見了，坐起來，偏了頭聽著道：「這實在沒有錯，真是獸叫，很像一種狼嚎，但是這種地方，不會有狼。」

正說著，在帳門縫裡，看到那堆火光之外有個黑影子一閃。歐陽朴也看見了，抓著獵槍跳了起來。然而就在這時，帳篷外有人咳嗽了兩聲，聽時，正是百川，一掀帳門，大家笑了起來。

百川走進帳篷來道：「三位先生聽見嗎？山那邊有狗叫。」

侃然道：「是狗叫嗎？聲音怎麼這樣的沉著？」

百川道：「山上的狗，牠們在晚上常提防著大的野獸來襲擊，就會發出這種悲慘的聲音來。再加上山谷的迴響，就會添上這一種沉悶的樣子。」

彬如笑道：「生物學博士，這件事你理想中是不會想到的吧？」

侃然道：「狗的聲音不在生物學上占什麼重要地位的，還是你作一首來紀念它吧。」

四人說著話，都走出帳篷外來。

那狗叫的聲音，已經越叫越近，而且聲音龐雜，決不是一條狗。

彬如道：「這狗來了，又是給予我們的一種引導，我們能夠找得狗的所在，就可以找著秘密谷的所在了。這是很明顯的一個證據，狗是人獸，沒有人家，狗是不會有的。」

侃然道：「我看這狗是對著我們這裡喊叫，因為我們這裡有了火光，又有了人聲，把狗驚動了。」

彬如道：「那麼，我們索性把火燒得大大的，假使狗要叫到身邊來，我們設法捉住一頭，就可以利用牠，引我們進行了。」

侃然道：「這話我倒也相當的贊同。」

於是將旁邊堆好了的乾草，向火上堆著燒起來。這時彎月西斜，山頭上作昏黃之色，一時烈焰飛騰，火光衝入半空，那草裡的雜物被火燒著，霹撲作響，流星四散。果然那狗犬的聲音更加厲害。

但是狗只叫到一個相當的地點，牠就停住了不再進，彬如想捕得一條狗的計畫，卻是不能實行。大家紛亂半夜，並沒有什麼結果，只好打斷了念頭，個個睡覺。

到了次日清晨起來，向狗叫的所在一看，在樹林的西北角，只看到崗巒起伏。在森林箐密之中，並沒有什麼跡象可尋。

百川道：「據昨夜的狗叫，我以為今天可以有些新的發現，現在依然是找不著什麼，未免大失所望。」

侃然道：「不必失望，我覺得，前昨兩日我們所得到的成績很是不錯。至少，我們現在知道應當由這裡向西北進行了。」

百川道：「你看這裡向西北走，樹木更密，怎樣過得去？」

侃然道：「那是另一個問題了，好在我們總是順了這個方向走，一天就是走半里路也不要緊，好在這裡到狗叫的地方，不過兩三里路，我們有一個星期的奮鬥，總可以走到那裡的。」

大家聽了這話，都興奮起來，於是大家飽餐一頓，又留了兩個挑夫，在這裡看守帳篷，大家一同地向西北進行。

他們並沒有路可走，也沒有方向可以分辨，只是由前面一個人架好了指南針，在深草裡向西北角鑽，那草的深廣至少也是高過人頭。

一行人走著，幾乎是前後不能相顧，因之用了一根長繩，將一行六人連貫綁著，縱然有一個失足的，有其餘五個人拉住，也是不妨。

百川帶了一支手槍，架了指南針，在最前方走，第二個是挑夫，三四五是三位先生，最後又是一個挑夫。大家放了膽子，手上拿棍子，分開叢草，探了腳向前走，走了三十步，彬如叫起來道：「慢走，慢走。」大家聽說，便又站住了。

他道：「我們去是好去，回頭轉來，我們當然轉向東南，然而前面兩丈路就不見人，一時到哪裡找我們的大本營去？」

侃然道：「這也考慮得是，那麼，我們叫那兩個守帳篷的挑夫，大大地燒著柴草，我們看見了煙頭，我們就知道大本營在什麼地方了。」於是大家高聲叫著，將兩個挑夫叫來，將辦法告訴了他們。

百川道：「我還有個辦法。我們將身上帶的紙片撕成四五寸見方一塊，走幾十步路，我們就在草頭上插上一片，回來我們順了紙片走，那就走得更快了。」

歐陽朴道：「我們行囊裡，還有包茶葉點心的紅紙，也可以拿來用，遇到有危險的地方，插上一塊紅紙，我們就更安全了。」

大家鼓了掌道：「我們這些法子，越想越完美，就是這樣辦吧。」於是告訴挑夫，取了紅紙來，大家朝了西北方再走過去。

大家走了一二里路，卻聽到水聲淙淙，緩緩地由長草裡邊鑽出來一看，卻是兩峰夾峙，中間一條極深的山澗，因為兩岸都是大樹連雲，映著這山澗裡面，青隱隱的，看去山澗裡水並不深，但是兩岸陡削，並沒有可以插腳的地方，若是一直向前，要由這裡走下山澗，再由山澗裡爬上對岸。這種工作，未免太艱難了。於是這一班行人，站在這山澗上面，都愣住了。

# 六 真有神仙？

這一群探險的人，站在山澗的岸上，呆著望了去路，許久許久，沒有人可以想出一個渡山澗的法子來。

康百川便喊起來道：「我們另找別路吧，難道大家站在這裡發呆，就會呆出什麼辦法來不成？要不然，我們這樣站著，是徒然耗費時間。」

余侃然博士道：「這話卻是真的。我的意見，水由上向下，我們沿著岸順流而下，必然有個較為平坦些的地方，然後就在那裡渡過去。」

徐彬如在四圍顧盼了一周，昂了頭微微一笑道：「你說的話，那是當然的，順流而下，或者是皖河兩岸，或者揚子江邊，甚至順流回到南京。難道我們還找不出一個渡過對岸的法子嗎？」

侃然口裡銜的煙斗，裡面並沒有熱的煙絲，然而他還是很有味地銜著，向徐彬如微笑著道：「這並不是作詩，是那樣渺茫的。這一道山澗，決不能在十里以外還是這樣兩岸削陡，我們只要有下腳的地方，就可以走過去，並不希望像平原一樣平，坐著橡皮人力車子過去，有什麼找不著？」

歐陽朴搔著他那尖瘦的臉現出躊躇的樣子來，正色道：「可惜這個地方沒有茶館。」

百川不知道他的用意，便問道：「這裡沒有人到，哪來的茶館？」

歐陽朴道：「就是如此可惜呀，假使這裡有一家茶館，可以讓兩位大教授大講其理，我們都走累了，趁此也可以歇息一番。」

大家聽著哈哈一笑，到底是依了侃然的話，到下流頭去找出路。

找了三五里路，雖然有幾處較為平坦的，但是山那邊，卻依然是很陡，百川道：「我以為我們不能再向前走了，那石壁上的字，明明告訴了我們那裡是大門，我們只管離開了那路線走，那是背道而行，絕不會找出路來的。」

侃然點點頭道：「這話卻也有理，然而那條山澗擋住，並無路可通，你瞧怎麼辦呢？而且這一帶地方，連一個安帳篷的地方都沒有，還不許我們在這裡待久呢。」

百川道：「不管了，我們把草弄平了，就在這裡架上帳篷，開始慢慢地找出路。一兩天之內，能把去路找出也未可知。」

大家若是這樣順流而下地去找路，當真不知道會走到什麼地方去，就依了百川的主張，在附近的平坦所在，拔除了亂草，設起帳篷來。大家把這裡做了根據地，就在附近的地方分了許多處向山澗內去找渡水的路。

當天是並無所得，次日上午，一個挑夫卻在山澗裡撿到一把塗滿了鐵鏽的斧頭，便是那斧頭的木柄也依然在上面。他不見得這東西有多麼重要，帶了回來，給先生們看。

侃然看到，如獲至寶，便鼓了掌道：「這是無疑地告訴我們，這裡有路徑可尋，而且是有人到過這裡的了。這個斧頭發現的地方很是重要，我們立刻去研究研究。」

大家都覺著這話是對的，叫那挑夫引路，在岸上垂下幾根粗繩子到山澗裡去。大家抓著繩子，走到澗無水的沙石所在，一步一步地溯流而上，約莫走了一里路，那個挑夫指著地下說：「斧頭就是在這裡撿到的。」

侃然看時，乃是在澗岸的一個石槽裡面，所以這斧頭不會為沙土所埋，卻也不會為流水所沖走。

當時大家對了這石槽團團圍定，就來加以研究，這裡何以會有一把斧頭？這斧頭是什麼時候留下？研究了許久，都沒有什麼結果。

侃然道：「我可以斷定，斧子落在這裡雖然是偶然的，可是帶斧頭前來的人，決不是偶然的。所以根據了這一點，我想在這斧頭以外，也許還有別的東西，我們可以找一找。」

大家聽了這話，都覺得有理，於是大家分頭來找。這一找之下，大家又未免神經過敏，有的撿著異樣的石頭，有的撿著腐朽的木片，都以為是以前的人留下來的，這都毫無用處。

後來，歐陽在這石槽對過的崖岸下，對了一塊石頭仔細檢查，突然將頭上的帽子取下，向空中連連展招著道：「大家快來看呀，秘密谷的大門，我已經尋著了！」

大家聽了這話，一擁圍上前來。

原來這裡有一道小小的橫澗，被土和大石塊來塞了下半截，有一種細微的泉水，還在大石上點滴著。最可注意的，大石前方有一排腐朽的木樁，在沙崖浮面還露出有參差不齊的一些樁頭，長的有一二尺，短的也有幾寸，這分明是為了支住這一塊大石頭而設下的。

侃然拍手道：「這實在是我們目標的大關鍵，據我想，這石頭底下，必然是一個洞，這石頭放在這裡，正好把洞門封了。我們要到秘密谷去，非把這塊大石頭挖起來不可。要不然，把這塊大石頭放在這裡，用木樁來抓住，這是什麼用意呢？」

徐彬如站在一邊，淡淡地道：「慢來慢來，我們不要希望放得太濃厚了，第一，這石頭是不是人放在這裡的，已經無法證明，就算是有人特意放在這裡的，若說是洞外人封閉的，洞裡的人未必肯答應。若說是洞裡人封閉的，請問封洞的人，他自己又怎樣回家去？」

這一句話，倒把大家提醒了，又議論起來。

歐陽朴道：「什麼都不說了，我們找些人來，把這石頭挖開，大事就可以明白，縱然這石底下不是石洞，然而這裡釘了一排木樁，總是有意思的，我們就是這樣辦，找人來把這石頭挖起來就是了。」

他這種提議，大家都是贊同，就派人回道人庵去，將所有的東西掃數搬到石壁下。石壁上下，只留兩個挑夫看守帳篷，其餘的人掃數到這澗裡來挖這石頭，四位先生們也是終日在幫著挖掘。

只有一天半的工夫，這一塊大石頭居然挖掘動了，大家用繩子前面拉扯，用木槓在後面扛撬，把那大石移開了兩三尺路，卻看到大石後面，有許多大小石塊互相砌攏，一點兒縫沒有，天生的哪有這樣混成，一定是人做的。

由這一點上，更鼓勵著大家的勇氣不少，於是大家拿著鍬鋤斧鑿，又繼續地來挖掘。這石塊雖是砌得結實，然則究竟不像大塊石頭那樣的難搬動，所以大家猛力挖掘一陣，不消半天，已經發現這石塊砌的後方空虛著，成了一個洞。

歐陽朴看到，又是鼓掌跳了起來，笑道：「如何？如何？我所料的，現在是完全實現了，這不是一個洞嗎？」說著，他走上前來，就打算一腳踏進洞去。

徐彬如一伸手在後面拉著他的衣服，笑著叫道：「老朴，你這回又太不慎重了，這洞剛剛掏出來，知道裡面有沒有危險，你冒冒失失向洞裡一鑽，設若出了危險，那可是我們一個大損失。」

歐陽朴笑道：「我們是來幹什麼的，不是來探險的嗎？既有險，就當探。」說著，他撈了一把鋤子在手，伸到洞裡去，就掏了幾下，果然是很空虛，挑夫們站在洞門口，只伸了鋤子，到洞裡去掏碎土，都不肯走進去。

歐陽朴道：「當然的，這洞既然封塞了，一定有秘密在裡面，我決計馬上進洞去看看，有哪位願隨我去的？」

余侃然道：「當然我們都去，假如在洞裡出了危險，我們還帶著兩個聽差，他們可以給我們辦善後啦。」

徐彬如笑道：「我們若是在洞裡有了危險，那是連殯殮和下葬一次都辦了，這是最乾淨痛快不過的事，還有什麼善後要別人來代辦的呢？」

大家聽了，哈哈一笑。他們將帶的電筒、指南針、手槍，各在身上裝好，歐陽朴首先一個鑽進洞去，這洞口斜斜的，約莫有三尺高，平常長度的人，彎了腰正好走了進去。後面侃然、百川、彬如三人，也隨在他身後緊跟了進去。

四個人一齊放著手電筒，卻也照得洞裡很是光亮。只見洞壁四周，都是堅硬的石殼，磋砑不齊，像是始終未經過人類的斧鑿，還保留著原始時代山崖裂縫或泉水沖刷的原來形狀。

洞是個長而窄的樣子，剛好走過人，走了四五十步，只覺層層向上，忽然開闊起來，大家用電筒四處照耀，見石洞壁縫上釘有一塊木板，正方約一尺多，平面光滑，彬如首先叫起來道：「有人類進來過了，而且是文明人類。你看，這木板上面隱隱約約有些墨跡，不是文字嗎！」

同時，侃然也叫起來了，他在腳下發現了一截不上一尺長的火炬。這火炬是竹篾扭成的，與山外面人用的無二。那火炬頭上，還有燒糊的痕跡，大家拿著觀玩一陣。這可以決定，最近還有人到洞裡來過的了。

百川道：「這樣看起來，這洞的那一頭，一定是通著山那邊的了，我們趕快上前去找。」於是他一個人首先照耀著電筒，摸索而上。

這洞時而寬時而窄，大家在洞裡走著，也不知摸索了多遠，轉折了一個小彎，忽然一道白光由頭上射了進來，正是一個桌面大的洞口。洞口上略略垂了幾條古藤臨風搖曳著，卻還不擋住這裡的光線，一見之下，大家又是歡喜一陣，好在這洞口是斜斜向上的，卻不難上去。大家放大了步子，爬著上去。

彬如叫道：「百川，小心一點兒，不知道洞外是什麼情形。」然而他這句話已是來不及阻止他的腳步，在這句說完，他已經到了洞口了。

三人緊隨著後面，走出洞來，睜目看時，大家都啊喲一聲，好像大吃一驚。面前是個向下的小斜玻，這洞眼就在斜坡的中間，迎面峰巒陡起，重重疊疊地長著松杉大竹。這斜坡上雖然也長著很長的雜草，然而已不是那樣蓬蓬亂亂的，似乎已經由樵夫收拾過了。

大家在草上席地而坐，只見那面前的山頭，迤邐向兩方圍繞而去，似乎包抄著一種什麼地方。

侃然指著前面道：「我們希望到的目的地就在前面了，這裡去，大概沒有什麼困難，就只要穿過這叢密的樹林子。」

這個時候，各人臉上已沒有了驚慌之色，卻是笑嘻嘻地望了前面。百川站起來，手上拿了帽子，向前揮著道：「我們走呀！」

侃然站起來搖著手道：「別忙，到了這裡，我們不能不加以慎重了。你想，這秘密谷裡，我們雖然斷定了有一種人類，究竟是哪一類的人，我們不得而知，萬一他不以同類的人來看待我們，那是很危險的事，今天已經是兩點多鐘了，我們是否能穿過那叢密的樹林已是不得而知，就讓我們穿過了那樹林，今天也來不及回帳篷，難道我們就露天席地，睡上一晚嗎？」

大家商議了一陣子，覺得侃然的話說得很對，就主張由洞裡回去。百川聽說，一人不能違抗眾議，只得勉強隨著眾人，由原洞回去。

到了山洞裡，那些挑夫們一擁上前，圍著大家搶著相問，有的道：「先生，上面有什麼？你們看見神仙嗎？」

侃然笑道：「什麼也沒有，但是裡面的山頭比外面清秀得多，真個是另一世界。」

挑夫們就道：「我們凡人怎樣的看得到神仙呢？」

侃然一行人笑著到帳篷裡去，又開了一次會議，把各事都決定了，就對挑夫們說：「我們現在已經找到了山洞裡面的地方了，洞外用不著要人守候，在這裡的人一律都要進洞去。」

挑夫們有願進去的，也有不願進去的，侃然就笑著向他們道：「你們怕什麼，就算你們說得對了，那洞裡是神仙，見了神仙，你們也可以做神仙，我們同修個長生不老，那不是很好的事嗎？」

大家聽說，也覺有理。侃然看這些人猶豫的樣子，還怕他們去心不堅，就許著大家進洞去以後，每人每日增加一倍的工錢。原來是三角錢一天，到了洞以後，就改為六角錢一天。還是重賞之下必有勇夫的那一句話是極合道理的，果然這個賞格發出之後，所有的挑夫們都願意進去。

到了次日清晨，趁著天色拂曉，大家就進洞，向山頭上進發。出了洞口，大家為謹慎起見，就把帳篷架在洞口斜坡上，然後留著挑夫聽差們守著帳篷。四位先生們就帶了應用的東西，下了山坡向對面峰頭進發。

這時，山上彌漫著宿霧，那叢樹林子只是隱隱約約的，讓煙霧籠罩著，樹林以外是些什麼都看不出來。

走到那樹林子邊，發現樹木叢密，緊的地方，幾乎兩個人不能並肩而過。樹林裡面還有一股毒氣觸鼻，樹林本來是陰森森的，不容易看到前面，再加上煙霧一鎖，簡直成了黑夜一般，所以四人都靜悄悄地向前走著，縱然有話說，也把聲音極力放低著，以免為人聽到。

他們走著，又走著，在煙霧裡走出樹林子，面前隱約中是一片空闊之地，歐陽朴警戒著大家道：「我們道路不熟，情形不明，不知道前面是一種什麼地方，你看，樹杪上已經有了一團紅影子，正是太陽快出來了，我們且在這樹林邊稍微等候，讓太陽出來，煙霧散了，看清楚了前面是些什麼。」

於是四人席地而坐，將帶來的乾點心就地分派著吃起來，大家談談笑笑，也忘了什麼危險。

大家將東西吃完，百川回頭看著，首先又哎喲了一聲，大家同看時，煙霧全散了，一片陽光照著目前，現出了一帶平谷。谷裡依著小山崗子，重重疊疊的大小田地，種的晚麥正綠油油的，長有一二尺高，被晨風吹著，掀起了一層層的綠色波浪。在谷口擁出一叢瘦竹子，在竹子裡更冒出一道青煙，直上雲霄，看那煙的形勢，和平原上鄉村人家煙囪裡出來的煙並無二致。

彬如首先搔著頭髮，表示他那躊躇滿志的情形來，因道：「這豈不儼然一篇《桃花源記》不用說，那竹林子裡面，就有人家。據我看來，這山上一定是馴良百姓，我們前去，不會有一點兒危險的。」說著，他只是笑。

歐陽朴且不說話，袋了一煙斗煙絲，擦著火柴點著了，深深地吸了兩口，背了兩手，向那叢竹子只管出神。

侃然聳了雙肩笑道：「現在你可以發言了，這裡有沒有生物哩？你在想什麼？」

歐陽朴笑道：「若是這裡面有人的話，用得著你做開路先鋒，因為你那髯可以引誘他們，讓他們知道你是一位同志。」

侃然手揪了腮上一撮鬍子道：「你以為這山上人都是山賊？」

於是大家都笑了。

百川笑道：「三位先生是無論到什麼嚴重時候都能開玩笑的，假使……呵呵，你看，發現了人家。」說著，他手向前一指，大家順了他手指的所在看去，果然在那叢竹子林，有一只屋角，風吹過來將竹梢子閃動著，便將一只茅草捲的屋角顯露得非常清楚。

他手指著，兩隻腳已經下了山坡，向那叢竹子走去。

侃然跑下坡來，一把將他拉住，低聲道：「村屋是發現了，究竟是哪樣一種村人還不知道，我們可以走到對面小崗子上去，先向那個村子看看，若出來的人是一種善類，我們上前答話。如其不然，我們再作計較*。」

歐陽朴、徐彬如也跟了下來，都說我們不知底細，不要和這裡的人突然接近，於是四個人繞了這片麥田，走上那山崗子。這山崗上種的竹子，正茂密得一個人的身體不能直穿進去，恰好將四個人身體來掩蔽著。

大家由竹葉縫子裡向外一看，東升的太陽高高地照著，迎面幾百棵桑樹和柘樹擋住了一片麥壟，在麥壟和桑林交界的所在，有一二十幢茅屋，與這裡竹林的距離，約莫有二里之遙，所以那村子裡是何種人，一時卻看不出來。不過可以得個證明，這裡的居人一定是熟食的，和外面人無二，因為屋頂上有好幾處冒著炊煙，大概是在做飯吃呢。

百川低聲道：「現在我們可以不必顧慮什麼，一直前去看看了。只看那茅屋蓋得那樣整齊，就比我們在山路上見的山農房子還要進步得多，我相信這是和外面文明分開不久的人民。」

歐陽朴吸著冷煙斗，躊躇了一會子道：「我的意思，最好是讓他們首先發現我們。既是大家都忍耐不住，我們可以先到山角邊那一所單獨的茅屋裡去探訪一下，萬一有什麼危險，一所茅屋裡不會有多少人，我們總可以抵擋一下。」

侃然道：「這話卻是有理，就是沒有什麼危險，我們先在那裡打聽清楚了，再進人家的村子，也免得臨時有什麼張惶的樣子。」

他們在竹林子裡，開了一個臨時會議，就決定了向山角上那一所茅屋進發。大家走出竹林子，順了山崗向前走去，到了山崗子頭上，已經將竹林下的茅屋看得清楚，接著也就看到了三個人。

這三個人，一個有鬍子，一個卻是十餘歲的青年，都是道家裝束，大袖飄然。此外有個婦人，穿了對襟大領上衣，下繫長裙，又是一個圖畫上的古人一樣。這莫非像鄉下人所說的，這裡真有神仙了？

# 七 世外桃源

在大家看到這幾個神仙人物的時候，都是大吃一驚。說來卻也奇怪，那幾個神仙也是大大地怕人，掉轉身軀，就向後跑，只有那個臉上垂著三綹長鬚的人，他不像那兩個人害怕，向屋子裡跑了進去之後，接著發去了第二個感想，好像說，這事已經發現了，跑也無益，於是突然地站住了腳，回頭向這邊看來。他手扶了門，兀自半隱著身體，只覺進退不得。

康百川究竟是個青年，做事不能十分忍耐，遠遠地就向他們舉了一下手道：「喂，那位先生，你們是人嗎？」

他匆匆地說了這句話，倒無所謂，與他同來的三位先生，都禁不住要笑了出來，既然叫人作老先生，怎麼又好問人是不是人？

那個神仙似的老者，聽了此話之後，卻減去了幾分驚疑，停了一停，他將身子完全露出，整了一整衣的大領，然後兩手捧著大袖，向來人一拱到地地道：「各位是從哪裡來的？我是此地的居民，此位何以問我是不是人？」

大家聽他說話，是河南的口音，一切舉動與眾人無異，而且說話也很有步驟，決不是個野蠻人的口吻，在這種種方面去觀察，他完全是個同種族同文化的人類，不但不是神仙，也不是什麼野蠻民族，簡直是個與自己一樣的人。這大可不必害怕了，於是大家放下手上的槍支，慢慢地走到那人家的家門口。

首先是徐彬如放出笑容來，向那老人一點頭道：「老人家，我們是南京來的遊歷團，聽說這天柱山裡面，有一團人民居住，特地不避艱險，跑到這山的裡面來看一看究竟。」

那老者聽說，摸了摸鬍子，然後向許多人面上身上都看了一遍，這才問道：「諸位都是南京來的？」

彬如道：「對了，都是南京來的。」

老者道：「南京現在是什麼人駐守？」

彬如道：「南京現在是國都，並不是什麼人駐守的地方。」

那老者有一種很吃驚的樣子，啊呀了一聲問道：「南京現在是首都，難道清人現在也在南京建都嗎？」

彬如想著頓了一頓，才笑著一點頭道：「是的，你老人家要問我們的話，那可以不必忙，讓我來從從容容地答覆你。只是我們入境問俗，應當先明白這山裡的情形，假如這山裡是不能停留的話，我們就不必多猶豫了。」

余侃然聽他如此說著，心裡先吃一驚，怎好和人家說這種話？假使人家說，不錯，這裡是不能停留的，我們豈不要掉轉身就走，於是將眼向彬如望著。

彬如一點兒也不理會，依然向那老者道：「請問老先生貴姓，何以操河南口音？這山裡頭和外界不通，有多少年了？這山裡面人民的生活如何？」

老者道：「敝人姓冉，原是河南人，只因崇禎年間，祖先躲避流寇之亂，和許多難民逃避到此。」

大家聽到這裡，不等他說完，不約而同地啊喲了一聲。

歐陽朴搶上前一步，就向那個老者道：「請問老丈臺甫。」

他笑道：「賤字一樵，轉問貴姓？」

話說到這裡，彼此之間就減了不少的誤會，說話就更可率直了。

歐陽朴代表大家把姓名簡單地說了一說，冉一樵細觀各人，並不帶著什麼惡意，這就向大家一拱手道：「諸位既是遠道來的，且先請到茅舍小坐，有話慢慢地敘談。」

大家巴不得一聲，也不再有什麼謙讓，跟隨著他身後，一路走進屋子來。

百川看時，這屋子大致雖也是和外面差不多，然而所用的材料卻是不同。現成的樹料，並不加以刨砍，就連著樹皮，做了直柱和椽子，再用整個的竹筒搭了屋架，就在上面蓋著茅草，這就算是瓦。四壁就是些黃土牆，抹得光光的，卻在牆中間挖一個長方的窟窿，用木板子支著，當了房門。挖一個四方的窟窿，用板條子做了直格欄，當是窗戶。屋子裡雖也放了桌椅板凳，然而都是用原來樹枝木料做的，僅僅是平面刨刷光了，便於使用。這雖樣樣簡陋，卻另有一種古樸之氣。

冉一樵待大家安頓坐下了，然後叫著那個小孩子，拿出瓦器、茶壺、茶碗來，斟茶享客。

百川首先是忍不住了，就點頭向冉一樵道：「現在我們可以動問老先生一番，這山上到底是怎樣的情形嗎？」

冉一樵道：「諸位遠來，老漢本當奉告，但是這山上一切大事，都要呈明村正，然後由村正斟酌是否要呈明里正才能奉告。這山上有二百多年未曾有山外的人進來，今天突然有諸位光臨，當然是一件極大的事，應當如何款待，老漢做不了主，還容我稟明了村正，等候里正定奪。」

余侃然口裡銜了煙斗，陣陣的青煙繞著雲頭，由他那部虬髯邊慢慢地升了上去，靜靜地聽著，聽完了冉一樵所說，就向歐陽朴笑道：「你聽見沒有，這完全是一種封建時代的遺形，我們要看封建時代的民族性究竟是怎麼樣的，可以到這裡來搜尋了。」

余侃然連搖著兩下頭道：「不然，他們避亂而來，是在一種特殊的情形之下組織一個新的社會，以經營他們適合環境的共同生活。在這裡面，我們可以知道農工……」

彬如微笑著，望了這兩位博士，歐陽朴首先有些省悟，問話剛問得有些頭緒出來，怎好自己先抬槓起來？於是和余侃然一支煙斗朝左，一支煙斗朝右相對著，只管去噴青煙。冉一樵向四個人望著，也覺得他們的言語行動都有些奇怪。

彬如究竟是個學文學的，早知道他納罕*不讓於來探險的同志，便向他拱了兩拱手道：「老先生既然就是遇事都要先通知村正，我們也不能讓你為難，就請你引我們一路去見村正。我們到了這裡，既是可以停留的，當然願意知道一個究竟，遲早總是要煩勞你老人家一趟的。」

冉一樵聽了這話，只管摸著他的鬍子，大袖飄然的，另一隻手垂了下去，看去倒真有些畫意。

彬如心裡想著，真不料在現代出世，竟會倒轉活過去，可以看到二三百年前的古人，臉上不期突然冒出笑容來。

冉一樵又以為是笑他疑心過甚，山中人未免小器，便道：「那也好，就請各位隨我來。」於是他引了眾人出門，順著大路走。

他們首先看到，新引為奇怪的，就是一棵垂楊樹下拴著一頭老牛，老牛尾後，又隨著一頭小牛。山上有了垂楊，已經覺得奇怪，垂楊下又有兩頭牛，這更奇怪。到山上來的大路，人都要爬著石壁才能夠上來，牛這樣蠢笨的東西，牠怎樣能夠上來呢？

大家正在奇怪著的時候，卻看到一隻母豬，帶了一群小豬，在麥田旁邊深草裡面鑽了出來。這更可見得山上的居民對於農林牧畜，都是有組織的辦法，卻不可以把這山上的人藐視了。

大家隨著冉一樵經過了一條山崗上的大道，迎面來了個老者，肩上背著鋤子，身後緊牽了一匹長耳驢子，侃然笑道：「可惜這個人不騎在驢背上，要不然，豈不是一軸國畫？」

百川忍不住了，就問冉一樵道：「老先生，我要問你一句小孩子的話了，由平原到這山頂上來，都是很險要的路徑，就是我們人也都不容易上來。請問這笨大的牛和癡肥的豬怎樣地倒上來了？而且還傳代二百多年來呢？」

冉一樵被他如此一問，倒問出許多興趣來，就笑道：「你老兄這一問，卻問得很用心，我們祖先餵養這些六畜的時候，很費一番苦心，由驢子到狗，都是在小的時候用繩子吊上山來的。當時，各種牲口都是很少的，傳到現在，一代一代地繁殖起來了。」

歐陽朴笑道：「無論什麼事，只要是不常見的，都會覺得奇怪，等到把理由找了出來，總是很平凡的，以前我們沒有到過秘密谷以前，以為這裡是個奇怪的所在，及至打聽出來，原來不過如此。我們初見著山裡人，穿了古裝，以為真是神仙，及至說明白了，又不過如此。」

冉一樵笑道：「諸位以為我們是神仙？」

百川道：「可不是！因為山裡頭住的人，穿的衣服都和我們不同。」

冉一樵道：「難道山下人穿的衣服都是諸位身上穿的這種樣子嗎？」

彬如道：「大半都是這樣。」說著，牽了一牽衣襟。

這一群四人，只有彬如一個人是穿了長衣服的，一樵向他看看，然後再向其他三人看看，這才道：「何以那三位都是短衣呢？」

彬如還不曾答覆得這句話，然而他們的學生裝與西服已經引起了山上人莫大的注意，迎面山崗下一排茅屋裡，早似蜂擁一般，幾十名男女迎著擁上前來，小孩子們大喊著：「來看呀，來看呀，山外有人來了！」說話之間，那些人擁了上來，就團團將他們圍住。

這其間有個穿赭色長衣的老人，頭上戴著方巾，緩步上前，他還不曾開口，冉一樵已是一揖上前，指著四人道：「他們忽然在我家門口出現，我也不知道是由哪裡來的，他們問長問短，我既不敢答應他們什麼，又不能讓他們亂走，所以只好引了他們來見村正。」

這個老者聽說，拱拱手向四人笑道：「難得四位到此，這是百年不遇的機會。且請先到舍下吃杯茶。」又一拱手，在前引路，走進一幢茅屋。

這裡面和冉家的屋子並無什麼區別，一樣是那樣的古樸，似乎一個村正和一個村民不怎樣受用。大家坐下，問明了這村正叫朱力田，已經六十八歲了。

他們在草堂裡說話，由後面跟隨來的一群人不敢進來，卻只是在門外和窗子外頭探頭探腦。這一行四人，只有彬如文縐縐的，和山裡人似乎有些接近。因之他三人都不作聲，只讓彬如一人說話。

他向朱力田道：「我們初和這位冉老先生談話的時候，他只告訴了你們是由河南避流寇之亂到這裡來的，此外卻不肯說。我們由山外而來，不知道山裡的歷史風俗，恐怕有許多不便之處，所以要來請示村正，然後我們才好自定行止。」

朱力田拱手道：「山裡山外，有二百多年沒通過往來，對於外面的情形，我們也是不知道，總怕山外人有一天進來了，我們這裡的情形就要變化。所以我們這個小小山頭，成了關門做皇帝的局勢，是不求人知的。不過，現在人口漸漸繁多起來，有人也計算著要分人口出去了，只是不知道外邊是怎樣的情形，現在有四位到此，那就很好，我們正可以向諸位打聽打聽。」

歐陽朴到了這裡，首先就用一句話去安慰他道：「現在外面太平得很，五十年沒有兵禍了。」

朱力田道：「請問，山外現在可是清國？」

彬如道：「不，現在是民國，清朝早亡了。」

朱力田聽到這裡，啊的一聲，站了起來道：「大明復國了。」

冉一樵也站起來拍手道：「好教村正得知，而且是像太祖一樣，建都在南京。」

那個朱力田老者，在大袖子裡伸出一隻手來，摸了鬍子道：「得有重見天日的一天，我出山必矣。」

彬如明知道他把民明兩個字誤會了，但是要在這時去解釋一番，又要大費氣力，正好借著他興奮的時候乘機而入，就向他道：「老先生如要出去，一切一切的事情，我們都可以幫忙。」

朱力田向各人看了看，卻搖搖頭道：「何以服制都變到這種樣子？滿人剃了半邊頭髮，這個是我們知道的，何以現在各位的頭髮，又完全剪成短的？」

彬如道：「這話說來也很長，不是三言兩語說得完的，若是裡面能容納我們的話，我願意在山裡頭盤桓幾天，把二百年來的歷史告訴諸位。」

朱力田道：「這就好極了，讓我通知了五位里正，款待諸位。諸位進來，一定是餓了，且先在舍下便飯。」

冉一樵站起來拱拱手道：「小弟家中有事，就不奉陪了。」說著和朱力田對揖而去。

百川和彬如相坐很近，因低聲道：「徐先生，我們這到了《鏡花緣》所說的那個君子國了。」

偏偏這「君子國」三個字，卻是讓朱力田聽見了，他兩袖高高一拱道：「若說是君子國，那可承擔不起，因為我這山裡，是女多男少，一切田畝上的事情，不能不讓女子也一樣地出來做。古人書上講到男女之間的男外女內的話，我們這裡是行不過去，又因為如此，所以這山上的女子並不裹腳，又書上說的胭脂香粉、釵環首飾，我們這裡都用不著，只是在祖先遺留下來的東西上，我們可以看到一些罷了。話說明了，諸位不要笑山上無禮。」說畢，就向裡面喊道：「把茶拿來。」

只在這一聲喊中，出來兩個女子，一個十八九歲，一個十二三歲，都是大領上衣之外，紮著長裙，頭髮左右分挽兩個丫髻，卻在腦後垂著一綹長髮。她們雖不像現代社會的文明女子，見了男子要格外現出交際手段來，可是她們也不像舊式女子，羞羞答答。

她們很自然地走了出來，小的拿著茶杯，大的拿著茶壺，先都放在桌上，然後站在各人面前，兩袖在胸前相掩，道了一個萬福，然後大的斟茶，小的分送到各人面前來。

她們十分坦然，一點含羞的樣子也不曾有，別人看到，卻也罷了，百川看到，他卻受了莫大的衝動。原來這位大的女士，竟有幾分像他南京的愛人，尤其是那一雙黑白分明的眼睛，並沒有第二個樣子。

那女子看來的一群賓客，唯有他最年少，對於他的周身上下也不免多看了兩下。

朱力田道：「山外人來了，你們怎麼也是這樣的孩子氣？」於是向大家一拱手道：「大的叫著學敏，小的叫著學勤，是我兩個孫女兒。」

彬如笑道：「我倒有一種新的感想，覺得在各人取名字一點上看來，山裡頭人的志趣，那是完全和山外人不同的。你看男子的名字，不過是樵和田，女子的名字，不過是敏和勤，大概旁人的名字也不過如此。」

朱力田點頭道：「對了，我們這山上人，用不著榮華富貴，女的也用不著幽嫻貞靜，大家只要每日做事，每日吃飯，大事就算完了，所以我們不勉勵女子做秀寶明珠，也不勉勵男子做佐才的幹臣。」

彬如聽說，回轉頭來，向兩位博士道：「這可見得這山頭上並不是封建民族的情形。」

他們這裡說著話，那兩個女子斜靠了桌子站定，只管望了人家，彼此不住地發著微笑。

歐陽朴笑道：「這山上的人情風俗，不但可以足讓我們做一種歷史上的旁證，就是貢獻到現代社會上去，也是有益的。」

朱力田雖是不懂他們滿口的名詞，但他們是一種讚美之詞，卻不會錯的，就拱手謙遜著道：「不瞞諸位，我們先祖傳下來的書簿也是不少，在書上我們看到那些爭城奪地、爭名奪利的事真覺得何苦，我們在山上，大家想法子弄吃的，弄穿的，一年也不過忙著兩季，其餘就是取樂。」

彬如道：「既然如此，我聽老先生說話，是個讀書很多的人，山上大概也就是種田織布，可以終了一生，讀書識字又有什麼用？」

朱力田道：「我們山上人，無論男女，沒有一個人不讀書的，原來我先教我們子孫讀書，還是照著在山外讀書一樣，四書五經順了讀來，後來兩代，想到有些書無用，只教大家認認字罷了，不過終年閒日子多，借著讀書取樂也是好的，讀了書，山外人民的情形，我們就可以在書本子上看了來了。所以上了年歲的人讀書頂多，因為老人無事，拿了書本混日子，自然而然地會讀下許多書去了。」

侃然搔著連鬢鬍子道：「我想不到中國會找到這樣一個腳踏實地的社會。」

歐陽朴道：「我看這也是環境使然，逼迫著他們不得不走上這一條路來。」

朱力田見大家很欣慰的樣子，就向學敏、學勤道：「你們快把預備好了的飯茶一齊端了來，請客的事改到明日。先款待這幾位客吧。」

姊妹二人毫不躊躇，各捲了大袖，將桌凳擦抹乾淨了，立刻就由裡面屋子陸續地捧出碗筷來。

朱力田向大家一拱手道：「敝處的規矩，凡有宴會，免得謙讓，不問賓主，向來是老的人坐上，以後挨著次序坐下來。今天諸位由山外來，老僕卻不能知道山外的規矩，大家隨便坐。」

彬如笑道：「貴處的辦法就很好，我們照著規矩坐就是了，何必費那些事呢？」

朱力田笑道：「剛才諸位還說我們這裡是君子國，現在可以知道我們這裡老老實實，一點兒不客氣，並不是君子國了。」說著，他就一揖坐下。

余侃然手摸了鬍子道：「這倒用不著客氣，我該和主人同坐一方。」

當然的，歐陽博士是在上首了，大家輪著歲數坐下，恰好是百川和學敏坐在一方，學勤一人坐在下面，這桌子上放了四個大瓦盤子，盛著雞肉魚之類，學勤手上捧了高竹筒子，向各人面前斟著酒，學敏接過來道：「你的手短，斟不過來，讓我來斟吧。」

果然，山上人是不講禮節的，反轉手來，就在百川面前斟起，他們這裡一切的用器，非瓦即竹。百川面前，放著一個小些的竹刻酒杯，高約二寸，橫了三道竹節，輪廓光圓，四壁薄約一分，上面還刻有四個字：「與人同樂」。

他正在賞玩這山上人的手工細致，猛不提防的人家已經斟下酒來，立刻站起來道：「我不會喝。」

學敏卻輕輕地一手將他按住了道：「你請喝吧，我們這裡的酒像甜水一樣。」

百川被她的手按著，又看了她那靈活的眼珠，不覺心裡一動，這一動之下，舊社會裡就發生出新問題來了。

## 八　仙女動凡心

康百川無意地讓秘密谷女郎朱學敏碰了一下，在他的觸覺上便有了一種新感覺，當了許多老先生在座，不免將臉紅了，就向她道：「謝謝，但是我實在不會喝酒的呢。」

學敏已經是把他的杯子斟滿了，卻不肯把酒壺放到別處去，將壺微微地抱在懷裡笑道：「這位先生先喝完這一杯吧，我們這裡的規矩就是這樣，斟的第一杯，客應該喝完了，讓主人好去敬第二個客。」

百川想著，這話也許是真，因之並未加以考慮，就端起杯子來一飲而盡。

學敏笑著，又向他斟下第二杯去。

康百川因為她這一套手續已經完了，無須乎客氣，也就安然坐下，可是看看學敏給別人斟酒時，也只一順斟了去，並沒有喝過第一杯，再斟第二杯的那種規矩，這就禁不住向學敏問道：「朱小姐既是貴處的風俗，應當先喝第一杯的，為什麼剛才斟酒，並沒有請大家喝第一杯？」

學敏笑著，卻沒有說話。

朱力田笑道：「康先生上了山裡頭女孩子的當了，她因為聽到說康先生不會喝酒，她故意這樣說著，看你究竟是會喝酒不會喝酒。」

彬如向歐陽朴道：「天下事都是如此，不問山裡山外的。」

歐陽朴聽他說天下事都是如此，這卻有些不解，天下事都是如此？倒不覺地向他發愣。

余侃然卻明白了，他說的是男子總要被女子征服的，於是向彬如點了兩點頭。

百川一看這情形，簡直要把自己當諸位先生一個論題，這就只得把話扯開來，用筷子挑著魚道：「這山上也有魚，真是什麼東西都全備了。」

朱力田道：「原來山上是沒有魚的，在我們祖先到了這山上來三年之後，才到山下去帶了魚苗到山上來養著，就傳到了現在了。」

彬如道：「由種種的設備上看去，好像原來到這山上來的人一上山之後，就不預備再下山的了。」

朱力田道：「原來到這山上來住的時候，我們祖先也不過打算暫時避亂，所以還常常下山去，後來有兩三年，我們山上什麼東西都有了，一不納錢糧雜稅，二不抽丁當兵，三不受官吏剝削，四不興訟，五不逃兵災，天下哪裡再尋這樣的樂土？因之我們的祖先推出十位年高德重的人，講定了在山上居住的規章，大家在這山上做一個世外之人，一邊要斷絕山外人進來，一邊也要斷絕山裡人到山外去，於是就把山河岸下通這裡一個洞口堵死了。」

彬如道：「前面有座石壁，刻了一行崇禎年月封的字樣，那是什麼意思？」

朱力田道：「諸位既然進來了，這話我們也就不妨實說，我們祖先把洞口雖然堵死了，總怕山外的人還會尋了來，所以在山河外邊遠遠地就刻上這一行字，讓人家在那裡找門，當然是找一百年也找不出來的。這是我們故意布的疑陣，至於那石壁上究竟刻了些什麼字，就是我長了這麼大年紀，我也是不知道。」說著，就連連摸了兩下鬍子。

彬如道：「這樣說，在這二百多年中，山裡山外就是完全消息隔斷的了。」

朱力田道：「在七八年前，這山澗外來過兩個和尚，我們在山崖上樹叢裡偷看著他，見他向山上磕頭拜禮，好像是把我們這裡當了神仙洞，以後也就不見再有人來了。」

侃然笑道：「正是如此，你們山上沒有人來，一半是為了這山上實在無路可上，一半也就為了山外人都把這裡當了神仙洞，不敢前來冒犯。可是話又說回來了，當神仙也不過是無掛無礙，不愁饑寒，你們也就和神仙無異了。」

朱力田道：「我們的祖先樣樣事都替我們想到了，我們只有享福而已。可是說來說去，他們還有一件事不曾想到，是一件什麼事呢？就是這山上的地方有限，我們在山上的人一代傳一代，一代多似一代，這無限的人慢慢地可就有些無法住下來。因為我們這裡，穿衣是自己種麻種棉，吃飯是自己種麥種稻，山上氣候又涼，不像我們在書本上看來的話，可以種這樣種那樣，四時不斷。現在我們算盤打得很精細，全山沒有一寸空地，差不多住家人家的院子裡，都種起糧食來。」

說著，舉起酒杯子來道：「這還是去年春天釀的酒，去年下半年就不許釀酒了，我們大家也在這裡想著，再過二十年，就是山下人不尋到山上來，我們也免不了要到山下去的。」

歐陽朴笑向余侃然道：「老余，你瞧，小處可以見大，這山頭上也引起了人口過剩的問題，要到山下去尋殖民地了。」

侃然道：「那麼，山外人所崇拜的神仙，一樣是帝國主義者。」

朱力田對於他們所說的話，卻有些不大了解，就笑道：「各位以為我們這裡的人也不是好人嗎？」

侃然一想，可難了，要對十八世紀的人物，解釋這「帝國主義者」一句話給他聽，這可與小學生講起哲理來一樣了，只得笑道：「不是那個意思，說就是做了神仙，一樣地還是要找飯吃。」

朱力田道：「假如神仙都是像我們這種人的話，神仙也同惡鬼差不多。」

這一句話，說得全座的客人愕然了，都不免望向了朱力田，他用手連摸了幾下鬍子，才從容地道：「我們這山上，由四百個祖先傳代，現在五千人了，人一多了，這裡面自然也就良莠不齊。我們祖先曾立下了罰規，凡是在山上的人，無論男女，只要犯了這罰規上的罪，輕的關在山洞裡，重的驅逐出境。」

侃然笑道：「這就奇了，驅逐出境，你們這裡的境怎樣出得去呢？」

朱力田道：「因為這裡的境是出不去的，所以這種刑罰是最重的了，在我們這山前，有一道山河，河裡的水雖不大深，可是河離著山崖大概有兩三里路，我們想著，這一道河水一定是通到山外去的，至於人是不是能跟了水走，這個我們可不知道，因之凡是犯了重罪的人，由我們村正審過了之後，里正再審一道，覺得他真有罪了，就由全山九個里正最後再審一堂，就判定了那個人的罪，用長繩捆了他的腰和腳，把他由山崖上墜下河去，墜下去的時候，給他一把刀，讓他到了河岸把繩子割斷，自尋生路。

「二三百年以來，也放過上十個人下河去過，沒有一個人走了回來，也沒有一個人走漏了山上的消息，我想他們一定都是死了。所以驅逐出境，那就是我們在書本上套下來的斬殺大罪了。

「前年，遇到山上一個荒年，我們全山上的人，大家集議了一回，以為只有兩條路走：一條路就是打開下山的洞門，下山去找飯吃；一條路就是把各家的糧食全拿出來存在一個地方，由九個里正來管，算一算怎樣的節省可以吃到明年新糧出世。

「這九個里正，我們叫九老會，九老會的話是沒有人敢不遵的。商量了好多次，九老會都說我們這裡是世外桃源，書上記載著百姓受苦的事，我們這裡全沒有，我們能熬一天，就多熬一天，何必為了一時的饑荒，毀掉了我們一世的桃源？於是九老會就決定了走第二條路。不想我們這裡有幾個強橫些的人，不肯把家裡的存糧拿出來，就聯合了一班有存糧的人和九老會商量，請他們另想別法。九老會以為他們的話說出來沒有人奉行，那以後如何辦山上的事，就追究那為首幾個人，要判他們驅逐出境的罪，他們聽了這話，更是害怕，邀合了一百多人，跑到山的西北角上去另立村子。

「九老會都是老人，管山上各事的也都是老人，對這些強橫的漢子就也沒有法子，而況山上向來與人無患，與物無爭的，我們這裡也並沒有什麼武器，若是要把這一百多人一齊判他的罪，非全山人動手不可，恐怕是要傷人；二來這一百多人，有親戚好友牽連著，也不願意怎樣逼迫他們，只得隨他們去。

「不料這一容忍就壞了事，那一百多人裡，幾個首領越來越強橫，裡面有一個人叫蒲望祖的做了國王，將這裡的山地劃分一半去了，那一半地隔了一道小山澗，地方大，人卻少些。因為那裡山地多，不像這邊隨處可以種糧食，所以耕作的人三停有二停住在這邊。這個偽國王占了那邊的地方，就劃了山澗為界，不許這裡人過去。

「這不用說，已經是山上的叛民，我們非把他除掉不可。但是他有一半的土地了，有三停之中一停的人民了，捉他卻是不易，因之他那邊練起隊伍來，我這邊也練起隊伍來，遲早是要打一仗。我們上了幾歲年紀的人，以為我們祖先逃難逃到這裡，為了是躲避戰爭，我們這樣一個小小的山頭，豈可以同室操戈？但是我們這邊的青年也有了氣，一定要把那個偽國王捉到方才罷休。我們年老的人只覺全山上天天都布滿了殺氣，但不知哪一天要大禍臨頭。」

說到這裡，他又深深地嘆了一口氣。

歐陽朴道：「原來這神仙洞裡還有這樣一番大交涉，這真是我們猜想不到的了。但是據我想來，你們這裡這件事並沒有什麼難辦，只要兩邊的人無論哪一邊退到山外去就是了。」

朱力田道：「我們年老的人都是這樣地想，但是我們退到山外去嗎？我們把祖先手創的事業都交給了叛民，我們不甘心；叫叛民下山去嗎？他們肯這樣，就不造反了，所以我們現在的情形，天天都怕有事故。好在我這邊人多，又實在有理，他們那邊的人無非是受了偽王蒲望祖的威脅，不得不做山上的叛民，果然有一天我們要掃除叛逆起來，他們或者也許是倒戈相向，所以我們這邊的人心還鎮定得很。」

他這一番話，大家都靜耳而聽，誰也不曾偶然扶起杯筷來一下子。

這時，學敏端起杯子來向大家舉著，笑了一笑道：「請喝酒吧。」

百川聽到這位老先生的話，不免深深地感慨著：「古人比喻著說，在蝸牛角上建國，也不免打仗。這樣看起來，真不會錯，有了人類，有了社會，就不免鬥爭，這倒不必去問地方的大小。」

他心中如此沉沉地想著，就忘了現時在做什麼，學敏端起酒杯子來喝酒，大家也就舉杯相陪，到了百川這裡，他一手斜靠了桌子，只管去呆想著。

學敏放下自己手上的酒杯，碰了一碰百川的手臂笑道：「這位先生在想什麼？喝酒呀。」

百川回頭看著，哦了一聲，連忙舉起杯子來。

侃然笑道：「你在想什麼？你覺得到這山上來的成績還不壞嗎？」

這一句話，余博士實在是無所指的，不知何故，百川聽著臉上就紅了起來，端起杯子只管喝酒。

歐陽朴在一邊冷眼看著，倒有些感覺，知是這個少年對於同座的女子鍾情了。本來這山上的女子在一個特異的環境之下，並不受舊禮教的拘束，是不避嫌接近男子的，加之這位學敏小姐天性豪爽，更是顯著親近的態度。一個正在需要異性來安慰的青年，如何經得住女子這樣的挑撥？在這上面，可以知道百川局促不安、面紅耳赤那究竟為了什麼了。

歐陽朴這樣想著，也就不住地對了百川帶著微笑。

百川又施用了他那顧左右而言他的故技，就向朱力田道：「老先生，我們在這山澗外，還有一大批工人，都是把這裡當神仙府，可不可以讓我們引了他們進來？」

朱力田手摸了鬍子，想了一想道：「我想這倒也沒有什麼不可以，不過人來得太多了，這件事我就不能全盤做主，應當讓我去問明里正。就是諸位來了，我也應當去告訴了里正再來款待。飯後諸位且請在舍下小坐，我對里正說了，再引諸位到前面大村莊上去。」

歐陽朴道：「我們到了貴處來，一定守著貴山的規矩，我們一定在這裡恭候，不出大門一步。」

說時，大家吃完了飯，這老人逕自陪著兩個孫女收拾碗筷，吩咐兩個孫女在此陪客，自己卻是拱手而去。

學勤自向廚房裡去燒水泡茶，學敏在客堂裡陪客。

彬如在她下手的一張竹椅上坐著，笑向對面的兩位博士操著英語道：「據我看來，這不是一個古典美人，乃是一個現代典型女性，你看她的體格，她的知識，她的性情，一切都是合乎她個人的環境的。」

侃然也操英語答道：「你所說的乃是說她為人，但不知對於戀愛這個問題，是用古典式的，是用現代式的呢？」

彬如道：「你不聽到她的祖父說嗎？山上是女多男少，大有陰盛陽衰的趨勢，在供過於求的形勢之下，我想女子不是山外面那樣有男子去追逐之必要吧。」

侃然不由得舉起手來搔著鬍子，道：「假如是在這裡，男子要變成被動之一方面的話，我這鬍子是否要剃去有考慮的必要。」

這一說，大家都笑了。

他們說的都是英語，學敏聽了，卻有些莫名其妙，她以為他們把話說快了，本來就是這樣難懂的，卻也不曾加以注意，只是微笑著望了四個男賓作聲不得。

歐陽朴向彬如操著英語道：「我要試試她，是不是懂得戀愛。」說著，就掉過臉來向學敏道：「小姐，我看你們這山上人無論什麼事都是很大方的，但不知男女之間也是一樣交朋友嗎？」

學敏笑道：「怎麼不能交朋友呢？我們不就是朋友嗎？」

歐陽朴道：「我們這山外來的人，又是一番情形，但不知在這山上，平常男女交朋友也沒有什麼分別嗎？」

學敏道：「沒有什麼分別，誰都可以和誰交朋友。」

歐陽朴道：「我們在外面的人交朋友，對交情二字可有個厚薄之分，比如我們今天和小姐初見面，已經認識了，這算是朋友；將來相處得久了，我們三個人因為歲數大些，和小姐說不攏來，這位康先生和小姐同在少年時候，意思多半相同，那麼，這裡頭和哪個友誼好些，和哪個友誼平淡些，總要有個分別。」

學敏道：「這是自然，我對各位先生可是一樣款待。」

歐陽朴道：「我也是這樣比方說。」

康百川見這位老先生簡直指明了自己來說，這倒很有些不好意思，所幸自己是和學敏並排坐著的，臉上雖然有些害臊，學敏卻看不到，於是他也只好用英語向歐陽朴道：「這山上的人，腦筋是很舊的，我們說這種話，小心引起一種什麼意外來。」

歐陽朴道：「當然有意外的事發生，但是我認為可以樂觀的，並不是悲觀的。」說畢，他倒哈哈一陣笑了。

那朱學敏雖然不懂他們說些什麼，可是看他們情形，分明是和年輕的一位客人開玩笑，言談之間，幾位先生的眼睛有時都瞟住了自己，好像和康百川開玩笑，也拉住了自己，這就向彬如問道：「你們好像在說一種笑話，你們自己說話和我們說話不同，怎麼我一點兒都聽不出來呢？」

彬如笑道：「我們和小姐說的是一種普通話，說出來人人可懂，我們自己說話，說的是一個地方的土語，只有在那一個地方的人懂。」

學敏道：「為什麼不說普通話呢？為的是怕我聽了去了嗎？」

彬如倒不料她一語破的，完全猜著了，便笑道：「不是，不是，我們說話，這樣地說慣了。」

學敏聽著，就對著全屋子裡的人看了一遍，然後用嘴向百川一努道：「只有這位先生為人老實。」

彬如笑道：「你怎麼知道他老實呢？」

學敏道：「我看得出來。」

歐陽朴向百川笑道：「我不是說了，有意外也是樂觀的嗎？」

這話正是說得百川無辭以對，只得笑著站起來，昂頭去看天井外的日影。

學敏道：「啊喲，讓諸位在這裡空坐久了，怎麼我妹妹還沒有把茶燒了出來呢？」說著，她就跑了進去，不一會兒工夫，她和學勤捧了茶壺茶杯出來，斟了一茶杯，兩手捧了，就直接送到百川面前來。

因為這個時候，百川不曾落座，在屋簷下徘徊著呢。百川也只好兩手接了茶，連道：「多謝。」

她卻笑道：「你在這裡等的有些不耐煩吧？」

百川道：「不要緊，不要緊，好在我們同路有四個人，在這裡談談話，有茶可喝……」說到這句，望了那三位先生，人家是並無茶可喝。三位先生呢，卻是看著他端了一杯茶，同向著他微笑。

百川道：「三位先生還沒有喝呢，我來……」

學敏回轉頭來，不見妹妹，她道：「她怎麼不倒茶？」於是搶上前斟了三杯茶，遞給了三位先生。

彬如又操著英語道：「你們看！這位姑娘的動作決不是偶然的，假如這裡可算是神仙洞的話，我想是仙女動了凡心了。」

侃然摸著連鬢鬍子道：「這裡大概都是女子追逐男子的，好便宜的事，我很可惜，在沒有結婚以前，我為什麼不來。」

歐陽朴道：「仙女動了凡心，她是不管人已婚未婚的，這決不是我撒謊，在鼓兒詞上可以找出許多證據來的，我們還不晚。」

侃然道：「雖然如此，但是我老了，仙女豈能那樣不開眼，對周倉這一流人物會動了凡心。」

於是大家相向笑了。

學敏看看三位先生，又看看百川問道：「他們說什麼笑話，這樣的好笑，你能告訴我嗎？」

百川道：「沒有說什麼笑話。」

學敏道：「沒有說笑話，怎麼會笑呢？還是請你告訴我吧。」百川聽著，要實說呢，如何說得；不實說呢，一時又撒不出一個謊來，這倒讓他為難了。

## 九 逐客令

這四位探險隊員，在秘密谷的女郎面前用英語大開玩笑，人家竟不是個木頭，怎能夠不看出一些情形來呢？

朱學敏一問百川，百川躊躇了許久，才笑道：「笑話雖是一樁笑話，不過這笑話裡面，包藏了兩個故典，要先把這故典說明白了，然後才可以懂得了這個笑話，說起來是很費事的。」

學敏聽他如此說了，究竟是聽不到這個笑話的所以然，心裡是很難受的，這就不住對百川臉上望著，許久才笑道：「諸位都不肯告訴我，莫不是就是說著我了吧？」

她這樣地胡猜一下不要緊，惹得在座的人全哈哈地笑了。

朱學勤由後面走出來，笑道：「你這個孩子真有些傻，人家說的話，若是可以讓我們聽著，自然就不用問，我們既然聽不懂，問人家也是枉然。」

彬如很怕為了這點兒小事引起了她們的誤會，便笑道：「這大不相干了，我們幾個人在一處，成天是說笑開心，若是我們自家說話山裡人不懂，從此以後，我們全說山裡人能懂的話就是了。」

歐陽朴也是怕引起了她們誤會，立刻正了顏色道：「兩位小姐，我們這位朋友說的話是真的。其實開玩笑總容易生是非，問多了，那是很不好的事，以後我們真不說笑話了。」

學敏看到大家都如此鄭重其事地說著，她又想著，大概不是說山裡人的笑話，只管問他們，也就現得山裡人是不大懂事的了，為了大家都起了一種戒心，於是笑話也就從此中止了。

朱學敏在屋子裡坐著，有時身子是正的，有時身子又是斜靠的，有時牽牽衣服，有時又微微地笑著。最後，她就走了出來，在屋簷下站著，望望天上的日影。

朱學勤究竟是個小孩子，她就在屋子裡不住地盤問四位佳賓，山外的情形現在是怎麼樣，此外的事，她卻並不去注意。

學敏在外面站著望了一會兒日影，她情不自禁地忽然嘆了一氣道：「去了這樣久，怎麼還不回來？」她望了山口上那個去路，對於她的祖父的行動似乎是有些不耐煩了。

學勤在屋子裡就插嘴道：「哪有那樣快？這些客人在這裡，就讓我一個人陪著？」

學敏笑道：「我陪著，他們會說笑話的。」

學勤道：「這話可真怪了，為什麼我在這裡陪著，他們就不說笑話呢？」

歐陽朴笑道：「小姐，你請進來坐吧，我們可以慢慢地來談一談，絕對不說笑話了。」

學敏走進屋來，還在原地方坐著，將來賓的面孔一個個地都端詳了一會子。最後，她才向百川的臉上看著，忽然地微微一笑了。

百川曾在交際場上經歷過，也還嚐過那初戀的滋味，是他所知道的女子對於男子都保持著一種神秘意味的。這山上的女子雖多少還有些神秘之處，然而她是不嫌在人面前陸續地透露出她的愛慕來。這還是初次見面，而且還有一種隔了一個世界的感想，假使彼此都是山裡人，她或者就用不著這樣的客氣，老老實實地就要來包圍男子了。我為了受女子的刺激，離開了繁華的新都，特地到這秘密谷來，意思是唯恐入山不深，卻不料一跨過這山頭，就遇到這樣一個纏人的女子了。而且最妙的，這個女子的相貌，竟是和刺激我的那個人有些相像，這又可說是怪之又怪了。

他心裡既然是如此想著，對於學敏的臉上，少不得也更為注意一番。

學敏卻笑道：「康先生，你為什麼老望著我？」

這一句話，在三位老先生面前來問著，這讓百川真窮於答覆了，就百忙之中不覺說出一句實話來，道：「因為你像我一個朋友。」

他這句話說出來時，學敏覺得或事誠有之，可是百川的三位先生，他們都愣然了。他們和百川相處日子很長，並不曾聽到他說有個女朋友，現在對山裡姑娘忽然地說了出來，倒是有些奇怪，而且還說和這位姑娘有些相像，看他那樣衝口而出的神氣，決不是撒謊，於是這三位先生就不約而同地都望著百川的臉上去了。百川也覺自己失言，可是要挽回來已經有些來不及，便笑道：「那不過是個男朋友罷了。」

他不這樣地贅上一句，也許三位先生想到所說的朋友，大概是男子吧，現在他自己贅上一句是男朋友，這倒不能不讓三位先生想著一定是位女朋友。因為如此，於是乎這三位先生都笑起來了。

百川到了此時，只把一張臉臊得通紅，卻是沒有別的話可說。

歐陽朴搖著頭道：「我們已經聲明在先，不許說笑話的，怎麼又說起笑話來了呢？」

侃然道：「這個責任，卻是要百川去負，因為百川無緣無故地說起朋友問題來了。」

學敏呆望了眾人，許久，她才發出奇怪的聲音來道：「哎，我像這位康先生的朋友，這能算一件笑話嗎？」

彬如道：「那是當然的，因為山裡山外的風俗不同。」

學敏微微地皺了眉，將各人又打量了一番。最後她還是看到百川的臉上來，微笑道：「這裡面一定有個緣故，康先生，你能不能告訴我呢？」

她如此一問時，大家都哈哈大笑了，窘得百川無話可說，只把臉紅了。

余侃然用手將虯髯磨擦了一陣，倒是他想起兩句好聽的話來了，他道：「朱小姐，你不用打聽，你和我們再熟識些，康先生就會告訴你的。也許不用他告訴你，和他多談談別的，你也就明白了。」

學敏望了百川道：「真的嗎？那是什麼原因呢？」

歐陽朴這時把視線轉移了，向彬如笑道：「我們的詩家，你於文學是有研究的，人家都說讀了線裝書，人是變成古典的，這山裡的人學問，當然跳不出這線裝書的範圍外去，可是看看他們的兩性問題，何以……」說到了這裡，他也不由得用手指去搔他的鬍子。

彬如道：「你們學科學的人，對於這一點還有什麼不知道？人生總是以適合環境來變更他的態度與思想的，在這種……」

他不能不夾一句英語話了，就用英語說道：「在這山上女多於男的世界裡，而且又是一切工作相同的，她們能夠裝出含羞的樣子等待著男子去追逐嗎？」

學敏笑道：「他們又在說這樣人家不能懂的怪話了，他們是說我嗎？」說著這話，就望了百川。

他笑道：「你不必多心，他們是這樣說話說慣了的，一不留心，就會把這種話說出來了。」

學敏咬了下嘴唇，眼珠向彬如轉著，微微地笑道：「不是說我，為什麼大家總是對我望著哩？」

百川道：「這就因為朱小姐為人大方，不像山外的女子，所以大家也不分界限，一樣地說笑。」

學敏道：「這話我倒有些不相信，你們說我的意思，我現在也有些明白了。」她說到這裡，又將眉毛向百川一揚。百川心想，這顯然是表示著一分高興的意思在裡面，說不定開玩笑的意思她竟完全明白了，於是向彬如道：「我們到這種地方來，應該惹起人家的誤會嗎？」說時，臉色正了一正道：「雖然我們知道山裡人都是柔善的同類，可是我們總要處處謹慎為妙。」

彬如笑道：「你不用著急，以後我們除了這一類的談話就是了。」

他二人沒有這番辯白，學敏還是胡猜著，及至他二人有了這一番辯白以後，學敏卻更是明白與己有關，只管微笑著向百川看著。

可是大家說笑了一陣，又由學敏姊妹送了一遍茶來喝。然而那個去向里正做報告的朱力田老先生去了這樣子久始終不曾回來，這可有些令人懷疑了。

侃然就問道：「朱小姐，這到你們里正那個地方，還有多少路？」

學敏不加思索就率口答道：「翻過兩個小山嘴子就是。」

歐陽朴道：「那算幾里路呢？」

學敏笑道：「我們山上的路是不論里的。」

侃然皺了眉道：「總不過這個山頭，無論如何也不會跑出十里路去，這樣久還不回來，也許於我們有相當的妨礙。但是我們就是如此呆呆地在這裡坐著閒談，把這種良好的時光消磨過去嗎？我們何不請這位小姐做嚮導，先在這村子前後看上一看。」

大家都坐得煩膩了，對於這種要求，沒有不贊同的，然而這些人還不曾開口，學敏自動地謝絕了，向大家搖著手道：「四位不要走開，好歹都等我祖父回來吧。」

歐陽朴道：「難道朱小姐圈禁我們在這裡嗎？」

學敏笑道：「因為我祖父請各位在這裡等，我不好引開各位。」

侃然站起身來，牽牽衣襟，用手又摸摸頭髮，表示要走的樣子。學敏見這就表示著真正的態度了，向余侃然連連搖著手道：「這千萬不能走，我祖父留下的話，是不能不聽的。」

歐陽朴向侃然道：「那麼你就坐下，我們現在是不宜公然反抗她的。」

侃然看看她的樣子，板住了臉，頓了眼皮，這交涉大概是不大好辦，那也就不如不說吧。也伸起手來搔了幾搔自己的鬍子，於是慢慢地也坐下來。

百川也是，站起身來待要走出去的，看到是無法可走了，於是長長地嘆了一口氣，坐在凳子上，兩隻手撐住了兩條腿，低頭望了地面上。

學敏站在百川面前，對他呆望了一陣，然後微笑道：「你們打算到什麼地方去呢？」

百川道：「我們坐得實在悶了，想到屋子外頭去看看，若是你以為這是不應當去的地方呢，我們就不去。」

學敏微笑道：「既是如此，讓我出去看看我祖父回來了沒有。」說時，她便走出門去。

不一會兒，她站在門口，向裡面招著手道：「你們出來吧。」很嚴重的情形，竟是說變就變了。

侃然向歐陽朴望著摸摸鬍子，歐陽朴微笑著點點頭，手上拿了草帽子向彬如招了兩招，讓他站起來向外走。

彬如道：「這樣子，我們完全沾的是百川的光。」

歐陽朴向他丟了一個眼色，招呼他不要作聲，大家聯合著向外面走了出來。

侃然看到對面有一排小山崗子，因道：「我們若是不打算走遠的話，就在對面山崗子上站一站。走遠了，朱老先生回來了，不看見我們，倒以為我們逃跑了。」

大家正四面觀望，考慮著他的話是否可以實行，忽然的剝剝剝一陣激烈的梆子響聲，震動了山谷。大家都猜不出這是什麼意思，面面相覷，看看學敏時，臉上也有些驚疑之色。

侃然推著百川道：「你問問朱小姐，這是做什麼？」

學敏本來站在當面，當然是聽見的，她道：「我們山上敲梆，總是捉野獸，招呼村子裡的人不要出來，還有……」她說到這裡頓住不說了。

百川道：「還有為什麼？是不是捉人？」

學敏點頭道：「是的，山上有人犯了法，里正帶了人來捉的時候，也是敲著梆，但是也不像這樣敲得急。」言猶未了，那梆子敲打得更急，已經有些震耳了。

學敏只哎喲了一聲，便見對面山崗子上擁出一群人來，那些人手上都各拿了長短棍棒之類，歐陽朴一手抓住侃然，一手抓住彬如，叫道：「我們進屋去，拿著槍，先找出路。」口裡說著，回身便走。

百川也料得形勢險惡，丟了學敏也向屋子裡面跑，各人取了槍在手時，那山崗上一群男女已快跑到村子面前來。

侃然將身子隱在一棵桑樹下，舉著手上的獵槍，就對天空放了一槍。轟然一聲，面前的那班人抬頭望著天空，都呆了。

徐彬如跳著腳道：「千萬不可放槍，若是你害了他們的人，我們更不好做退身之計了。我們還是忍耐著，問明他們這樣大隊進攻的原因，再作計較。」

百川到了緊急的關頭，也來不及避什麼嫌疑了，回頭看到學敏還站在場地裡發呆，就跑上前，向她道：「朱小姐，請你上前去問一問，來的這些人是不是給我們這四個人為難？」

學敏道：「剛才你們同伴躲在樹後放出了一樣什麼東西出來，倒是放得那樣的響，真嚇人。」

百川道：「那個東西叫槍，放出去可以打倒百步以外的人，不過我的同伴他並沒有害人的意思，剛才放出這一槍去，就為的是讓大家知道槍的厲害。」

學敏聽了他這一番話，也只在將信將疑之列，看看他手上，也拿了一根上細下粗的東西，上端還有一段鐵筒子露在外面，看那樣子也許是一種發出響聲的東西，便覺得百川這個人也不是理想中那樣好惹的，望了他也不動腳，也不作聲，可是來的那一群人卻不肯休息，望了這四個人沒有什麼動靜，又走上前來。

學敏這才跳了上前，在路口上站住，兩手一伸攔住了去路，叫道：「你們不要再過來了，山下來的人，他們會放掌心雷。」

在許多人鬧嚷的地方，野地裡正散放了幾頭羊，學敏一言未了，又是轟的一聲響，一陣青煙過去，有兩頭羊跳了兩跳，倒在草地裡了。這群人看到，更有些驚慌，都遠遠地望著這邊村子外。

學敏見這群人後面，父親正同著三個里正在那裡指指點點，好像是商量怎樣走上前來的樣子，於是一路搖手，搖到朱力田面前去，口裡叫道：「去不得，去不得，他們手上有掌心雷，放出來會打傷人的。」

朱力田道：「我正為了他們會放掌心雷，才要把他們捉住的。我到里正那裡去的時候，里正那裡早得了信，就偷偷地派人到山口上看，看有什麼人在那邊沒有。我們這裡派人去看的時候，果然洞外還留下了一班人，而且也不知道他們手上拿了什麼東西，冒出一陣火煙來，又是一下響，把遠在幾十丈以外的一隻大鷹由樹上打了下來。我們里正陳老先生一想，以為這不是左道旁門的邪術，就是書上說的一種聯珠竄，但是無論說哪一種，都是很厲害的，這樣的人，我們山上容留不得，所以就派了隊伍來捉他們。他們願走，那是千好萬好，他們立刻走，走了之後，我們就把洞門封了起來。他們若是不肯走，那就說不得了，我們非把他們捉住，丟下山去不可。我走了，他們對你還好？並沒有怎樣傷害嗎？」

學敏道：「他們很和氣的呀，為什麼要捉住人家？」

朱力田道：「里正說，原來也不要捉住他們，只要他們肯離開這山上就行了。」

學敏道：「你們這也是打草驚蛇，人家好好的不惹我們什麼，倒偏是去招惹人家，人家費了很大的事才能夠到山上來，就肯這樣麻麻糊糊地下山去嗎？他們正是請我來問你們，到底為什麼這樣整大群的人轟了來呢？這倒果然是和人家為難。」

她這樣說著，依然向自己家門口走去。

這時，探險的四個人都各揑著一把汗，藏在人家一叢野竹林子裡。因為一方面怕來的這班人要動手，一方面怕村子裡人裡應外合，只有這叢竹子背後臨著一條向村外的小路，萬一抵敵不過，只好由小路上逃走了。

由竹林子裡張望那群來人時，只見他們長的拿著木棍尖槍，短的拿著大刀長劍。這都罷了，在那班人後面，卻隱藏著一批弓箭手，每人張開弓，將箭扣在弦上，箭簇正對了這叢野竹林子。若是彼此交涉一有不妙，那不用得猶豫，所有搭上弦子的那些箭，一齊都要射到竹林子裡面來。

箭的威力雖是沒有槍彈那樣大，但是射到身上來的話，恐怕是一樣地令人破皮流血，因此藏在竹林子裡的人都將身子蹲著低低的，各借了掩蔽物減少危險。

可是也只在這一剎那，學敏已經由那群人面前跑到竹林子邊來了，口裡喊道：

「康先生，康先生，你們在哪裡？」

探險隊裡有四個人，偏偏只提著百川，不能不挺身而出，而況百川為人向來又是好勝的，到了這時，自更不能忍耐，他就走出竹林子，要和學敏答話。

他的身體剛露出竹葉以外，便聽到颼的一聲，一支箭射到竹子尖上，打落下一根竹枝和十幾片竹葉。百川覺得走了出來，總是目標太顯然了，趕快地將身子一縮，又縮到了竹子裡面去，不料他雖是不抵抗，然而卻不能減少對方的誤會。

又在這時，颼颼幾聲，又是十幾支箭射入了竹林子裡面。百川看到這種情形，料定了是沒有和平的希望，竹林子裡恰好有個小小的土堆，於是將身子隱閃在土堆下，對準了那些人的來路，就打算開槍。

可是這條路上，正好是朱學敏走向前來，這第一個流血的人，豈不就是一見傾心的她呢！

# 十　大動干戈

在這個時候，一切的情形都緊張到了萬分。百川的槍機一動，朱學敏的情形是不可問，這秘密谷裡的人會變態到什麼程度也是不可問。

因為這樣，緊挨著百川，蹲在地上的徐彬如就連連頓了腳道：「百川，百川，開不得槍！」

說話時，學敏已經走到了百川身邊。

百川便垂下了槍，用手提著，向後退了兩步，望了她道：「請你不要走近來。」

學敏聽說，倒呆了一呆，問道：「難道你也疑心我嗎？」

百川被她反問著，卻不好意思了，搖頭道：「並不是我疑心你，但是你太走近了，兩下裡打起來，恐怕於你不利。」

學敏微微笑了一笑，便道：「你不要害怕，我們的人對你們也並無別意，只是看到你們會打掌心雷，怕你們在山上惹禍，所以要請你們下山去，我們好把洞閉封起來，和你們並不要打架。」

百川道：「我們並不會放掌心雷，就是我們手上，各人有一支槍，也不能無故害人。」說時，那竹林子外的人又鼓噪起來了。

徐彬如將一支獵槍夾在脅下，一面舉著手巾，揩那額頭上的汗，俯著身子走了過來，就向學敏道：「要我們走，也很容易的，我們無非是客，主人不招待，客人看看顏色還不是走嗎？又何必這樣的大動干戈呢？」

學敏道：「這是我們這裡里正的意思，為什麼這樣，我也不知道。」

彬如道：「你們山上人既是要我們走，我們也不能強留在這裡，請你對他們說，稍微地向後退一點兒，也讓我們自己人商議商議。這個樣子，我們總怕你們衝過來，有話也不敢商議了。」

學敏看他說話的神氣，倒是出於真意，便道：「這總好辦，我去和他們說，難道你們倒真的打算走嗎？」

彬如聽她如此說，倒不由得笑了。

百川道：「那就求求朱小姐講一個情試試看，能夠不讓我們走，那就更好。我們為什麼來了，哪裡能夠來了就走哩？」

學敏對他兩人看了一看，很快地又跑到外面去，這裡遠遠地看去，只見她指手畫腳，和那些人說個不了，結果，那些人為她言語所動，居然向後退出幾十步路了。

學敏一路拂著兩隻大袖，又氣憤憤地跑了回來，口裡不住地怒罵著道：「見神見鬼，他們在山外的人，和我們這裡人無冤無仇，他要放個什麼掌心雷，我和他們在一處說了許久的話，他們也沒有放掌心雷把我打死。」

她這樣說著，一直地走上前來，倒好像故意說給這四位探險先生來聽的樣子。百川迎著她道：「多謝朱小姐，說得他們果然退後去了一些。他們怎樣地說？」

學敏道：「他們說，讓你們商議一下子倒沒有什麼不可以，但是你們一定要退出去，你們再不走，他們就要強來了。」

歐陽朴、余侃然也繞了道，走到一處來。

余侃然手上舉了一根草莖，緩緩地走到歐陽朴面前來，很鄭重地道：「這個地方也有竹節草，這種莖變形的植物葉子，在熱帶……」

彬如搶了道：「余博士，這個時候，我們管不著植物是不是畸形發展，卻應該看看我們的環境了，你不看看這有箭在弦上之勢嗎？」

侃然受了他一頓搶白，正有些難為情，現在天與其便，侃然也用了一句文言，這就微笑道：「我們怕什麼，有你徐詩人在此，走了出去，念兩句詩給他們聽，就什麼大問題也都解決了。」

彬如這倒有些慚愧，便笑道：「我們都不要做這無謂的爭論了，大敵當前，我們還是抵抗呢？還是退走呢？」

歐陽朴正色答道：「當然是一面抵抗，一面交涉。」

他的面孔不帶一些笑容，於是同夥三個人都哈哈地笑了。

學敏在一邊看到，心裡想著，這三個人有什麼瘋病，到了這樣要緊的時候，他們還笑得出來，於是對了這三人也不免是呆呆地望著。

歐陽朴道：「你們笑什麼？我覺得這是真話，我們若不抵抗，小心讓他們抓了去；若不交涉，我們只有宣告失敗，退出洞去。可是我們費了多少時候的籌劃，費了多少人的力量，剛剛是打破了這山谷的秘密，只看到一些表面，馬上就要走，這未免功虧一簣了，我們現在可以推百川做全權代表，去和對手辦交涉。」

百川見三位老先生依然是這樣不大介意，這卻有些急了，便正色道：「現在這情形，實在是緊急，我認為不可大意。不知三位先生的意思打算怎麼樣？若叫我去辦交涉，我是一定去辦的，但是先給我一個限度。」

彬如道：「正事是正事，笑話是笑話，據我說，你也暫時不要出頭，還是把話請這位朱小姐去說。」

學敏道：「可以的，我很願意兩方都不傷和氣，你們有什麼為難的地方，我全可以給你們去說說。」

彬如道：「我們是怎樣一類的人，朱小姐和我談的時候多些，總可以明白。請你去和他們說，我們到這山上來，一點兒沒有什麼歹意，不過因為這山頭是和外面隔絕的，我們心裡都好奇，總要看看這裡面究竟是什麼，其實不想要這裡面一點兒什麼。你去想想看，我們在山外過的日子，總比這山裡面強得多，憑什麼我們丟開了城市跑到這山裡面來呢？你要知道，我們都有妻室老小……呵。」

他說著，自己陡然地吃驚起來，卻接著道：「不，我們這同路裡面，只康先生是沒有家室的。」

他帶了強笑，向學敏解釋著。

學敏笑道：「我又沒有問你這些閒話，要你多什麼心，這些想得到的話，我都會為你們說，用不著你來教我。你就說，打算怎麼樣，若是不願走，就說不願走的話；若是願走……哈哈，我想你們都不願走呢。」

侃然點著頭道：「我們自然不願走，你們若是怕我們手上拿的這槍，我們收起來不拿著也可以的。」

學敏道：「好吧，我去為你們再說說看。」

她真是熱心，說畢，掉轉身就向那群人的地方去。

這裡一班人都看著她的後影遙遙而去，眼睛都不曾眨上一下，以為她縱不能說出什麼結果來，當然也不至於壞事。可是他們正在出神，忽然呵哈一陣喧嘩由身後發出來，回頭看時，這山頭上的人又是箭上弦刀出鞘的，由屋後面簇擁了出來。

這一行四人都是不曾防備的，臨時忽在身後出了亂子，這卻不曾去按好出路，大家慌了手腳，倒是目瞪口呆的，面面相覷。那些山上人聯成了一排，一步一步地向身邊逼了過來。

歐陽朴究竟是個機靈些的人，眼見敵人逼近，若是不謀脫身之計，一定會受敵人的包圍，因之向同夥丟了一個眼色，自己先向屋子裡走去，其餘的三個人看到他這種態度，也是跟著醒悟過來，一律地向屋子裡一跑，同時就把大門關上。

大家在門縫裡張望著，侃然低聲道：「我們為了謹慎幾分起見，還是自動地退走，若等他們繳了械，加了縛，全合了他們驅逐出境的條件，也許將我們由山頭上扔了下去，那豈不糟糕。」

彬如道：「這樣看起來，我們還是打開了牆壁，由屋後退出去，萬一他們追趕我們，我們退到洞口去就是了，至少我們是現代軍閥化，保存實力。」

大家雖覺得他是一句笑話，可是看到剛才一批山上人由屋後面擁了出來，他們的態度是如此不可捉摸，再來一個不可捉摸的包圍，大家又都藏在屋子裡，那不用說，一定是一網打盡。

百川首先叫道：「我們走吧，為了有轉圜的餘地起見，我們不能夠在這裡有流血的事情發生。」他說著，首先掉轉身向屋子後面走。

四個人這次不是那樣逸趣橫生地開玩笑了，各半彎了身，直端了手上的槍，一步一回頭地向後走著，到了屋後面。

這裡不過是一叢瘦竹子裡圍著一道高不及丈的黃土牆，那黃土牆上分著內外兩行，蓋了杉木枝葉。這杉木葉子，片片的都是尖刺，在牆頭上放著，正可以當了物質文明都市裡的電網用。

大家本想越牆而去，這已是不可能。同時看到牆外的瘦竹杪子在空中無風自動，這分明是有人藏在竹子下面了。四個人擠到一處，頭就頭地輕輕說了兩句，於是大家高舉了槍，正對了那搖撼的竹子杪附近的天空，齊齊地發了一排槍，半空中一時青煙四起，哄通通山谷震應。

只聽噗達達一陣零亂的腳步聲，由近而遠奔了去。百川道：「行了，我們衝鋒吧。」

一時大家放下了槍，四人抬了一根大木頭槓子，對土牆中間拚了命撞了過去，就是這一下，把土牆撞了個大窟窿。

這由牆的缺口處，早看到一批山上人向前飛奔，有幾個人被野藤絆住了腳，摔倒地上，就提高了嗓子，拚命地叫喊。

這四位探險隊得了這個機會，哪裡肯放鬆，趁著牆上石飛土滾的時候，大家都提了槍由牆縫裡直衝出去，都是如強箭離弦一般，連頭也不回，一直向前奔了去，跑了一里之遙，大家才停止了腳步。大家手上倒提了槍，向村屋望著，連連不斷地喘著氣。

這裡正是一個高坡，遠遠地站著，由高視見村子裡人在屋裡屋外亂跑，又像是在搜索他們，又像是在那裡逃命。這一刻兒工夫，似乎還不能追到這裡來。

彬如就向大家道：「我們現在應該分一分退去的路徑，是當走哪一條線，原來的路現在是找不出來了。」

侃然道：「你這話不然，我們找不出原來的路，就寧可投降，免得逼到無路可走，然後死在人手上。」

百川道：「這話對了，我們還是找原路走，我先去引路。」他如此說著，估計著方向，就順了一個山坡向前面走。

可是原來走來的時候，好像路並沒有多遠，現在在亂草叢中去找出路，卻越找越不是路徑，始終並沒有找到來時的洞口。

大家又留心著，怕由山崖上翻到山底下去，總不肯放開了步子走去，所幸山裡人的嘈雜聲，走著漸漸地聽不到了，卻不用得那樣很慌張地去找路。

這亂草叢所占的面積，並不是怎樣的寬大，大家摸索著的時候，常是鑽了出來，其先以為總有追兵在後，一看到草叢外的田原，便又鑽了進去。這時鑽得久了，身後卻沒有一點兒什麼響聲，大家的膽子就大多了，於是索性順了一片田原中的一條小路，彎曲著向前走去。沿著小山麓，有一條小山澗，卻攔住了去路。

看那小山上，也有一條人行路，在綠毯子似的淺草上，畫著兩條彎曲的赭色粗線，這個樣子，分明是兩澗之間常有人來往，如何把來往斷絕了，卻是不得而知。

一行四人，順了山澗上一條草埂，探索了步子，緩緩地前進。有那很彎曲的地方，在明鏡似的山澗水裡，一樣的有四個人影，在那裡飄飄然地挪展著。

彬如是最後的一個走著，他看到了這種境界，心裡就想著：水中人影如遊伴，樹上風聲似……他自己突然感覺到，以「似」字對「如」字，未免犯了合掌的毛病，於是搖著頭，那「不好」兩個字卻脫口而出。

歐陽朴慌了，身前身後一看，並沒有林木掩蔽之處，拿了槍就向一叢亂草裡一伏，百川和侃然先聽到一聲「不好」，繼又看到歐陽朴這樣慌裡慌張地臥倒預備放槍，也怕是出了什麼問題，跟了他也臥倒下去。

彬如見這三個人都臥倒了，也就跟著臥倒下去，可是當大家舉了槍要向前瞄準的時候，在自己面前並找不到一些目標。

侃然道：「老朴你見鬼了？為什麼這樣執了警戒的態度？」

歐陽朴道：「我哪裡知道！彬如不是叫著『不好』嗎？」於是將臉望了彬如。

他本來想直說，卻怕會引起了同行人的譏笑，他不執槍了，用手箝了面前的長草，一莖一莖地向上扯著。許久，微笑搖了頭道：「我沒有說這話吧？」

歐陽朴道：「你若是沒有說著這話，那就算我真是白晝見鬼。」說著話站起身來，撲著身上的草屑，可就向著侃然道：「你聽見有人這樣地說嗎？」

侃然看這樣子，大概是沒事，於是也就站立起身來，正色道：「我真沒有心事再開玩笑，你們可不能這樣胡鬧，時間已經是不早了，我們還不應當快想出路嗎？」

其實大家都也感到環境的迫促，不過大家都覺得山裡人總是帶有古風的，雖然咄咄相逼，也不至於有性命之憂，而且大家都極力地要表示鎮靜，不肯示弱於人，所以性之所好，也故意地談笑風生。可是侃然這一句話，把大家提醒了，抬頭看看太陽，已是有些西斜。且不問今晚向何處歸宿，這一場晚飯，哪裡又去找第二個朱力田來做東家？因之同站在這山澗岸上，都有些發呆了。

百川將獵槍放在草地上，手扶了槍，挺了身子道：「這件事我以為沒有什麼難於解決，好在這山上人並不追趕我們了，我們可以先定一定神，看準了方向，還是找著來時的路，守住了洞口，和山上人辦交涉。這是個萬全的法子。」

歐陽朴搖搖頭道：「事情不是那樣簡單。」他說著，用一個食指頭，摸擦了他那鼻尖下的一撮小鬍子，表示他那十分猶豫的樣子。

侃然一頓腳道：「對的，他們突然放了我們，並不追趕……啊啊啊，來來了……來了！」

他失驚地這樣呼了出來。只見身邊深的水草裡鑽出十幾個人來，彼此相距也不過二三十步路，一轉身之間，已是來不及開槍。

不料臉向右邊看著，左邊又擁出二三十人來，這些人好像事先已是有組織的，不等他們再回頭，五六個人奔一個，不容分說，先把手上的槍打落在地，然後在身上拿出繩索，就把四個人捆住，半拖半抬的，擁過了山澗。

在百忙中，這四個俘虜雖不免驚慌著，但是各人臉上依然帶著奇怪的神氣，因為，第一，大家是不會跨河來的，何以這些山裡人把大家擁到河那邊去？第二，是那四支槍落在草岸上，這些人裡面有幾個很想向前去拾起來，但是走到槍邊，繞著槍走了幾個圈子，伸伸手又縮了回來，總不敢去冒那個險。好像他們知道這可拿的，又不知道如何拿著才好。

他們這樣驚疑的時間，已被這些人抬上了山澗的另一邊，抬上山崗子。向前看時，山崗子那邊，依然麥田茅屋，又是一個世界。遠遠地見一排人家靠山面田，有二三十戶，這些人就簇擁著向那裡去。

歐陽朴就操著英語道：「我們怎麼這個樣子？他們要拋我們下去，就一點兒抵抗的能力也不會有，只等死嗎？」

百川答道：「不，我們在未死之前，有一秒鐘的生命，我們都當盡這一秒鐘的智力，去掙扎一下子。」

那些捆縛扛抬他們的人，一點兒不顧慮什麼，直就衝到了那人家地方來。這裡的情形依然也是緊張，一排有一二百人，各執了武器，沿了人家門口，齊齊地站著。

這些人將四位先生捉來了，卻分配得很勻，在正當中有四棵桑樹，每棵桑樹前站著一位縛著的先生，然後走到屋子裡去報告。

彬如和歐陽朴縛得距離最近，彬如道：「據我看，這是另一個組織了。那朱力田告訴我們，這山上不是有了一個叛國嗎？我看這情形，完全和我們原來接近的人不同，他們不是這樣子蠻橫。」

歐陽朴道：「對了，我們誤打誤撞，已經走到了另一個國家，恐怕這又要向他們背上一道履歷。」

看看對過的侃然和百川也是憂形於色，只在這時，咚咚嗆嗆一陣鑼鳴鼓的聲音，由那正屋響了出來。

就有一排執著武器的人，分了兩班，向前走來。到了最後，卻有一個穿了赭色長衣腰掛長劍的少年，一步一步地開了四方步子走了過來。

他頭上戴著黃色頭巾，在前後兩面都塗抹著許多盤繞的龍，在那簡陋的裝束上，可以看出他那尊貴的氣象來。

他在許多人中間一站，將那炯炯射人的眼光，在四位先生身上各掃了一掃。只看他那高高的鼻子下露出白牙，微笑了一笑，接著抬了一抬肩膀，又點了點頭，在大袖裡伸出一隻手來，按了劍柄，自有一番威嚴，好像他在那裡暗示著，你們四個人的生命都握在我掌心裡。

四個人都覺得生命到了最後的一瞬，面面相覷，不復有以前那種視死如歸談笑風生的態度了。

# 十一 山中大王

這四個探險隊員做了俘虜，而後才知道又到了一個部落，這個有國王氣象的人，當然就是朱力田所稱為的蒲望祖了。假使這裡的酋長，要當異國人看待，那卻不消說得都有性命之憂了。

大家正是這樣地推想著，那酋長站在一排擁護者的當中，對四個人看了一遍。他最注意的卻是余侃然，微偏了頭，由他的臉上看到他的腳上，由他的腳上又看到他豹臉上。大概對於他嘴上這一部兜腮鬍子有些奇怪，便向他招了幾招手。侃然的心裡雖然是在那裡抖顫不已，但是他也急於要知道這位山上的無毛大蟲將以什麼手段來對付，因之也就振作精神，挺了胸脯子走近前去。

那蒲望祖雖然是那般威風凜凜，恰是也有些怕他，當他走近了的時候，那酋長卻向後退了兩步。

在他退的時候，他自己卻也醒悟過來，一個當酋長的人，怎麼可以向外來的人這樣地表示怯懦？於是也突然地將胸脯子一挺，那握住了劍柄的手，將劍身按上了兩下，這才瞪了大眼睛道：

「你們應該知道，現在生死的權柄都抓在我手裡了，但是你和我近日無冤，遠日無仇，我也並不要你們的性命，只要你把那放掌心雷的法子都告訴給我們，設若我們這裡人都會放掌心雷了，不但不給你們為難，我們還要重重地款待你。」

侃然聽了這話，看看他的顏色，似乎沒有什麼惡意，便回頭向歐陽朴看看。雖然不過是眼色對眼色，然而彼此都是會意的，就是在那裡說，這一道黑幕，是不是要揭穿呢？

但是這個蒲望祖，正也不是個易與的人。看了他們那種情形，就向侃然微笑道：「你的意思，我完全知道了，你是不是怕教給了我們，你們的法術就不值錢了？但是我告訴你實話，我們就是學得了你的法術，也不會用到山外去的，只要我們事情成功了，你們要什麼，那都好說，但是若一定推諉了不肯教人，那就休怪我不講情面了。」

他按住劍柄的那隻手，依然是不動，那一隻手，他在大袖子裡伸了出來，按住了他的胸脯，表示出一種很威嚴自得的樣子出來。

侃然便道：「先生，我怎麼稱呼你呢？我們山外，現在是以先生二字為最尊敬的稱呼了。」

蒲望祖左右兩三個人同時吆喝著道：「你要叫大王，怎麼可以胡亂叫先生？」

侃然對面，正站著是徐彬如，他兩隻手雖然在背後反縛著，但是他一雙眼睛正向這酋長周身上下去打量，好像他在那裡咀嚼一首古詩的滋味一樣。

侃然聽了這些人要他叫大王，心裡頭極是不高興，但是要表示出來，又怕會吃什麼眼前虧。

他正在這裡目光閃閃不定，四面觀望著，彬如就插嘴了，他向那些人道：「諸位，山外人對於山裡的一些規矩不懂，可不要讓我們為難，我們山外人也有時叫人大王，但是那是最不好的話，我有一個極顯明的證據，卻是不敢說了出來。」

蒲望祖道：「大王這兩個字，山外人是不願意聽的嗎？」

彬如道：「山裡人把這個當恭維人的話，我們就實實在在地不懂極了。」

酋長道：「你說這話有些什麼憑據嗎？」

彬如道：「怎麼沒有憑據？我們山外人有兩句俗話，乃是『山中無老虎，猴子稱大王』，所以我們外人不叫猴子，都叫牠大王。你想，我們怎敢把這種稱呼來對先生說呢？至於先生兩個字，山外人現在就把來看得很重了，這是把那兩個字分開來說，生者，是各人出世的話；先者，比稱呼的人出世在先，那就是說，那個人是位老前輩了。」

蒲望祖猶豫著道：「這話我有點不相信，不見得有權有勢的人都是老前輩吧？譬如我，就只有二十多歲，倘然人家都稱呼我作老前輩，我卻不好意思了。」

彬如道：「我們山外的風俗卻不是這樣，有權位的人，三歲孩子也是老前輩；沒有權位的人，那就是灰孫子。譬如這個人，今天有權位，就是老前輩；明天沒有權位，就是灰孫子。年歲不年歲，那沒有關係。」

他說了這話，臉上並不帶有一點笑容。

蒲望祖哦了一聲道：「山外的風俗卻是這樣的。」

侃然站在最近，看了蒲望祖這個樣子，又望到彬如那種正正經經把話來說著，心裡也就想著：究竟這位幽默的詩人還能說出這樣幽默的話。心裡如此想著，臉上便不覺地帶出一些笑容來。

蒲望祖看到，卻不免有些驚異起來。向四個探險隊員都觀察了一遍，因道：「這真有些奇怪，臨到這樣緊急的時候，你們都是這樣笑嘻嘻的，難道知道我不會殺害你嗎？你們大概有些未卜先知吧。」

侃然看了他那情形，心裡就有數了，因微笑道：「我們暫時知道先生不會殺害我們，那有什麼緣故呢，因為先生正要學我們的掌心雷，假使把我們殺死了，這就找不著人教這個掌心雷了。」

蒲望祖笑道：「這話卻是真的，我就是想你們把掌心雷這個訣竅教了出來，所以才費了這樣大的力量把你們找了來。你們不說出來以前，我自然不會把你們殺了，但是你們儘管是不說出來，那我也就忍耐不下去了。你們實說，到底是肯教不肯教呢？」

侃然道：「我們為什麼不肯教？若是有了這種本事，並不教別人，那麼我們卻是怎樣學得來的呢？」

蒲望祖道：「好，你們既是這樣說了，我就應當格外地寬待你們，看你們是怎樣地交代出來。」說著，就向他身邊站的侍衛丟了一個眼色道：「把這四位都鬆了綁，好好地陪著人家，我在宮裡等候他們。」說畢，他回轉身，先就走開了。

他左右那些文武大臣得了他們國王的聖旨，這就一陣風似的，前呼後擁的，把這位國王簇擁走了。

這裡還剩下十幾個國王的子民團團地將四個探險隊員包圍住了。

彬如笑道：「諸位放心，我們是不會跑的，我們不但是不會跑，在我們心眼裡還沒有打算走的時候，你想把我們送出山去，我們還不肯走呢！你們的國王不是要在宮裡召見我們嗎？我們正想看看皇宮呢。」

他雖如此說著，但是這些山上人卻也不肯放心，依然在身前身後圈了他們走。約莫有半里之遙，翻過兩個小山崗子，便見有一叢松竹擁住了一帶茅屋，在一片山麓上參差並列著。在松樹枝上又出兩根大旗桿，桿上斜挑了兩根竹竿子，飄出兩方青黃旗子，旗上彷彿有幾個字，因為距離遠，卻也看不出來是否「替天行道」那種話。

大家走到了那茅屋面前，還是先前遇到的那些戰士，背著刀矛，分班站立。他們的職務總也算夠勞碌的，國王出巡，他們要隨征，國王回宮，他們又要警衛。卻不知他們貪圖著什麼，甘願如此，這倒是值得去研究的一個問題了。

這四個探險隊員被一群人包圍著，一直地向前走，這就到了那皇宮前了。

這裡是山腳下一片廣場，沿了山腳，靠斜坡削出九層土階，高高地頂了兩扇白板柴門。柴門上有一塊扇面形的橫匾，上面有三個黑字，乃是「統天門」。

彬如看了，回頭向三個朋友看看，大家都沒有說什麼，就順了大道前進。

在這統天門外，立有兩塊向前斜伸的石頭，彷彿像兩尊怪獸，但是這也只看得出來一個頭和一個身子，其餘的五官四肢都模糊著看不出來了。彬如卻忍不住了，就問道：「這兩塊石頭，放在這種地方，這是什麼意思？」

旁邊有一個人道：「怎麼，這個你們會不懂？這就是衙門口，是大石獅子呀。山上沒有石匠，我們胡亂自己雕刻出來的。」

大家聽說著，本來要笑，但是他們走進了那柴門，更有一件事讓他們好笑，就是在大門右首，平地樹立了一塊白木板子，上面大書特書的有一行黑字，乃是「文官至此下轎，武官至此下馬」，彬如又回轉身四周看看，他好像是在那裡尋著，是有誰坐了轎，有誰騎了馬。

由這層門進去，一小片曠地，又是九級土階。在這九級土階上，上面有一座高大的茅屋，屋簷下也樹立一塊直匾，乃是「雪宮」二字。宮的兩邊，東西有兩間小廂房，好像是臣子輪班的朝房了。

在這九層土階上，一層層的守衛戰士站立上去，一直站到這宮門為止。他四個人走到了這宮門外的廣場上，武士就不讓他們向前了，有兩個女戰士走過來，大聲喝著跪下。

百川聽到這句話，先就動了火，瞪了一雙大眼，向宮裡看著。這宮裡的布置，大概是有些從木刻到木圖畫上得來，正中擺了一張長方桌子，在上面掛了一塊黃布桌圍。

那個半邊山頭的國王，就據案而坐，看他的身子是那樣舒適，似乎他坐的是一把太師椅。桌子兩邊，又是四個女官，蓬頭短衣，各帶了刀矛，瞪了大眼睛站著。

到這時，探險的人卻有了一種新發現，就是這個國度裡，一反平常國家重男輕女的制度，他們卻是重女輕男，這裡凡是有權威一點的事情都是女子執掌。那麼，這些男子情願聽國王的驅使，一點兒沒有反抗，不是怕國王，大概是怕女戰士吧。

百川在那裡生氣的時候，其餘的三位探險隊員都同一個心理在觀察女官，所以女官叫跪下的那兩個字，他們都是不曾聽見。

百川見他們不作聲，以為他們軟化了，於是向前走了兩步，昂著頭對那國王道：「我們山外人不懂得這種禮節，你若是打算叫我們教發掌心雷，就不該怠慢我們，若是叫我們下跪，這不是你求我，倒是我求你了。」說時，將胸脯挺得直直的，等候那國王的回話。

侃然正是站東一邊，蒲望祖恰由百川的身上，再看到他的身上來，因為他臉上有那樣一部兜腮鬍子，總疑心他是這一隊人裡面的領袖，就向他道：「這話是真的嗎？假使我們要學你們的掌心雷，還得求你們嗎？」

侃然道：「那是當然，你們山上人既然是抱著古禮過日子的，就一定知道天地君親師五個字乃是相連的，既然你們要想學我的掌心雷，就當拜我們為師，我們給先生下跪不要緊，因為山外已經把這種禮節作弔喪用的，我們不過是向別人弔喪，但是要用拜君的大禮來拜師，那就是咒我們，我們是不受的。我們最講公道，誰也不向誰行禮，兩免了。」

蒲望祖對這兩個人望望，又對其他兩個人望望，他的意思好像是在那裡說，這話應當是真的吧。

當他這樣觀察眾人顏色的時候，眾人也並不有什麼疑難之色，還是挺了腰軀站著，並不向國王露出什麼畏怯的樣子。

蒲望祖點了頭笑道：「既然山外的風俗如此，我們就依你們的話辦，只是你們有法術的人可不能用謊話來欺騙我們。要不然，我不客氣就把牛羊血塗在你們頭上，讓你們的法術玩不靈。」

歐陽朴進得這雪宮以來，始終是站在觀察人的地位，以為在時代的演進上，這種山縫裡竊號自尊的人，究竟是一種什麼心理，所以主賓之間所對答的話，他都不曾留心去聽著。這時聽那國王有在頭上塗牛羊血的話，有話卻不能不說了，因道：「先生你聽說過劉備三請諸葛亮的故事嗎？」

蒲望祖道：「聽過的，難道你們要自比諸葛亮？」

歐陽朴道：「先生，你的意思，我都知道了。你不是想靠了我們的掌心雷，要把這山上的人民完全征服過來嗎？這事太小了，若依了我們的話，這山前山後，周圍幾百里地方，都可以把它占領過來。好在山外人兩三百年都不曾注意到這山頂上來，只要你慢慢地招兵買馬，這樣訓練了過去，將來的事，那正是不可限量呢，你還怕什麼？」

他說著，不免指手劃腳。蒲望祖原來是坐了聽著的，也就越聽越有滋味，兩手按了桌沿，站將起來了，問道：「這山外是怎麼樣的情形，我們這裡人簡直不知道，我們可以帶兵出去，占領過來嗎？」

歐陽朴道：「怎麼不能？這山外的村莊，都不過是二三十戶人家一村，能曉得什麼武備，你們山裡人要去占領，也用不著什麼武力，只要整群的人開了過去，他們看了來勢不善，自然地就屈服了。不過，這些事都要我們引導了貴處的人去，以防萬一，這樣繼續地往前走，走到哪裡，旗子插在哪裡，那就是你的土地了。先生，你想想，這樣慢慢地往外發，將來你貴國的土地一定由幾百里擴充到幾千里，由幾千里擴充到幾萬里，你這個國王就尊嚴得不得了啦。」

蒲望祖聽到了這話，彷彿自己已經做了幾萬里大地的國王一樣，立刻笑容滿面，離開了他的寶座，走下土階來，向著這四個人深深地一拱揖道：「四卿如此輔助寡人，將來凌煙閣上繪圖賞功，一定是高高在上的了。」

百川聽了他這一套話，居然鬧起寡人，真覺得周身都為了他肉麻。

在他們這樣向他詫異著的時候，他以為人家目光灼灼地望了他，乃是尊敬他的威嚴，格外地表示那自得之狀來，就扭轉頭來，向他的侍臣瞪了一眼道：「退朝。」

只他這一聲，那東廂房裡咚咚的有一陣鼓聲，同時那西廂房裡也有金器聲，那聲音噹噹然，既不是磬聲，可也不是鑼聲，急促之間，卻分別不出是一種什麼聲音來。

百川是在這廂房門口站著的，他伸了頭向裡邊一看，倒不由得要噗嗤一聲笑了出來，但是只在這個時候，他立刻想到，若是笑了出來，卻是一樁大不敬的事情。這國王所轄的土地雖小，可是手握的生殺之權卻不小，假使他一翻臉，立刻可以把這幾個人置之死地，於是急中生智，趁了這一聲笑不曾笑出來，就彎了腰，胡亂地假咳嗽了一陣。

侃然看了他這個樣子，很是疑心，搶過來也伸頭向裡張望了一下，原來是一口極大的鐵鍋，在鍋沿上穿了兩個眼，用繩子拴了，掛在一根橫梁上，半空裡懸著。那鍋邊站了一個人，手裡捏了一個大草槌，對了鍋底，半天撞上一下。

侃然心裡想著，這個國王的儉約，真在大禹茅茨土階以上，鳴鐘擂鼓，卻也不過是撞大鍋。這樣看起來，個人要做皇帝，並不是一件難事。關起房門來，就是大爺。自己就說自己是玉皇大帝，也不算什麼。

那國王正在高興的時候，只管使出他那國王的威風來。這四位客卿雖然在這裡東張西望，打點他的宮室之美，他也不在乎，大搖大擺地向裡走去。

這四個探險隊員知道國王是進內宮去，當然不便在身後緊緊地跟著，因之都呆立在宮門口外，倒是那國王關心客卿，已經派人傳下御旨來，在寶華殿賜宴。

幾個女官們提高了嗓子，由宮門裡直嚷到土階上來，喊道：「聖上有旨，四位外臣在寶華殿賜宴！」

侃然站在彬如身邊，就伸了腳輕輕地敲了他的腿兩下，彬如回頭看到，也只好咬了下嘴唇皮，極力地忍住了笑。

這時就有兩個女官迎到他們面前來，就向他們深深地作了一個揖，道：「請到寶華殿。」

這四個人看了雪宮鐘鳴鼓響這種情形，當然也就急於要知道這寶華殿是一種什麼規模，也就毫不謙讓，跟了兩個女官，在東廂房的牆隙縫裡鑽了過去。

這裡有一叢木槿花，塞住了一個小山坡。上得坡來，借著兩面山崖作牆，鋪了兩間草屋，還有兩方卻是用不曾刨皮的樹幹當了圓柱，斜斜地支了四根，在那兩堵石崖上，倒懸掛了幾軸字畫，一是趙玄壇騎虎圖，好像是賣年畫攤上一類的東西，一是兩幅吊屏，上寫《赤壁賦》，卻缺了上下聯；三是一張門神；四是人家的一幅喜聯，雀屏中目，鴻案齊眉。屋子中間，一張白木桌子缺著下方。圍了五把椅子。此外並沒有什麼物華天寶之處。那柱子上卻直懸了一塊匾，便是「寶華殿」三個大字。

那女官將他們引到，還不敢就叫他們坐下，便有兩個人上山坡上，大聲叫著：「請駕。」

不多一會兒工夫，蒲望祖帶了幾個男女藝士走入殿來。他卻並不客氣，自在正中那把椅子上坐下了，卻橫伸了兩手，指著兩旁四把椅子，對了客人點著頭道：「請坐，請坐。」

這四位探險員雖然覺得主人翁未免自大，可是大家勞碌了許久，實在的肚子也很餓了，大家都想著，國王賜宴，這也是了不得的盛典，御宴上有些什麼佳肴，大家也是急於要知道的了，所以也就遵了國王的御旨，分別坐下。

那外面的鼓聲，也不知道經哪個的指教，咕隆咚咕隆咚，很單調地敲打起來。經過了這鼓聲三通以後，就有女官們在各人坐位邊設下了竹杯竹箸，看那樣子，也和朱力田家的無二，所以這個國王儘管是個尊貴的，但是限於物質，也是枉然。

杯箸放妥了，女官們就捧了竹筒子斟酒，接著就端上菜來。第一項菜，乃是一只大瓦盆，裡面盛了一隻頭腳俱全的雞。那雞雖然是白色的，不見得有什麼佐料烹製出來的，但是熱氣騰騰的，倒也有一股香氣，撲進鼻子去。

一個饑困交迫的人，隨便什麼樣的粗食，都可以吃上一飽，還得這樣香氣撲鼻的雞，哪有不看了垂涎之理？可是那國王並不動箸，只是端起竹杯子來，向大家舉著道：「眾卿請。」

百川聽了這話，心裡不覺有了一種感想，記得有一個時期，國人相見，好以同胞相稱，如張同胞、李同胞之類，當時說的人似乎沒有什麼感觸，聽了的人，便覺得周身都是難受，現在聽到這位國王，左一聲寡人、右一聲眾卿，覺得比聽到以同胞相稱還要難受。

那國王蒲望祖倒不曾有什麼感想，將杯子連連地舉過了三次以後，接著又是兩個女官，各捧了一個大瓦盤子，向上供著。看時，一盤子是一大方豬肉，一盤子是一條大魚，這更讓四位餓客忍受不住。

那國王卻還不曾想到要吃，逕向著土階上的女官們道：「傳旨起舞。」馬上有四個女官聽了這話，就大聲傳旨下去。這一下，就熱鬧起來了，金鼓齊鳴之中，有十幾對男女在殿外拉長了一條線，轉著圈子。每個人身子東邊歪一下，西邊歪一下，舞就是這個。樂呢，還是前面那一面鼓，一口大鍋。

彬如肚子裡嘰咕作響，偏是主人翁要請看舞蹈，他實在禁不住了，就向蒲望祖道：「這是山裡的風俗，又和山外不同的了，山外有什麼遊戲的事情，都在飯後，這原因很容易明白，就是一個人必定要吃飽了，才有遊戲的興致，怎麼山裡人是餓著肚子來遊戲的？」

蒲望祖道：「哦，這是寡人大意了，寡人以為眾卿必貪看舞樂，所以讓他們先舞。既是如此，就請吧。」

他說著，只將筷子頭將盤子裡點了兩點，大家也就一點兒也不客氣，跟著就來。

他們只這樣一動箸，這就有兩個宮女，各端了盤子，向每個人座位之前送上一碟黑醬來。大家吃著這三牲，正感到是不甚鹹，現在有了這一碟醬，大家都感著興趣了，於是爭著向醬碟子裡蘸醬吃。

歐陽朴手上捏了一條雞腿，在醬裡面只這樣一絞，剛剛送到嘴裡去咀嚼了兩下，忽然放下雞腿，哎喲聲道：「我想起一個極大的問題來，我們怎麼一向都忽略過去了呢？」

大家見他說得如此鄭重，都不免很驚異地望了他，就是那國王也是圓睜了兩隻眼睛，呆呆地望了他呢。

# 十二　踏月尋詩

這位山上的無毛大王正在寶華殿大宴探險隊四位客卿的時候，歐陽朴手上捏了一隻雞腿大醮了醬吃。

他哎喲一聲，忽然想起一件事來，他道：「別的東西罷了，都可以生殖繁榮，由工人做了起來。可是無論吃什麼熟食，裡面少不了要鹽，這鹽是礦質，不是動物、植物，可以用人工繁殖的，可是我到山上來以後，所吃的東西裡面都有鹹味，這是鹽呢？還是用別的東西來代替的呢？」

他這一說，探險隊員都恍然大悟了，說是我們怎麼樣把這樣一件大事給忘了？譬如吃的這醬，醬裡就有鹹味，這味由何而來？

那國王蒲望祖聽了這話，臉上出現了得意之色，手按了桌子，微笑著道：「這裡面的鹹味就是鹽。」說著，手向醬碟子裡面一指。

歐陽朴道：「這山上也有鹽，鹽在什麼地方呢？」

蒲望祖翹起右手一個大拇指，向身後指著道：「這山的後面有鹽井，就是出鹽之所，我們的祖上所以遷到這山上來，也就為了這山外的地方不遠的所在，有許多販私鹽的給我們為難，我們祖上也怕他們知道這裡有鹽，所以把山封了。我們祖上封山，原不光為了怕人搶鹽，但是封了山免得搶鹽的人，這也是個原因之一。」

百川點了兩點頭道：「這不是神話，我們本鄉的人，有一大半是吃山裡頭來的鹽。在潛山、陰山交界的地方，叫磨子潭，那是個產鹽區，或者這裡是和那地方一樣，有鹽井的。」

蒲望祖笑道：「這鹽井都在我的國境裡，現在除了我國的人，是不許在井邊挖灶熬鹽的。山上那些不服我的人，他們都吃的是陳鹽，將來把鹽吃完了，料定了他們不能不來搶，那時我就要和他們見個高低了。」

大家這又恍然了一個問題，就是他除了尊重女子、去吸收男子而外，另外還有這樣一種寶藏，可以駕馭山裡人。但是這也不見得就是一件樂觀的事，也許因為這個，他倒要激成眾怒。不過這是別人未來的事，也不暇去過問。

現在這四位探險隊員，各人是等了東西下去充饑，搶著把東西吃下去了再說。

大家一頓飽啖之後，那國王也看出了幾分，知道他們不餓了，又招招手，叫那侍從女官再傳樂隊跳舞。大家因為肚子都吃飽了，這就有了些興致，既是國王盛情，一再賣弄他的舞樂，大家也就平心靜氣，賞鑑一番。

可是他們的樂器始終是那樣的簡單，只是一面大鼓和一口大破鍋，遠遠地互相奏應。這裡來舞蹈的，雖然也是女性，不過恰恰和上海跳舞廳裡的女人相反，她們把富有肉感的所在一齊都遮蓋了。她們捽著那翩翩大袖，在草地上鑽來跑去，這令人只有眼光迷亂，感不到興趣。亂舞了一回之後，鍋鼓亂撞了一頓，她們就下去了。

這四位客卿，大家以目相視，竟是不能讚一詞。那國王兩手按了桌子，擺著頭道：「四卿看了這種舞樂，雖然知道是好，大概也說不出好的所以然來吧？寡人把祖上留下來的書也讀了不少，知道古來的帝王都有一種女樂作為自娛之物。寡人雖然國土不大，但是既然歷朝帝王都有的，寡人也不可缺少，因之和我的士臣參酌古書，訓練出了這一班女樂，眾卿看看如何？」

歐陽朴聽了他這一篇話，真覺饅頭裡面酸出了餡子來，便笑道：「現在山外一切的東西都失了古意，這樣好的古樂，山外人都是做夢也想不到的，我們對於貴國這種女樂，真是見所未見。」

蒲望祖聽了，得意之至，搖晃著身體道：「假使眾卿能助我一臂之力，將來把全山都收復過來了，我一定還要把音樂配全，那時天天可以和眾卿取樂了。今天眾卿權且就館，明天我有大事和眾卿商議。」

他說著，就吩咐了他手下的侍臣，把丞相府前面幾間屋子暫時作為客館，引四位客卿到那裡安身。那侍臣恭身答應了，卻轉身對四個人大聲叫「謝恩」，四個人拘了面子，只得和蒲望祖點點頭，立刻就走出那半邊茅亭的寶華殿。

那侍臣將他們引出了皇宮，轉了一個彎，只見一座高大些的茅屋，半隱藏在松柏林子裡。那大門外，不成章法地堆了一些大小石頭，那大概就算是當了迎門的大屏障。兩扇的木門上，寫了似赭色非赭色、似紅色非紅色的四個大字，乃是「一品當朝」。

走進了大門，大概是這裡的丞相，穿著長衣，戴著比旁人高一些的青頭巾。頭巾兩邊，有兩塊硬布，伸出兩個翅來，那大概就是丞相之冠了。這位丞相，倒有周公吐握賢明之風，站在臺階上，拱揖相迎，將他們引到一大間屋子裡來。

這屋子較之朱力田那間農家草堂，也好不了許多，只是那黃土牆上，多開了兩個圓式的窗眼。在這一點上，似乎不能說是什麼富貴氣象吧。那位丞相卻也慎重其事地將這四位客卿讓在板凳上坐了，他就坐在一邊，陪說了一些客氣話，大家這才知道他叫毛賦如，是這國度裡面讀書識字最多的一個人。

這國裡的建國大綱，大一半是他所手訂。他也和國王蒲望祖一樣，第一個目的就是要借著一種武力，把全山都統一過來，自然，這四位客卿的掌心雷是他企望最殷的，四個人和他談了一陣，將他敷衍走了。

歐陽朴首先就用英語道：「趁著這一線時光，我們要開一個緊急會議了。第一，就是山外面還有一班人留在那裡，現在我們被這裡的首領軟禁了，就要內外隔絕，我們還有法子照顧那些人嗎？他們的目的，只是跟著我們拿幾個工資，這秘密谷裡出神仙，或者出皇帝，這都與他們無干。這樣的我們內外消息不通，只要三五天，他們就不能支持要散夥了，他們若是散了夥，我們一切工作的用具怎樣子處置？再說，就算那些都不管了，我們是不是和這位半個山頭的皇帝來合作？」

他把這一篇說完了之後，大家都沉住著氣，想了一想，百川道：「據我想，我們只有拋開了一切危險，就在今晚，趁了他們不留心，我們偷出境去。到了山洞口上，我們在那裡撐起帳篷，做一個進可以取，退可以守的局面。」

侃然道：「這個不妥，無如我們人生地不熟，未必逃得出境去，就是我們逃得出境去，在洞口上撐起帳篷來，在那裡和山上人對壘，以他們的那些人來為難，只憑我四個人，能夠維持永久嗎？先死那算不了什麼，我們到這裡來，就預備下幾分犧牲性命的成分了。就是怕我們走馬看花地遊歷了一番，立刻就走了，這樣地回到南京去，人家不會疑心我們是和平常人一樣，只看看天柱山的山頭就走了的嗎？」

這一篇話，說得大家都沒話說了。

百川道：「雖然如此，可是這裡的無毛大王要我們教他的掌心雷呢，我們真把放槍的法子告訴了他，恐怕他會借了這種力量，大大地去殘殺山上的同類，那未免太不人道了，若是不告訴他放掌心雷呢，他是不是肯放我們走。」

彬如就微笑道：「不是那樣說，應當說是不是讓我們的身體自由呢？」說到這裡，才尋著了一個討論的中心點，但是大家討論關於要怎樣去解決這個中心點，都說不上來。

侃然搔著他的虬髯，皺起了眼角上的魚尾紋，很躊躇地道：「我以為最好的一個辦法，就是開誠布公地對這裡國王說，現在山外的物質文明到了什麼程度，不要只住在山上做這個聽破鍋聲音的大王了，可以和山上人言歸於好，恢復山內外的交通，我們可以帶他到南京去看看。」

歐陽朴聳了他的小鬍子笑起來道：「你以為這是東方的國王，很願意到歐洲去留學嗎？他正在線裝書上找他做稱孤道寡的迷夢，你不要他這一個小小山頭都不能囊括起來，未免太不識相了。我想，不如告訴他實話，槍不是掌心雷，需要子彈，我們帶來的子彈不多，不夠打一仗的，留我們在這裡也是無用。」

彬如道：「他若知道槍效力是那樣的，他拿著了槍立刻殘殺起來，那就怎麼辦？當然，幾支槍的效力決不能統一這山頭，他一失敗之後，那國的人把這筆賬全托在我們身上，我們不但是出不去，恐怕要增加許多危險。」

百川道：「若要那樣仔細推測起來，就是這裡國王毫無條件，太太平平地放我們出境。那邊的人他們以為我們從敵國而來，又能夠放我們過去嗎？」

討論到了這裡，可以想的法子又窮了。

這已是昏黑許久的時候了，這正中的白木桌上，四根竹棍子支架著一截竹筒，筒子裡面不知道放了一種什麼膏汁，在中間用小竹棍子夾住了一把棉線，點著火焰。這屋子裡面，不能說是有光亮，只是些昏黃的顏色，反映著那黃土牆上窟窿窗外的銀色月光，倒顯著這屋子裡面是混茫而無四向的。

就是坐在這屋子裡的人，也好像是沉落在煙霧中。因為人聲都沉寂了，那外面的風捲樹枝聲，彷彿像江海裡的浪濤一樣，人呢，也就彷彿是在船上了，可是回頭看看門外面，銀子鋪在地面也似，月色是清明極了。

侃然對著門外，忽然發起了幽思，中國語脫口而出了，他道：「老朴，地球還充滿著羊齒類植物的時候，那個時候沒有人類，那月亮照著地面，不知道可也是這種顏色？」

歐陽朴道：「那是當然的……哈哈，我們不要窮開心，又討論到地質學和生物學上面去了，我們自己還要研究三十六計的走為上計才好。」

余侃然道：「這何須說得！自然是走為上計，可是這上計行不通的時候，我們也須不得已而思其次。」

彬如笑道：「的確，從來人都說三十六計走為上計，我們只知道這走的一計，其餘的三十五計卻無從考究，所以現在我們要不得已而思其次，這其次也就無從得知呢。」

侃然也笑道：「這是個有興趣的問題，大詩家，你是研究中國通俗文字有心得的，對於這一點，你不能沒有一點兒意見吧？」

歐陽朴笑道：「第三十五計我倒知道，就是像我們這樣的大學教授好發高論！不切實際，誤盡蒼生，一律都該槍斃。事到於今，我們還在討論三十六計，你說假如我們做了行政院長，不是誤盡蒼生嗎？而況做大學教授的人，都有在政治上找出路的可能呢！」

這又引得大家哈哈大笑了。

他們這種笑聲，早把這上房裡的毛丞相驚動了，他不知道這四位來賓究竟什麼事高興了，忽然大笑起來，但是過得很高興，那是可以斷言的，於是他就帶了兩名女官，親自到這個禮賢館來拜訪。

那兩個女官，只在屋門口就站定，毛丞相卻走上前來，深深地向他們一揖，笑道：「老夫聞諸位歡笑之聲，必有一件樂事，其故可得聞乎？」

歐陽朴坐著和彬如相近，在那昏黃的燈光中，向彬如丟了一個眼色，而且微笑著，彬如低聲操著英語道：「這個小丑來了，倒是我們說話的一個機會，也不要糊塗錯過了。」於是答道：「我們都是山外一個窮讀書的，不料到了山裡，居然做了諸侯上客，所以就哈哈大笑起來了。毛丞相也是個飽讀詩書的人，一定知道我們這番高興不是徒然。」

毛丞相手摸了他胸面前的三綹長鬚，做了一種沉吟的樣子，復又笑著點了兩點頭道：「所謂今天下車同軌，書同文，我早就這樣想著，我們深藏在山裡讀書的人，果然有滿腹文章，便是走出山去，也一樣的大才大用。」

彬如正想勾引他談上本身問題，他在那裡賣弄滿腹文章，這話要越說越遠了，趕緊向他帶轉來一筆，因道：「丞相既是我們同文，當然相信『子不語怪力亂神』那一句話，貴邦人士都說我們有掌心雷，其實這是一種錯誤，它乃是一種武器，名字叫作槍。」

毛丞相擺了頭道：「是始也，吾亦疑之，其連珠炮之類乎？然而果為連珠炮者，發必用藥，燃必用引，而審觀尊械，均未有是也。且其中有一物，其長不過七八寸，敝處有人隨意提之，不料轟然一聲，跑出火來，將旁邊一隻豬打死了。那物現放在野田裡，四周用人監視，無人敢近。小小東西有這樣大的威力，故在老夫亦莫測高深矣。」

彬如道：「那實在沒有什麼奇怪，也不過是一種最小的槍，這個東西在什麼地方，請丞相帶了我們去，我可以隨便拿著讓你來看。」

毛丞相皺了眉道：「我們也正愁著，既不敢去拿它，又不敢走開，怕它像飛劍一般，鬧出事故。既是諸位提到了這件事，那就很好，只是這件事我不能做主，須要奏明國王。」

彬如道：「宰相燮理陰陽，國家若干大事都可以徑自辦理。這樣一點兒芝麻大的事情，不分日夜還要去奏明國王，那麼做宰相的，也就太不能做主了。」

這幾句話未免激動了毛賦如丞相，便笑道：「並非這一點兒小事不能做主，只是四位貴客在此，必要把事情奏明了主上，才見得尊重，既是諸位急於要去看看，趁此月華滿地，我就奉陪諸位踏月前去。」

歐陽朴一時計上心來，怎肯失了這個機會，馬上答道：「那就很好，今日白天進得貴山，時間匆忙得很，一切都沒有看得清楚。既是丞相肯勞步，我們在月亮地裡，少不了看了許多事，可以隨便相問，我們走哇！」說著，他就向同伴的人各看了一眼。

雖然在昏暗中，大家看不清他的臉色，然而他的命意所在，大家是很明瞭的，於是同站起來，向外便走。

那毛丞相本來還要盡一些謙讓之理，請賓客先行，不料這些賓客用不著他謙讓，已經在先走了。主人翁當然也不便老在屋子裡站著，於是也跟了出來，那兩個女官也不必吩咐，又跟在他身後，他因為彬如是個穿長衣的，卻緊緊地貼了彬如走。

這時，那月光照在樹葉上和草葉上，猶如抹了一層霜粉，看去很添人的興致。山上的溫度是低於平原的，雖是到了初夏，這山上的草木還是開始的暢茂；野花的香氣，在半空裡醞釀著，送到人鼻子裡來，令人添了一種說不出所以然的快感。

那位丞相似乎也具有同樣之感，他道：「我在書上常看到許多讚美園林的詩文，不知道現在山外的園林比敝地這種景致怎樣？我覺得這種『花有清香月有陰』的景致，只怕是此地獨有的。」

侃然搶了道：「巧啦，丞相，你要讀詩，我們這位徐先生是位詩學大家，你有什麼話和他說，他一定可以答覆。」

毛賦如一拍掌道：「此話是真？」

彬如笑道：「不敢說懂，喜歡此道罷了。」

毛賦如搔著鬍子根道：「這就太好了，諸位有所不知，我們的祖先隱居到這山上來時，原也有些文人，但是他們教給子孫的，不過是認識幾個字，能看書就完了，因為在山上，有了那高深的學問並無用處，只要子孫讀書知禮，懂得本身所自來，也就完了。詩古文辭卻無人教授，祖先遺留下來的書很多很多，我們青年時候，在種田之外，各人借著消遣罷了。後來老夫和兩三個朋友卻專去看書上的詩，也越讀越有味，直到於今不曾間斷，只是那兩個朋友都亡故了，竟找不到一個同道。」

歐陽朴笑道：「談到詩，我們這同夥四個人，多少都知道一些，而且還可以胡編幾句。」

百川聽了，心想，他撒這個謊做什麼？我就不會作詩。

毛賦如不由得心癢起來，笑道：「這樣好的月色，各位何不聯詩一首？明日老夫奏明聖上，也是一種盛典。」

歐陽朴道：「待我們取得了那槍，心事安定了，一定獻醜。」

侃然知道這小鬍子向來是能夠出些鬼主意的，他既如此說著，且自由他，好在就到時作不出詩來，也可以讓彬如一個人去包辦，大家就不必怎樣地去攔住他了，且看他向後怎辦。因為如此，大家也就沒有作聲。

那毛丞相聽說要作詩，未免大大引起了他一番高興出來，放開了步子，就走到那放棄手槍的所在，果然這裡有七八個人各執兵器，在月光地裡兜圈子。圈子中間，就是一塊田。他們在月亮下面，看見丞相來了，都齊齊地站在一邊。

毛賦如問道：「那東西放在田中間，沒有什麼動靜嗎？」

大家都說沒有什麼動靜，歐陽朴也不去和他們說什麼話，走到野田裡去，掏出身上的手電筒，四處探照了一下，見一把手槍正放在地上，於是悄悄地撿了起來。那些守候的人，見他手上放出光來，又不免驚訝起來，轟的一聲向後退去幾步。歐陽朴笑道：「大家不要害怕，這並不是什麼飛劍，可以斬人頭的。假如它真的是飛劍的話，你們遠遠地看守住了它，那是送死，它要是飛起來，你們跑也跑不及。」說著，將手電筒向那些人一照，那些人見電光一閃，哪裡聽得清楚歐陽朴的話，又是轟的一聲，完全跑了。

這位丞相究竟要顧些官體，並不曾走開。那兩個女官也跑了幾步，看到丞相沒有走，也就停止住了。

歐陽朴覺得複雜的解釋不如簡單的事實容易來得證明，於是將手電筒伸到毛賦如面前，讓他看著道：「這不過是一盞小巧的燈，有什麼奇怪，請你按一按，包也就亮了。」

毛賦如先是很躊躇地不敢動，後來歐陽朴在他面前試了幾試，他也就跟著在機紐上按了兩下，果然沒有什麼奇怪，一按就放出光來，一鬆，亮就沒有了。他覺得有趣，於是拿在手上，亂按了一陣。

歐陽朴道：「丞相覺得這個東西好玩，我就奉送給丞相吧。」

毛賦如這一喜非同小可，連連拱手道：「這樣重惠，老天何以為報呢？」

歐陽朴道：「剛才丞相倡議賦詩，我們非常贊同。只是有月有詩，不可無酒，丞相何不命這二位差官，回府去取些酒肴來，也好鼓動我們的詩興。」

毛賦如正在高興的時候，而且他親眼看到歐陽朴將那手槍撿起，隨隨便便地就揣到了衣袋裡去，這也決不是什麼掌心雷，膽子也就跟著大得多了，便手摸了鬍鬚微笑道：「這點小東我一定要做的。」於是就吩咐那兩個女官，回府去取酒菜來。

歐陽朴道：「現在月亮還不曾當頂，好在我們也不能馬上就把詩作完，丞相賜我們酒菜，只管作好了，慢慢送來，我們自然在這裡等候。」

兩個女官答應著去了，這裡就剩一個毛丞相。

彬如等到了這時，心中也就大為明白，就用英語向歐陽朴道：「我們實行那三十六計的上計嗎？」

歐陽朴也用英語答道：「你們看我行事就是了。」於是向毛丞相道：「這裡一直向前走，是什麼所在呢？」

毛丞相道：「一直向前走，那去不得，因為那就是國境了。」

歐陽朴道：「難道這裡的國境，終年都有兵把守的嗎？」

毛丞相道：「那倒是沒有，但是兩邊都常有巡查的人巡查邊界，所以我們這裡人不敢過去，他們也不敢過來。因為巡查的人一捉著敵國的人，那是不放的。」

歐陽朴站在一塊高石塊上，四周看了一看，把四周已經看清楚了，然後跳了下來，正站在這位毛丞相身後，更不答話，對準了他的後腦勺子就是一拳。這一拳是竭盡平生之力打了出去的，這位宰相爺眼前一陣昏黑就倒下地去了。

這卻把踏月尋詩的雅事，變作高山比武的凶案了。

## 十三 導火線

山外這四位客卿陪著山中丞相，鬧了這踏月尋詩的一幕喜劇，結果是那位毛相公被歐陽朴腦後一擊，將他打倒了。

侃然跳了起來道：「我們走吧，這個禍子可惹的不小。」

歐陽朴道：「不要慌，我們先站定了，分清了方向，才順著路走。不要像上次一樣，本來是要逃到山外去的，卻逃到了山裡面來了，鬧個二次被擒，那可是笑話。」

於是他首先走到一個高坡上，向四周看了一遍。

在月光下面看得清楚，原來經過的那一片鄉村，隔著一道小山崗子，兀自在樹林子裡露著兩三星燈火，把去路看得仔細了，跳下坡來將手向前連揮著兩下道：「跟著我走！跟著我走！」

他一個人在前，三個人緊緊地在後面跟著，約莫走有半里路，並沒有碰到一個人，卻到了一條傾斜的出澗邊。月光下看不清水深水淺，只見那澗裡的流水映著月光的影子，有許多屈曲的光線，在豐草大石裡面亂動。

大家半彎曲了身體，慢慢地走下斜坡來。歐陽朴低聲道：「說一句時髦話，這條山澗是我們的生命線了。這岸邊是一國，那岸邊又是一國，我們若老是在山澗裡面，兩邊都可以逃命，也許兩邊都不能逃命……」

侃然搶著道：「老朴，你聽見了嗎？」

大家都吃一驚，以為岸上有了什麼響動了，都靜止了，側耳聽著岸上。

歐陽朴道：「聽見什麼，沒有動靜呀。」

侃然道：「澗裡有一種鳥，窈窕的身材，兩隻紅腳，頸毛上帶著翠色，茶褐色的背，有些很像石頭。牠喜歡在山澗裡石頭上跑著，又快又輕。牠的名字，在科學上叫秧雞，俗名叫山河鳥，這種標本很少，以至於我們沒有詳細的研究，剛才我聽得咕靈咕靈的叫著，就是這種鳥。」

這一篇話，把歐陽朴的興致勾引起來了，問道：「這話是真嗎？中央大學生物學系的林先生，曾和我提到過這一件事。」

彬如道：「兩位博士錯了，這鳥叫等死鳥。」

侃然道：「沒有這樣一個鳥名吧？」

彬如道：「怎麼沒有，牠老在這山溝等著不走，等追兵來了，還不把牠宰了嗎？」

他這一說，惹得大家全笑了。

百川道：「我覺得我們不必猶豫了，還是到了岸那邊再定行止吧。岸那邊的人把我們捉住，至多也不過是把我們轟出山去，不至於像這邊一樣，要把我們軟禁了教掌心雷。」

彬如笑道：「對了，到了那邊去你是有把握的。不是有位朱小姐，她愛上你了嗎？」

百川道：「徐先生剛才還說別人不怕死，不到五分鐘的工夫，徐先生自己也說起笑話來了。」他口裡如此說著，自己就首先踏著水中間突出來的石頭，踏到河岸那邊去了。

由斜坡上慢慢地跨上了岸，那邊正是小崗子的山麓，臨著山澗卻是密密地長了大鳳尾竹子，沿竹林子裡都長的是亂草，卻沒有一條人行路。

正打量著，其餘三人也跟上來了。百川低聲道：「我們低聲一點兒吧，仔細讓人聽了去又惹出是非了。現在竹林子擋住了去路，我們是由竹林子穿過去呢？還是繞了竹林子走呢？穿竹子過去走得快，但是危險性大。若是一傢伙由竹林子裡鑽了出去，被那邊捉住了，恐怕會有性命之憂。因為在黑夜裡，他會把我們當奸細看待的。」

大家一想，這話也是不錯，站在林子下躊躇了一會兒。只在這時卻聽到隔岸一陣梆子響，前後有五六處相應，風起潮落，像大雨點子一般洶湧。同時那面古鍋改的景陽鐘，做起蒲牢吼來，在月光中嗡嗡地傳出聲音，接著大小人聲四處雜起，遠遠地就看到樹林子裡冒出一叢火光，那正是和毛丞相踏月尋詩的所在。

侃然道：「大詩翁說了，我們是等死鳥。真打算在這裡等死嗎，你不要以為這是另一國的土地，他們不會過去。要知道他們並沒有訂什麼不侵犯條約，也沒有國際公法約束著他，他為什麼不殺過岸這邊來呢。」

百川道：「不說笑話，這倒是正經打算，我們必需要把身子隱藏起來，不要讓他找到了，活活地把我們來處死。」

歐陽朴道：「手槍在我這裡，讓我在前面走吧，有這種東西，我總可以先嚇倒攔住我們的人。至於前途的生死存亡，現時也顧不了許多，只好走一步是一步了。」

他口裡說著，兩手分開了竹竿子，伸了腳就向竹林子裡面走去。他們原是架了方向走的，至於走到哪裡去，大家可沒有考量，這竹林子越走越密，越密卻也越深，大家心裡正找得著急，想跑出這竹林子外面。

偏是不料大家心慌，好像在竹林裡鑽了幾十里一般。彬如走在最後，他連連地叫著道：「呔呔，我們緩走，這樣宋公明打祝家莊一般，只管在竹林子裡面亂鑽。我們打算鑽到什麼時候為止呢？」

歐陽朴站在竹林子中間也就發了呆，沉吟著道：「這可成了一個問題了，那邊沒有響動，我們走了出去，那還不要緊，現在那邊梆聲鐘聲一齊亂響，人也跑出來了，看這樣子，他們是要大動干戈。他們那邊有了舉動，這邊的人絕不會想到尋找我們的，一定要疑心是鄰國稱兵犯境，他們若是不甘拱手讓人，一定會相機*抵抗的，兩下有了誤會，說不定今晚上就打起來。我們固然不應當幸災樂禍，但是有了這個機會，趁著他們不注意我們，我們才好脫身逃跑，依著我，我們暫時藏在這竹林子裡不要走，等天亮了看清了方向再走，好在今天這月光足夠一晚用的，我們藏在裡邊可以看外邊的人，有了意外發生，我們再相機應付，諸位以為如何？」

百川首先答道：「我們亂七八糟鑽了半晚，鑽得頭昏腦暈，實在也倦了，休息休息也好。」於是大家俯了身子用手撫摸著地面上的亂草，覺得哪裡是平坦一點兒的所在，然後懶著身子坐下去。

四個人散亂著在竹子根上坐下，各人唉了一聲，表示著一種休息之下得了舒服一點兒的樣子。兩個博士也就不約而同地，各伸著手到口袋裡去掏出煙斗來向嘴裡銜著，可是煙葉子沒有了，火柴也沒有，大家各將手按膝蓋默然坐著。

大家極靜止的時候，風刮竹葉子颼颼作響都可以聽得出來，至於遠遠的梆聲人聲，就越來越發的熱鬧。

彬如道：「慢來，這梆聲何以在我們前面也發生出來了？是那邊的人包圍過來了呢？還是這邊的人為了那邊的響聲，他們也集中抵禦起來呢？」

於是大家也都清靜地聽著。

侃然道：「不成問題，是兩邊要動手了，果然他們兩下動起手來，這倒是一場奇觀。不用火器的爭鬥發生在二十世紀，是不容易看到的，我們是忍耐著看這一場爭鬥呢？還是趁他們沒有工夫注意到我們，我們就走？」

百川道：「當然我們要看這一場熱鬧。」

歐陽朴道：「看看也好，山賊，你自己呢？」

侃然道：「老朴，你不能再叫我這個諢號了，讓山裡人砍了我的腦袋，你不見得可救了完屍下山。」

彬如道：「那麼你是贊成走的。」

侃然道：「我服從多數。」

彬如道：「與其說你是服從多數，不如叫我服從多數吧。他們兩個人已經是要看熱鬧了，你又服從多數，我還走什麼！只是夜深了，我們又鬧了一天，精神恐怕有些不濟，依著我的意思，我們四個人輪流地守更，其餘三個人各睡眠一會子。與其在這裡說風涼話，我覺得還是預備著精神留待後用，這更覺經濟一點兒。」

歐陽朴道：「這話我卻也贊成，我們公推你先守更吧。」

彬如道：「我先守更是可以的，但是這應當定出一個時候來，難道讓我三點三刻，你們三位各守五分鐘，共湊合起來四小時不成。」

歐陽朴道：「一個人守三十分鐘吧。」

侃然道：「但是這竹林子裡面擋住了月光，看錶有問題。」

歐陽朴道：「可以找個漏亮光的地方看去。」

彬如道：「我實在懶得動了，就公推你先守更吧，你去找漏月光的所在去。」三個人如此一研究起來，說話又是沒有完結，百川卻沒有作聲。

侃然道：「小康，你怎麼不作聲？」

百川並不答應，依然默坐在一旁。

侃然道：「我們正在這裡商議，你倒安然地睡覺了，未免不平等吧，醒醒吧。」說著，走近一步，去搖撼他的身體。

百川這才笑了起來道：「三位先生說是睡覺，可是只管討論起來，據我看，恐怕討論到了天亮，這個問題還不能解決，我就不如老老實實地先睡起來吧。」

歐陽朴笑道：「不用睡了，你看，這竹林子外面，已經發現了一叢叢的火把光，必是前山人已經向國境來布防了。我們且警戒著，若他們真布防到這竹林子裡面來了，我們可也要避開，不然，就不容我們作壁上觀了。」

大家由竹林子縫裡向外看去，果然地，有許多散漫的光焰，在遠處來回地徘徊著，雖是隔了竹子看不清楚，也有一二里地遠。

歐陽朴看了許久，忽然站起來，悄悄地道：「了不得，前山大有能人。」

其餘三人聽了他那一種驚訝的口氣，也不免隨著吃上一驚，一齊站了起來。

歐陽朴道：「那河邊的梆聲，到如今未曾停止，火把倒是照耀得紅過半邊天。在黑夜行軍，這就是把那個老大的目標來告訴人，自然他們由哪裡到哪裡，前山的人一定是看得很清楚。可是前山人自己呢，把人召集齊了，梆聲就停止了，火把也只疏疏落落的幾叢，遠遠地擺著。據我看來，也許這是布的疑陣，根本上就沒有什麼人在那裡。他們的人可是暗暗地向這山澗邊布防來了。他那邊人來了，這邊就會在暗地裡先下手為強了。所以我們這樣地想著，也許在我們身邊，已經埋伏下戰士了。」

大家聽著他所說，很是有理，絕對不是笑話，不免同時寂然著怔了一怔，心裡都各捏著一把汗。

侃然道：「這可沒法子，我們若是覺得這裡不妥當，再去找藏身的地方，也許誤打誤撞，正撞到漩渦裡去，從即刻起，我們停止說話，專聽消息了。」

百川見情形忽然緊張起來，他第一個是不能忍耐的人，就半蹲了身子分開竹竿，向原來的路鑽了回去。

彬如一手把他衣服扯住，扯到身邊來輕輕地喝道：「坐下吧，你非惹出禍事來不休手嗎？」

百川道：「我不聲不響的，能惹什麼禍事？」

彬如道：「你雖然不說話，你手上攀住了竹枝響，腳下踏著草皮響，你想，這種聲音能夠不引起別人的注意嗎？」

百川對他所說的這話，也認為有相當的理由，只得靠近了彬如坐下。

這時，大家心裡頭都在那裡懸念著，究竟揣想的情形是不是會實現，一面由竹林子縫裡向兩邊張望。果然，河那邊的人，大概已經知道了他們毛丞相是被四個會放掌心雷的客卿打倒了。

這是僅僅亞於國王被刺的一切事情，如何可以輕易放過。所以那邊的火光一時擁到東，一時又擁到西，人聲嗡嗡的只管嘈雜得分不出話音來。

大家坐在草地上，也就竭力地鎮定著，要聽出一兩句話。

不久，就聽得有人說話了。

有人道：「他們那邊的人，只是紛紛攘攘的，好像自己要辦一件什麼事，倒並不要奔向這裡來，這是什麼緣故？」

又有一個人道：「山外頭來的那幾個人，讓他們捉去了的，不要是和他打起來了吧？這四個人有邪聲，是不容易對付的。」

這說話的聲音，非在山澗那邊的群眾裡邊，就是在竹林子外邊，向山澗去的路上，這是不必去怎樣猶疑的，必定是前山的人已經布置到國境邊了，於是四個人慢慢地坐到一處來，彼此握著手輕輕搖撼，這是大家心照，形勢有些嚴重了。

那外面的人又道：「他們過來了也好，他做夢也不會想到我們這裡埋伏了有人，等他來了，我們射他娘的，不管好歹，先讓他吃個眼前虧。」

另外一個人道：「唉，說起來，我們都同是一輩祖宗傳下來的，不是一家人也要算一家人，何必這樣對拚起來。那蒲望祖也是想不開，在山上做了皇帝，又怎麼樣，也不過是吃一飽穿一身，為了一個人想過皇帝癮，鬧得全山都不安起來了。」

這兩個人一面說著話，一面向前走。他們的聲音也是不大高，漸漸地也就不聽到他說的什麼了。

侃然將頭伸到三個人附近，低低地道：「看起來，這一塊乾淨土，今天晚上是非大大地流血一番不可，我們可是導火線呀。」

彬如道：「關於這層，我們倒不必抱歉，他們一方面要革新政治，一方面削平叛逆，早是騎虎之勢，我們就是不來，這一場流血也是免不了的。」

歐陽朴突然伸出兩隻手來，分握著彬如和百川，口裡便道：「來了，來了，快要動手了。」

大家向山澗那方看去，果然有一叢火把，在空中拖著一條火龍似的，帶了青煙，向這邊蜂擁過來。竹林子裡看不到人有多少，但是人的喊叫聲很是雜亂，決計不是少數的人。

這時，四個人心裡都有些慌亂，但是明知戰局揭開在即，馬上就是一場大熱鬧，大家也急於要看一個究竟，因之四個人不約而同地都半彎了身子。

半晌，向前試探著走一步，那一條火龍這時似乎已降到山坡下面去，空際只有那火焰和青煙，倒映著樹林上射出光來。也不知什麼地方，猛然發生了一片敲銅鐵的聲音，接著有人大喝道：「對著火光放箭啦！放箭啦！」

也不知道這裡預備下有多少人放箭，但是就在這附近，已經是刷刷刷，箭的衝破空氣聲，聽得很清楚。那火把光下的人，嘩然一陣吶喊起來，這就飛奔著跑開去了。他那邊跑開，這邊就同時聽到竹林子周圍，有人哄然大笑。

彬如伸著手，攔住了大家向前走，低聲道：「危險，那邊是一班糊塗蟲，這邊可有預備，若把我們碰到了，又是一件大大的麻煩。依我說，我們是不能觀戰了，再說這邊先射箭，把人家轟跑了，那邊也是在天不怕地不怕的時候，又哪裡肯放過。他們也有弓箭的，不會射回過來嗎，依了我的意思，趁著竹林前面還沒有人聲的時候，我們由那裡走吧。」

侃然道：「竹林前面沒有聲音，就認為沒有人，那也不見得，依著我，可以在這竹林子裡找個有掩蔽的所在，當了戰壕，看那邊怎樣報復。現在夜很深了，他們再來時，天快亮了，我們索性到那個時候再走吧。」

其餘三人還沒有答話呢，竹林子外面有人道：「咦，這竹林子裡唧唧噥噥，好像有人說話，是山那邊的人藏在這裡面了吧。我們打了火把，進這林子裡去搜搜看。」

四人又聽一個人道：「這個事情，我們不要胡亂做主，應當去問一問隊長。」

竹林子裡四個人聽了，大家正吃一驚，忽然那銅鐵器的撞擊聲又發生出來，原來河那邊的人，簇擁了火把，吶喊著直撲過來，這邊就應了吶喊聲，敲起銅鐵器來。自然，這邊的弓箭跟著聲音出發，這邊的人似乎很有訓練，一點兒也不聽到囂張，刷刷刷，那箭聲就向隔河岸射了過去。

這箭發出去以後，便見對面那火光，是整個一團的，就猛然裂開成三四處。這邊的人聲和著雜亂的腳步聲，在深林亂草裡也就分散開來，沒有多少時候。那邊分散來的火光，在箭聲刷刷裡面又分散起來。有一部分照著上一次樣，向同路跑轉去了。他們一跑，這邊的人得意之下，又哄然一陣地笑了起來。

侃然道：「笨賊，這樣點著火把讓人家來射，焉有不失敗之理，怪不得人家要笑了。」

他這樣說時，那邊的人似乎也有些乖覺，所有的火把漸漸稀少，不到十分鐘的時候，就完全熄滅了。剛才那一番緊張情形立刻消沉下去，就是在竹林子裡面藏躲的人，到了這時，緊跳著的心房也跟著寧靜下來。

月亮下面的晚風，由竹葉叢裡吹過，便是颼颼作響。就是那深草裡面也唧唧喳喳發現了蟲聲，大自然露出了本來的面目，恐怖空氣完全收拾起來。但是這也只十幾分鐘的時候，接著一片狂喊聲在對岸發生著。那聲音是既憤怒，又慘厲，自然讓人聽到了刺耳，這戰事好像又要發生變化了呢。

# 十四 誤入虎口

狂飆似的夜戰聲，在一度喧囂之下停止了。

在竹林子裡的幾位旅客，剛剛把喘息恢復過來，只一剎那之間，那狂喊的聲音在山麓下又大叫了起來，而且一陣緊似一陣，把範圍擴大起來。

就在這時，山這邊的人，有一大群人喊著殺呀，如潮湧一般，隨著那嘩啦啦的腳步聲，天倒地塌的形勢，直趨到竹林邊來。

這分明是援兵來了，在竹林子裡面的人幾乎讓這種聲濤在四周包圍了。大家無論是怎樣的鎮靜，也不能不跟著心跳起來，百川首先忍不住了，就走到歐陽朴面前低聲問道：「我們還在這裡坐著等機會嗎？恐怕環境不允許吧，萬一他們混殺一陣，更衝到竹林子裡面來，是誰把我們殺死，我們都不會知道。」

歐陽朴在暗中握了他的手，低低地道：「你不要作聲，讓我考慮五分鐘。」

侃然低聲道：「我們用不著考慮了，現在這兩方面的人都在山澗邊自相殘殺，後方必是空虛的，我們向前面村子裡走去，不遇到人，我們一直回山口；遇到了人，他們在這生死關頭，也許來不及管我們的閒事，把我們放了。」

彬如道：「這個理由不見得是怎樣的充足，但是鬧了這樣久，天也快亮了，我們不能永久在這竹林子裡住著，遲早是要冒險出去的。我們在這個時候出去，比較還是妥當一點兒，所以我倒贊成走。」

歐陽朴一聽那援兵的殺聲，已經趕到了山澗下去，這正是雙方酣戰的當兒，於是一拍手道：「好吧，我們走。」說著，他首先一個在前方引路。

大家因為竹林子外有喊殺聲，料著是不會聽到這響動的，而且大家已起了逃走的決心，誰也寧靜不起來，腳下絆了亂草，手上分了竹枝，唏唏唆唆，大家不辨高低，對準了一個朝前的方向，只管飛奔了去。

歐陽朴在前，百川緊緊跟著，只有彬如一人落後。

當大家趕出了那竹林子，早見前面一帶白光，現出了一道平迤的山崗子。同時風吹到身上，好像也又是一種感觸，百川道：「哈！天亮了，我們要提防一二，現在是很容易讓人看見的了。」

歐陽朴站定了，四周打量一番，低聲道：「我們有救了，我看這山崗子分明是我們的來路，誤打誤撞地走到了這裡，這真是幸運。」

彬如道：「來的時候，我大意了，果然是這裡靠近山口嗎？」

歐陽朴道：「那絕不會錯，我看得很清楚，只要翻過山崗子去就是活路。」

余、康二人也和彬如一樣，來的時候不曾想到會如此出去，所以也沒有留心路程的形勢。歐陽朴既說得那樣的切實，料著不會錯事，也就相信了。

這時，空氣裡面現出一種銀灰的淡光，向地下看著，已經可以看出深草和平地來，但是平地也長有草皮，並不見人行路，平常似乎不見得有人經過的。大家所走的地，是斜斜向下去的一道山坡，在山坡上一層層的都有松樹秧子，在黑暗裡看著，倒是有些像站著和蹲著的人。

歐陽朴抬起一隻手，掩了半邊嘴低聲笑道：「我們這就大可以利用松樹秧子一下了，我們只管沿著一排排的松樹秧子，繞到前面山崗子上去，到了那裡，我們就是大爺，什麼也不必怕了。」

他半蹲了身子，由這棵松樹邊，跑到那棵松樹邊，一隻手扶了樹枝，一隻手向前揮著，向大家低聲叫著道：「來，來，跟著來！」

大家順了這一條生命線悄悄地向前走著，可是到了半路，天色已經有些蒼白了，草上的露水將各人的褲腳都已打濕。

歐陽朴將身子隱藏在一棵松樹秧下蹲起來了，向大家笑道：「走到這裡，我有些彷彿了，我們進這秘密谷的時候，似乎沒有經過這樣長一個山坡呀。」

百川倒信任這是回去的路了，便道：「我認為到了現在，用不著疑心，向前進是要走，不向前進也是要走，我們既假定了這山崗子是去路，我們就到了那裡再說。」

侃然笑道：「百川大概是真急了，按著幾何學也就有了假定了，接下去，就應該舉出證明來。」

百川笑道：「這也是我跟三位先生學的，因為你們無論到了怎樣危險的時候，總不肯失去那研究學說的態度，我把所有的經歷都看得很鄭重，未免顯著膽子太小了。」

四個人說著話，這就不覺得一步一步向前移。

天色大亮，在一塊紅雲映照之下，就到了那山崗上。他們魚貫而行，第一個人依然是歐陽朴，到了崗子頂上向前望去，啊喲一聲，人就向後倒退了幾步。

百川伸頭看時，也是一怔，原來這不但不是去路，山崗子下面，便是一帶房屋，在樹杪上參差不齊地露出了屋脊和牆頭。百川也就向後一退，將身子隱藏在樹裡。

歐陽朴喘著氣微笑道：「跑來跑去，我們還是跑入了虎口，現在天亮了，我們怎麼辦？」

百川道：「據我看，逃走是逃走不了的，好在我們對於山這邊的人，是沒有得罪過的，我們這就挺身而出，和他們的人相見，就說那邊的國王，要我們教放掌心雷，我們並沒有答應，總算對得他們住。現在這山裡既在打仗，也不是我們遊歷之所，讓他們放我們出去就是了。」

侃然道：「你這番話也好像很對，但是這是指著我們在山中民國而言，設若這山下的人家是山中王國，那可了不得，為了我們背約逃走，才惹起昨晚一場大戰，他們能夠不和我們算這一筆賬嗎？」

百川道：「我們過了山澗，逃出了那王國的國境，並沒有再渡過山澗去，似乎沒有走回來。」

彬如道：「這話倒難說，他們的國境未見得就是一直線，設若是犬牙相錯的，或者是半圓形，我們都有重走進圈子的可能。」

如此一說，百川也就不敢保證絕對脫了危險，望了大家，無話可說。

歐陽朴道：「且不問這山下的村莊是屬於哪一國的，但是前方的戰事未曾終了，村子裡的人總應該是驚慌不定的，我們出其不意地衝了出去，未見得又把我們捉了。」

侃然笑道：「未見得三個字是靠不住的呀，你說未見得又捉住我們，我也可以說，未見得就不捉住我們的呀。」

他說時，也現出了那充分躊躇的意態，只管伸手搔鬍子。

歐陽朴道：「這次我不駁你了，你說得相當的有理，只是我們決不能站在這山崗子上，就可以了事，我們必須討論一個妥當辦法，殺開一條血路。」說著，他靠了一只樹兜，懶著身子坐了下去，其餘三個人也就挨著草皮坐下。

歐陽朴兩手高舉，打著哈欠，繼而又用手摸著嘴唇道：「怎麼辦呢？我不但是人困倦極了，而且肚皮也餓得不得了。」

彬如伸了一個懶腰，揉著眼睛道：「呵欠過人，我也支持不住了。」

百川將胸脯突然敲了起來，兩手扯著衣襟道：「不成，我們還得把精神振作起來，要不然我們躺在這裡，人家一點兒不費事要捉死的。」他這句話，同伴的人並未曾答覆，樹叢外忽有聲音答道：「你們就是不躺下，我們也可以捉活的。」

大家聽了同吃一驚，連忙站起來看時，早有一大班人，各執了武器，由樹叢轉將出來，團團將四人圍住。

那班人後面，有兩個老翁，都是蒼白鬍子的人，看那樣子好像是山這邊九老一流的人物。這便不是山中王國了，大家心裡如落下了一塊大石頭。

歐陽朴正了顏色，走到這些人前面，板著面孔道：「你們這是做什麼！這山裡頭你們願意我玩，我就玩幾天。不願意我玩，我們馬上離開這山上就是了。」

這後面一個老翁迎上前來道：「你們不是讓我們這山上的叛民請去了嗎？待你們很好哇，為什麼不教給他們放掌心雷，倒要脫逃出來呢？」

歐陽朴道：「這些事情你怎麼會知道？」

老翁道：「為了你們，我們兩方混殺了一夜。在陷坑裡，又捉到了十幾名叛民，所以知道。哎！我們自祖先住到這山上以來，都是很和氣的，不想在晚夜裡開了殺戒，那邊叛民昨晚被我們用箭射倒的不少，跑過山溪來的人，又都落在陷坑裡，他們算是敗了。不過今天下午，他們還要殺過來，報昨晚上的仇，我們現在和你們約法三章，你若是放掌心雷，幫著我們把叛民殺敗了，這山上的東西，隨你們的意思要，你要什麼，我們送什麼，然後恭恭敬敬送你出山。」

歐陽朴看他們並沒有傷害之意，膽子就越發的大了，因道：「你不要把妖魔鬼怪來看待我們，我們實在不懂什麼掌心雷，現在你山裡頭既然預備著大殺一場，乃是是非之地，我們也就不想遊歷了，你派人引我到山洞口上去吧。」

那兩個老翁彼此對看了一眼，一個向歐陽朴道：「這裡也不是說話之所，請到舍下去從長商議。」

歐陽朴就低聲操著英語向同伴道：「走是走不了的，看他們不像是惡意，我們去一去試試看吧。」

同伴也都覺得既沒有危險性，跟著去也沒關係，就同點了一個頭。

歐陽朴道：「我們同伴都答應去了，你若說我們沒有本領，在山上就可以把我們結果了，用不著引到你家裡去。你若說我們有本領，那就是我到你們家裡去了，一樣可以放掌心雷打你。你們請只管請我去，若是內藏奸詐，到那時候可就別怪我反臉無情。」

老翁立刻對那些執著武器相圍的人，連連揮了幾下手道：「你們散開，用不著你們了，若是這四位先生要使出他的本領來，慢說這幾個人，就是再來十倍八倍的人，也不是他們的對手呢。」說著，這就向歐陽朴一行人連連拱了幾下手道：「諸位請吧，這總可以放心了。」

歐陽朴道：「好！你請引路吧。」

這兩個老翁果然將那些壯丁轟散開了，在前面引路。後面一行四人，各擔著一分憂慮，緊隨了二人走去。

事情出乎他們意料以外的，便是這老人說的話，果然是事實，對他們一點兒戒備沒有，如平常招待賓客一樣，將他們引進到屋子裡去。

這二人自道姓名，最老的是黃華孫，其次是苗漢魂，他們將客人引到屋子裡以後，也不曾敬茶，臉上就現出了憂悶之色。

黃華孫先拱手道：「昨日自四公去後，我們曾商議一陣，覺得四位來去飄忽，不是常人，要不然，何以這樣封閉了二三百年的山洞，從無人到，只有諸位前來呢？我們料著諸位到了叛民那裡去，他們一定會借了諸位的法力，更要作亂，不想諸位很明瞭這順逆之分，並不曾和他們幫忙，這是我們十分感激的。昨天晚上，叛民大概是傷亡得不少，託天之福，我們這邊因為事先防備，竟是不曾有什麼受傷的，死亡卻是一個也沒有，這也叫順天者昌，逆天者亡了。」

他說著話時，用手摸著白色的長鬍子，在憂悶的臉色上，表示出一番欣慰的樣子來。

侃然笑道：「你們在這山上住著，我們世外人當你們是陸地神仙呢。自家也是這樣你一刀我一槍，那是何苦，殺來殺去，無非是這樣一個小小山頭，被殺的不是親戚，也是朋友。這也不算什麼榮耀，依我說，你們和了吧。」

黃華孫在那打著皺紋的臉上，現出一層紅光，分明是氣極了，同時他那顆腦袋好像機器撼動著，那樣抖顫不定，顫著聲音道：「諸位有所不知，我們容忍這些叛民，不是一天了。他們的膽子一天大似一天，現在損壞我們的莊稼，斷絕我們的食鹽，我們已經忍耐到了二十四分了，再要忍耐下去，恐怕他們非放火燒山不可。我們現在沒有別的打算，只要把這一群惡鬼逐出山去，也就完了，但是他們不但不會走，今天恐怕還要拚了命殺過來，報昨晚上的仇呢。不管諸位會不會掌心雷，但是你們手上拿了一種放出煙火的東西，老遠就可以打死人，這是我們親眼得見的。你若肯把那放火的兵刃拿出來，替我們幫忙一陣，我們就可以把叛黨消滅了。」

百川操著英語向歐陽朴道：「他們自相殘殺，與我們何干，他們所謂叛民，也不會背叛著我們什麼，我們何故去殺那不曾侵害我們的人。」

黃華孫雖是不懂英語，看他那情形，知道是有從中攔阻的意味，便道：「諸位既是到敝地來了，彼此便是相得的朋友，朋友有難，怎能不救一救呢？」

歐陽朴道：「我們不是說不幫助你們，只是我們所帶的那些兵器，都失落在山那邊了，就算我們會放掌心雷吧，沒有那種兵器，我們也放不出去。」

黃華孫且不答覆他們，回轉頭去向苗漢魂道：「只要諸位肯這樣答應我們，我們這事就好辦了。」因向歐陽朴道：「諸位答應幫我們的忙，那就是一家人了，我們知道在山洞外，你們還有一批人在那裡守候著，兵器大概更多，這就請諸位立刻到洞口去，把他們引了進來。」

這幾句話，真是四個探險人所猜不到的。侃然情不自禁地已是抬起手來，連連地搔著腮上的鬍子，表示那躊躇滿志的樣子來。

百川是坐著的，這時也就突然地站了起來，用雙手扯著胸前的衣襟，笑向黃、苗二人道：「你肯放我們走嗎？」

苗漢魂笑道：「我們山裡人還嫌著有多呢，能把四位留在這裡不許走嗎？只是求諸位大發慈悲，替我們把這些叛民馴服了，那就恭送各位出去，如其不然諸位眼望到那些叛民殺來，諸位也不忍心丟下不管吧。」

百川笑道：「我們幫你們的忙，你們說是慈悲，可是在山那邊的人看來，也許說我們是殘忍呢。」

黃、苗二老聽他們的口音，依然是不肯援救，各人的顏色就有些不好看。就是百川也料著得罪了主人翁，主人翁決不能隨便了事。

正估量著大家要怎樣對付主人翁呢，只見朱力田很匆忙地走了進來，向黃、苗二人連連拱了幾下手道：「怎麼好，怎麼好，我兩個孫女讓他們擄了去了，房子也讓他們放火燒了。」說著，掉過臉來向百川道：

「這都是為了各位先生的緣故，因為諸位到山裡來，先歇在我家，後來又是我引見的，山那邊的叛民以為諸位逃走，還要歇在我家。他們派了幾十個人，也不知道由哪裡衝出來，將我們兩個孫女擄去，那還不算，又放火燒我的屋子，諸位出去看看吧，那火焰還沒有熄下去呢。」

大家聽到連忙跑出屋來看，只見左角山凹子裡，一陣青煙直衝雲霄。

朱力田臉上現出懊喪的樣子，指著那煙道：「因為我是孤零地住著一家，搶了就搶了，燒了就燒了，等到村子裡人去援救，來的人已經跑遠了。我這兩個孩子，也不知道是有命沒有命。」說著，兩行眼淚由臉上直流下來，他左手扶起右手的袖子，只管去擦揉眼睛。

百川臉色紅著，直了眼睛的視線，右手捏了拳頭，在左手的手掌心裡，重重地打了一拳，跳著腳道：「這些東西！實在可惡！」

黃華孫道：「現在諸位也知道他們可惡了。」

百川道：「三位先生，你們出山洞去，把我們的槍彈掃數*帶來。南京來的那兩位聽差，假使願意幫忙的話，也可以把他們帶了來。我們也不用殺那些無知的人，只要把蒲望祖捉到，拿去槍斃了。」

他說著這話，不但聲音高亢，連頸脖子也是僵直的，這不用說，他也是氣極了。

歐陽朴笑道：「我還記得你的話呀，他們所謂叛民，也不曾背叛著我們什麼，我們何故去殺那不曾侵害我們的人。」

百川剛才說的公道話，到了這個時候，卻不料成為一種話柄，他臉又紅上了一層濃暈，勉強地笑道：「話雖如此，彼一時也，此一時也。」說完了，沒有別的可接著向下說去了，兩手依然扯著胸前的衣襟，放出那怒不可遏的樣子來。

彬如笑道：「百川這種態度，我們倒是贊成的。這位朱老先生待我們不錯，尤其是他的姑娘，當我們被圍的時候，還冒著危險和我們來說合著呢，到了現在人家有了危險了，我們能夠不去救救人家嗎？」

百川聽說，情不自禁地就噗嗤笑了一聲。

彬如道：「我這幾句話，不但是主張公道，而且還是百川一個同志，百川以為怎麼樣呢？」

百川操著英語道：「她的祖父在這裡，不要說得太露骨了吧。」

這樣說著，他們同伴一齊都笑了。笑完了，歐陽朴卻板了面孔，用手不住地去擦下巴上的鬍碴子，現出那躊躇的樣子。在他那心裡，似乎又發生了什麼問題呢。

# 十五　聲東擊西

百川到了這時，已是興奮極了，假設敵人來侵犯這個村子，他馬上就要拿著手槍迎上前去。他看到歐陽朴有一種躊躇不決的樣子，便站起來道：「這沒有什麼可猶疑的了，我們應當有給朱先生解決困難的責任。」

歐陽朴連連招了幾下手，道：「不要忙，不要忙，我們話還沒有說完呢，我並不是說不幫忙，現在應談到大的前提，就是我們到洞口去搬運槍械的話，人家不能相信我們一塊兒都去吧，我們是誰在這裡作質，誰去搬東西呢？」

百川將胸脯一挺道：「那自然是我在這裡作質，三位先生去搬東西。」

彬如道：「這個我倒不解，突然之間，你怎麼會有了這種勇氣？」

說著嘻嘻地笑了，又道：「假如我們走了，留你一個人在這裡，你若是受了什麼犧牲的話……」

百川搶著答道：「這也不會有什麼犧牲吧。」

黃華孫看他們這種情形，又怕會因這點兒小事不決，延誤了大事，於是走向前兩步，向大家作了一個揖道：「這一層諸位不必為難了，我們既是請諸位援救，只有好意哀求，哪能留人在這裡做抵押。我們相信諸位是千金一諾的，決不疑心的，諸位就請便吧。」

彬如看看自己同伴，又看看山中人，卻笑道：「這樣子看起來，這古國中人還大有古風呢。我們就是這樣走嗎？」

大家心中都以為山中人既是要求援助，一定拚命拉住，不能放鬆的，現在他們很大方地讓人離開，這倒使人感覺到主人賢惠，未便率爾而去。

大家都站了起來，現出躊躇不決的樣子。

黃華孫拱手道：「諸位還有什麼話說？我們這裡人都也在生死關頭了，什麼也不敢愛惜的，只要是辦得到的。」

侃然道：「這個時候我們還能和你們要什麼嗎。」

苗漢魂皺了皺眉道：「既是各位不要什麼了，就請快走吧，今天這一天，總是我們的難關，我們也想不到叛民哪時候會殺過來，只是望各位快去快回就好。」

歐陽朴道：「老余，我看他們實在是出於誠意，現在我們就走吧。」口裡說著，眼睛望住他們，一步一步地向前走。

黃苗二人送幾步，不過嘴裡表示著希望他們早些回來。那朱力田不是以前那樣精神矍鑠了，籠住兩隻袖子，低了頭在他們四個人後面，有一步沒一步地跟著，口裡似乎還不住地發出那哼哼唧唧的調子來。

他們四人初以為他不過是相送幾步，後來百川看到他只管跟著，就停住了腳問道：「老先生，你還有什麼話說嗎？」

朱力田這才站定了，向他拱了兩拱手道：「諸位肯回來救我一救，那是千好萬好，設若諸位不回來，請各位把那放掌心雷的兵器送我一個，我要去打死蒲望祖那畜牲，才能出我這口氣。不管怎樣，就是這山上只剩下我一個人，我一個人也要和他拚個你死我活。」

百川道：「你放心，我們一定回來的，你若是不放心，可以跟了我們一路走出山洞去看看。」說著矍鑠掉轉臉來向歐陽朴望道：「我想讓他跟了我們去，也沒有什麼關係吧？」

歐陽朴笑道：「大概連你都疑心我們三人是去而不回的了，這種見義勇為的事，難道就只許你這樣的青年人去做嗎？」說著伸出手來，只管拍百川的肩膀。

侃然笑道：「大概他是把那小時以前的自己來揣度我們。但是我們絕決不能因為長了幾歲年紀，那朱家小姐曾幫助過我們，我們就不報答人家的？」說著他將兩隻肩膀抬了兩抬。

彬如笑道：「我想這位朱先生，看在你這一部兜腮鬍子上，會相信你是一位義士的，因為你這部鬍子，便不像虯髯公，也像周倉呢。」

百川覺得這個時候時間寶貴，絕不是說笑話的時候，不肯和他們拉扯下去，挺了胸自往前走。朱力田因為不曾把問題解決了，也就緊緊地隨後跟著。有朱力田在一處引導，走起來是非常的容易。

不多大一會兒，就到了洞口那叢小樹林子邊，遠遠地就望見同行的兩個工人在樹林子裡探頭探腦，及至看清楚了，有六個人飛奔迎上前來。口裡只叫：「好了好了！」

他們見朱力田穿著寬襟大袖的衣服，頭上又滿蓄著頭髮，便有一個工人拉著彬如到旁邊去，低聲問道：「先生，那位是神仙嗎？」

彬如笑道：「也許是神仙，現在來不及說了，我問你們怎樣到這裡來的？」

工人道：「我們老等著各位不來，心裡也是很著急的，就試探著走進洞來看看，到了這裡來並不見動靜，我們又不敢再進去，只是在洞裡跑來跑去兩邊地看。」

侃然道：「為什麼兩邊地看？難道洞外還有什麼變卦嗎？」

工人笑道：「古言道得好，洞中方七日，世上已千年，我們都怕在洞裡過老了，進來一會兒就出去看看洞外邊是不是有變化了，所幸我們跑來跑去地看著，洞外倒是沒有變，那麼古人的話也靠不住了。」

彬如兩隻手背在身後，連連地點著頭道：「你們這種話，倒很是富於詩味的。」

百川跳著腳道：「徐先生，你怎麼了，救兵如救火，我們還不應當趕快地預備著回去嗎？」

百川自從隨著四位先生旅行以來，向不曾重聲音說過一句話，這時忽然向彬如頓起腳來，這是一件反常的事，不由得大家驚異起來。都睜眼望了他。

他雖是有此感覺，但是時候已經緊逼了，實在來不及去和徐先生道歉，就和工友道：「我們那幾支槍和大小幾盒子彈，都在外面保存著嗎？」

南京來的那個聽差答道：「不曾動。」

百川大喜，竟是率著工人們首先走入洞口，出山去了。

那朱力田看著百川這副情形，自然特別努力，越發緊緊地跟了他，這裡洞口剩下三位大學教授，不免相視而笑，莫逆於心。

侃然道：「這件事，我們不能當著兒戲，應當考慮一下子。我們果然照著百川的辦法辦去，將子彈去打那些拿刀矛弓箭的人，那也和獵夫獵野獸差不多，他們與我們毫無仇怨，我們這樣去殺傷他，似乎於心不忍。」

歐陽朴在他的衣袋裡摸出煙斗來了，一切都來不及答覆，先將煙斗銜在嘴裡，出了一會子神，然後搖了兩搖頭道：「這話不是那樣說，他雖與我們無仇，若論到他們的行為，無故稱兵，自殘同類，也就應該受法律的制裁。我們幫著這裡的父老去平亂，也可以說是替天行道。」

彬如道：「那麼，我們除了預備槍彈之外，還應當預備兩面杏黃旗，好寫上那句老口號。」

歐陽朴取下那管無煙無火的煙斗，就正著顏色道：「我們先別玩笑了，這件事果然得商量一下，依著這位百川同志，大概是非出這一支援兵不可。以他與朱姑娘的感情而論，他去出兵乃是應當的，只是我們站在百川站的這一方面，也不能不和他取一致的行動。實在地說，朱力田的孫女被人搶去了，房子被人火燒了，未嘗不是吃了我們的虧，我們理應把這兩個女孩救回來。至於這山裡頭人自相殘殺，我們自然是不必管，但是能夠把幾個罪魁除了，把亂事早平息了，也是一件好事。」

彬如道：「我來一個結論吧，就理智上說，我們是不應當參加他們的內戰的；就情感來說，我們簡直有患難與共的關係呢。」

這三位教授，他們也為這個問題迷惑了，要去無故用槍彈殺人，於心不忍，但是看到朱氏姊妹被蒲望祖搶去，置之不顧，也於心不忍。徐彬如雖是老早地下了結論，然而依舊是兩可的，於是三個人站在洞口，只管繼續地討論下去。

不多久的工夫，只聽到洞裡面一陣吆喝聲，接著工人挑著背著，帶了許多東西進來。這時百川在這些工人後面督率著過來，身上掛了一支手槍，兩手又握著一桿獵槍，臉色紅紅的，銳氣正盛。

他先道：「三位先生，對不住，我做了主，把洞外的東西都搬了進來了。」

彬如笑道：「看你那態度，有滅此朝食之概，再看你這舉動呢，又有破釜沉舟之心。」

百川勉強笑道：「三位先生也有泰山崩於前，面色不變的勇氣，做學生的人，可就學步不上。」他說完了這話，臉色又正了起來了。

侃然笑道：「百川心裡真急了，我們不要說笑話吧。」說時，在搬來的東西裡面，取出一支獵槍顛了兩顛，又拿了一管皮袋子套好的手槍，來掛在身上。

歐陽朴道：「老余，我們得檢點檢點，還有多少支槍，百川拿了兩支，你又拿兩支，我和彬如呢？」

侃然將頭一縮，笑道：「我陪著百川下井救人，這是性命交關的事情，不能不多找一點兒保護之物。你身上有一支手槍，這裡還有兩支獵槍，三支來福槍，這還不夠分的嗎？」

歐陽朴指著兩個聽差道：「我想把他們也帶了去。」

一個年長的聽差，早是紅了臉，把地道南京話急了出來，將舌頭捲著說：「窩不敢克，野人國囉哩克得？」兩隻手和一顆頭同時擺了起來。

原來在洞外搬取東西的時候，百川已經把山裡的情形說過一番了，彬如笑著向聽差道：「南京是什麼地方，你是南京人，應該這樣嗎？」

那聽差還沒有答應，這搬夫裡面有二個叫老王和小張的擠上前來道：「四位先生，你們如肯帶我們去的話，我願跟著你們走一趟，我會放來福槍。」

百川聽說，早就搶上前步，握了他們的手道：「我真想不到你們願去，真謝謝你們了！」於是他將兩支來福槍，交給了他二人。

歐陽朴、徐彬如都取了獵槍，剩下一支來福槍，百川交給朱力田道：「老先生，不管你會放不會放，你也拿槍。我們再飽餐一頓，就同著你去。」

彬如低聲笑道：「我們這位賢弟，真個是義憤填膺。」

侃然一手扶了槍，一手搔著鬍子，只嘻嘻地笑了起來。

彬如道：「山賊，你自己說了是性命交關的時候，怎麼又嘻嘻地笑了起來？」侃然將槍掉了過來，用槍把子遙遙地指著彬如道：「你看你這副樣子，豈不會笑煞人。」

大家看彬如時，他把一條做褲帶的皮帶，在外面橫束著，將穿的長衣擺，前後撩了起來，塞在皮帶裡。頭上的那頂瓜皮小帽，向後腦歪戴著，露出前面額頂一截頭髮來。拿著獵槍的兩隻手，都高高地捲起二三寸袖子，活像個上海江湖朋友。大家不注意就也罷了，一注意起來，便覺是這位詩人大大地反串。就是朱力田在十分憂悶的時候，也不能不微笑起來。

彬如兩手拿了槍，故意橫著眼睛，望了人咬了嘴唇道：「我要殺呀。」說著兩手拿槍，抖擻了一陣。

百川縱然是滿懷義憤，然而到了這個時候，見著一個活跳的小丑，也就不能不笑了。

朱力田見他也笑起來了，很怕他們會拖延時候，於是放下了槍，站在許多人中間，只管作羅圈兒揖，口裡不住地央告著道：「請諸位快些起駕吧。」

大家看他那樣子，實在可憐，將乾糧鹹菜分吃了一頓，然後大家裝好了子彈，叮囑兩個聽差小心在洞門口把守，於是一行七人再向山裡走去。

這一行人自然是朱力田在前面走，百川緊緊地在後面跟著，約莫走了半里路，便聽到咚咚一陣鼓聲，震得山谷四面響應。好像各處都有了戰事，把一行人圍困在中心。

朱力田站定了腳側了耳，四向聽著道：「這是我們告急的鼓聲，恐怕是叛黨已經殺過來了，我們趕快走吧。」

他說著拔開兩條腿，只管向前奔走，一口氣奔到第一個村莊時，只見村莊裡的男女各拿了兵器，紛紛地在村子外排班，這其中有個三十上下的漢子，穿著短衣，高捲兩隻袖子，攔腰橫束了一根藍色板帶，在帶子裡斜插了一柄板刀，一手拿了一支長槍，一手拿了紅旗，站在高坡上左右張望。

他在高坡上看到百川這群人，連跳帶跑地迎上前來，向他們就深深地作了幾個揖道：「難得諸位這樣仗義，果然來了，我們村子裡人有了諸位，猶如老虎添了翅膀一樣，那些叛民，我們更不在眼睛裡了。」

說著，將手上旗子和長矛同時高舉起來，高聲喊道：「諸位，好了，山外放掌心雷的各位先生來了，有各位為我們放掌心雷，還怕不能把那些賊子掃光嗎？」

那些村農聽到了這幾句話，立刻呵呵叫了起來，表示著歡迎的意思。

朱力田向歐陽朴道：「這就是我們忠勇軍的指揮使袁超，所有我們這裡的武備，都是他一人經手訓練的。今天的戰事，他早知道躲不了的，連夜就布置好了，這是他自己親自帶的游擊隊呢。」

大家看那些農人不分男女約莫有百十人上下，各人的衣巾雖不一律，但是腰上束了藍板帶，板帶裡各插著單刀，手上各拿了長矛，人叢中樹立起七八面旗子，有的寫著弔民伐罪，有的寫著除暴安良，有的單單地寫著斗大的袁字，那旗角被風吹著捲來捲去，刮刮作響。

在隊伍前面，兩面木桶子蒙著牛皮的粗鼓，木架架好了，用人抬著，又是五六支竹筒挖的大梆，掛在人胸前。

掌旗和打梆鼓，都是一些年老的婦女在那裡工作。歐陽朴卻輕輕嘆了一口氣道：「他們這樣全體出動的勇氣，倒是可以佩服，只可惜用著是殺自己的人。」侃然還是手扶了槍，搔了鬍子斜眼看著，只在這時，那袁指揮使首先舉起了旗子，向邊境走了去。

這百十多人，排著一字形，拉著縱線向前面走。黃華孫、苗漢魂兩個老者不知由哪裡出來，後面隨著七八個老男女，手上各拿著竹梢，分明是一種督陣的樣子。

這時，不但這探險隊不知道要怎樣進行工作，就是朱力田也站在一旁，未知怎樣著手。那黃、苗二人就搶了向前，口裡連道：「感激感激！」不知高低，只管作揖。

歐陽朴道：「我們來了，要我們做些什麼呢？」

黃華孫拱手道：「我們怎樣敢胡亂要諸位先生上陣，一來兵凶戰危，怕連累了諸位；二來諸位的掌心雷放出來時，也怕傷人太多。現在只請諸位隨在我們一起，在隊伍後面跟著，若是我們把叛民戰勝了，諸位為我們放幾下掌心雷，助助威也就是了，若是敵叛民不過呢，這可沒有法子，只得……」

他說到這裡，彷彿覺得這話不好直說下去，望著四個人，把聲音頓住了。侃然道：「這個你放心，我們既然來了，就不能袖手旁觀，但是我們也並不要多傷人，要知道你們彼此離不開親戚朋友，我們和他們也都是中國人呢。」

黃華孫微微嘆了一口氣道：「慚愧。」他怔怔地立著，有話又不能向下說了。

那七八個老人中，跑來兩個人，舞著手道：「快去吧，快去吧，前面陣線上已經交手了。」

果然，那梆子聲震天震地地響著，如潮水洶湧一樣。有人喊著殺呀殺呀，在梆聲鼓聲亂響之中，震撼著出谷，早就感到這環境異乎尋常，現在索性殺聲大作，也不知何故，會引著人身上的溫度突然增加。

黃華孫指著前面的山崗道：「那下面就是戰場，和諸位一路觀陣去。」他舞著手上的竹梢在前面相引，大家加緊了步子，不多一會子，就跑上了那山崗。這山崗下有一帶野竹林子，直達河邊，河那邊就是蒲望祖的國境了。

這邊的袁指揮使果然是懂得一些兵法，他除了將山腳下的竹林，留了一層隱藏自己的人而外，卻把沿山河的野竹矮樹一齊砍倒，顯出一大片平地來。

這裡到河岸邊，約有半里來路，正是一片好戰場。這時河那邊的叛軍，在叢竹子裡，紛紛地挑出大小旗幟，也有百十來人，已經渡過了河擁到平地上。

這邊的守軍並不出戰，只在竹林子裡颼颼放出箭去。那些人因為腳下隨處都是竹根樹枝，不好搶上前，被箭射著無可躲藏，又退下河岸去。這邊的人看到他們退了，就鼓梆聲完全停止。

百川見了，就向黃華孫道：「這樣看來，你們是取守勢了，設若他們由別的地方繞攻過來，你們怎麼辦？」

黃華孫道：「這個我們也顧慮到的，我們這河岸兩邊，只有四五個口子好來往走人。其餘的地方，爬起來很費事，所以我們只守了這四五個口子，其餘的地方，顧全不了只好由它。萬一他們爬過來了，再去接殺。這個地方呢，是兩邊往來的所在，離叛民的巢穴又不遠，我們由昨夜起，就在這裡布陣，所以他們的人也多半在這裡，我們的人分作兩股，一股把守這山崗子，一股留作游擊，只要他們由哪裡殺過來，我們就由哪裡迎了上去，我們料著他要急於報昨夜的仇，必定不能久等。只是取以逸待勞之勢。」

百川道：「設若他們不攻過來呢？」

苗漢魂道：「他們怎能夠不攻過來，就是這個地方，他們已經衝鋒了好幾次了。」

話猶未了，河那邊突然鼓聲大作，在河岸下的人便又衝了上來。這邊雖是在梆子聲裡，飛蝗也似的放出箭去，但是那些衝鋒的叛民卻不退回去。就是對面林子裡的那些旗幟，也紛紛地出動，直追到溪邊，口裡只喊著殺呀殺呀。

這個時候，這位詩人徐彬如手上拿著槍，可起了一種感想。人生在世，都是為了三餐一宿，這個問題並不十分的難解決，何至於要殺了別人，才可以活命。平常覺得無故宰殺一頭牲口，圖那一飽，已經有些不對，於今卻為了自己的飽暖要整群地來殺人，這更不是人類所應當的事。

他如此想著時，那喊殺聲更是相逼得近，已經有二三十人去竹林不遠了，就在這時，山崗上咚咚幾陣鼓響，這邊的把守隊伍，已經有幾十人口裡叫罵著迎殺出去，因為步隊已經接觸了，箭就停止射放。

因為箭已經停止了，那邊衝鋒的人更是蜂擁上前。這邊的人也是預備好了的，等到那邊人來了這竹林裡，也增加幾十人上前去迎敵。

他們由河那邊衝了過來，步伐總是散漫的，這裡出來接殺的人，整整齊齊地迎接著，總占著優勝的地位。他們凌亂地在這裡摔倒七八個，就向後退。

百川站在山崗上，正替著這邊的人暗地裡歡喜。但是遠處梆聲亂響，別個地方又在接觸著，分明蒲望祖也就用了那聲東擊西的法子了。

# 十六 强中還有强中手

在這個喊殺紛亂聲裡，黃華孫跑了過來，扯著百川的手道：「這些叛民也狡詐得很，他們曉得這總口子上衝不過來，他們只是在這裡進出不定，牽扯住了我們，卻用了充分的力量，在別個口子攻過來，抄我們的後路。各位先生，快跟我去，堵上那邊口子，這個地方，我看是不要緊了。」

百川對於他們這裡的地勢卻是茫然，看他扯著人說話，兩隻袖子亂抖，就向他道：「若是他們的人到了，光靠我們幾個人也無用，設若去救那邊，這邊他們又攻過來了呢？」

黃華孫還不曾答覆著這個問題，只聽到轟然響聲，一陣青煙射到山崗子下陣地上去，那邊進攻的人就有一個躺下，同時其餘進攻的人口裡喊道：「他們放掌心雷了！」

只這幾聲，那邊的人毫不顧忌，掉轉頭各跑各的，真個如鳥獸散。這邊山崗上的朱力田兩手橫著。拿了那支來福槍只管發愣，卻是作聲不得。

百川笑道：「你怎麼放槍了？」

朱力田望著他道：「我看到那人追過來的樣子太凶猛些，我學諸位的樣子，把這槍對著他們試上一試，我也只把槍上的鉤子隨便按了一下，不想倒是真有力量，糊裡糊塗就把那傢伙打死了。這倒是造孽，我長這麼大，哪裡親手殺過人。」

黃華孫笑道：「這就好了，請各位再放兩雷，這些東西就會一齊滾開的。」百川這四人對於這件要求，當然不無考量，可是那新近加入的兩個工友，見槍這東西有這樣大的威風，卻是不可失了機會，一先一後，對了那逃跑的敵人便是轟轟兩槍，偏是這兩槍過去，又有一槍中了。

那邊的人被他們的國王把掌心雷誇耀得太神奇了，他們心裡頭受了先入為主的作用，彷彿這槍的響聲發出，人就必倒，而且有事實在這裡證明，已經有兩個人躺下了，所以在後來兩槍響過以後，敵人全數逃回對岸，一個也不曾留著。

但是遠處的梆聲，這會子敲得更急了，殺聲隨著湧起湧落，黃華孫張了大嘴，好久急出一句話來，他道：「各位走吧。」拉著百川怎麼也不放。

百川究竟年輕，不能忍耐，而且這裡敵人跑了，料著無事，於是脅下夾了槍，跟了黃華孫就走。

因為他既走了，其餘的人也不得不走。大家順著山麓跑了有一二里路，只見前面山嘴頭紛紛地簇擁了許多人。

黃華孫兩手拍著，人身一跳，卻被山上的野藤絆著，摔了個觔斗。彬如看到，就低聲笑道：「你看這豈不是老戲臺上過關的楊四郎，來個吊毛。」

那黃華孫生長在山上，卻毫不為意，早是跳了起來，口裡喊道：「這可了不得，那些叛民搶過口子來了。快放雷，快放雷吧！」

他這樣說時，大家依然繼續地向前跑，快到了山嘴子邊，這就看得清楚。這邊的人都退到小山上，用箭向下猛射。

那邊的人，約有二百名在前，各拿了一面藤製的圓盾護住了上身，各舞著雜亂的兵器，直擁到山腳。後面還有幾十人帶了旗幟，紛紛地渡那山溝。

其間有一個穿了黃袍，頭上戴著黃頭巾的，當然就是這裡擁有土地與民眾的國王蒲望祖。在他背後高高地撐起了一把傘，還有兩面黃旗，也是高叉著。

在事實上說，這當然是御駕親征了。這邊向山上進攻的人，因為國王來了，也更是起勁，舉了盾牌，只管向山上進逼。

看看山上向下射的箭快要失去效力，因為敵人太逼迫近了的時候，根本上就來不及射到了。這邊探險隊的人，在另外一條山麓上走，正好斜斜地對了敵人，山上人招架吃緊，和山下人進逼猛烈，都看得十分清楚。百川實在忍耐不住了，見四五個舞盾牌的已經走了一半山麓，端起手上的獵槍，對準了第一個砰地射去。

在第二聲發出去之後，身邊有人啊喲一聲，原來朱力田兩手拿了槍，只管抖顫著，口裡又道：「去了一個，去了一個。」

那邊進攻的幾個人，見雷響煙發之下第一個倒了，大家都愕然站住。

歐陽朴覺得事外之人不應該多事，但是看到進攻的人受著打擊，銳氣受了挫折，這是千載一時的機會，如何可以放過？跟著也是一槍。

這槍雖沒有打中人，但是攻上山麓去的幾個人，摸不著這槍聲是哪裡來的，掉轉身向山下便跑。

但是這裡的人是有組織的，雖是有幾個人跑歸了大隊，卻並不能搖動他們的陣線，加之他們的國王又帶了御林軍在後面督率著，壓住了陣腳，也不讓人退縮，因之，這一排人頓了一頓，看著山崗上並不見得有怎麼重大的壓力，鼓著勇氣，在梆子聲裡卻列成了一字長蛇陣，又齊齊地向上衝著。

山上的人似乎也感到情形緊張，箭和石塊像雨點一般向山下飛了來。這山下的人衝上幾次，又退下幾次，始終在山腳下支持著。

這個時候，蒲望祖也看到山嘴子邊有一叢人在那裡觀望，放掌心雷的人必定藏在那裡，要掃除戰事上一重障礙，必須先把那些人消滅了，才可以衝上山頭去，於是將後隊的人分了一半，吶喊著，也向這邊猛衝了過來。

歐陽朴望著那邊山上的情形，已經和大家相約著，各人在槍上裝好子彈了，靜靜地等著機會。而且預備著繞到山邊去，截斷敵人的後路。

正這樣準備著，見一群盾牌已經衝向這裡山崗子上來，他將身子閃在一塊石頭後，把槍架在石上，大喊著一個字：「放！」

除了朱力田兩手捧了那支來福槍，抖顫著不知如何是好而外，其餘的六支槍，青煙直射，向人隊裡飛了去。

這六支槍的響聲與一兩響的槍聲不同，轟天轟地，四圍的山谷送轉回聲來，自然是宏大而且眾多。那進撲的人隨了這聲音，已是有幾個倒的，沒有倒的也覺猛吃一驚，呆了移腳不得。在這個時候，上面的人已又把槍藥裝好。

歐陽朴先將右手舉了起來，然後又喊一聲：「放！」哄咚咚再放了第二排槍。這次，朱力田鼓著十二分勇氣，糊裡糊塗地也把槍放出去了，槍響之後，敵人當然又有倒下的。

其中有個人，正在山坡上倒下去，隨著山坡如滾西瓜一般滾了下去。朱力田放槍出去的時候，是把眼睛翻著的，並不曾向那個人瞄準，及至響聲過去了，才睜開眼來望著。

他見著那個人在山坡上滾著，以為又是他打發的，心裡嚇得亂蹦亂跳，同時兩隻手扶了槍把，抖顫個不定，口裡呼喊著道：「唉，我又殺了人了！我又殺了人了！」

他口裡如此說著，人扶著一棵樹，站立不定，就向下軟了下去。可是其他放槍的人卻顧不得他了，見戰勢已占著優勝，索性跟著放下去，陸陸續續地只管放槍。

百川殺得興起，已經不管什麼人道不人道了，見敵人已經退下山去，自己飛跑上前，對著那些人的後影，連連放了手槍五響。彼此相隔著不過是三四十步遠，一個人這樣大的目標，沒有什麼打不中的。

歐陽朴見他一人上前，恐怕有失，大家也就跟著追上前去。

那些蒲國王手下的兵將已經認得山外來的幾位放掌心雷的人了，這時見是這班人擁出，而且還多了幾個，再要和他去對敵，非全死不可，因之都一齊向山澗那邊奔走，將國王帶過來的御林軍先衝散得不成隊伍。

攻那邊山頭的人，看到後方這樣凌亂，當然是慌著向後退去。駐守山頭的人得了這樣的便宜，如何不追？那個號稱指揮使的，兩手握了一根竹矛，帶著幾十個人，像倒山一般，由山頭上倒將下來。

山上四五處所在，鼓擂著分不出響聲，只是一片咚咚之聲，竹矛所到的地方，逃跑的人排班似的向下倒著。不到片刻時候，所有過了口子的叛民，完全退回山澗那邊去了。

百川手舉了手槍，跳起來叫道：「呔，你們應當衝過河去呀！衝過去吧！」他這樣叫著，什麼也不曾顧忌著，早有三四支箭射到了他的身邊，有一支箭穿透了他的袖子，將他的袖子射了一個大窟窿。這一下子可把他的脾氣逗發了，將手槍揣到衣袋裡去，兩手端了那支獵槍，向著樹林子裡「突、突、突」不分高低胡亂地就放將起來。

彬如由後面跑了出來，兩手扯住了百川的衣襟，問道：「百川，你這是怎麼了？你以為這是獵野獸嗎？我們是事外之人，只要把這邊的危險挽救過來也就完了，難道我們還要替他們把叛民斬盡殺絕嗎？你不看看這位朱先生。」

百川被他拉住了，這才清醒過來，回頭看時，那朱力田臉上帶了淒慘的顏色，已是空著兩手，隨在大家後面，他向人搖著頭道：「慘！慘！我們這山上從來沒有殺傷過這些個人，像這樣……」

他那句話說不下去，只管是搖著頭，許久才道：「也太慘了！」

這批探險隊員，誰又是看過殺傷許多人的？經過朱力田如此一嘆氣，大家都軟了這股子勁了。

可是山上那個袁指揮使得了這一支外力兵，將叛民在半小時之內就殺得大敗，這是他圓成武功的絕好機會，如何可以放過？立刻帶了山上的人搖旗吶喊，跟著追過河去。

黃華孫究竟有些見識，拍著手道：「這如何追得？他們的兵力都聚結在一處，我們只有幾十個人，倒深入敵境，若是他們回殺過來，還是抵不住的。各位既然助了我們一臂，索性請跟了去一趟。」說著，臉上帶了苦笑，只管拱揖。

這個時候，百川那一股勇氣完全是挫下去了，看看山坡下被槍打倒的人零碎地躺著，已在二十人以上，有幾個不曾斷氣，兀自在地上打滾，豬一般地哼著。自己看了，心裡固然是老大不忍，但又不便說這些人可憐，既然說可憐，為什麼開槍打他呢？

他在猶豫不決的時候，只好回轉頭來，看同行的人。

侃然皺了眉道：「這件事已經辦得勢如騎虎了，哪裡中途拋得開？百川，你的意思是要救出那兩位姑娘，這邊山上的人呢，也不一定要把那邊的人完全殺絕。不過要他們屈服罷了，我們不妨根據這兩個目標，向前去調停調停，若是那位國王接受了，豈不省事？」

百川被侃然說著，他的私意也成了戰事的一個大前提，未免有些不好意思，就笑道：「我是無所謂的。」

彬如點頭道：「這個辦法比較妥當，我們就是這樣辦好了，我們到了這裡，要做個隔岸觀火的人，事實上也不可能的，所以歐洲大戰牽涉了許多國家，其中也是不得已。」

黃華孫聽說他們肯走，心中已是落下一塊石頭，立刻向苗漢魂道：「我們前面走吧。」

你看這兩位道貌岸然的老者，在戰事得了勝利的時候，我們的主張要貫徹了，也並不亞於少年人那樣的高興，掀起兩隻大袖子，把衣襟提了起來，塞在絲條帶裡，邁開大步，跳了向前走。

百川向朱力田道：「老先生，我看你這樣戰戰兢兢的樣子，你是去或不去呢？」

朱力田猶疑了一會子，然後一頓腳道：「我的兩個孩子在那裡面呢，怎樣不去！」於是大家說著話，將槍帶上著子彈，陸續地渡過山澗去。

就在這時，便聽到戰鼓聲咚咚地還是向前進。苗漢魂回轉頭來向大家笑道：「聽聽，我們的兵正追著上前呢。」

彬如嘆了一口氣道：「只是這樣一個山頭，也要用人血來爭奪，宇宙有了生物，就有了競爭，除非這宇宙是屬於一隻生物的，這就不用得流血了。」

侃然笑道：「百川，你記著吧，將來你寫下來，用標點記得清楚了，這是一首絕妙的新詩。」

百川這時心裡只懸想著朱家的兩位姑娘究竟是生是死呢，眼睛朝前望著，恨不得一腳便追到了那戰線上看看，哪有心說趣話？所以他緊緊地跟在兩個老者之後，飛跑著向前。

不久，追到了袁指揮使的隊伍了。這裡已是那蒲望祖的皇宮前面，他們的軍隊都閃躲在樹竹裡面，零零碎碎向外面拋射著石頭和冷箭。

這蒲望祖卻並不是認為一鼓而可以定全山的，在他這皇宮之前，樹林之內疊了丈來高的矮堡，退回來的人都隱藏在堡裡面。這國王的皇宮呢，恰是順了這山坡層層而上的，在那上面可以看清這樹外旁人的行動。他在山上指揮著堡裡人放箭拋石來抵禦敵人，卻極是便利。

當百川這班人跟上了大部隊伍時，這些人都站在野田裡，對了這山上的皇宮指手劃腳，卻看不出來是作戰的情形，可是那位袁指揮使卻帶足了尚武精神，兩手的袖子捲得高高的，把那根竹矛插在泥田裡，用手扶著。

他本穿的是大襟短衣，更在腰上束了一條寬板帶。在板帶裡斜插了兩柄短斧，益發是顯得雄氣勃發的樣子。他見了探險隊來到，拱手施禮道：「多謝諸位贊助，將來事定之後，我們全山人都要九頓首以謝。」

歐陽朴笑著搖頭道：「我們此來，不為著要受感謝，也不為著要圖報酬，只是看到你們都是一家人，何必這樣殘殺？」

袁指揮使不等這話說完，兩手按了腰間兩個板斧頭，搖著頭道：「我們不是好殺，乃是除暴安良，若不把這些暴烈的頑民除掉，我們這良善百姓沒有安身的法子。你想，我們吃的鹽，他封鎖了，我們種的田，他也侵占了，今天還搶人燒房，步步地進逼，有了他們，我們就不能活命了。下為子孫，上為祖先，必定要把這一群賊寇撲滅！」

他說著這話時，兩隻眼珠外爆，充滿了紅筋，臉上的顏色由紅還變到紫。

黃華孫在旁邊看到，覺得他對於這幾位活神仙過於不給面子了，便笑道：「事到如今，我們實在也是忍無可忍了。」

袁指揮使左手捧了右胳臂，卻在半空裡舉著，叫道：「沒有什麼話說，我們把這矮城衝破，捉到了蒲望祖這賊子再說，殺！殺！」

跟隨他作戰的那些男女，自然也是一般的得意，各把兵器舉起，在偏西曬來的日光裡，只管揮動著。於是他站在隊伍前面，帶了人向樹林子邊衝去。

那樹林裡立刻梆子亂響，颼颼颼，箭飛了出來。大家撲了兩陣，依然撲不上去。袁指揮使退到原處來的時候，身上的衣服破了七八處，頭巾落下，亂髮披到臉上。

他喘著氣，瞪了兩隻大眼，向山上望著。他叫道：「我們真沒有法子嗎？點著火來，燒他娘的！燒他娘的！」

彬如站在人後，就淡淡地低聲道：「本是同根生，相煎何太急！」百川忍不住了，便道：「火放不得，這裡面也有好人，難道一齊把他燒死不成？」袁指揮使指著偏西的太陽道：「諸位不看見這個，天色一晚，我們退走，他又要作怪，好者就是今日，必定要把這些叛民降服過來！」

歐陽朴道：「閣下是打算降服他們的，這就好辦。我們的意思，可以先派人去勸說他們，讓他投降，只要他們自認過失，你們總是由祖先共患難到現在的，還有什麼不能講和呢？」

那指揮使雖還不曾答應，但是黃華孫倒也想適可而止，便道：「哪個又肯去講和呢？」

袁指揮使搖著手笑道：「不必談這個了，我們那邊的人也來了，這就可以把這賊巢圍了起來，怕什麼？」

說時，這邊堵總口子的人又來幾十個，大家氣昂昂地走路。為首一個就問：「袁指揮使，怎麼不衝過去？總口子上現在是一個鬼毛也沒有，我們等不及了，所以也來幫忙。」

袁指揮使道：「這賊都縮到矮樹裡去，拿箭來射人，我們衝了幾次，衝不上前。我打算放起火來，燒這樹林子。」

那人拍了手道：「好極了！好極了！這風正是往那邊吹，不燒死他們，也要把煙熏死他們。」

他說著，連連地跳了幾下腳。

袁指揮使兩隻手互相搓著光手臂，微笑道：「我們受這賊的欺侮也受夠了，這一回，要讓我們痛痛快快地來報一下子仇。找草，找火種來，放火！」

他說聲「放火」，所有擁護他的幾十名男女像瘋狂了一樣，跳著，笑著，指了山上罵道：「你們都快完了！」

朱力田這就跑到大眾面前，高舉了兩手，喊道：「慢來！慢來！我兩個孫女都在這裡面呢，你們放火燒山，不把她們也燒死了嗎？」

袁指揮使道：「事到於今，我們也顧全不了這許多，非放火不可。現時兵權在我手裡，就應當聽我的話。」

朱力田皺了眉道：「我的兩個孫女，那不死得太冤嗎？」

袁指揮使沒有作聲，他左右站著的人異口同聲地只叫「放火放火」，黃華孫苗漢魂二人雖不贊成這事，卻也皺著眉站在旁邊，作聲不得。

大概對於軍人的話，尤其是勝利時候軍人的話，沒法去違抗，於是事外之人面面相覷，都默然了。

這時，卻有一道火光，射到袁指揮使的頭上，哄然一聲，他身邊的樹上落下許多樹葉，正是強中還有強中手呢。

# 十七 講和

原來這樣趾高氣揚的軍人，山中人雖是敢怒而不敢言，但是康百川並不是山中人，用不著怕這軍人的力量，他怕些什麼？於是掏出手槍來，對袁指揮使頭上的樹枝放了一槍。

手槍放到了頭上來，他不能不知道這種厲害，因之人呆了一呆，望著這探險隊的人，作聲不得。

百川手上還拿著手槍，瞪了眼睛喝道：「你這個人，怎麼這般心毒？就是世界上不同種族的敵國打仗，打勝了，只讓打輸了的投降也就完了。你們這山上人，祖先都是同患難來的，你們不但是親戚朋友，簡直是一家人。蒲望祖這班人打你們不過，躲起來了，自然是自己知道不行，他要解這個圍困，必然會想出一個轉變的法子來。自古以來的王法，也給人一種自新之路，就是不給自新之路，也不過辦為首的一個人……」

彬如不等他說完，連連搖著手笑道：「我們和他說上許多做什麼，他也未必了解，乾脆一句話，就是不許放火燒山，哪個放火燒山，我們這裡就先開槍打死他。」

他口裡說著，兩手端起那支獵槍來比了一比。

他這支槍口正對了袁指揮使。那袁指揮使怕是要開槍打他，嚇得倒退了幾步，被大石子絆著，摔了個四腳朝天。

但是彬如並不發笑，索性裝出架子來，將手槍向大家揚著道：「你們哪個敢說放火，我們便是這樣的辦！」

這裡雖有百十人各拿了武器，知道槍的厲害，誰也不曾作聲。

歐陽朴總覺自己的同伴少，萬一把這些人惱了，他們拚死命爭鬥起來，這七八支槍未必就抵敵得住。倒不如趁此機會就收了場，因之走向前兩步，將槍靠著放在懷裡，然後舉起兩隻空手來，向大家搖了幾搖道：

「這話不必爭論了，依我看來，殺別家十個人，自己縱然勝利了，也許要死兩三個，同是這一山的人，何必大家死拚？現在大家吃點兒辛苦，還是在這裡圍住，晚上就多多再預備燈火，也不見得就會上蒲望祖的暗算。現在可以派個膽大能說的人，衝到蒲望祖那裡去，勸他投降，他萬一不投降，明天再來計較他也還不遲。有我們在這裡幫你的忙，只要圍了他不放鬆，不怕他不投降，就是放火燒山的事，做是做不得，不妨也說了出來，恐嚇恐嚇他，再不用得傷人，把這事平了，豈不是更好嗎？」

苗漢魂由大袖子裡伸出手來，連連地鼓了幾下手掌，道：「這就很好，這就很好。」

那袁指揮使叉了兩手，遠遠地望著他，淡淡地笑道：「哼！你們哪個敢進去說和？」

只這一句，果然大家又面面相覷起來。

百川將胸一挺，向前站了一步道：「我不怕，我替你們去，諒那蒲望祖不敢將我怎樣！」

侃然用手搔搔連鬢鬍子，口裡咽了一下氣，微笑道：「你不應當考慮考慮再說嗎？」

百川道：「考慮什麼！當日我們和這邊人對抗的時候，不是這裡朱家大姑娘挺身而出為我講和嗎？只憑這點，她現時被困在敵人裡面了，我們也應當去救她。」

百川這種表示雖是太露骨了，然而他卻說得極有道理，如何可以駁他？

他說完了，用手牽扯了兩下衣襟，拔腳就要向前走，彬如用手扯住了他的袖子道：「百川，你如何這樣大的膽？現在天色已經有些昏黑了，你往這皇宮裡走，他可不明白你是什麼用意前去的，也不會知道你是什麼人，不等你有開口的機會，就放出箭來亂射，你這虧就吃大了。依我的意見，你須要得著一個保障才走。」

歐陽朴和余侃然都贊成彬如這個主意，攔著他不讓走。

百川道：「請問，怎樣得著什麼保障呢？現在兩方消息不通，我們還能打電報去徵求蒲望祖的同意嗎？」

這句話倒把彬如提醒了，他一拍手道：「我倒想起一件事情來了，上古陣上交換消息，常是用書信縛在箭頭上，射入敵人陣地，我們何妨也用這個法子？若是蒲望祖贊同派人前去講和，一定也會用箭射著回信過來，那麼，你就可以得著保障了。」

百川躊躇著道：「這樣辦雖好，但是今晚上怕來不及了，朱家這兩位小姐在他們那裡，不會受著虐待嗎？」

彬如微笑道：「凡事不能萬全，這件事只好是等一晚再說。」

侃然道：「百川，你忘了我們在南京動身時候說的話嗎？」說著，走近前兩步，用手拍了他的肩膀，微微笑道：「你不覺得你前程遠大嗎？你不覺得你一個青年所負的使命，不僅是救兩位姑娘就算了的嗎？」

歐陽朴道：「老弟臺，我看你還有許多地方未曾想得透，信義雖然是好德行，但是應當歸到大眾，不應當只為了個人。你不明白，現在的年頭，與以前的道德觀，那完全是兩件事了嗎？」

百川雖是一定要去救學敏學勤，但是三位先生同時勸告著，他也不能不聽，於是嘆了一口悶氣道：「那麼，姑且就再等一晚吧。」

黃華孫在一旁已聽得清楚，便過去和袁指揮使商量：「這幾位山外來的先生都要講和，我們都是違拗不得。」

袁指揮使站在這裡，又何嘗沒有看到百川的動作，覺得他有發雷的能力，什麼事都敢做，不能得罪的，借此收臺也好，便笑道：「講和本來是我最心願的，就怕蒲望祖這班人不肯，既是可以先射封信去問問，那就很好。」

大家這樣議定，一面派人去寫講和書，一面派人多預備乾柴乾草，在幾條路口上分別堆著燃燒起來。外面這樣圍宮的兵，就分著幾組，在火光下把守了路口。探險隊的人便在蒲望祖這條宮門口大路上守住，都把槍上裝上了子彈以備萬一。晚上山頂上的溫度雖然很低，好在人藏在大樹林下，並淋不著露水，而且兩大堆乾柴草燒著大火，望了那熊熊的火光，也就覺著熱氣撲人。

等到講和書已經寫好了，因為怕一封信不能達到的緣故，就膽寫了多封，分著各路，向蒲望祖的皇宮射了去。這樣的辦法，誰也不敢相信就有了什麼效力。可是到了次日早上，居然在林子外撿得了對方的回信了。那信上說著，有人來講和，他很願意，來的人請帶著一面紅旗作為記號，免得彼此誤會了。

百川聽了這消息，先表示著欣慰，他笑起了道：「這就好了，蒲望祖有信回過來，歡迎講和，想必擄去的人沒有加害。」

他說時，見朱力田在身邊，就向他拱了兩拱手道：「老先生，你大可以放心了。」

彬如笑道：「我想你放心了，這位老先生也就自然地放心了。」說著，就低了聲音，微笑著向侃然道：「這就是叫著真情的流露了。」

百川知道這三位先生有那說幽默話的毛病，除了事情十分緊張的時候，是免除不了這個毛病的，現在前線的情形又鬆懈下來了，他們住了二十餘小時不曾說幽默話，心裡當然很是難受，所以於現在情形較為和緩之下，必定要說幾句話心裡才能夠痛快，這是他們行為上的必然性，也便無須乎去注意了。

他就向黃華孫道：「事不宜遲，我馬上就去，你去預備一面紅旗，給拿了來。你們講和，有些什麼條件，可以告訴我，我可以去和你們轉達。你們這裡的事，原來都是九老會做主，黃先生就是九老會的首領，說的話自然可以算數的了，你的意思怎麼樣？」

黃華孫道：「我們商量過了，沒有別的話說，就是他們在山上造過了反，留他們在山裡遲早還要生是非，他可一齊要出境。不過這次要他們出境，並非是由山壁上跳下去，是要他們由各位來的那條路向外走，而且，他們自己的東西一律讓他們帶去，我們並不留下。」

彬如笑著代答道：「這個條件雖然覺得苛刻一些，但是為了這山上一勞永逸計，讓勝利的占據了這山頭，失敗了的出去，這倒是個辦法。」

黃華孫雖覺得他這話有些譏刺，但是心裡有愧，也就不和別人計較了。他去拿了一面一尺見方的大紅旗，交到百川手上，然後籠著袖子，深深地打了一個拱道：「康先生，我們很敬服，我們這一山的人蒙你大恩得救，將來必有重報。」

彬如道：「賣弄你有家私，倒要看看將來是怎樣的重報。」

百川接過那紅旗，向三位先生道：「我這次去，多少有些冒險性，假如過了二十四小時還不出來，大概就不能回來了，回到了南京以後，請三位先生宣布我已死亡。」

彬如笑道：「不至於的，到了這時，你只管前去，一切不必顧忌。」

他這句話，卻把朱力田激動了，他跳了出來道：「我也去！」

山裡人就有許多人望著他。他道：「諸位以為我老了，不敢去嗎？我以為我們山上的事，本來就不該累著旁人，我自己孫女的事，更不該累著旁人，有了這兩重原因，我必得陪了康先生去走上一趟。」

黃華孫道：「本來我們自己應該有一個人去，只是為了兩方是仇人，怕去了那邊容不得，所以不敢去。既是你為了孩子願意去衝一衝，有這位康先生保著，那麼，也許不要緊，你就放心去吧。」

於是百川手上舉了那面紅旗，高高地搖著，一直向皇宮裡走。

這時，太陽已高升起來，蒼松翠柏的杪上，都抹了一層淡黃的光。長尾巴的鴉雀在樹枝上跳著，並不因為有人怎樣的躲閃，一切又恢復了自然的狀態，不像是戰神光臨過的地方了。

在百川搖著旗子的空間，並沒有一點兒什麼阻礙，很平靜地過去，當他走到了門首時，他還不曾有什麼表示的時候，那兩扇木柱釘的柵欄宮門便是吱呀一聲地開了。

百川是個都會上生長大了的人，終究不敢貿然進去，還在門外邊揮著紅旗等了一等，但是朱力田是一路平安走來的，到了門邊，當然就放了膽子進門，哪裡還會考慮些什麼？

百川看到他自己走進了門去，自己不能獨在門外站著，因之掏出了手槍向前揚著，然後將身子閃著對了那門縫的斜角，果然裡面沒有什麼設備，朱力田卻站在門裡等著呢。

百川看著，是無甚關係了，這就大了膽子，也側身進了門去。

他進了門之後，背貼了門壁，臉朝著裡面，手端了手槍，做個要防備人進迫的樣子。但是他面前雖站著有幾個拿武器的人，他們都把武器抱在懷裡，並不曾有襲擊人的態度，於是站定了，向他們揚了一揚手槍道：

「我手上拿的是掌心雷，但是我是來講和的，絕不會無緣無故地打死你們，現在我是來了，有話和你們講，蒲望祖呢？」

到了這個時候，這皇宮裡面已沒有以前那種威嚴，來賓縱然是不叫國王，也不以為恥辱，都瞪了眼睛向百川望著，放出一種呆相來。

百川於是向朱力田道：「我們已經進來了，就不必害怕，你在我前面走，我有掌心雷，可以保護你。」說到「掌心雷」三個字，那聲音格外重，讓站在四邊的人都可以聽到。

那些人聽了這話，還是筆直地站著，並無一點兒回聲。

二人再向前走，過了上次朝見的那個皇宮，不由百川愕然一驚，原來這裡挺挺地站著兩個人，見著來賓，直撲向前，哎喑一聲地道：「祖父來了！」

這正是朱學勤、朱學敏兩位姑娘。她們雖是當了俘虜，但是那歡悅的顏色，卻比現在來的人還要歡喜許多，百川真是大惑不解的一件事。

朱力田一手挽了一個孩兒，望了她們問道：「你們怎樣在外面站著？」

學敏道：「我們初來的時候，是關在一間屋子裡的。昨天半夜裡，蒲望祖親自到那屋子裡來和我說，仗已經打敗了，今天外面有人來講和，託我們兩個人同講和的人談談，不想來的就是祖父，而且……」說著，伸了一個食指向百川指點著。

在她這樣指點的時候，眼珠轉著，帶著一種媚人的微笑。

百川看到這種情形，幾乎忘了他是踏入了敵人的陣地，也笑道：「我聽到令祖說，兩位姑娘被擄了，心裡十分不安。不知道蒲望祖為什麼這樣大方，又把二位放了出來呢？」

學敏道：「他覺得自己當面來說，外面人看了他就要生氣，有話說不攏來，再說，他有些話也說不出口，讓我們自己人來說，事情就好辦些了。」

百川道：「這樣說，打仗以前的國王和打仗以後的國王，那簡直是兩個人了。」

學敏道：「現在這邊的人都埋怨著他呢！說是好好地在山上過著太平的日子，都是蒲望祖無事生非，要做國王，鬧成了這種結局。山外來的人，那掌心雷非常厲害，碰到了就死，拿性命拚了去打仗，打勝了，是蒲望祖一人做國王，與大家有什麼好處？打敗了，大眾是白送性命，那是何苦！因為這樣，他們大家都不願意打了。但是不打的話，又怕外面的人會殺了進來，所以他們極願意投降，只愁著沒有投降的機會，現有人來講和，那真是救苦救難的菩薩下凡了。」

百川道：「他們居然覺悟了，這真省了我們不少的廢話，那麼我就不客氣，在這宮裡寶座上坐下，請二位姑娘把蒲望祖叫了出來，有什麼話，我們只管當面來說，我既是事外之人，絕不會難為他的。」

說時，便高高地坐在正面那把白木椅子上，指著旁邊一把枯木凳子，向朱力田道：「這個時候的國王不如狗屎，他的寶座也就貴重不到什麼地方去，你就隨便坐下來。」

朱力田雖覺得這話是實，但是這在敵人的家裡了，這樣藐視他們的九五之尊，也許會惹起什麼意外，因之走上那幾層石階的皇宮，臉上還帶了一種不可言喻的苦笑，只在寶座旁邊站定，未曾坐下。

這兩位姑娘倒是忠人之事，去了許久，卻引著蒲望祖來了。

今天他已不是接見外賓時那般尊嚴，也不是受俘時那般威風，那件表示著特殊階級的黃布袍子，卻把袖子垂了下來，腳步也不像以前，好像是按了尺寸走的，如今只是垂著頭，兩腳拖了幾十斤鐵鏈也似一步一步挨上前來。

他偶然抬頭，看到百川高踞在他寶座上，眼睛瞪了起來，好像有點兒詫異，但是他只把腳步頓了一頓，卻不敢有什麼表示，依然慢慢地走上了他自己尊崇自己的皇宮裡來。

百川按著桌子站定，望了他道：「朋友，我現在第一句話要忠告你，就是不必再做那稱孤道寡的迷夢。我和你是一樣的人，說起話來也是平等的，你不必求教我，我也不能命令你。你是做錯了事了，應該受罰的，但我是事外之人，哪裡不是積德處？講和的第一條，就是絕不傷害你的性命。現在那裡的人，還是把你這村子前後圍困住了，說不妥，你們還是打，總有個結賬的日子。現在你說打算怎麼樣？」

蒲望祖又深深地施了一個禮道：「寡人……」

百川不等他說完，將桌子拍道：「到了現在，你還是要稱寡人，我的話就無從說起了，你還是去做你的寡人，他們還是徵他們的叛民，我就不必做這種不相干的議和人了，我們走吧！」

但是他口裡說到那個「走」字，眼睛可望著朱氏姊妹，好像很後悔他這句話說得孟浪似的。

蒲望祖卻是不覺得，聽說百川要走，他首先慌了，立刻搶上前兩步，向百川連連地作了兩個揖道：「康先生，難得你來的，你多少要給我們圓一圓場再走。」

百川道：「聽你說話，你還要自稱寡人，連國王這一點兒假名號你都捨不得丟了，請問別的事情要你丟開，你如何捨得？這只有讓你和他們去打，打到哪裡就說到哪裡。」

蒲望祖道：「我到了於今，也不想和他們那邊為難了，以後就把這條山溝作為兩國的界線，我們不到那邊去，他們也不到這邊來。」

朱力田瞪了眼睛望著他道：「你這話說得真是便宜！打贏了，你可以獨霸這全山；打輸了呢？你還不蝕本，依然做你的國王。我問你，你把這裡的鹽井一個人封鎖了，以後我們要吃鹽怎麼辦？」

蒲望祖想了想道：「這總好辦，我吩咐我的百姓，讓你一個日期來挑鹽。」他這樣說著，臉上表示那誠懇的態度，好像他這已經是十分讓步的了。

卻不料這宮門石階下，齊齊地有人叫道：「哪個是你的百姓？你這畜類！」

大家向外看時，有十幾個拿了武器的人，聲勢洶洶的樣子要上來。

百川倒有些吃驚，立刻拿著手槍向宮外揚著道：「你們有話就在下面說，不許上來。有上來的，我就放掌心雷打死他。」

那些人聽到，立刻向後退了兩步，但是蒲望祖並不以為百川是保護了他，他知道那小小幾寸長的東西發出火光、放著響聲就能要人的命，眼光注射那小東西，臉上也就變了顏色，過了約莫有五分鐘，他心裡這就明白了，這是自己一重保障，為什麼自己倒嚇呆了？於是也就正了顏色，向那些人道：「康先生是來和我議和的，干係你們什麼事？你們不是我的百姓，是哪一個的百姓？」

他越說嗓子就越提高，到了後來，臉上一紅，兩眼圓睜，又不免放出他那國王的威儀來。

百川就想著，這種人至死也沒有覺悟的日子，實在可惡，心裡如此想著，手上的那支手槍不覺朝了那屋簷下的直柱就放了一槍，不偏不倚地對了直柱中間就穿了一個洞。

這砰然一聲，力量雖不大，可是把這宮內宮外的人全嚇得兩眼發愣，挺著身軀，鼻息都不敢透出來。

百川道：「蒲望祖，你這人好不明白事理，剛才我和你說什麼來著，叫你不必稱孤道寡，你倒更進一步，說他們是你的百姓。他們只是父母的兒女，兒女的父母，和你一點兒不相干，你鼓動他們拚死命和你搶王位，他們應該說你是騙子才對呢。現在你失敗了，正是他們出頭的日子，你倒還想利用他們做牛馬呢！」

那皇宮外的人，做夢想不到百川會給他們說這一篇不平的話，於是轟然一聲，大家叫了起來。

# 十八　好一個「活該」兩字

蒲望祖心裡也曾想著，康百川和朱力田來講和，必然是站在中間人的地位，所以把自己的意思完全說了出來。不料，自己一番要求，所得的結果卻是百川那一手槍。心裡剛剛有些驚慌，偏偏宮殿下的人又喊叫起來。

百川也就不管國王怎麼樣了，自己站在臺階上，舉起手來道：「你們不要囉嗦，打算怎麼樣，先說出所以然來。」

那些人叫道：「我們願意和，只要他不傷害我們的性命，叫我們怎麼樣就怎麼樣。」

百川道：「你們還要國王不要呢？」

大家同聲道：「不要了！不要了！」

百川道：「怎樣處置你們的國王，你們管不管呢？」

只聽到那些人答道：「不管不管，殺了他我們也不管。」

這時，在臺階下說話的人越來越多，紛紛地議論著要求和。

不知人叢中是誰伸出一隻手來，向蒲望祖指了一下，這一指不打緊，那人叢中的手猶如蜈蚣腳一般，猛可地整排伸了出來，向蒲望祖指點著，喊叫著：「把他先打死那就好講和了，我們都上了他的騙了，他站在那裡裝呆呢，該死的東西。」

有兩個人擠出了人叢，索性跳上兩步臺階，向蒲望祖指罵著。

百川原來覺得蒲望祖這樣的妄人，應該讓他得些教訓，現在是這些人來勢洶湧，越發地向前逼，假使再不攔阻，眾怒難犯，他們打上來了，這國王就不好辦，因之迎下臺階去，將大家的來路阻斷，揚起手來喊道：

「你們聽著，我既是給你們講和來了，自然要給你一條生路，而且你們向外邊人都講和了，家裡人倒又打了起來，那未免不像話了。你們聽我的話，就安安靜靜地站著，讓我來講和，若是不聽我的話，我就不管你們的事，外面再有人打進來，你們就不容易自保了。」

這些人聽他這種話，又看看他的顏色，見他手上捏著一柄發掌心雷的東西，只管向半空裡舉著，像是要發作的樣子，於是走上了臺階的人，突然地倒退了兩步。那些站在後面的人，看他這情形，以為這位能發掌心雷的神仙，又有什麼舉動，跟著這個勢子，也向後退了去。

其中有兩個退得猛一點兒，腳被石頭絆著，便摔倒兩三個，其餘的人也就轟然一聲。百川看了他們那種神情既是可笑，又是可憐，就忍住了笑，在臺階上站著停了一停，這才回轉身來向蒲望祖道：「你看看這情形，他們都要打你了，你還想做國王？」

蒲望祖不作聲，望了百川，只管發呆。

百川道：「你若是再猶豫，他們擁了上來，把你綁住了，你打算怎樣？恐怕就在這臺階上殺了你，也不費吹灰之力吧。」

蒲望祖將頭低下頓了一頓，才道：「我現在有什麼話說？只是我做過國王的人，現在降為庶民便是求生，又有什麼臉面。」

百川點點頭道：「你為人總算很有志氣，榮華富貴都已享受過了，如今又落為平民老百姓，實在是活著沒有什麼趣味，不如我一槍把你打死吧。」

蒲望祖嚇得身子往後縮著，兩手連連地搖著道：「不不不，你聽我說，我還要活著呢。」

百川笑道：「你一想還活著，二想還做國王，三想把這全山都統治過來，四想我這個掌心雷你也會放，你說是不是？其實也不必想許多，只要會放掌心雷，什麼事都好辦了。我會放掌心雷，這麼辦，你這國王讓我來做吧。」

蒲望祖拱著手道：「好極了，好極了，你做國王，封我做列侯吧。」

百川聽了這話，這一股怒氣真個由頭頂心裡冒了出來，已是不願再和蒲望祖說話，卻回轉頭來向朱力田道：「我看這事我們辦不好了，走吧！」

朱力田站在一邊，早是看得呆了，現在百川和他說話，他才急急忙忙地籠了兩隻袖子，彎著腰深深地作了一個揖，微搖著頭笑道：「君子成人之美，我們既然來了，總要把這件事辦成功了。這個時候我們就走，這些人鼓噪起來，如何是好。」

百川道：「那要什麼緊，我們走了，他們再推一個人出來做國王，現任的國王至少還可以鬧個列侯做做，山裡人的見識真是不差，知道除了國王，還有列侯。我看這列侯，總還可以做個兩三百年的吧，我們又何必來破壞人家的好事呢。」說時，向朱力田丟了一個眼色，人就慢慢地向臺階下走。

朱力田會意，也就向學勤、學敏道：「我們都跟了康先生走吧。」於是一同向臺階下走著。

那臺階下幾十人如何不看得清楚，都喊了起來道：「打死蒲望祖這東西！他還要做皇帝，把講和的神仙逼走了，打死他！打死他！」

百川便低聲向朱力田道：「我看那蒲望祖還是執迷不悟，我們哪有許多氣力和他去說廢話，不如快刀斬亂麻的法子，讓他們自己的人來解決吧。」於是高聲喊道：「你們若是誠心求和，閒話也不用說，把蒲望祖綁了，把大門大大地打開，我在前面走，你們在後面跟，我準保你們無事。」說著便一陣風似的，跑下了臺階。

朱力田祖孫三個，大袖郎當的，跑起來周身衣擺飛舞，如何能夠快？蒲望祖看到事情有些不妙，直跑上前，一把撈住了朱力田的衣後擺，叫道：「這樣來議和，你們不是有意苦我一個人嗎？」

百川叫道：「和他客氣些什麼？打倒他就是了。」

這些蒲望祖的子民，把話可聽錯了，以為是叫他們動手呢，於是一擁而上，把朱力田先拉開了去，百川站在臺階下，只見許多人圍在一處，卻看不見蒲望祖，只聽到一片打打之聲，便上前去道：「你們可不能將他打死了，打死了，你們一樣的有罪，這和議還是講不成功。」

於是就有人道：「那就把他捆起來。」跟著這句話，又是一陣紛亂。

後來大家都散開了，卻見兩個人將蒲望祖由地上扶起。他頭上戴的那頂黃布頭巾已經不知道到哪裡去了，身上穿的黃布袍子卻成了掛穗子的漏花袍子，全身都是布片，滿頭的頭髮披到肩上，臉上也全是大大小小的泥土痕跡。

他的兩隻手已經向後反綁著了，頗有那人物圖畫中詩翁構思的意味，下面一隻腳穿了方頭履，一隻腳可是光的，這把一位九五之尊的真主糟蹋得成了一位瘋魔道人。他將頭垂在肩上，不住地哼著，被兩個他的子民挾著向臺階下走。

他也抬不起頭來看，只將眼睛向百川斜瞟了一眼，哼著道：「康先生，你何必這樣對待我，但得有一塊土安身吃飯，我也不一定要做王侯之位呀。康先生，你何不放我一條生路呢。」說著話時，身子向下踣著，竟是直挺挺地跪在百川面前。

百川覺得他這一國之主，忽然這樣屈辱起來，卻是特別含有趣味的事情，便笑著將他攙扶著道：「你起來，你起來，這是你的好百姓不滿意於你，與我什麼相干。」

蒲望祖依然跪著道：「康先生若不答應給我一條生路，我決不能起來。」

百川想著，他的百姓和他的感情已經是這樣，他的敵國仇人不知道要怎麼地對付他呢？自己可就不能當了許多人替他保險，心裡想著，便躊躇沒有答覆出來。

就在這時，這些叛民哄然一聲，又喧嘩起來。看時他們簇擁著五六個女子出來，其中一個也是穿了黃色的衣服，反縛了兩手，滿臉都是淚痕。此外，幾個女子遠遠地站定，斜了眼睛看著蒲望祖並不作聲。

百姓中就有人指著她們，告訴百川：「那個穿黃衣服的女子是皇后，其餘的都是妃子，這皇后的權威，比蒲望祖還要厲害，不依她的御旨辦事，就要打人。」

那皇后聽到有人指摘她的壞處，看了蒲望祖還跪在地上，料著事已不妙，哇的一聲哭著也跪了下去，哀告著道：「神仙神仙，你饒命吧！」

百川看她時，淚痕帶了頭髮同在臉上黏貼著，塌鼻梁之下，張開一張血盆大口，兩條吊眉下，一雙胡桃眼睛只管流出泉水般的眼淚來。他心裡就想著，這也是皇后！再看那些妃嬪，依然是斜了眼睛，看看這國王夫婦，雖然不見得歡喜，卻也決不可憐他們。

百川因回頭向朱力田道：「到了患難的時候，就可以看出人心來了，你看這些妃子，都也受過蒲望祖的好處。……」

他這幾句話，恰是被妃子們聽見，有一個人就垂著淚道：「我們受著好處嗎？」於是指著學敏、學勤道：「你二位是造化呀，若是他打了勝仗，你們能這樣地自由自在嗎？」

百川道：「你這話怎麼說？」

那人說：「也是要搶了她來做妃子的。」

百川聽說，早是怒從心起，大聲喝道：「蒲望祖！你這東西，死有餘辜，來！把他推了出去，我包你們可以議和成功。」

那些百姓們聽了這話，將皇帝皇后拖了起來，就向外走。

蒲望祖被人拖了走時，口中還不住地埋怨著道：「早知道這樣，我就不該議和，議和是死，不議和也不過是死罷了，也免得我受這樣的屈辱。」

他這樣的不平，跟在他身後那位皇后，更是哭哭啼啼，猶如奏著國樂送國王出境一般。

一路行來，情形大變，已經不見一個人執干戈衛社稷了。便是那城堡門口，雖然遠遠地看到城門是關閉的，然而卻沒有一個人在那裡把守，似乎這全城的人民都加入革命團體了。

大家擁到了門邊，可也沒有誰來攔阻，早有人將兩扇堡門大大地開著，放了這群人出去。

百川遠遠地看去，見樹林子外面，還有不少的旗幟在那裡飄蕩著，於是搶到這些人面前，轉過身來將手搖著道：「你們站住，不用朝前走了，我們這裡四個人先走了過去，把話都說好了，再把你們引了過去，要不然許多人向前擁著，他們不知道來者是何用意，恐怕又會打了起來，你們都是沒有帶武器的，恐怕要吃虧吧。」

到了這時來求和的人，還有什麼話說，無非是怎樣說怎樣好了，因之大家都站住了腳，靜看百川向前走著，引了朱氏祖孫三個人而去。

那樹林子裡這些人自百川去後，大家都眼睜睜地向城堡裡望著。百川是否能安然出來，可就不得而知。不過大家也就想著，縱然是議和成功了，也不見得馬上就可以解決，及至城門口擁出許多徒手的人來，大家也不免愕然相向，想著這都是為了什麼，及至百川領著朱氏三人慢慢地走近了，探險隊裡的三位先生揩乾了一身汗，便一齊迎上前來。

彬如看了朱氏雙姝，向百川道：「你是有志者事竟成了。」

百川連連點著頭笑道：「總算不辱使命。」說著，將身子又晃了兩晃，表示他那番得意的情形。

侃然道：「只要朱家二位姑娘回來了，這件事我們就算成功了十之八九。」

學敏在這個時候已是逃出了虎口，而且百川對她這番意思，她也完全明白過來。到了現在可以說是兩重歡喜，這就向大家跳著笑道：「我是蒙康先生救回來了，但是這也算不得把事情做了十之八九吧。」

侃然道：「怎樣算不得？老實告訴你，康先生就是為了救二位姑娘，才冒了這樣極大的危險，去和蒲望祖議和，就是我們這事外之人，留在這裡開了殺戒放槍打人，也無非是為了二位姑娘。」

學敏就笑問百川：「這話是真的嗎？」

她這樣一問，卻鬧得百川難於答覆，因為談及了愛情問題，這就是一件神秘的事情，一涉神秘，這話就不應當公開地來談。所以百川聽了她的話，只好紅著臉，嘻嘻地向她笑著，因為承認不得，可也是否認不得，否認了，就前功盡棄了。

歐陽朴見了他那為難的樣子，便向學敏道：「貴山裡人，當然比我們山外人要直率些，但是論到男女一處的事，我們山外人就不如山裡人這樣的老實。總是含而不露，不大說出來的。」

彬如笑道：「老朴，我的詩癮發了，記得元曲上有這樣一句『衝冠一怒為紅顏』。」

百川向來是討厭這三位先生說幽默話的，可是到了現在高興之餘，頗也覺得幽默言語可喜。

可是山上兩位老領袖黃華孫、苗漢魂眼睜睜地見敵人捆縛巨酋而來，正當想著怎樣的處置，偏是這位議和專使走回來之後，一個字也不提，只和他們的同夥說些風涼話。

旁邊看到真有些急人，於是皺了眉，只管遠遠地向百川一班人看著，看他這風涼話說到何時為止，而且不時地發出苦笑，又咳嗽幾聲，好容易等著百川回過頭來向他望著了，這才搶著向前，對他作了一個深深的揖，然後問道：「康先生，蒲望祖現在怎樣說了，肯和不肯和呢？」

百川笑道：「你看，我們回來了，先只說些不相干的話，把正事都忘記了。我告訴你們吧，大事算完全辦好了，那邊的人只要能保全性命，什麼也不再計較了。

現在他們已經把蒲望祖夫妻捆著送了出來，聽憑你們發落吧，他們都在那裡，不敢過來。」說時，用手向那堡門口一指。

黃華孫道：「這是蒲望祖自己願意嗎？」

百川笑道：「他還想做列侯呢，怎能夠自願這樣，這都是他的臣民推罪魁禍首的意思。」

那個戰勝者袁指揮使聽了這話，就叫起來了，他跳著腳道：「蒲望祖一個人認了罪就算完了嗎？他手下的九卿都是賊，一個也饒恕不了。你們想，蒲望祖做皇帝，他們就是什麼上大夫，中大夫，上卿下卿，蒲望祖做了俘虜，他們依然是太平百姓，若不辦一辦他的罪，世上的人都會去做壞人。」

他這樣地嚷著，百川便向歐陽朴道：「我看這件事不與我們什麼相干，我們也該休息休息了，讓他們自己去辦理吧。」

彬如笑道：「我早已在那山溪邊預備下一塊青草地，一條流水溝，做了你的功臣第，你就去休息休息吧。」

百川也覺到了現在不會有什麼大問題，隨著彬如向那青草地上睡覺去了。真個是白雲如蓋，碧草如茵，睡得很熟，朦朧中聽得那嬌滴滴的聲音連連喊著：「康先生。」百川睜開眼睛來看時，卻是學敏姊妹笑嘻嘻地站在草邊，正等著他呢。

百川一個翻身站了起來，向她笑道：「什麼事吩咐呢？還要朱姑娘親自來叫我。」

學敏道：「現在議和的事完全都清楚了，就是待康先生去吩咐一聲，因為康先生是個原來議和的人。」

百川想著，不管是否如此，卻要去看看如何了結的，於是同彬如一路，跟隨學敏走去，到了目的地時，便是蒲望祖的故宮。

那兩扇大堡門，一扇燒著有焦痕，一扇推倒在地，進了那門便是路，兩旁的樹木也砍倒了不少，直走到那當日迎賢賓的大殿上，屋卻拆倒了，滿地都是草屑木塊。還有兩處宮殿，都是一片焦土，最妙的便是當著景陽鐘的那口大鍋並不曾打碎，仰口朝天，放在廢殿中間。

在那鍋的四周跪了一圈人，除了蒲望祖夫妻而外，還有九個男女，每人背了一支白紙標，上面寫了偽國卿某賊某人。

百川看了，這就明白便是所謂的九卿了，這還不算，將原來打鍋底的那個木槌子交給了他們，每個人拿了那木槌子將鍋敲上一下，罵自己幾句，然後把這木槌子交給第二個人，第二個人也是如法炮製著。

百川看時，正有一個白鬍子老頭在那裡敲鍋口裡罵道：「我是個狼心狗肺，駱駝骨頭的老賊，我這樣大的年紀，土在頭邊香了，為什麼還要叛國叛祖去做賊。我若早死一年二年，就是一個人，現在是一條狗了。我現在死了，還可以算是一條狗，可是捨不得這條老命，還要自罵自來求活，我真是狗也不如，狗也不如。」

他說到這裡，聲音顫抖著，眼淚順著鬍鬚流將下來。

百川看到，心裡想著，這人真是不如一條狗，這樣的話都說得出來。見黃華孫在身邊，笑道：「老先生，你也這樣大年紀了，看這老頭子罵得多可憐。」

黃華孫道：「這賊生定了是一副賤骨頭，我們不過說他們要自罵一頓，哪個罵得頂痛快，就先放哪個，他只圖先放，所以口不擇詞了。」

彬如將頭搖晃著微笑道：「這真是一篇絕好的幽默文章。」便走向前問道：「喂，你這位上卿，今年多大歲數了？」

他誠惶誠恐跪在地上作揖道：「七十二歲了。」

彬如嘆了一口氣道：「七十二歲，你還要這樣子做人，罵吧，活該！」

歐陽朴笑道：「好一個『活該』兩字，幽默之至呀！」

## 十九 宇宙生存問題

這一幕趣劇，在探險隊的人看來，都感到非常之有味。尤其是徐彬如，帶著一副詩人的眼光，看到這批九卿跪在這裡，只求免他一死，什麼醜態都發揮出來了，於是向眾人道：「我們笑什麼？大可不必。據我看來，這是我們外面文明社會的縮影，假使把一批和九卿相等的人搬到這個地方來，我想他們那一副形象，也不在九個人以下吧？」

彬如說得高興，不免指手劃腳起來，黃華孫這班人看得呆了，只管聽探險隊裡人討論一些社會問題，關於面前九個跪在這裡求生討命都不曾理會。

百川究竟是為了這件事而來的，不便丟了正事儘管去談，偷眼看那人叢中的蒲望祖時，見他兩手反縛在背後，跪在地上，他的頭幾乎垂到懷裡來，並不說話，也不看人，好像什麼都不管，只聽其自然了。

國王固然是不希望保留，就是列侯，也就不想再得一個，在這個時候，自然是無用到了極點。可是回想到當日，他在皇宮裡大宴佳賓的時候，當著來賓高居寶座，吃的是大雞大肉，看的是美女歌舞，多麼高興！在那個時候，也曾受過人家的好處，於今眼睜睜看人家跪在地上，毫無辦法，似乎也有些不忍，便向他周身上下打量了一番，然後向黃華孫道：

「我和他們議和的時候已經說明白了，必定饒他們一死。現在你們若是把他處死了，這卻是讓我大大地失信，我們山外人把信用兩個字看得十分重的，若是有人自己失信，那就該自殺，可是讓別人逼得失信的，一定要殺死那個相逼的人。」

彬如正了臉色道：「對了，我們山外的人現在最考究的是一個信字，你可不能輕視了。」

那黃華孫看到蒲望祖這些人如此可憐的樣子，本來也就覺得可以把他們釋放了，只是這不是自己一個人可以主張的，便是這位打了勝仗的袁指揮使，也不能不和他商量一下子，於是掉轉身向他拱了兩拱手，然而黃華孫還不曾開口，他就先發表意思了，他道：「我們這山上，相傳幾百年下來，安居樂業，本來是個天國，就只因為他一人想要做皇帝，鬧得我們自己殘殺起來，若是這樣罪大的人都不辦他，以前那些打仗死了的人，想起來都有些冤枉了。」

他這幾句話說起來也像很有理，黃華孫雖然可以算是這山上的政治領袖，但是袁指揮使現時卻成了有功之人，不應該將他的話完全抹煞，所以他合攏來拱揖的兩手彷佛是受了一種催眠，依然合攏住，好久不分開來。

百川心裡他就思忖著，照著蒲望祖這種行為論起來，那誠然是死有餘辜，但是自己去勸他投降的時候，說好了是免他一死的，於今要是把他殺了，倒好像是騙了他到這裡來受死。在責任上，也有些說不過去，便向袁指揮使道：「照著蒲望祖人格說，你們貴山上有貴山的法律，我們管不到，但是我趕到他們寨裡去講和的時候，你們一切都說定了由我做主，現在我允許了他不死，你們還是要殺他，以前何必答應我去講和呢？你們乾脆攻打了進去，不就少了許多麻煩嗎？」

這小小一個山國，情形卻也不能和普通國家例外，政治領袖怕軍人，軍人又怕外賓。探險隊幾個人在這裡有那發掌心雷的天外本領，叫人不能不害怕。所以百川說了這一篇話之後，袁指揮使跟著黃華孫之後，就也默然，但是他那雙含有怒氣的眼睛，可就橫著向蒲望祖身上看來，不但指揮使如此，跟著他身後的許多人，也是眼睜睜地向蒲望祖看了去。

蒲望祖跪在地上，原來是不住地偷著向人看了去的，現在見人都睜了凶眼望著他，不由他不把頭低了下去。

侃然站在人群裡，不住地將手去摸著他的連鬢鬍子，眼睛向跪著地上的人一一地看了，也不知道他有了什麼感慨，先是點點頭，然後又搖搖頭，那副樣子大有欲說不得的意味在內。

彬如笑道：「憑你這把鬍子，就有做山大王的資格，當然你是對蒲望祖表示同意的，你覺得怎麼樣？」

侃然依然手抹了鬍子，微微地嘆了一口氣道：「宇宙間的生物，由極小的蟲豸，以至於我們這人，都是帶了一種殺機的。」

歐陽朴道：「這個殺機，也是原始時代就帶了來的，而且是必須的。你想想看，假使這裡面不起殺機，就沒有了優勝劣敗的事實發生，沒有優勝劣敗了；沒有了優勝劣敗，就失掉了這宇宙的生存。」

百川笑道：「現在我們不必管宇宙是否生存，還是研究研究這幾個人是否可以生存吧。」說時，就用手指了這地面上跪的幾個人來問著。

歐陽朴首先不好意思討論這宇宙生存問題了，便道：「他們是敵國，我們算是國際聯盟，我們可以給他們仲裁一下子。」

百川覺得由宇宙生存扯到了國際聯盟，對本問題還是不怎樣接近，便笑道：「這件事，我來勉強做主一下子吧。」就告訴自己隊裡的工人，把縛著跪在地上的人一齊都鬆了綁。

這些工人腦筋都很簡單，眼前看到這些人是這樣跪在地上叩求活命，也就夠可憐的，這時苦苦地要他們的性命，好像有些過於嚴厲，都站在旁邊看著，有些不平的意味。現在百川開了口，說是可以釋放他們，這正合了他們的意思，也不須探險隊裡別位先生同意，幾個人搶了上前就把跪著的人一一都鬆了綁。

不過那些人被捆綁得慣了，好像已經很適意，將他們鬆了綁放起來，倒感到手足無所措，站在當地也是不敢動，暗地裡不住地向袁指揮使偷看著。

那蒲望祖夫婦更連袁指揮使也不敢偷看，只在低頭的時候，眼珠左右地逡巡著去看他同伴的下半截。那袁指揮使手扶了一根長矛插在地上，一手撐了腰，圓睜兩眼向這班人望著。

他扶了矛桿的那手不住地抖顫，抖得那矛桿上的紅纓只管掀顫。看他那樣子，好像要將這一槍尖插入蒲望祖的心窩。

百川看了這情形，就操著英語向三位先生道：「你看，他們在面子上雖是不說什麼，心裡頭可是恨極了，假使沒有我們在這裡，我想著這就流血了。」

彬如笑道：「中國書上說的，有怨毒之於人甚矣哉，誰叫他以前想做皇帝，預備統一全山。人家以前吃過他的大虧，現在人家將他打倒了，報仇乃是本事，我想蒲望祖若是打了勝仗，呵呵，我不能說了，在這個時候我說出這種話來，未免給他火上添油了。」於是掉轉身來，向袁指揮使點了兩點頭道：「照說呢，你這種生氣的樣子，好像是一點兒惻隱之心也沒有，但是仔細一想，他犯了這大逆不道的罪過，應該處罰他的，但是我們的康先生已經答應了赦免他在先，好像簡直不顧我們心裡也是很不安的。我以為他的死罪已免，活罪難逃，可以把他夫妻兩個撥到我們手下，讓他給我們挑挑拿拿，出一點兒力氣。」

袁指揮使道：「你們是要他去當奴才嗎？」

彬如還不曾答覆呢，侃然用手搔著連鬢鬍子，向歐陽朴笑道：「東方的卓別林，你覺得我們大詩翁這一舉不有點兒幽默意味嗎？」

百川心裡倒明白，就背朝了袁指揮使，低聲操著英語道：「我想山上對於蒲望祖過去的事不會忘記了的，假使我們早上離開這山，晚上他就要被殺。」

歐陽朴道：「你這話倒也很有理，不過，你還打算著離開這山嗎？」

百川道：「這是什麼話！我還能丟開了文明世界，到這裡來生活嗎？」

歐陽朴道：「那麼，我要問問這位朱家大姑娘，願不願和我們一同出山？」

百川怕他們把這件事情又拉扯長了，便搖著手道：「現在也不是討論這一件事的時候，我們先把蒲望祖這班人發落了吧。」於是走到蒲望祖身邊，低聲道：「你若是想活命的話，那麼我們無論說什麼，你都應當答應。我說這話完全為的是你，信不信由你了。」

百川只說了這兩句話，事實上已不容他搶著再說，彬如已是和袁指揮使站在一處，也用手握住了他的矛桿，輕輕地說了許多話。看那樣子，好像告以利害問題，由不得他不連連點了幾下頭。

彬如走過來，向蒲望祖道：「你到了現在應該明白，除了什麼好處你都得不了而外，恐怕你的性命難保，現在是兩條路由你自己去挑選，或者是受死，或者是吃苦。你願意死，我不去管你，聽憑你山上人怎樣來處罰。老實說，那也是你分所應得，你若是願意吃苦，你來看。」說著，就用手指著跟來的兩個工人給他看道：「你就跟他們一樣，給我們搬搬東西，我們若是出山去，你也就跟著我們走，現在你說……」

他還不曾說出一個字來，站在他身邊的那位皇后就搶著過來，向彬如彎腰行一個禮道：「我們願意吃苦，你們到哪裡，我們跟到哪裡。」

蒲望祖覺得自己一國之君，不免為人去當奴才，這實在是一件難堪的事，因之緊皺了雙眉，垂著手揑了兩個拳頭，幾乎是可以由拳頭裡面滴出汗來，但是除了如此，卻沒有別的生路，只將眼睛看了他的皇后。自己為了要做一山之主，丟了這條性命，卻也反悔不得，只是這位皇后是自己生平所看到最好的一個女人，若是連累她也犧牲生命，實在是老大不忍，而且有這樣好的女人，也捨不得拋開了她去尋死。頃刻之間，心裡變幻了好幾回，於是那揑著緊緊的拳頭，也不知不覺鬆了下來，眼望了這女人，微微地嘆了一口氣。

百川這就明白了，他為了女人，也就不能死了，於是再回轉身向那九卿道：「你們明白了沒有?現在兩條路在這裡，受死可以不必吃苦，不死就要吃苦。」

那些人到了此時，哪裡能像旁人可以隨便說話?不說話呢，又怕別人會發生誤會，不得已，個人掙命似的說出了兩句話，嗓子眼裡嗡嗡地發出聲來，卻聽不清楚他們究竟說的是些什麼。

百川就向黃華孫道：「好了，現在你們這些叛民，都算是歸順了，用不著我們在這裡打攪，請你們給我們找個地方，讓我們先休息一下。」

黃華孫正也感到他們在這裡有些礙手礙腳，送掉一部分閒人，那是很好的事情，這就向他拱手答道：「好，好，我們早就預備了，我看朱力田兄和各位先生最為交厚，就請各位先到他家裡去歇息，等我們把這裡的事情料理清楚了，再來好好地款待。」

歐陽朴道：「你把這款待的事情交給了朱先生，這就是十分妥當，而且我們康先生以至於我們這班朋友，都願意在朱先生家裡歇息的。」

百川笑道：「何以還要把我單獨地提了出來說呢？」

彬如笑道：「因為你有這個資格，我們才特地把你提出來。」說時，他側過臉向朱學敏道：「康先生去，你們總是歡迎的吧？」

學敏道：「『歡迎』，這是什麼意思？」

彬如道：「『歡迎』這句話，就是高興他去的意思。」

學敏道：「就是他一個人去嗎？」

彬如道：「我們自然也要跟了去，不過，我們一下子轟了這麼多人去，恐怕府上安插不下來，到了那裡，我們還要勞你的駕，給我們找個地方，分開來歇息。」

學敏道：「不過這幾個人，我們家裡可以坐得下的。」說時，她一雙眼睛已經向百川臉上瞟了過去。

彬如偏是已經看出來了，就向她道：「自然地，康先生這次為了二位姑娘出力不少，你二位姑娘應當在家裡款待酬勞他的，他並不和我們一樣，要分開了出來住的。」

百川笑道：「各位先生說話，總要把我特意加重一筆來說著，這讓我很感到一種惶恐。」

侃然整大把地將鬍子由嘴上向下捋著，連連摸了三四把之下，這才笑道：「這種惶恐，只有你可以得著。」

學敏一手拉了百川的衣襟，一手捏了彬如的衣袖，向前走著道：「那我們就走吧！爺爺，你去請著那幾位隨後來。」

她口裡如此說著，人便是向前跑。

百川在她這種領導之下走著，心裡可也就在那裡想，這山上的女子雖然也是知道愛情，但是她們的愛情卻是直率公開，不帶一些虛偽，這樣好雖是好，不過愛情這東西是有神秘意味的，必定要知道秘密才感覺到一些趣味，像現在她這個樣子，絲毫不顧人言，跟隨了她走，有些害羞，不跟隨她，反映出自己不大器，越是要引得同伴們說笑話，所以在這種尷尬情形之下，他卻沒有別的法子可想，只有低了頭隨著她走去。

一直到了朱家門口，她才放了手，而且伸開了兩手，遙遙地做個推送的樣子。

彬如走進她家首先拱揖道：「大姑娘，你是應該歡迎這位康先生的，至於我們，不過是在一邊湊湊熱鬧，哪裡受得了大姑娘這樣看待。」

學敏笑道：「各位先生都是俠客，請坐吧。」

百川也沒有說什麼，忽然呀了一聲道：「我們這就不對了。」

這連彬如也有此驚異了，就站起來問是什麼事。

百川道：「我們來的時候，雖然是匆匆地由這裡經過，但是我很記得，不是這個樣子。」

學敏不曾答覆，臉上先有些慘然了，因道：「康先生沒有聽到說，我的家已經是火燒了的嗎？」

百川道：「不錯，我們聽到令祖說，府上讓人燒了，二位又被人劫擄了，這又是誰的屋子？」

學敏道：「就是這裡叛民跑到山河那裡去剩下來的房子，本來派不到我們來住，因為九老會要讓我們來款待各位，沾了各位的光，我們就住到這裡來了。這裡什麼都現成，我們省力不少，若是叫我們來重新安排這一份家，一個月也辦不好呢。當康先生睡覺的時候，我就跑來了一趟，我已經很高興了。」

她口裡說著，就用手拍拍桌子摸摸凳子，笑瞇瞇的眼睛斜看了百川，而且腮上淺淺地印出兩個笑渦，很有幾分嫵媚。

百川便道：「府上燒得乾乾淨淨了，才換了這個地方住，這也不算什麼便宜，大姑娘何以這樣快活？」

正說到這裡，朱力田也就引著第二批來賓進了屋。他在路上就解釋了所以然，因之大家進來之後，也就不免向屋子周圍來打量著。

學敏並不曉得招待客人，由大袖子裡伸出兩隻手來，反了手背，十指交叉著，放在胸面前，向大家笑道：「各位看，這地方比我原來的家要好一些嗎？」

這些人哪裡會知道她有什麼心事。侃然道：「我看也不見得比以前的屋好到哪裡去，一個人對於他用慣了的舊東西，總是有些戀戀不捨的，我想大姑娘要搬到這裡來住，也是不得已吧。」

這一篇話說了出來，把學敏臉上的笑容就收拾得乾乾淨淨。還是朱力田看出來，趕快替她打圓場，便道：「現在沒有工夫說閒話，趕快去收拾茶飯吧。你去，你去。」他說著，只管揮手，學敏才噘著嘴走了。

百川在一邊看到，心中倒有些不解，她本有一個完整的家庭，一把火成了泡影，她見了這個新屋子，把以前的舊屋就不放在心上，大大地高興起來。她這高興的原由是出發在哪一點，這倒有些可以研究了。

他坐在長凳子的一端，手托了頭，正在那裡揣想著。

余侃然悄悄地走了過來，擠在他身邊坐下，手按了他的肩膀，向他的耳朵嘰咕著道：「剛才我這幾句話，我自己覺得很是周到的，難道這幾句話會把她得罪了嗎？」

百川道：「這一層我也不大明白，正在這裡納悶想著呢。」

侃然一手托了手肘拐，一手揉擦著鬍子，因道：「連你都不明白，這事就更覺得有趣了。」

他說時，見朱學勤臉上還帶了一些笑容，手拿了一塊指布，在擦抹桌面，心裡想著，這孩子尤其是天真爛漫的，在她口裡，或者可以打聽出一點兒實情來，於是向她招了招手，將她叫到面前來。

學勤左手揪住了右手的袖子，右手露出一大截光手臂，慢慢地走向前來，大聲問道：「有什麼話說？」

侃然覺著也無所謂其秘密了，便笑道：「依你說，這個地方比你原來的家好些嗎？」

學勤道：「這房子雖是大些，沒有我們原來的家好，但是我姐姐到這裡來喜歡得很。」

侃然道：「為什麼喜歡呢？」

學勤還不曾答覆出來，朱力田手摸了鬍子，眼睛望了她。她就笑道：「我不說，我不說！」於是跑了。

# 二十 乾柴烈火

朱家的家庭，到了這時一點兒蹤跡都找不到，就是康百川也和他們有些傷感，現在見他們都是喜歡的樣子，也有些不解。

雖然學勤對於這個緣故露了一些口風，然而在百川還是不解，因向侃然笑道：「余先生或者能研究出一點兒理由來，不然，為什麼搔著鬍子？我見余先生沒有辦法的時候，常是能在鬍子裡去找出路的。」

侃然連連地搔著連鬢鬍子道：「了不得，了不得，你跟著我們這三個人在一處沒有多日，居然把俏皮話說得很好了。」

百川笑道：「本來我就是三位先生的學生，學得日子就久了，怎麼說是沒有多日學的呢？」

彬如對他望望，又對侃然望望，微微地笑著。

百川看他這種情形，知道這裡面有原因，問道：「徐先生要說什麼？」

彬如笑道：「你別忙，快到發表的時機了。」

百川聽說，越發是不解，正待要問，無如學敏姊妹已經搬上了飯菜來，由朱力田起身，請大家入座。

他們辦了兩席飯，屋子裡一桌，招待幾位先生，屋子外一桌招待工人。大家也是饑渴得夠了，誰也不曾謙讓，坐下來，扶起筷子來跟著就吃。

朱氏爺孫分著兩班，爺爺在外面招待，孫女卻在裡面招待，都是很殷勤的。在這山裡的居民，因為生活的轉變，男女之間朝夕共同工作，本是沒什麼界限的，不過情感這樣東西，人類最為豐富，兩性之間，只要是彼此有點愛慕了，他們的動作就會有些失常。就是當事者自己極力地鎮定，在旁人也是會看得出來的。

這個時候，學敏坐在百川對面的座位上吃飯，卻不時地將眼光向他身上來射著。百川恰是沒有她那樣大方，他總是低了頭，不敢向學敏望過去。

彬如笑道：「大姑娘，我看你今天很高興。」

學敏道：「大家死裡逃生出來，這還不應當高興嗎？」

彬如道：「大姑娘，你知道你能死裡逃生，是哪個的功勞？」

學敏向在座的人都看了一眼，笑道：「自然是各位先生的功勞。」

彬如搖搖頭道：「不對，不對，不是有一個人要拚命去救你，我們是不會同著去救你的，你又知道這個人是誰？」

學敏兩手捧了筷和碗，既不能指，也不能說，嘴裡咀嚼著飯粒，她卻笑嘻嘻地眼珠轉著，將嘴對百川一努，彬如且不理會她，回轉頭向歐陽朴笑道：「這一下子，裡面很有一種『煙士披理純*』。」

百川聽到這位詩學大家，把女子努嘴也當了詩文來看，含有「煙士披理純」，這未免說話太不離本行了，心裡一陣好笑，無論如何也忍不住，噗嗤一聲，回轉頭去，將口裡的飯噴了滿地。

彬如一點兒也不介意，望了他道：「這有什麼奇怪？要你笑得這個樣子。」侃然也覺有趣，想找一句俏皮話來打諢一下，然而匆促之間，又想不到一句恰當的話，他只在躊躇著，就不免到連鬍鬚子裡去找出路。

自己是剛剛抬起手來，挨到那蓬蓬的虯髯了，忽然又想到剛才百川還笑來著呢，於是立刻將手縮了回去。但是百川已經看到了，方才要停止不笑的，覺著又笑了起來。

究竟是歐陽朴能掩著他的壞處，便道：「百川，你這是怎麼了？不怕別人有機會報復你嗎？」

百川這才有點兒恐慌，板了臉不笑了。這回他們當面取笑，雖然有一句譯音的「煙士披理純」，然而他們沒有說一個英文字，學敏看那形狀，已明白了大半，因是低了頭，也不再說什麼了。

將這餐飯吃過，天色便已昏黑，門外一片白光，如塗了銀漆一般，月色非常之好。朱力田搬了幾條竹凳，放到門外空場子裡，讓大家都在月光裡坐著談天。

百川看兩個筆架似的山峰，在月光裡隱隱插著，景致很是好看。再看看月亮，晶光一團，在蔚藍色的天空裡配著深青色的山影子，幽靜極了，心想，想不到會在這種地方來賞月的，更也想不到在這種地方，會遇到了這古裝現代姑娘，而且她是那樣健美，是那樣天真，我不得不愛她了，可是我愛了她，能帶她出這個山圈子去嗎？不能帶她去，我忍心就這樣走了嗎？我不走，能離開現代社會，在這裡做個半開化的人嗎？

人有了愛情，苦惱馬上就跟著來了，這真叫人沒有法子來排解。他心裡有了苦悶，面前坐著許多人說閒話，他都沒有聽到。也是坐著苦悶不過，於是站起身來，隨著月亮下的白路，不知不覺地走了出去。也不知走了有多少步路，卻有一條淺水山澗，將路截斷了。

在山澗邊，正有一塊光滑石頭，於是坐下了。石頭附近，是一叢瘦竹子，月光斜照著，將影子橫倒在流水上面。

這裡並沒有亂石頭，水只順了沙灣流去，水中間放了幾塊大石，是搭著行人走路的，水從從容容地濺著那石頭，發出一些潺潺的響聲。月光，水聲，竹影，互相映輝著，耳目之間，真有一種說不出的感覺，同時便聯想到徐彬如說的「煙士披理純」來。

靜靜地只管在這裡享受這幽僻的情況，卻有一陣瑟瑟的響聲。看那瘦竹的影子，正搖動得厲害，並沒有風，何以會這樣震動？不要是出了什麼毒蛇猛獸？回頭仔細看著，由那裡鑽出了一個人，自己還不曾分別出來是誰，那人先說話了，她道：「想嚇你一嚇，你倒看見了。」

這正是朱學敏姑娘，想不到她會來！百川道：「你怎麼知道我在這裡？」

學敏道：「我看到你走了來的。」

她說著話，已經走近了身邊。百川便站起身來，有讓她在石頭上坐下的意思，但是山裡姑娘卻不解這文明禮節，她直走到水邊蹲了身子，用手去划著水響。

百川雖是在情場上有過經驗的人，然而這裡的姑娘在打破男女界限之下，又有點兒古禮存乎其間，既不新，又不舊，這倒叫他難乎措置。

他正這樣地躊躇，一時卻說不出話來。默然了一會兒，只有風弄竹葉聲，水觸大石聲，很寂寞的。

學敏突然站立起來，向著他問道：「吃飯的時候，你們是笑我嗎？」

百川笑道：「你應該早明白了，我們就是喜歡這樣問著玩的。」

學敏道：「分明是笑我，可是我不知道他們為什麼笑我，你告訴我，好不好？我知道了，以後就不讓他們笑了。」

百川道：「他們並不是壞意，他們是喜歡你的意思。」

學敏道：「他們喜歡我？」

百川道：「不，不！」

學敏道：「那就是他們不喜歡我，才笑我的呢！」

百川道：「他們是喜歡你。」

學敏偏著頭想了許久道：「你們山外人說話，不大容易懂，又說是喜歡，又說是不喜歡，我聽不出來你是什麼意思。」

百川將頭腦冷靜一下子，也覺得自己說話有些顛三倒四，頓了一頓，才道：「其實他們因為我喜歡你，他們跟著也喜歡你，所以他們就笑了。」

學敏笑道：「你喜歡我，我倒是有些看得出來，你性命都不要，到山裡頭去救我，那還不是喜歡我嗎？不過我也喜歡你，你知道不知道？」說著，她就格格地笑了起來。

百川在這月亮下面看不到她臉上帶了什麼容顏，不過在她這笑聲裡面，聽出那是由心窩裡直發出來的，並無半點兒做作，因道：「我問你一句話，你老實告訴我，你們這山裡頭有做媒的人嗎？」

學敏道：「做媒的人？什麼叫做媒的？我不懂。」

百川低聲道：「喂，喂，你不要這樣大聲音說話，我同伴那幾個人聽到，他們又會笑的。」

學敏斜了身子在那石頭上坐下，望著百川道：「這有什麼可笑的？我看你們山外人真喜歡笑。」

百川道：「這不管他了，你真不懂做媒這一句話，我可以解說給你聽。」他說著，也就坐了下來，兩個人都是斜了身子的，恰好面面相對。

百川道：「譬如說吧，東家有個小夥子，沒有娶親；西家有個姑娘，也沒有配人，東家的小夥子很想娶這個姑娘，就託人到西家去說……」

學敏笑起來一拍手道：「我明白了，書上有這種話的，但是我們山上沒有。」她說話一高興了，就要叫起來。百川不能句句都壓住她，不許她叫，也只好由她去了，便說道：「我們這山上的老人家把話相傳下來，也說到這件事，說是我們祖先在山外的時候，婚姻這件事，都是靠媒人一張嘴騙成的，但是我們山上，大家天天見面，誰也騙不了誰的。」

百川道：「那麼，這山上的婚姻是怎樣聯成來的？」

學敏道：「這有什麼不懂？兩個人說得來，就算配成了。」

百川覺得她這話，倒真是婚姻的真義，不過締婚的手續不能這樣子簡單，便問道：「這裡面還要經過一些什麼手續呢？」

學敏道：「我不懂你這句話。」

百川道：「我說，兩個人說得來了，以後要用什麼手續，才得到相當的結果。」

學敏笑著搖了頭道：「我還是不懂。」

百川道：「你是真不懂呢？還是假不懂呢？」

學敏道：「我實在不懂。」

百川道：「無論什麼事，總有一個階段，由這個階段，連到那個階段，這裡面總有過程，我問的就是這過程。」

學敏聽了這話，只是格格地笑，百川道：「你這算是懂了？」

學敏道：「你的話我越聽越不懂了。」

百川道：「唉，這怎麼辦，這……」

「嘿，你說上這麼些個新名詞，人家怎麼會懂？你把新名詞取消了，人家也就懂得了。」

在那裡竹林子裡，忽然發出這種蒼老的聲音，把百川、學敏都嚇了一跳。接著鑽出一個人來，便是余侃然。

他笑道：「我本來不應當在你們中間打岔的，但是我聽你說的話越說越遠，急得要命，我情不自禁就喊出來了。對不住，對不住。」

到了這個時候，一切都不容百川否認的，便笑道：「這也無所謂。」他只說了這五個字，以外就不能再說什麼了。

在學敏一方面，就很少曉得什麼叫害臊，見百川已是坦然處之，她也是毫不介意，向侃然笑道：「你們這些人裡面，要算這位老先生最為有趣。」

侃然笑道：「我怎麼最為有趣呢？」

學敏道：「你長了這樣一大把鬍子，還有些像小孩子一樣。」

侃然笑道：「你不要弄錯了，我並不是來聽你兩個人說話的，因為我聽到這裡有唧唧噥噥的聲音，我想偷著來看看，到底是什麼人。」

百川道：「這樣說，你就算不是來聽我們說話的，也是要來偷聽別人說話的。」

侃然笑道：「我們這兩個字，未免太響了。」

百川只好一笑，不便跟著向下再說什麼。

侃然道：「大姑娘，他要問你的什麼話，你真的沒有明白嗎？」

學敏道：「我實在沒有明白，余先生講給我聽聽看。」

百川道：「怎好叫余先生講給你聽呢？」

學敏道：「不能讓余先生對我說的嗎？」

侃然道：「對了，又怎好不叫我講給她聽呢？大姑娘，你別忙，我再譬喻一說，你就明白了。好像大姑娘自己，現在已經到了出嫁的年歲了，假如你和一個小夥子說得來了，這婚姻……」

學敏笑道：「不，不，我還沒有到歲數呢。」

侃然道：「這個我早知道，不過我是這樣比喻說，到了那個時候，大姑娘自己是情願了，是不是還要問問大姑娘的父母呢？要不要問問九老會的人呢，要不要叫小夥子拿出一些東西來呢？這些事情，就是百川問的手續，現在你應當明白了。」

學敏笑道：「我沒有。」說著，她橫攔那大袖子遮住了臉，笑著。

這是百川第一次看到山上姑娘不好意思，總算侃然問得盤根到底了。

侃然道：「這也是你們山上一種不同的風俗，我們很願打聽的。」

學敏道：「你若是問別人的事，我可以告訴你，我們這裡規矩，男女兩下願意了，回去對父母一說，等到……」說著，手指著月亮道：「等到月亮圓的日子，請了全山的人到空場上吃酒，男女就拜堂了。」

侃然笑道：「難道不要一些什麼東西嗎？」

學敏道：「老人家傳說過，以前祖先在山外婚配，男女兩家都要預備許多東西的。不過我們在山裡住，各家的東西差不多都是一樣，家家也都有，所以我們這裡婚配，什麼都沒有的，不像書上說的，有那些禮節，還要費那些事，拜了堂就是夫妻了。」

侃然道：「如若兩下願意了，父母或者不答應，或者不中意，怎麼辦呢？」

學敏道：「不會的，若是兩家父母有一家不願意的，在男女初來往的時候，父母先就要商量了，到了對父母說的時候，那就只要預備拜堂了。」

侃然手搔著虯髯，連連哦了幾聲，他不管這一對男女在這裡是怎樣一副情形，他拍著手向朱家門口走來，口裡連連叫道：「這裡真是好地方，我要帶著家眷搬到這裡來住家了。」

在月亮下閒話的這班同伴，現在並沒有散開，歐陽朴道：「老余，你什麼事這樣快活？關於地質方面，你發現恐龍了嗎？」

侃然道：「這個社會，你與其說它是個不開化的社會，不如說它是個最進化的社會，實在是太合於我的脾胃了。」

歐陽朴道：「你所謂最合脾胃的，倒是哪一點？」

侃然笑道：「與其說是合於我的脾胃，不如說是合於百川的脾胃吧。」

說到了這裡，他突然改用了英語，將剛才偷聽百川的話以及學敏所說的話，從頭至尾都翻譯了一遍，又用英語道：「一根毫毛也不用拔就可以討個老婆，沒有結婚的男子，實在應該到這秘密谷來的呢。」

彬如道：「我本來覺得這件事有和他們促成之必要，但是據我看來，還不是今天所應談到的問題，不料他們在今天晚上立刻就談判起來，真是特別快車了。」

歐陽朴笑道：「我記得《今古奇觀・喬太守亂點鴛鴦譜》的判文上有這樣兩句話：以乾柴而就烈火，無怪其然。我們都是中年以上而且飽經經歷的人了，這不算什麼，密斯脫康呢，他現在正需要這一種安慰。」

朱力田坐在他們一邊，對於那大套英語當然是莫名其妙，然而知道他們要有這種毛病的，動不動說出一套不像人話來，這也不足為奇，至於後面說到乾柴烈火那番話，自己卻揣摸得出來，無非是一點就著之意，但不知什麼事情一點就著，因之忍耐不住了，急於要打破這個啞謎，這就向侃然道：

「你們說哪個人脾氣這樣暴烈呢？蒲望祖這東西，是天生的惡人，各位就不該給他講情，把他除了，這山上就永遠太平無事了。」

彬如道：「提到了他，我倒有一件事要和老先生打聽，你們這山上，男女不分，一樣做事，那個女子也不負累男子，當然是一夫一妻的制度了。那蒲望祖自封了國王，有了皇后，又有了妃子，他還要搶山上的女人，這樣顯然不是把女人同樣看待了，怎麼女人也就願嫁他呢？」

朱力田道：「有哪個願嫁他？都為了他帶許多人逼一個，人家不能不從，他又騙人家什麼東宮、西宮，為了名字好聽，人家也就勉強答應了。我們因為祖先上得山來，只有這些後代，哪個也不願絕了後嗣，男人娶兩個，女子嫁兩家，倒也有，總是要傳後而已。好像我就只有兩個孫女，玄孫是不會有的，但是我就把兩個孫女當了孫子，可以招贅了孫婿進門，將來添了孩子，先給一個我做玄孫，以後才能讓孫婿添孩子同他自己姓。」

彬如聽了這話，就輕輕道了一句英文：「這樣看來，這乾柴烈火未必可以點著吧。」

朱力田道：「怎樣，諸位覺得這個辦法不好嗎？」

侃然道：「好是好，遇到了乾柴烈火這種人，那就很感到窮於應付了。」

這時，他也就看到百川在月亮地裡慢慢地走到身邊來了，這乾柴烈火四個字射進了百川的耳朵裡，不像山上人沒有看過《喬太守亂點鴛鴦譜》這篇小說，不知所云：他是很明白的，這不是一句好話，因之悄悄地在人圈子外面一塊大石頭上坐著。

彬如想到朱力田招贅孫婿的這種主張，倒是有讓百川預知之必要，就不妨先探探他的口氣，因笑道：「百川，你說句良心話，這山上的生活怎麼樣？」

百川聽到他忽然問起這種話，雖不明他用意所在，然而必是有些用意的，想了一想道：「這個地方是世外桃源。假如不想做現代社會上的一個人。當然是這裡好。」

彬如道：「在都市上，不過得著一種物質上的享受罷了，可是這裡有兩個問題，其一是我的家庭，他們不會跟了來的，我又丟不下；其二是這山上人，為了人口增多，才分出守山出山兩派，引起了戰爭，豈可以讓我們山外的人再向裡面搬呢？」

百川突然地哦了一聲，在月光下見他身子挺著，胸脯一張，顯然是有豁然省悟之意，接著道：「我倒沒有想到這一點。」

那余侃然細細地哼著他江南人讀書的調子：「以乾柴而就烈火，無怪其然。」彬如和歐陽朴都被他引著笑了起來。

侃然道：「中國的線裝書雖然是應該丟到茅廁裡去的東西，可是你要把那上面的字句取下來當消遣品，那總是有趣的，譬如這個『然』字吧，可以當『燃燒』的『燃』字看，也可以當這樣如此的意思解釋著。」

彬如道：「老余，剛才你對於燃燒這一點有什麼發現嗎？」

百川聽得他們所說，未免太難堪了，便用英語道：「三位先生若是再這樣開著玩笑下去，讓對方知道了，有些不大方便，我要提抗議了。」

侃然不用英語答覆，卻用土腔哼著文調答覆道：「以乾柴而就烈火，無怪其燃。」這便是康百川自己，也不能不隨著大家呵呵大笑起來了。

# 二十一　說媒

這場月亮地裡的趣話，在朱力田聽了，他還以為是意中事。可是在康百川聽了，便有一種莫名其妙的感覺在內。他心想，假如這回探險出山，帶著這樣一個古代裝束的妻子回去，那是一件奇聞，恐怕轟動社會，有點兒招搖。不過這話又說回來，假如我真愛她的話，我就不必顧慮這些，這山上的人，有那強健的體格，率直的天性，是很好的新婦女，若能再傳授她一些相當的知識，那可了不得了。

他正沉思著這未來的幸福呢，朱力田卻說到山上的規矩，沒有兒子的人，姑娘是要招贅的，這可為難了，自己還能夠犧牲一切，招贅著做山裡姑爺嗎？

那位詩人徐彬如卻和他有同樣的感想，便笑道：「老朴，你念過《浮士德》這部書沒有？」

歐陽朴道：「你何以突然提到這外國古董上面去了？」

彬如道：「這是最摩登的呀，怎麼說是古董呢？那書上說了，宇宙間最偉大的力量，就是愛。」

余侃然在一旁搔著鬍子道：「我懂了，徐先生的意思，勸百川不必回南京了，就在這山上辦一個模範小學，實行剪髮易服。」
歐陽朴笑道：「美男子，別再說笑話了，我們應當談一談正事。」
侃然道：「那麼，你為什麼說笑話？」
歐陽朴笑道：「我沒有說笑話呀，你不願意接受美男子這個稱呼嗎？」
彬如道：「關於這一層，將來再討論吧，什麼是正事呢？」
歐陽朴道：「從明天起，我們要分頭去工作了，我和侃然出去採集礦植物，彬如可以找九老會的人查一查山上的文獻。百川呢，請你出去和朱家大姑娘談三天話。」
他說到這裡，連侃然極喜歡開玩笑的人，也覺得他有點兒唐突，何以當了人家祖父的面，叫一個少年去和人家姑娘談三天話？
但是歐陽朴絲毫無所感覺，依然繼續地道：「關於人情風俗這些事情，都可以去問問她的。」
百川明知道他是開玩笑，可不敢駁他，就是朱力田自身，也有些明白了，不過他們這山上的百姓，以前的祖輩不過一二百人，大大小小，就是家人父子一樣，無所謂買賣婚姻，多半是男女青年相處得很好，到後來，家長就把他們的婚姻辦成了。朱力田看到學敏和百川那樣的形跡親密，便料到他們可以成婚姻的，加之這群遊伴常是露些口風，有促成他們婚姻的意思，他也覺得這種趨勢遲早是會提出來的。

山裡人不懂得近世文明社會的應付手腕，他心裡橫擱下了這個問題，當時雖不好說破，但是他已不能再行忍耐了，當時就向歐陽朴道：「說到山上的掌故*，明天我就可以和先生仔細地談一談，此外，我還有幾句話說。」

歐陽朴知道是問題來了，就問道：「是找我全部的人談話呢？還是找我一個人說話呢？」

朱力田道：「請一位談談就行了，其實我就不說出來，歐陽先生也知道。」

歐陽朴一想，這老頭子簡直說破了，若是這事，大家都贊成呢，一拍就合，那自然是好；但是說了之後，若是還有問題，那就未免形勢太僵，於是向他答道：「今天夜已深了，哪個不累？我們明天再談就是了。」

話說到這裡，他們這個無目的的座談會算是告了一個結束。

可是另外一組的談話會依然暢談正酣，便是他們由南京帶來的工友，以及在山底雇的那些夫役，他們到了這一個奇怪的山頭上，又經過了昨天那樣狂風駭浪的戰事，大家都感到這裡是個富於趣味的所在，討論個不了。

這就有人道：「這地方太好了，一不用當差，二不用納稅，水旱無憂，沒有盜匪，種田過日子，娶老婆，養兒子，什麼都完了。若要說到世界上總有仙家的，這山上人就是仙家啦，不懂他們為什麼還要打仗，打仗不就為的是圖舒服有飯吃嗎？可是這兩種，山上也不短少。」

又有人道：「這還不為的是有人要做皇帝？做仙家舒服，做皇帝更舒服。」

那南京來的聽差就插言道：「我的意思不是這樣，以為若是在山上做皇帝，不如到南京去當聽差，他們在山上住一輩子，只知道月亮由圓變到缺，由缺變到圓罷了，可還知道別的什麼呢？」

百川在那邊談話會閉幕之後，雖默然不發一言，可是他心裡又在那裡想著，假如朱力田非招贅我的話，我就答應了吧。南京上海那樣齷齪的社會，我何必還要去留戀？這時又聽得那些工友的話，說是在山上做皇帝不如到南京去當聽差，而且說山上人所看到的，不過由圓變缺、由缺變圓的月亮，這話也不假，我自己很鼓勵自己要做一番事業的，我能夠為了一個山上的姑娘，把我的前程完全犧牲了嗎？

那幾句不相干的閒話，送到了百川耳朵裡去，他又突然地受到了一番感動，他那番追求山女的熱情不免減除了一半。

不過他心裡又想著，朱學敏對於我，可以說是心願意願，千肯萬肯的事，若是我說，她應當跟了我出山，她決不至於拒絕的。我就是這樣辦，娶她，一定娶她，但是我並不住在山上，這樣一來，我什麼問題都解決了，只要我堅決地不肯招贅，學敏又非嫁我不可，最後的一條路，當然只有歸到了我帶她走。

他自己出著難題，將自己為難了一陣子，結果，還是自己來解釋，於是自己心平氣和，也就到朱力田所預備好的客房裡安歇去了。

這個客房裡，沿了牆的四周，擺下四條竹床，作為遊歷先生下榻的所在。百川的床，正好和歐陽朴相連，當屋子裡熄滅了燈火以後，百川睡在床上翻來覆去，直轉得那床咯吱作響。

歐陽朴道：「百川，你還沒睡著嗎？我心裡很亂，你只管這樣轉得床咯吱作響，我心裡更亂了。」

百川不敢作聲，忍住了不敢再翻身。

歐陽朴嘆了口氣道：「女人，無論到什麼地方，總是害人的。」

百川就在這時，用那算數催眠的辦法，由一數到兩萬一千二百，還是清醒的，他想這個辦法根本不靈，於是翻了一個最後的轉身，才開始模糊了。

他也不知道模糊了多久，而且太陽早出來了，回轉頭看歐陽朴時，他鼻子裡呼呼作響，倒睡得正香。他心想，這位老先生豈有此理，他和人家約好了今天去談話的，怎麼到了這個時候還是這樣好睡？於是坐了起來，用很大的聲音咳嗽了幾下。

這咳嗽倒是真有效力的，歐陽朴聽到這咳嗽聲，就昂起頭睜開眼來看，他見咳嗽的是百川，也沒有作聲，手扯了蓋被，扭轉身又躺下去了。

百川笑道：「歐陽先生累倒了嗎？怎麼今天這樣的倦？」

歐陽朴道：「起來也沒有事，何必早起？」說著，將頭在枕上挨了兩挨，好像是要想睡得更安適一點兒。

百川心想，這位先生真是沒法，大概他知道我著急，存心搗蛋，我偏不說，看你能睡到幾時起？於是自己一賭氣，自起了床。就是同屋的另兩個人，沒有人催，也都起來了。

百川在屋子裡呆站了一會兒，向歐陽朴望了有十幾分鐘之久，見他沉睡不醒，只得臉上帶了三分火氣，很重的腳步，走出了屋去。

可是自己負氣，也不能久，在外面僅僅只耽擱了三四分鐘，卻又轉身走了進來。見歐陽朴還是面朝裡睡著，這就笑道：「歐陽先生，您該起了，這兒有點事情要請求您啦。」

歐陽朴哈哈大笑，兩手掀了蓋的被，坐了起來，因道：「百川雖然在南京長大的，倒說的一口好北平話，只是這個您字，可以見得他是恭敬之極。」一面笑著，一面下床，望了百川道：「你對我這樣的客氣，自然是有求於我，你說吧，有什麼事相求？」

百川笑道：「那朱老先生不是約了今天有話說嗎？」

歐陽朴笑著向前伸手連連拍了他幾下肩膀道：「你也未免太急了，他說的是今天，可沒有說今天早上，更沒有說一下床就談話。今日一天，日子還長著呢，你忙什麼？」

百川一想，這話也對，朱力田並沒有說一早就談話，何以自己這樣子的性急？於是向他笑著，沒有答覆。

歐陽朴笑道：「他雖沒有提到是早晨，但我想到，無論一個什麼問題能早早地解決，那就更好，可以免除了許多人著急。」

彬如笑道：「你這話有語病，怎樣有許多人著急呢？」

歐陽朴道：「怎麼沒有，百川和朱家姑娘那是不必說，朱老頭子自然是要說出他的心事，我呢，也急於要知道他的心事，你二位以至於其他的來人，誰不願意知道這婚姻到底是怎樣的結果呢？假如這件事，將來有人編成小說，到了這個關節要知道究竟的，那就更多了。你想，將來讀小說的，有個不願朱學敏嫁給康百川的嗎？假如編製了電影……」

彬如笑道：「你這已經胡扯得夠了，你要再向下說，那不使百川為難嗎？」

歐陽朴這才笑了起來，因道：「其實百川老老實實地對我把心事說了，我一早就會起來，和他去做說客的。偏是他要假充正經，不肯露形跡，要我起來，並不叫我起來，只是亂咳嗽一陣。你想，我們這類人物，是肯受人暗中利用的嗎？」

百川笑道：「得啦，這回算是我的錯，我現時向歐陽先生道歉了。」

歐陽朴將一個食指左右摸著他鼻子下的小鬍子，只是微笑。

這時，學敏進來了，笑道：「茶水都預備在外面了。」

歐陽朴道：「大姑娘，你有什麼事要我幫助你嗎？」

學敏道：「不，廚房裡有我姊妹兩個，是夠了。」

歐陽朴道：「不是說這小事，你有什麼極大極大的事，大得不得了的事，要我幫忙的嗎？」

學敏點了頭笑道：「哦，哦，我明白了，這件事由我祖父和你說，你肯幫忙，和我祖父說吧。」說畢，她笑著去了。

歐陽朴鼓了掌道：「你看看，朱家姑娘是多麼爽直！這婚姻大事，應該正正當當去進行，為什麼害臊？」

百川笑道：「無論什麼人，遇到了各位先生這樣成天的取笑，臉皮縱然再厚些，也不能不害臊吧？那麼，我不害臊了，請你老先生就去做媒吧。」

這一來，歐陽朴就不能推諉了，便笑道：「既然談到做媒，媒是要成雙的，現在我要找個同伴，誰去？」

侃然道：「我去行不行呢？」

歐陽朴笑道：「我們這一對寶貝什麼時候拆夥，考查地質和生物學，我們可以互相發明，做媒也用得著我們互相發明嗎？」

侃然道：「那麼，彬如去吧，他是文學家，可以文縐縐地說上一陣子。」

彬如道：「好，我就答應了，我們總要辦得諸事順利，不讓男女兩方有一點兒不快。」

他拍了歐陽朴的肩膀，兩個人笑著去了。

百川很相信這兩位先生必能忠於所事的，自己很坦然地和侃然坐在門外空地裡，喝著淡茶，閒談心事。

約有半小時，這兩位先生帶了平常的顏色走來，並沒有一些笑容。

彬如首先過來，一手捏住百川的手，一手拍了他的肩膀，很從容地道：「你不用懊喪，天下事，失敗即成功之母。」

百川臉上紅著，勉強笑道：「他們完全拒絕了？」

彬如坐在一條凳子上，將他也拉著坐下，因道：「拒絕是不曾拒絕，這條件很難了。第一，她是不能出山的；第二，你招贅在這裡以後，也不能出山；第三，尤其是你所不能辦到的，就是要兩年以後才能夠結婚，因為他們山上的規矩，女子是必須到了二十歲才許出嫁的。」

百川道：「我想這位老頭子是沒有誠意吧。」

歐陽朴道：「他搬出了山上的規矩來和我談，我就沒有辦法。這山上是一國，那規矩是他們的憲法，我們為了娶他一個姑娘，叫他破壞憲法嗎？所以我們對於這三個條件，一個也沒有答覆，說是要來問問你。現在你的態度怎麼樣？」

歐陽朴在他對面凳子上坐了，兩手撐了大腿，向他臉上望著。

百川道：「我得去問問學敏。」

歐陽朴向彬如道：「我說怎麼樣，必定是這一著棋。」

彬如笑道：「百川，你這個辦法對的，你只有這個辦法將她說好了，等我們下山的時候，偷偷地跟了我們去，他們反正不會追到山下去的。」

百川道：「我倒並不是這樣想，我以為學敏果然是同意於我的話，以這山上人的性格而論，就是她祖父，也不能拘束她的。」

彬如點點頭道：「好吧，你去試試看吧。」

百川覺得這事是公開了，也無須羞澀，抬頭看，見學敏在對過山坡上捆束柴草，一口氣就跑上山坡去，學敏老遠地就向他招著手，到了面前，向他笑道：「恭喜你了。」

她腰上束了一根帶子，將衣襟翻起來塞在帶子裡，兩隻袖子高高地捲著，露出兩隻圓藕似的手臂來。

只看她這種樣子，便直率得可愛。而且她不施一些脂粉，在緊繃繃的面皮上透出一些紅暈來，街市上那種愛運動的女子也不能健康得這樣好看，於是向她點點頭道：「你隨我來，我們找個地方去說話。」

百川將她引到昨晚談話的地方，再讓她坐著，她一面扯下塞在帶子裡的衣襟，放下捲起來的袖子，一面笑嘻嘻地向百川望著。

百川道：「你為什麼恭喜我？」

學敏道：「你不是託那個小鬍子去說媒的嗎？」

百川道：「雖然是去做媒了，那不見得就成功。你祖父說，不許你下山，也不許我下山，而且還要兩年後成喜事。」

學敏道：「你真的要帶我下山嗎？我不敢去。我嫁了你，你又怎能走呢？這話是應當的呀，至於等兩年……」

說著，她先笑了，又道：「那要什麼緊，不過是個名罷了，而且也用不了兩年，過了那個年頭就可以的，你忙些什麼？」

百川道：「這些我都不忙，我來問你，你祖上不是由山外逃來的嗎？怎麼不能出去？你說怕山外的人，那是笑話了，我也是山外人，你為什麼不怕呢？」

學敏道：「你很好，我怕你做什麼？」

百川道：「山外人不都是和我一樣的人嗎？孫女總是跟祖父的日子少，跟丈夫的日子長，你怎好守住祖父呢？人在世上幾十年，沒有看過的，應當看看，沒有吃過的，應當吃吃。山外頭那城市裡面，有螞蟻隊那樣多的人，有山樣高的樓房，有整里路長的火車，自己會跑，用不點火的電燈，有隔了幾百里可以對面說話的電話，這些我都和你說過了，你難道不想去看看嗎？」

學敏將她束腰的帶子拿了起來，慢慢地拴著疙瘩，拴了一大串，然後又慢慢地解開來。

百川道：「自然，你也會有些捨不得你祖父的，這算不了什麼，將來你這個山頭還閉得住嗎？恐怕你們不出去，山外的人也要慢慢地擠進來了，到了那個時候，你若是想著祖父的話，我可以送你上山來，至多半年上下，我可以送你回來一趟的。難道你離開祖父半年都捨不得嗎？這山上不過是碟子大一塊天，天天看到，你不生厭嗎？你是想看看花花世界呢？還是想死守在這山上？」

學敏沒有一句話，只是解帶子繫帶子。

百川道：「你要相信我，我決不是拿話來騙你，你想想，你讓蒲望祖捉去的時候，我可以捨了命一個人跑進去救你，假使我沒有真心待你，我肯這樣子傻幹嗎？

我的意思，是想把你帶出去。你祖父要捨不得你，一定會跟著你的，那麼，你全家都在外面享福了，那多麼好呢？我這決不是假話，要不然，我就在山裡不出去，也不要緊。但是一個人生在世上，總要轟轟烈烈做一番事業，若是跟著你在山裡，我不過做一個山裡種田的人，伴著幾塊土到老罷了，還有什麼指望？」

山外的人無論如何不會說話，也要比這山裡人會說話得多，經了百川這一大篇話，學敏只有同了他一路出山去，乃是千妥萬妥的事。本來她為了好奇心，也想到山外去看看，現在百川又說到下山有許多理由，她更是一個字也駁不得，半天的工夫，向著百川微微一笑。

百川道：「你覺得我的話並不是騙你的嗎？」

學敏依然解著帶子，點了點頭。

百川道：「我說了這一大篇話，你怎麼不答覆我一個字？」

學敏默然了一會兒，才向他笑道：「你說的話都對了，我還說些什麼呢？」

百川道：「假如你願意跟我走，你祖父不許你走，你打算怎麼樣呢？」

學敏道：「他是決不肯放我走的，不過，我若是讓蒲望祖捉住殺了呢？祖父到了現在，又來留誰呢？」

百川道：「這個樣子，你是願意跟著我出山的了。」

學敏向他看了一眼，微笑著，連點了幾下頭。

百川道：「只要你有這番心事，那就很好，現在我們也不必露出什麼樣子來，還是像平常一樣，到了我走的日子，你就偷著跟我走。至於走的時候，怎麼樣子走法，我們慢慢地再商量好了。」

學敏臉上帶了笑容，只管點頭。

百川道：「你怎麼今天只管點頭？」

學敏答覆的這一句話，卻是很妙，她道：「叫我除了點頭，還有什麼話說呢？我心裡已經是快活極了呢！」

百川聽了她這句話，也是樂不可支，他們這一層婚姻好像是得到完全圓滿地結束了。

## 二十二 好事多磨

康百川把現代物質文明極力地渲染了幾回，朱學敏的心可就被他打動了。她自己想著，這山上現在和外邊已經打通了，我就是出山去了，有什麼要緊？我想祖父的時候，就回來看看好了。她心裡有了這樣一個轉念，所以就不再猶豫，預備跟了百川逃走。

朱力田呢，他心裡雖然感激這一批探險隊的人員，然而他長到五十幾歲，所受的都是山上教育，過度著山上的習慣，他的思想，也不會跳出這個圈子去。他覺著，他的孫女是不會違背他的意思的。

在次日上午，這裡有個莫大的證明，就是那失去了自由的蒲望祖，他表示著容許他在山上的話，他也不願出去呢。

原來這山上的九老會中人，將這些叛民首領捉到之後，把他們捆綁，關在屋子裡；至於怎樣處治他們，卻是拿不定主意。在這山上二百多年以來，就沒有殺過人，決不能用那種重刑來辦他。

若是照向來的習慣，將他們由懸岩上拋出境去呢？探險隊的人卻提出了反對。

他們的意思，以為要把人治死呢，一下治死，倒也乾淨。由懸崖上把人丟了下去，若是不能夠就死的話，死不能死，活不能活，有很多痛苦，那就太殘忍；若是只要他離開這山頭，探險的人就可以帶他們出去，更不必下毒手了。

論到這一點，這就應當考慮一下，現在山門口是封鎖不住的了，假使他們帶出山去了，又跑了回來呢？這可叫誰去對付他們呢？

因為如此，所以九老會的九個首領，就在會所裡辦了三桌酒席，恭宴這四位隊員，還有袁指揮使和朱力田作陪。

他們這九老會的會議廳，頗有點兒趣味，在一個土臺子上，蓋了個敞著前面的屋子，須要爬上九層土階，方始到那會議廳裡去。會議廳後面，四扇白木屏門，也不曾讓它空立著，在上面用黑的和綠的顏色，塗了些雲彩，中間就簇擁著一輪紅太陽。

在會議廳中間，擺了三張長方桌子，面前都露了綠罩子紅底的桌圍，品字式的，疏疏地擺著，倒有些舊戲臺上三司大審玉堂春的那種局勢。這三張公案，現在都擺了酒席，正中一桌，便是這四位探險隊員，山上主人翁在兩邊相陪。

這四位隊員，由苗漢魂這老頭子引導進來以後，余侃然在土階下老遠地看著，他忍不住先就笑了，因道：「老朴，怎麼回事？他們引我來登臺票戲嗎？這高的屋子擺了那三張公案，你瞧，不像戲臺嗎？」

歐陽朴低聲道：「這可別鬧著玩，我看這樣子，他們儀式是很隆重的，我們要在這裡開玩笑，恐怕有點兒惹人家不喜歡。」

說著話時，九老會的最老一人黃華孫，由土階上跑步下來，一拱到地，口裡連說：「請，請，請。」

徐彬如是喝過舊墨水的人，他知道這是根據古人下階相迎的大禮，主人三讓客三辭的那一大套。料是這兩位博士對地質學和原始生物一開口能追溯到幾十萬年以上，對於這千百年最近的古典，恐怕還是茫然。於是他就搶上前一步，拱了手連說：「不敢當，我們不懂山裡的規矩，一切都隨便吧。」

黃華孫哪裡肯，畢恭畢敬地不住地拱手，口裡只管是說：「請。」

探險隊裡的人也有點兒明白了，這種禮節，大概是非接受不可的，所以也就都跟了彬如學樣，「請請請」地一路上了臺階。

最妙的，就是他們已經登階入室的時候，外面咚咚作響打起鼓來。

歐陽朴低聲笑道：「老余，這個樣子倒好像是演打鼓罵曹，假如你穿上了這山上人的大衣服，更配上你那一部尊鬚，你想這臺戲的主角是誰？」

百川心裡本是坦然，看到這種情形，聽了這些趣話，也就忍不住笑了。

在鼓聲中，黃華孫將那竹筒杯子斟滿了酒，兩手高高舉起，奉到正中桌上，而且移移凳子，還用大袖子撣撣灰，這作得更活像一齣戲。

大家彼此打個照面，都有些笑容，不過在主人翁一方面，他們雖然臉上也帶了些笑容，可是那笑容並不自然，顯然是裝做出來歡迎來賓的，大家倒是受了這假笑的限制，把真笑收了起來，然後就坐。

黃華孫坐在左手邊桌上，將竹筒杯向正中拱過了三次，然後就輕輕咳嗽兩聲，發言道：「敝山不幸，同類相殘，幸虧各位鼎力相助，得平大難，今天預備這點兒薄酒，一來是敬謝各位，二來呢，還有一件未了的事要向四位請示，就是那蒲望祖雖已投降，山上人可都不敢留住他，若要把他嚴重處死，可是又對不住諸位，若是把他逐出山去，難保他不再回來。我想當了諸位的面，將他叫來問問。」說畢，站起來一拱手。

歐陽朴道：「我們不是提過了，我們再在山上玩兩天，就把他帶了一路走嗎？我們到了山外，隨便也可以安插下去，讓他有飯吃，有衣穿，有事做，他既然有許多同黨，在這裡大大地失敗過了一回，他再要一個人回來，有什麼能力？就算山裡頭還有人幫他的忙，只要他一進山，你就把他捉了起來，他也不能生出什麼禍事來吧。」

黃華孫道：「雖是那樣說，但是總不如他永不回來的好。」

侃然笑道：「這個辦法，在山裡人的立場而言，卻也是應該的。只是我們沒有那工夫，可以永久看守著蒲望祖不回來。」

黃華孫這就向對面坐的袁指揮使摸了摸鬍子，緩緩地道：「這個樣子，還是照我們議定了的話那樣辦吧。」說著，就望了廳外臺階上站的幾個壯丁道：「把那賊子先帶上來。」

只這一聲，不到五分鐘的工夫，那幾個壯丁簇擁了蒲望祖上來。

他這時不是像國王那樣雄赳赳的神氣了，兩隻大袖子被縛著反背在身後，一條粗繩子由肩上攔著雙股紋，再相交叉地縛捆到了腹部。頭上固然沒有了黃冕，就是一方藍布頭巾也無，滿頭的粗糙頭髮，一半挽了個牛屎髻，堆在頭頂裡，一半短些的，挽束不住，披到臉上來。腳上是光光的，在長衣服下露出來，加之他臉上那種哭笑不得的神氣，見了人，分外是慘然了。

那袁指揮使這會子神氣就來了，指著廳外大聲喝道：「姓蒲的，你死在眼前，為什麼見了我們還大模大樣地不跪下來？」

世上有落井的，就也有下石的，只這一喝，兩個壯丁搶了上前就將蒲望祖一推，他兩隻手是不能動了，腳又被長衣擺裹住了，但不是跪下，早是推金山、倒玉柱似的整個的躺在地上，雖是土地，卻也哄咚一下響。

侃然看到，首先覺得有些不忍，心裡想著，照著蒲望祖的脾氣來說，必然破口大罵，殊不知他摔下去了，只將身子扭了幾扭，因為他手是被縛的，卻爬不起來。過去兩個壯丁，抓住他的衣領將他揪起，他並不兩腳站立，兩膝著地，竟是在土階上跪下了。

侃然看著，倒替他抽口涼氣。

他先朝著上面開口了，央求著道：「饒了我吧，現在我認錯了。」

黃華孫道：「你這種不孝的子孫，本來就要治你的死罪，念在你是投降的，放你一條活路，你可以跟著這山外的先生一路出山，以後永遠不許回來。若是你回來了，我們就要你的命！」

蒲望祖沒有手出來，不能扒著磕頭，只管不住地彎著腰道：「各位老人家不要那樣了，那比治我死還厲害，我離開了這裡，要想念家鄉一輩子，倒不如死了，也不想，也不念，還乾淨多了。」

袁指揮使瞪著眼道：「你願意死嗎?那容易，就把你了賬。」

蒲望祖又連連彎著腰道：「我不願死，我不願死，我不過想出去以後，過了幾年許我回來一趟，若是不放心的話，在山外面先讓人捆綁了我再進來。我並沒有什麼別的意思，我只是捨不得我這個好家鄉呀。」

百川不由得皺了眉向同伴道：「這個人的鄉土觀念怎麼這樣深?」

歐陽朴道：「唯其如此，所以想在山上做皇帝。」

侃然道：「既然他鄉土觀念很深，為什麼燒他鄉土上的房子?殺他鄉土上的人?」

在探險隊員這樣低聲討論著，覺得他這話有些矛盾，然而他的鄉土人聽了他這種話，倒都被他感動了。

苗漢魂先插言道：「若是他果然說的是真話呢，也覺得他這意思不壞，各位看是怎麼樣?」

袁指揮使用手摸摸下頦道：「這賊子他還算沒有忘了祖宗田園，以後許他五年回來一次，在山裡只許過一天為限。」

蒲望祖連連彎著腰道：「多謝，多謝，大家有這個意思，我就放心出去了。」

黃華孫道：「這可是當了諸位先生的面說的，你不許後悔，你要後悔，我們就要你的命的。」

蒲望祖央求著道：「我改過了，以後決不再犯法了。」

袁指揮使對壯丁道：「把他帶下去，我不願看他這副嘴臉。」那壯丁齊齊答應了一聲，就把蒲望祖帶著走了。

百川心想，這樣看起來，學敏倒是真看重了愛情的，別人顧念鄉土，只有她不顧念鄉土，不過她和鄉人志趣不同，這件事更要秘密行動，不能讓朱力田知道了。他吃飯的時候，就有了這樣的意思，臉上可也得意得很。

侃然道：「百川，我看你臉上不住帶著笑容呢，什麼事，你這樣的快活？你以為那蒲望祖得了生路，和他高興嗎？」

百川低聲道：「回頭我再說。這件事也有和三位先生商量之必要的。」

彬如伸了頭過來，低聲道：「你的意思，要我們在這裡和你做起媒來嗎？」

百川道：「不用這個辦法了。」說著，他又是一笑。

朱力田在一邊看到，他料想著多少總和自己孫女的事有些關係，可不能不說話了，於是先咳嗽了一聲，然後又向山中各主人作個揖，再向探險隊員作兩個揖，直著頸脖子，又咳嗽了兩聲，這才慢吞吞地道：「我有一件事要報告的，就是……」

又咳嗽了兩聲，這才道：「就因為孩兒學敏和這位康先生，他們很……我想大家也知道，我想兩家若是結為秦晉之好，那也很好，只是我們這裡的規矩，山外人大概不知道，康先生是要走的人，又不能入贅，且我孫女也還沒有到出閣的歲數，所以我覺得很對不起。」

他這樣夾七夾八的言辭，雖不能完全說出來，但是大意是很可以明白的，首先便是把百川鬧窘了，當了許多人碰他一個釘子！

彬如看他臉色，很有些不自在，這就代答了，因大聲道：「這個請各位不必介意，你們山裡有山裡的規矩，山外也有山外的規矩。無論如何，婚姻這件事不能勉強，那可是內外一樣。我們這位康君，既然很讚賞這位朱家大姑娘的，他那求婚的意思自然是不會假，不過，那是沒有知道這裡規矩以前的事，後來知道，要在山裡等一年之後才可招贅，他就把意思變了。他不能入贅到山裡來，那也正和山裡人不願出去的理由是一樣。再說，康君有老母在堂，他也不能拋開的，我們兩方都有些難處，都不用抱歉，也不必向下說了。」

他這幾句話，總算說得不卑不亢，把百川的面子挽回不少，不過在席幾個老頭子卻看出了來賓已不十分高興，黃華孫就道：「這事從緩，好在學敏出閣的年限還有一年多哩！以後山裡山外通了往來，諸位再來，可以再提。請酒請酒。」

他說著，將竹筒杯捧了起來，大家就在請酒聲中把這邊話遮蓋了過去，這件事當然也不能再提。可是這裡，惱壞了第三個人。

這臺階下的壯丁有個叫黃有守的，是黃華孫的孫男，他便是數年來和學敏最相得的一個男友，離著求婚的那件事也就相去不遠了。他雖然也看出來了，百川和她很接近，不過他料到彼此是兩樣的人，那不過偶然意氣相投，談不到婚姻上去。

山裡這些女子，因為環境關係，變得和男子差不多，男女多朋友，也就習以為常，所以是不曾放在心上，今天聽了大家酒筵前所說的，他一聽說果然如此，立刻就聯想到，蒲望祖可以由他們帶了走，朱學敏又有什麼不能走？她肯和山外人訂婚，就可以跟了山外人走，這件事不可輕輕放過，必得去問問她。

他如此想著，也不等散席，一個人就衝到朱力田家裡來。

學敏心裡想著，在兩三天之內就要偷著跑走了，這裡的山峰、樹林、泉水，相親得像家裡人一樣，時時刻刻都在眼睛耳朵裡，如今要分別了，應當仔細看看。

她如此想著，就在門框邊靠了站定，望著對面一個山峰，只管出神，忽然回頭看到黃有守來了，她想著，這也是多年的好朋友，現在要分別了，於是向著他先笑了一笑。

黃有守穿了赭色長袍，外面束著腰帶，領子敞開一部分來，頭上紮了藍布包巾，鬢角上斜插了一朵紅山花，兩隻袖子捲得高高的，在那圓臉濃眉毛下睜了一雙大眼，直走到學敏身邊。他雖不曾說什麼，已可以知道他是滿懷不自在的了。

不過在今天，學敏是要特別的原諒他，因為要分手了，便笑道：「這幾天我太忙，簡直沒有工夫去和你談天。」

他兩手露了胳臂，原是環抱在胸前的，現在可就漸漸地垂了下來，也掛下了眼皮，很和緩地道：「你還記得我？」

學敏笑道：「這幾天多忙，你有什麼不知道？今天你不也是忙嗎？你怎麼來了？」

有守道：「我特意來問你一句話，剛才酒席上，你祖父說，本來要和外面來的那位康先生聯婚，因為他不能招贅到你家，這事只好算了。」

學敏道：「我早知道這件事了，你來說什麼？」

有守道：「但是我祖父說，這事不忙，將來他們還可以到山裡來的，難道你倒願意……」

說著，他退了一步，將一條腿蹲在石頭上，一手叉了腰，向學敏很注意地望著。

學敏沉吟了一會兒，才道：「我想他們不會來的。」

有守道：「我也想了他們不會來的，不過，我又有些疑心，你是不是會跟他們一塊兒出去呢？」

學敏猛然被他猜著了心事，卻答覆不出來，將身子在門框上挨蹭了幾下。

有守道：「你要跟他們走，想明走是不行的，你逃了走，那句話不好聽。剛才蒲望祖說，他死都捨得，就是捨不得離開這山頭，難道你還不如他？你在山上，到處都是熟人熟地方，你到山外去了，可是生人生地方了，你捨得家鄉嗎？你捨得偌大年紀的祖父嗎？你捨得這裡許多熟人嗎？到了外面去了，你舉目無親，能回來不能回來，恐怕那就由不得你做主了。」

學敏被他猜中了心事，簡直無話可說，只有低頭不作聲，順手摘了身邊一枝樹枝，將兩手來扯著。

她既不作聲，有守越是猜到這裡面更有原因，就把剛才蒲望祖留戀故鄉的一段情形現身說法，加倍地形容了一頓。

剛才在座的諸公既然都被他的話打動，婦女的心向來是比男子要懦怯些的，學敏怎樣的不動心？望望對面的山峰，望望四周的田園，再看看家門，有守道：

「還有一層，你當知道的，你和姓康的認識不久，你怎知道他在山外是怎樣的一副情形？而況這回出去，還有蒲望祖一黨人跟了走呢，到了外面去，他們若是要欺侮你，你有什麼法子？」

學敏越聽越有理，便道：「我不過是這樣地想著，還沒有決定了去。」

有守道：「你真要走，你祖父能放你走嗎？山上這些人又放心你走嗎？」

學敏無話可說，只是搖搖頭。

有守道：「你要逃走，我是絕不會和別人說的，只是我真為你以後的事擔心，你一個人這樣跑出去了，無依無靠，將來知道是怎樣的下落呢？你要把這件事仔細想上一想。」

他說畢就坐在石頭上，兩手抱了胸口，只望了學敏的臉。

她忽然興奮起來，將手上的樹枝丟在地上，便抬了頭望著他道：「你說得有理，其實我並沒有打算走。你想，我能夠捨得我的家嗎？」

有守見自己三言兩語就把她挽回了，十分高興，就走近一步來，向她微彎了兩下腰，很誠然地道：「你要明白，這多年來，只有我是真心真意對你，你讓蒲望祖擄去了，我沒有來救你，可是全山的人，誰又有那種本事可以去救你呢？這一層你是不能怨我的。」

學敏道：「我也沒有怨過你呀。這多年來，我們像兄妹一樣，彼此很好的，到現在，我對你還是那樣，並沒有改。」

只說到這裡，耳邊一陣喧嘩，朱力田帶了探險隊員回來了。第一個就是康百川，這話當然被他聽去，毋須說得。

## 二十三 各有苦衷

這一著棋，是百川做夢想不到的。原來學敏在這山頂上已經有了情人，她對於下山這件事猶豫了許久，不一定是為了祖父阻攔，恐怕這情人的來往未斷，多少有些關係吧。心裡想著，眼看到和學敏站在一處說話的，正是剛才在酒席筵前的那個衛士，那麼大家在席上所說的話，他也必定來報告了學敏的，禁不住臉上突然地泛了紅紫。

隨著大家走進門去，朱力田進內去張羅茶水，學敏就到堂屋裡來招待客人，侃然和她坐得相近，就低聲問道：「山外邊那些好玩的事情，百川和你說過沒有？」

學敏只聽他的語氣，就知道是別有意思的，就笑著點點頭道：「我聽說過了。」

侃然道：「不想和我們去看看嗎？」

學敏卻也不答覆，笑著向百川看了一下。

侃然回著頭四處看看，他低聲道：「這裡沒有什麼外人，我告訴你，我們決定了明天一早就走。」

學敏兩手按了板凳的兩端，做個很努力的樣子，將上牙咬住下嘴唇，微微地搖了兩搖頭，似乎覺得這搖頭的表示不大妥當，又改著點了兩點頭。她這樣一來，真讓在座的人感到莫名其妙。

百川看她那樣子，彼此訂的約會顯然是有些動搖了，不免接連著向她身上探視了幾回。

學敏在對黃有守說話的時候，覺得山上可愛，祖父也可愛，決不能離開這山頭跟了百川走。現在看到了百川，覺得他這一表人物，和他待人那一番義氣，也很有讓人捨不得的地方，所以幾下夾攻著，除了默然無聲，她實在不知道說什麼好。

彬如在一旁冷眼看得明白，忽然笑道：「假使我沒有家眷，我不出山了，我在這山裡頭，可以把這班人民根本訓練起來，組織一個新的社會，我在這裡就可以做個新的政治領袖，把我理想上的政治就可以試驗起來了。」

歐陽朴笑道：「你突然說出不願離開這山頭，我嚇了一跳，及至你說出來是想當政治領袖，我倒乾了一把汗。要不然，你也陷百川在現時這個境地，我們這委員會你們有了半數，你們決議一下子，永久駐在山上，我和侃然也有家歸不得了。」

百川手捏了拳頭，臉上做個興奮的樣子，道：「三位先生放心，我決不能單留在山上，絆住了各位不走。」

他說這話並不向學敏看著，也不顧她會做什麼感想，然而她斜坐在那裡，可就紅了臉兒。

彬如又操著英語道：「奇怪呀，這口吻可是決裂的表示呢。」

侃然又操著英語道：「這個我明白了，剛才我看到大門外有個青年同朱姑娘在說話，也許這裡面有什麼緣故吧。」

歐陽朴笑道：「你們說這些話，也未免太唐突，百川心裡……」

他這句話還沒有說完，百川已是站了起來，口裡突然說出四個字來：「那是笑話。」

歐陽朴看他那激昂的樣子，彷彿連同伴的朋友，他都對之有些不滿，因此將兩個指頭摩擦著小鬍子道：「你說的那是笑話？究竟是哪一個的笑話？」

百川也沒有怎樣的思索，隨口答道：「我說我自己的笑話，他說的可是中國話。」

學敏自是聽得很清楚，向百川遠遠地看了一眼，她心裡也就有些明白。

她偷眼向門外看去，見黃有守不知在什麼時候已經走開了，但門外正有一條大路，他若是向遠走去，在堂屋裡可以看得到的，現今不見有守在前面露影，料想他必定是由後面轉到祖父那裡去，向祖父說什麼去了，祖父聽得了我有逃走的意思，今天一定就要加緊防備我起來的，我倒要小心點。

她心裡在這樣地思索，態度自然也就呆定了，不注意到別人身上去。百川見她發了呆的神氣，以為她是心虛了，無話可說，更是增加了不快活。

倒是歐陽朴看了不過意，有心從中找到了許多閒話來說，學敏一時覺悟過來了，也覺得很窘，只有聽著人家說話，不時地發出淺笑來勉強地應付這個環境。正在為難著呢，學勤由裡面跑出來，遠遠地站住，咬了嘴唇，帶了強笑，向她連連地招了幾下手，學敏料是祖父相招，就跟著進去了。

到了房裡，朱力田走上前來，兩隻手都握了她的手，連連地搖撼了一陣，顫著聲音道：「孩子，聽說你有和他們逃的意思呀。我這樣大的年紀，你把我丟得下來嗎？我是快死的人了，你忍心……」說到這裡，他哽咽住了，有話也說不下去，只是那眼眶裡的水撲撲簌簌落下來，在那蒼白的鬍子杪上，倒垂有幾粒珠子。

學敏本來心裡就有些搖動了，再看到祖父這種樣子，她哪裡還有話說，也只是垂著淚。

朱力田見她不能說話，更疑心她要逃走，依然握了她的手道：「可憐，你父母丟得你們太早，我一個人既當祖父，又當保姆，把你們帶大，你們念我這功勞，也不該把我拋了呀！」

這一說，學敏的心更軟了下去，簡直哽咽著轉不過聲音來，索性放開了祖父的手，伏在椅子上嚎啕大哭。

朱力田坐在一邊，只管望著她，許久才道：「你既是這樣捨不得我，你就聽我的勸，不用再三心二意了。」

學敏哭了一陣，才擦了眼淚，向她祖父道：「這必是有守告訴你的話，說我要逃跑，可是我不能那樣糊塗呀！」

朱力田看到她已有了很明白的表示，自然是放心得多，也就扶起袖子來，抹去臉上的淚痕。

學敏道：「你放心，我是不會走的，不過外面來的那幾位先生，大大地救了我們家裡幾個人，他們明天就要走了，我們還要好好地款待人家，外面沒有人陪客呢，我還得出去。」

她說著話，擦擦眼淚出來，不想來地猛點兒，在那板壁拐角下站住的百川，竟是不曾來得及躲開，兩個人四目相射，竟是不曾說一句話，各自到前面堂屋來。

當然，學敏的眼眶子還是紅紅的，三位老先生也是對她愕然相顧，沒有話可以說得。

她摸摸鬢髮，扯扯衣襟，微微地咳嗽了兩聲，大家都知道必是跟著有一番議論出來，少不得都互相看了一下，學敏這才坐得端端的，正了顏色道：「據各位所說山外那樣的好玩，我是很想跟了去看看的，只是我祖父這一大把年紀，我若是拋開他，於心不忍，所以我和他說起來，我就哭了。」

百川聽了這話，首先將臉微偏過去，兩手連扯了胸襟兩下，那自然是避開話鋒來的意思。但是他雖然這樣做作，也不能禁止學敏說話，她繼續地道：「人同此心，好像各位到我們山裡來了，可也急著要回去，不就是為了家裡還有人嗎，因為這樣，自然我也離不開我的家。」

侃然道：「我們很明白，我們和兩家做媒的事，知道有許多困難，現在也不必提了。」

學敏低著頭，默然了許久，忽然說出兩個字來：「假使……」她只說了這兩個字，又忍了回去，這教百川不得不回轉臉來看看她了，但是他雖望了學敏，卻始終保守了沉默，並不說一個字出來。

彬如點著頭笑道：「這假使裡面，是有無窮盡的文章的，大姑娘，你不必說了，我全明白了。」

歐陽朴笑道：「你又來那一套，你是個詩家，她只說了假使兩個字，你就懂得有許多文章在內，我們不是詩家，不說出來，可不知道這裡面有什麼文章。大姑娘，你說吧，假使怎麼樣，又怎麼樣呢？」

學敏先笑了一笑，才低聲道：「我的意思……」於是再咳嗽了兩聲，接著道：「就是假使是各位在山上多玩幾天呢……」她依然不能把話說完，又笑起來了。

況然伸起手來搔搔鬍子，作個很躊躇的樣子，點著頭道：「要論起這件事來，我就很明白了，無非是各有苦衷。」

歐陽朴笑道：「你這話，也等於沒有說，不是各有苦衷，還不至於鬧得這樣牛頭不對馬嘴呢。現在要討論的，就是怎樣能把這苦衷洗刷了。百川，你說是也不是？」

百川將頭向天上看看，也沒有作聲。

彬如笑道：「其實這是很好解決的問題，或者朱大姑娘下山，或者百川不下山，這事就妥當了。若是兩下裡都有點難於辦到，這話也就不用再說，簡簡單單的，就是這幾句話，二位說是不是？何必只管把筆直文章轉了許多彎去。」

百川這才回答道：「倒是這幾句話對了。」他只說了一句，並不曾加得什麼批評，那不平之氣也就情見乎辭了。

歐陽朴站起身來，兩手高舉，伸了一個懶腰，笑道：「我們到外面看看去。百川，你在這裡等等，怕是我們雇的那些工人會來，你應當知照他們先到山口子上去清理東西了。」

侃然、彬如兩個人會意，這次他們並沒有什麼議論發生，跟著就走出門了。

百川坐了是沒有動，等他們走遠了，於是回轉臉來向學敏看著，自己要說的幾句話，還不曾說出來呢，學敏倒先開口了，她笑著向百川道：「我和我祖父說的話，你都聽見了嗎？」

百川點著頭道：「我聽見了，可是我並不是想到你說這一件事才去偷聽的，我在這裡坐著，聽到後面哭得很厲害，想必這裡另有緣故，若有為難的時候，我還是可以幫忙的，所以偷去聽聽。不想你倒是為了我要你下山，你不捨得祖父哭起來了，但是我沒有勉強你下山呀！」

學敏對他沒有話說，只是呆呆地站著，百川道：「無論如何，我是能原諒的，你不走也好，我可以永久地在心裡頭想著你。」

學敏先是咬了她的大袖子口，後來眼圈兒紅著，竟是哇的一聲哭了出來了。

百川因她突然變志，心裡頭十分不快，現在看到她哭了起來，心裡也就先軟了三分，不能繃住了臉和她說話了，因道：「你也不必為難，人心都是一樣，假若我是你，我也是捨不得下山去的。」

學敏本想說並非捨不得，可是除了說這句話，也沒有別的話來抵補，只好伏在椅子上嗚嗚咽咽的，繼續哭了下去。

百川這倒沒了主意，不知如何安慰她才好。

又是她的哭聲將別人驚動了，學勤很快地由屋子裡出來，向她招著手，而且是兩隻手同時地抬起來向她亂招，猶如那初飛的燕子，只管搖著牠的兩隻小翅膀。

學敏站起來一跺腳道：「哭也不許我哭嗎？管我許多閒事做什麼！」一面跺著腳，一面向屋子走進去了。

百川看她那情形，也不見得就是完全拋棄，多少是受了環境的支配，不得不轉向她祖父那方面去了。

在封建思想的環境裡，那當然是骨肉之愛戰勝那男女之愛的了。他心裡有了這樣一個轉念，也就不由得把怨恨學敏的心思減輕，只是背了手在這草堂裡走著，由西到東，由東復西。

他也不知道走了有多少次數，彷彿這樣地走著，就可以走出一個什麼道理來一樣，遠遠地就聽到兩個博士的爭論聲，又重複到了面前，就聽到說：「將魚放到這山溝裡來，那也決不容易生存，因為這裡的環境不同。」

又聽到一個說：「美洲一個地方，是沒有麻雀的，自從放過七千頭麻雀以後，於今是麻雀到處都有。這不見得大自然間的動物不是人工不能提倡的。」

那兩個博士面紅耳赤的，爭論著走到了堂屋裡，還對望著有些不肯干休的樣子。彬如在他們後面用手一指道：「這裡有個最高等動物的生殖問題，就沒有解決，秘密谷的魚，美洲的麻雀，放到第二步去討論，以為如何？」

百川雖是心裡十分不快，聽到這種話，也就不能不笑起來了。

歐陽朴笑道：「怎麼樣？她的態度軟化了嗎？」

百川笑道：「我又沒有壓迫她，怎麼說得上軟化兩個字呢。不過問題是解決了，就是山上人依然住在山上，山下人還是請下山。」

侃然道：「難道蒲望祖也不跟我們走？」

彬如笑道：「你這人問話，就不在行，在百川的眼光裡，這裡的人民，只有朱學敏是人，其餘都是一種動物。」

歐陽朴道：「百川，你沒有什麼猶豫了嗎？我們明天下山了。」

百川道：「最好是今天晚上就走。」說畢嘆了一口氣，大家聽了他的口吻，不願更引起他的不快，把這話從此擱起。

四人合班，向九老會的主持者告辭了一番。黃華孫、苗漢魂代表了九老會的全體，又陪他們在朱家晚餐，朱力田雖也出來作陪，可是他那兩位姑娘就都不見影蹤了。

山上人是安歇得早的，飯後說了幾句閒話，賓主各自分手。百川睡到半夜，略略聽到門外有些響動，他心裡一動，莫非是學敏到底真捨不得，在門口等我。自己一骨碌爬了起來，不敢讓人知道，悄悄地開了門出來。他心裡想著，學敏必然是單獨的一個，不是斜靠在樹幹上，就是獨坐在石塊上。

不料打開門來，卻是烏壓壓的一層黑影子，擠著在門外空場子裡，這倒不由得吃了一驚。為什麼有這些人呢？

正發呆時，卻聽到苗漢魂的聲音由人叢裡發出來道：「哪位先生起來了，我們在這裡已經恭候多時了。」

百川這才知道是山裡頭人來送行的，就也不能縮了回去，只好走出門來，倒和他們客氣幾句。只因他一談話，把屋子裡的人驚醒了。

當大家到門外來會面時，天上還是魚肚色，不青又不白，在黑影中看到蒲望祖夫婦兩隻大袖放在大腿上，低了頭，坐在樹下石頭上。

他二人身旁，卻也有兩個布包袱。苗漢魂就向歐陽朴拱拱手道：「這兩個人，有勞各位帶出山去了，我們對他，君子不念舊惡，也給了他們幾件換洗衣服，幾升乾糧，總望他以後好好做人。」

歐陽朴笑道：「到了外面去，他不好好做人，那也會把他餓死，你放心，不會再有皇帝給他做了。」

說話時，朱力田扣著衣鈕，也擠進來話別。

依著歐陽朴的意思，趁今朝一日的工夫，必定趕到有村莊的地方去安歇，在這裡不能多做周旋。好在各人除帶了一支槍而外，並沒有別的囉嗦行李，說走就走，也沒有什麼糾纏。只有百川一個人，對著這山，好像有一種特別的情感，所以在那朦朧的曉色裡抬了頭，只管四面張望。

望到最後，是向朱家大門裡看去。他們門口盡讓看蒲望祖出境的人塞住了去路，人一排排地堆著，那後面是不是還有個朱學敏姑娘呢？他雖不能叫起來問問，不過他性子已急起來，直走到那些圍看的人面前去，搭訕著和他們說話，就把眼光向人縫子裡面搜索了去。

那些看熱鬧的人雖猜不出他的用意來，可是同行的人看他那樣子，已經知道他是什麼目的了。歐陽朴覺得他這個樣子究竟不大合適，就走近前來，拉著他的手道：「那邊還有些人和你告別呢！」

百川以為他這是遞個暗號，說是學敏在另一邊呢，因之也就隨了他牽著走將過來，又是不住地向前面張望。歐陽這才靠近他的身邊低聲道：「傻子，就算讓你看到了她，當了許多人那又說得了什麼話！到現在她還沒有出來，這裡面定有什麼緣故，你又何必在這裡呆等呢？」

說話時，幾個夫子押解著蒲望祖夫婦已經在前面走，山中擁送的人成了半個圓圈也是跟在後面，逐步地跟隨探險隊的人圍在這半個圓圈以內的，那就不得不走。

百川身上背了一支槍和一個旅行袋，手上倒拖了一根圓木棍子，落在眾人後面，低了頭，無精打采地走著。

正走著呢，忽然轟的一聲，大家叫了起來。原來蒲望祖走到一塊高石頭旁邊，脫離了別人的監視，向石頭上一跳，就直走到石頭最高的頂上去。

山上送別的人以為他跑到那上面去，不是逃走，也就是自盡。大家情不自禁，所以就都叫了起來，他倒不怎樣的倉皇，從從容容地站定，回頭向山裡面只管左顧右望。這時，大家漸漸圍了攏來，有幾個人便跟著走上了石頭去。

他笑道：「我沒有什麼意思，不過是捨不得家鄉，爬上來看看。」說著，向石頭下面的人作了一個圈圈兒揖，笑道：「各位雖然恨我，我倒有些捨不得家鄉人。再見了，再見了。」

他說時，臉上雖然還帶了那淡淡的笑容，可是他嗓子眼裡已經有些枯澀了。相送的人看到了他這種情形，也就突然改變了態度，都向他呆望了，表示一種惋惜的樣子。

蒲望祖跳下石頭來，叫道：「走就走了吧，嘿！人生百年，哪有不散的筵席。」他嘆完了這口氣，第二個字也不發，再低了頭，跟著探險隊向前走。

百川在暗中點了兩點頭道，這事是對的，誰不念家鄉呢，我當然不能勉強她所難呀。

侃然笑道：「百川，你怎麼還念著她，我說句掃興的話，你大可以把她忘了，你臨走的時候，她送都不送你一送，這還有什麼感情值得你來留戀哩。」

百川聽了，卻不由得臉上一紅，勉強正了臉色道：「這個也許不能怪她，因為她的環境不同。」

他雖是這樣地替學敏解釋著，然而他的語音很低，似乎他也沒有那股勇氣可以把學敏這回不送的理由給說出來，所以他只能說到這裡為止，不能繼續地往下說了。

這群走的送的人，慢慢地朝前走著，不覺就到了山洞口，山上人似乎受了一種天然的約束，大家望了洞口，遠遠地就止步了，探險隊這一行人，自然也就回轉身來向這些人點頭告別。

然而蒲望祖卻與以前的態度又不同了，在押解人的前面，首先就進了這出山的洞口，頭也不回，他的妻子馬氏，曾稱過馬皇后的，剛要進洞的時候，還回轉頭來看看，蒲望祖拉了她的衣襟就向洞裡頭拖，叫道：「爭過這一口氣，我們就也走開了。」

這在探險隊的人，也就覺得他有些可憐，緊隨著他由洞裡鑽出，到了山澗下，那些留著沒有進洞的幾個夫子迎了上來，爭著報告道：「這山壁上有個女人對下面望著，有好久了，我們怕她由山壁上落下來，只管和她搖手，她也不肯躲開呢。」

百川聽說，立刻倒退著，昂了頭向石壁上望著。

只見一棵歪懸的老松樹下，正有一個女子。他看得清楚，那正是朱學敏，不由得啊唷了一聲，叫起來道：「千萬小心，若要落了下來，那就沒有命了。」口裡說著，兩隻手就同時舉起來，向著學敏亂搖。

她揮了一隻大袖，答應著道：「不要緊的，我抓著這棵樹了，我不能送你，你可不要見怪呀！」

百川道：「你站向裡面去一點吧。」

探險隊的人都昂了頭向上望著，都異口同聲地喊著：「叫她向裡邊站一點兒。」

她又將袖子向各人揮著道：「各位先生，我不能送你們，你們不要怪罪呀！」

她這樣地大聲向下面喊著時，卻又回轉頭去向身後看了去，有個低聲向人說話的樣子，分明她身邊還有人看守住了她呢。

百川跳起腳來，將頭上的帽子取下來高高舉著，口裡可就叫道：「大姑娘，你轉身回去吧。」

學敏揮著袖子答道：「將來……」她只說到這兩個字，在身後跑出來一個人，拖了她一隻手就拉過去了。彷彿聽到她叫喊出來，叫喊的是些什麼卻聽不出來。

百川昂了頭呆望，哪裡望得出什麼形跡來？他還不肯死心，見隔岸有個斜坡，可以站得住腳，掉轉身就向斜坡走去。

彬如跑過來，一把拉住他的手，又在他肩上拍了兩下，笑道：「你難道不如蒲望祖嗎？他知道望著究竟沒用，連他的女人也不讓回頭望了呢。」

百川被他拉住了手，悵悵地立了許久，於是嘆了一口氣才完事。

## 二十四 黯然銷魂

古人說得好：「黯然銷魂者，別而已矣。」康百川在秘密谷裡驚天動地得幹了一番，當然一大半是為了朱學敏姑娘。學敏呢，早是一見傾心，處處都給予了百川一種情愛的暗示，百川那樣興奮，都是被她所引誘的，照說彼此就當結合起來，才不辜負這番際遇，卻不料後來是學敏自己退縮了。

既是退縮了，也就把這事告一段落吧，偏是學敏還要表出戀戀不捨的樣子，這證明她不跟了出山乃是不得已了。尤其是那在懸崖上站著，若是一不小心摔了下來，就要粉身碎骨，可是她始終是向崖下的人話別，並不介意，這叫百川心裡真難受。

現在學敏的影子雖看不到了，不過百川希望她再來，只管昂了頭望去。歐陽朴就向前挽了他一隻手臂，向懷裡一帶笑道：「還沒有到南京呢，我們這旅行團不會解散，你還得守我們的規矩，不能因為你一個人，我們都等著你。」

百川被帶著，只好跟了大家走，當天晚上，大家就趕到了山腳下那雜貨店裡寄住。

這一群人，中外古今合參的服裝，這裡店老板首先就看了個眼花繚亂。他聽說蒲望祖是山裡頭帶出來的國王，也感著這事太新鮮，只管問長問短。不到兩小時，消息傳遍了前後許多村莊。整千整百的人要來看山裡的古人。

旅行團的人互相商量一下，這事很覺得招搖，叫蒲望祖夫婦改了裝束，但是蒲望祖長了滿頭的頭髮，死也不肯剪。侃然笑著出了一個主意，就是讓他留著頭髮也好，因為將他帶到南京去以後，依然叫他將古裝穿上，讓南京人看看，發現了秘密谷這件事並不是假的，現在只要他在頭上包一塊布，大概也就不會再讓人注意了。

大家覺著這辦法是對的，於是要蒲望祖照辦，他現在離開了自己的群眾，事事都要依靠歐陽朴這班人的，在相當壓迫之下，他也只好服從。

次日一早離開了山麓，在霧散日出之後，他在人群裡面，首先大叫了一聲，向他婦人笑道：「好大的天呀！」

在他這樣看著，還不過驚訝這宇宙之大而已，可是他這位皇后，眼見這平原一望無窮，恍惚四周綠樹包圍著，在綠樹上面，那就是青天白雲，看這青天像個大罩子一般，把大地罩在下面。這要徑直向前，豈不走到天腳下去嗎？她嚇呆了，一陣頭暈眼花，人倒了下去。

大家始而還不知道她為了什麼原因，突然得了這種的病症，將她放在草地上，讓她好好地休息了一場。及至她醒過來，睜眼向四處看看，立刻又把眼睛閉上。她說，山下的天實在太大了，看了害怕，願意回山去，大家這才知道是天大把她駭糊塗了，便是心裡十分不快的康百川，也忍不住哈哈大笑。

自然旅行團的人也不能因為她害怕天大就不要她上路。折衷的辦法，將彬如帶著未用的一副墨晶眼鏡給她戴上了，還是繼續地走。

他們到了安慶，學界中一有來往，這消息便已隱瞞不住。當他們到南京的那天，還在輪船上，已經來了無數的人在碼頭上等候了。因為大家曾在報上看到，秘密谷的探險隊員成功回來了，而且帶了那裡的國王皇后回來，好奇的人都不免跑到江邊來，搶著要看一個新奇。

但是他們所要看的蒲望祖，這時不想山上了。他終日所看見的，所聽到的，所嚐到的，全是新奇。到了安慶，看到街道上那些房屋，那些人民，已經疑惑是在夢裡。後來被人帶上一個長形的幾層樓房，竟會在大江裡跑，這真是怪事。

這大江有這樣的長，這大樓只管跑著，並跑不完。他驚奇到無以復加的時候，便是終日地和他的皇后笑道：「太好玩了！知道山外面有這樣的好法，我們早就該出來呢！」

歐陽朴這班人也就把他的形態做個旅行時的消遣。

到了南京下關，他初次看到滿江的輪船，岸上有那疊山似的幾層樓高房，他聽說將來就是在這裡安身立命了，快活得幾乎要發狂。在山上也曾幻想著，上天做神仙，那是最快活不過的事，但是絕沒有想到山外會有這樣的好。

歐陽朴看到他的態度有點失常，怕他會被遺失了，輪船靠岸之前，就把他關在官艙裡。

這時，那敏捷的新聞記者聽說有個國王到了，雖不比迎接歐洲英國太子、亞洲哪國親王的重要，但是占了一個王字，總得要請他發表一篇談話，因之早有一二十人，首先擁到官艙裡，有認得三位教授的，問過兩句話，就要求著和國王見見。

侃然站在一邊笑道：「我想不見得有什麼意味呢。」

新聞記者哪裡肯依允，非見不可，侃然於是將艙門推開，先伸手一拉，拉出一個人來，他頭上包著一塊藍布巾，由鬢邊到領下，繞上一匝半尺長的黑髮，上身穿了青布短夾襖，倒有兩個補丁，下身藍布褲子，外套青長統厚布襪子和雙梁頭鞋，活像個是鄉下老農。

侃然笑道：「這就是國王陛下了，各位覺得和喬治亞歷山大有什麼不同之處嗎？」說畢哈哈大笑。

蒲望祖見有許多人包圍著他，不知是什麼緣故，也只是躊躇著不響，只管搓了兩手，勉強地對了人苦笑。

新聞記者先也是愕然，不過他們的目光是銳利的，在蒲望祖的頭髮和鬍鬚上，再看這衣服，顯然不同時代，必是改裝的，於是有人就問：「你是國王嗎？」

蒲望祖道：「若不是你們山外的人去幫他們的忙，那我一定可以做下去的。」

記者問：「你到這裡來，感想怎麼樣？」

新聞記者訪問人的時候，至多到第三句，就該輪到感想怎麼樣這句話了，可是蒲望祖自出娘胎，不曾有這種訓練，哪會答覆印象極佳這句話，瞪了大眼向新聞記者望著，然後又望望侃然。

侃然笑道：「他們問你，到了山外面來，你心裡頭怎樣地想，你以為這是好呢？還是不好呢？」

蒲望祖一拍手道：「那自然是好啊！我做夢想不到山外邊有這樣好。」

記者笑著問：「你到這裡來了。打算怎麼樣過活呢？」

這句話問得很淺近，他便懂得了，用手搔搔頭道：「你們這裡地方太大了，我決不再想爭天下坐了。不過我願意樣樣都試試，還請各位扶助我一把。」說著拱拱手。在他這種做作裡，十足地表示他是一個九五之尊的人物，大家都哈哈大笑起來。

歐陽朴擠到眾人面前，就搖著手道：「輪船靠了岸，我們都急於要回去，這裡人太雜亂，也不宜於談話，在五天之內，我讓這位國王換了原來的朝服，將山裡帶來的東西一並陳列出來，到那時候再請諸位參觀，我想一定可以感到趣味。」

大家一看這官艙裡，旅館夥計和挑夫們正是波浪似的擁進擁出，實在也沒有法子談話，方始叮囑五天之內，一定要將這事公開出來。

旅行團的人將這批新聞記者敷衍走了，對於岸上的群眾，那就很容易遮掩，只說是帶來的國王已經在上游由小輪渡上岸去了。大家只看到四個旅行團的先生，帶了幾個僕役上岸登車而去，其餘的便是行裡鋪蓋，在這裡面，絕不會有要人，所以大家也就對蒲望祖失之交臂了。

這三位教授，只有彬如的家在南京城裡，所以蒲望祖夫婦隨著歐陽朴，暫寄住在學校裡。

康百川是為了失戀，一怒而離開南京的，他心裡也曾想著，能夠永遠不回南京來，便是好事，可是並沒有多久的工夫，又回到南京來了。去的時候，是糊裡糊塗的，現在隨了大家回來，卻依然找不出一個目的。原先是寄居在朋友家裡的，難道到現在，還寄住到朋友家裡去嗎？當然輪船還沒有到南京的時候，他就有了這種感想，不時地憂形於色。

歐陽朴看到，便向他道：「百川，我和你相處了這樣久，我是把你的心事看出來了，你跟著我們到秘密谷去，乃是為了一個女人，那女人……」

百川立刻皺了眉，顯出不願向下聽的樣子。

歐陽朴笑道：「對於這件事，你是不願意聽，我也不願意說，不過，我覺得你再要住到從前的那個地方去，那很是難堪，你也搬到學堂裡來，同我們在一塊兒住著，大家有了工夫，就說些閒話，不比那孤獨生活好得多嗎？」

百川聽了這話，在他沒有主意之中，倒多少有點兒辦法，於是也就依了歐陽朴的話，跟隨著他們搬到學校裡去住。

這大學裡教授學生們，在這黃梅時節正苦於無法消遣，現在本校的教授和同學有這秘密谷這樣一個新鮮玩意發現，大家就不約而同地來起鬨，開歡迎會是不必說了，此外，史地系的人要借這現代的古人研究明代史料；政治系的社會科學家又要剖視這封建社會的遺形；地質系生物系的人也不用說，他們有了兩位教授出去，這時候捧場乃是天職；便是文學系的人，對這件事好像沒多大關係，然而這又是個借題發揮的好機會，至少也可以在刊物上發表幾篇內容充實些的稿子，因之在這些關係方面，百川的同學們是全體動員，自然無論什麼人見了百川也願意和他談談，就是女同學們，以前對於這個穿破學生裝的人不屑於一看，如今相遇的時候，也就目光灼灼地望著了。

百川這次回南京來，恰是增加了無限的感慨，由現在這一分熱鬧，證明以前那種受了冷落，更是心裡好笑。他就和三位先生商量了，討著招待蒲望祖這分差事，在學校花園裡假山石後幾間冷靜的屋子裡藏身。

學校當局要把蒲望祖當個研究學問的資料，自然一切的供應都可以予百川一種方便，百川也就很安適地當這個大學生了。

在一陣歡迎會忙過之後，便是招待各界的展覽會。學校當局為了這事，特意提出了公款三千元來鋪張一切。在大禮堂的講臺上布了一個秘密谷的房屋背景，請蒲望祖夫婦都換了在山上所穿的原來衣服，當探險隊人員講到在上覲見國王的那段故事，便讓他兩口子到講臺上布景裡去坐著。

這樣講來，當然是有聲有色，觀眾增加了無限的興趣。對於這秘密谷國王，也就不勝信仰起來，大家搶著和他攝影。

過了兩天，所有南京上海的報紙都登著他的御容，談文學的人陸續地來和他談話，要給他作小傳；廣播無線電臺要請他去播音。同時，上海出了一種香煙，那名目就是秘密谷國王牌。這一番熱鬧，自然不是簡單地可以形容盡致。只是蒲望祖全都莫名其妙，誰要利用他都可以聽便，決不要人家一文錢。

百川招待他們一個月之後，慢慢地覺得事情減少，受了先生們的勸，繼續去念書。在這個時候，學校所需要蒲望祖之處，感覺到沒有了。學校裡無故養兩個閒人，而且為這個閒人還要派一個人招待，這也太耗費了，於是通知探險隊原來幾個人，請他們將蒲望祖帶出學校。

大家一商量，只有徐彬如在南京有家庭，暫時就把這兩人寄住到徐家去。彬如總是不失那詩人敦厚之旨，把這兩個離開現代社會的人物，引到他那物質文明的家庭裡去。

但是南京的房屋始終是擁擠的，彬如所住的乃是一幢上海弄堂式的房子，一樓一底，外帶一塊一丈見方的一塊草地，總算詩人之家不能過於平凡，在草地中間，栽了七八棵小竹子，石階上擺了幾盆花。好像屋子裡是很寬裕的。其正樓是他一家五口住了，樓下的客廳還帶做書房，後面兩間，一間是廚房，一間是兩個女僕睡著，再加二個人，實在沒有地方安插，始而他讓那皇后和女僕在一處睡，國王就在書房的地板上日捲夜鋪。

不過這也發生困難，彬如有時有書看到很晚才睡，國王只好坐在一邊打盹，等彬如上了樓再攤開地鋪時，已經有一兩點鐘了。

蒲望祖生平是早起早睡的人，已是不慣，而且女主人徐太太，她不肯養兩個閒人，辭掉一個女僕，派皇后抵了缺，六七點鐘就要國王起來掃院子、擦地板，工作倒沒有什麼，蒲望祖弄得每日只睡四五小時，實在不能夠維持精神。

彬如上課去了，他就在客廳裡坐著也睡，靠著也睡，終日昏昏的。加之他雖穿著工人的衣服，他可是還蓄了一頭的頭髮，在頂心上挽了一個髻，鬍子又是連鬢的，他每次進出弄堂，都惹人家注目。那些好事的青年和半大小孩子，總喜歡圍了他問山上的事情，所以每到下午，徐詩人門口就是整群的人。

又是一個月，徐太太也有些煩膩了，她向彬如提出抗議，家裡不是租界，不能容留這兩個政治犯，也不能供給衣食住三件大事，若說他們兩人曾用勞力來換取的，那就寧可花錢雇個會做事的工人，犯不上用這種笨人了。

她這種抗議，彬如還不曾答覆，蒲望祖就早已把態度決定了。他逐日和弄堂裡來往，他已經知道主人翁是用奴才的待遇對付他，自己生平所喜歡的，就是人家來抬舉著，現在派他夫婦做男女僕人，這和他生平大志完全相反，他如何能忍受？現在聽到徐太太說不能容留了，他心裡就大為氣憤。心想我憑了出力氣，混著你家三餐一宿，已經是二十四分的委屈，你還不願意，要叫我們走開嗎？他一怒之下，就向他夫人商量著，不必人家說話，先告辭走了吧。

那皇后跟了國王來觀光上國，以為雖不必像在展覽會一樣老受著那盛大的歡迎，可是她想著，在學堂和百川住在一處的時候，冷冷靜靜的，已不成體統了，現在變到做女僕，而且還是和國王分居，這有什麼意思？

不過，這南京城裡什麼都感覺有趣，便是在天井放開自來水管看水流，晚上看屋梁上的電燈，沒有一樣不帶著神秘的意味。偶然得著機會，隨了人上馬路看看，那兩旁高大的樓房，五顏六色的市招，路上飛來跑去的各種車子，都讓人看了捨不得走。再說他們自出山以來，就覺得天地這樣大，先吃著驚，如今又經過了一條江，便是想回家去，也不知道這路要怎樣的走，因之蒲望祖向她提到走的話，那是十分的贊成，然而要向哪裡走呢？這可不知道。

蒲望祖道：「那位年紀輕的康先生待我們不錯，而且和他相處得很熟，若去找他，他或者會找個地方安頓的。」

他的皇后在這徐家，別的還罷了，最痛苦的是替女主人倒馬桶這件事，早離開這裡一天，就少倒一天馬桶。自己正苦於無法可想，既是丈夫說找康先生可以想個妥當的法子，那就去找康先生吧。

他二人更沒有多時間的考量，當彬如已經去授課，徐太太又在說閒話的時候，蒲望祖就對她說：「太太，你不用發脾氣了，我們自己也覺得在這裡吃著閒飯很是不對，我們即刻告辭，不在這裡打攪了。」

徐太太正覺這兩塊廢料放到什麼地方去也不會妥當，倒不料這兩個人竟自動地告辭了，這就向他們道：「離開這裡，你們還有什麼地方可去？」

蒲望祖本想告訴她找百川去，轉念一想，轉來轉去無非找的是他們同黨，這倒讓她笑話，就答道：「我們回山去。」

徐太太以為他們也是社會上其他的人一樣，只要肯走路，全中國的地方都可以去，便點頭道：「你們自己願回去，那最好不過，但是你們應當候一候徐先生回來，交代清楚。」

蒲望祖道：「我們性子很急，說了走，坐不住的。」只道一聲「多謝」，他二人已經掉轉身來，走出大門去了。

走出大門之後，蒲望祖這才覺得發生問題，只知道百川住在學堂裡，到這學堂裡去，應該走些什麼路，可是不知道。他只記得由學堂到這裡來時，經過了一道橋，這裡向西走，不遠便是一道橋，那麼出門向西走就是了。殊不知道過橋以後，就是一個十字街，再應該取哪條道走呢，可是不知道。

他倒很平民化，並不雇車子坐，來解決這個困難，只是在十字街頭上徘徊著，就在這時，來了一輛汽車，向他面前直衝過來。

蒲望祖到都會上來了這麼久，他已經知道這汽車的厲害，不等車子趕到面前，他手扯了女人，趕快向旁邊一條路上閃去。車子去了，他便是順了那路走，於是乎在這一帶街上，永遠不發現御蹤了。

到了次日上午，彬如跑到學校裡來，把這事告訴大眾，說是蒲望祖夫妻於昨宣言回山去了，自己不在家，未曾攔得住，深為遺憾。朋友們聽了這消息，也不過當一種閒話，他又不擔負保管蒲望祖的責任，走了就走了，誰又來干涉他呢？

不過在百川得了這種消息，他卻另有一番感觸，覺得人情冷熱，便是到了知識世界也難免的。當蒲望祖初到南京的時候，大家都要利用著他，就那樣盛大歡迎；現在用不著這種人了，就是走掉了也並不聽到有人嘆息一聲。這樣看起來，越是都會裡的人，越失去了天真，卻不如山上人那樣恩怨分明。這兩個人在南京。和社會就這樣隔離的，還是隔著一道長江呢，怎樣能夠回山去？預算著他們的命運，必定是在街上流落了，為此，他卻在滿街找了兩三天，但無蹤影，只算罷了。

一個多月之後，學堂放了暑假，百川已經很厭膩這南京的生活，就決定了回家去。這一天由中山大道上經過，卻見路邊空地裡圍上一群人，紛紛地說輾死一個人力車夫，最奇怪的，這人力車夫蓄的是滿頭的頭髮，大概是個窮道人呢。

百川心裡一動，立刻分開眾人，走向前去看來，啊呀！這人可不就是秘密谷國王蒲望祖嗎？只見他彎曲了身體，半側睡在地面上，想到這人也曾做過一番富貴之夢，不想是這樣地死在文明都會裡了，一陣心酸，不由得發了怔，落下幾點淚。

旁邊正有巡警看守著，見他這樣，便走向前來問他：「認得這個車夫嗎？」

百川把他的身世略說了一說，因道：「他是不認得路徑的人，何以會拉車了呢？」

巡警道：「你說了這話，我倒想起一件事，這大路上，還有個和他同樣的人拉車，只是年輕些，那必是一路的人，等他再出來，就可以知道了。」

百川見了此事，老大不忍，立刻向學校通了電話，請公家拿點兒錢來收殮了。全學校裡人聽了，這又是一件奇事，立刻取了公款二百元派專員來收殮。學生們是三三五五成群地來看這路旁國王。在這天下午，把另一個蓄頭髮的車夫找著了，他不是男子，就是皇后呢。

據她說，她夫妻二人那天迷失了路，晚上睡在僻靜的空草地裡，整天找不著飯吃，後來撞到草圍子茅草棚裡，是一群車夫家裡，才得了一飽。車夫們知他們是沒有職業的，也介紹他們拉車，因為不認識路，只拉這中山路上的買賣，錢要得少，路又跑得快，每日勉強可以餬口。

她雖是女人，力氣和男人一樣，所以也就安然地做上車夫來了，不想天氣太熱，丈夫輾死了。

這消息傳到一班學生耳朵裡去了，各種刊物上便有了好題目，有的詛咒人類殘酷，有的批評探險隊員太不負責，既帶了人家來，就應該和人家找個安身的所在。有的說，學校當局也是不對，以一校之大，無論如何也可以安頓這兩人，何至於驅逐他們出去，何至於餓死。還有些人大發惻隱之心，即日發起募捐大會，給蒲望祖籌辦善後。

歐陽朴在這時已很是抱歉了，看了這些文字，更是不安，就聯合探險隊的原來四位同志，開個聯席會議，把皇后也請了來列席，徵求她的意見。一共五個人，正好分據了一張大餐桌子，由歐陽朴坐了主席。

他首先道：「蒲望祖君已經死了，我們是很抱歉的，不過死的已經死了，我們就是抱歉，也不能有補於今日，現在還有這位蒲太太的生活，是我們所應當負責維持的事。把蒲太太的生活解決了，我們心裡才比較的可以安慰些。現在我想了兩個辦法，其一，是由我們籌一點兒錢，交給蒲太太自己去過活；其二，是蒲太太願意在什麼地方過活，我們等著機會可以相當的介紹。」

在他說這話時，他話裡另含有一種意思，就是她要嫁人，大家也可以從中撮合的呢。

那婦人一挺胸脯子，將脖子一揚道：「就請諸位把我送回山去吧，這個地方，沒有錢就買不到飯吃，我在這裡不會找錢，我不願在這裡了，我們山裡多好，憑我們自己的力量，什麼都可以得著，不像你們這裡，走路都是要錢的呢。」

余侃然道：「你回去倒是一條大路，只是山裡的人現在能容你嗎？」

蒲太太道：「他們所不能容的，不過是我的男人，現在他已經死了，我一個人回去，他們總可以收留的，就是他們不收留，我死也願意死在自己的山裡。你們積德，放我回去吧。」

歐陽朴聽著這話，向大家望望道：「諸位的意思怎麼樣？」

彬如道：「她是個寡婦，非同別個，是和現代社會不相接近的，讓她一個人在這裡，那不是更教她顯出孤苦伶仃來嗎？別人苦到極頂，也不過是短少五親六眷，她可是失了人群，若是再出了什麼意外……」他覺著這話，不便直說了下去，頓住了，更低聲向歐陽朴道：「你當然可以想得到這趨勢是怎樣的。」

歐陽朴道：「大家的意思既然都贊成她回山去，我也很同意，但是一層，她自己是不認識回去的，派人送她，一來也不識路，二來，也不能代她和山裡人說話，最好是我們這一行去過的人再同她去一趟，那就千妥萬妥。只是哪個去呢？以前同我們去的兩個工友，他能不能勝任呢？」

百川當著他們在討論這個問題時，他只是兩手扶住了桌沿，微低了頭，但聽人家說話，這時，他突然站了起來，正著面孔道：「我送她去。暑假期內，我要回家去看看家母的，既然缺少這樣一個護送的人，我就來承認了吧。蒲太太，我送你回去，好不好？」

蒲太太在南京這樣久，也知道一點兒文明社會的儀節了，她知道對於一件事表示極端的歡愉時應該鼓掌的，因之就扇著兩隻巴掌，拍拍地打了一陣響。

歐陽等人想不到她這樣一個人居然也會鼓掌，正是一件很有趣的事，再想到百川此去，另有他極大的任務，也是可以恭賀的，大家相視之下，莫逆於心，一同鼓起掌來。

在鼓掌之中，百川向大家望望，帶了一點微笑，這微笑在他臉上，和未曾發現秘密谷時一樣，那是很有些神秘意味的呢……

## ＊書中字詞考釋

1 煙士披理純：inspriation，靈感。
2 生番：舊時對未開化的民族的輕蔑稱呼。
3 猓猓：居住在雲南省的猓玀族。
4 計較：打算。
5 納罕：驚異，奇怪。
6 相機：看情況，抓時機。
7 掃數：全數，盡數。
8 掌故：歷史上的制度、文化沿革以及人物事蹟等。

# 銀漢雙星

## 一　無愁仙子

錦瑟年華感逝波，人間亦自有天河。
可憐憔悴黃花影，一曲秋香子夜歌。

帶一分憨便有情，依人小鳥可憐生。
何期轉作三秋扇，也向西風訴不平。

不必張徽告素琴，何須鑄錯怨黃金。
只愁五尺紅絲弱，難繫王郎鐵石心。

畫裡真真似舊不，芙蓉出水若含羞。
應教解得相思味，別是人間一段愁。

這四首七絕是小子春窗無事，花影扶欄之際，偶然有所感觸，信筆寫來的幾句詩。這種詩，一時遊戲，原說不上好壞二字，但是這一非詠古，二非書懷，卻說的是電影界中一件小小風流公案，倒也新鮮別致，人所未道。

本來道途傳說，眼前並無此人，但人間故事只要說得有味，不妨妄言妄聽，聊以解嘲，又何必問其有無呢？

古來許多風流佳話，都是社會上揑造的，到後來偏有人找出一件似是而非的事去印證，倒像真有其事一般，就惹了一班書呆子，陪了不少眼淚，添了不小歡喜，其實還不是憑空樓閣，大家自造一種幻象來種魔嗎！小子這四首七絕，正也不外乎這個例子。至於我之所以特地寫出來，就以為這事有些趣味，將來有人把這事去攝製出片子來，也是一件銀幕佳話，小子一遍嘮叨，與有榮焉了。

這話從何說起，其事不遠，傳說就發生在近代北京。

北京城裡，有一位詩人李旭東先生，讀書之餘，無可消遣，常常自己編了一些詞曲，譜入絲管，自歌自唱，倒也有趣。因為它的體裁，套自西廂一類的文字，只重白描，不重辭藻，卻也雅俗共賞。

他年近五旬，沒有兒子，只有一個最小偏憐的女兒。她名字叫李月英，在那個時候，已經是十四歲，因為她自小聰明，年紀雖小，已經在女子中學二年級了，所以她父親編的詞曲，她全能領會，而且她受了父親的遺傳，最愛音樂，常拿著父親調弄的琵琶笛鼓，仿效起來，居然能合節奏。尤其是她生了一副嬌滴滴的好嗓子，把她父親編的詞曲一唱起來，悠揚婉轉，十分動聽。

李旭東先生是年將半百的人了，摸著鬍子唱那風花雪月的妙歌，究竟有些不大合適。現在月英唱得很好，正可替他代勞，因此他編了新曲子，自己將曲譜訂正，就傳授給月英唱，自己只拿著琵琶彈起來，與歌聲相和。

這一天，李旭東編了一支《玉梨香》的曲子，坐在綠槐蔭下，教月英來唱。旭東抱著琵琶，坐在一把青藤椅上。月英卻坐在階沿下一塊白玉石上，手上拿了一朵玫瑰花，只管送到鼻尖上去嗅那香味。

這個時候，太陽正當中天，那槐樹上的新葉子，被熱烈的陽光曬著，更顯著清淡，由槐樹裡穿過來的南風，擺動著院子裡的盆景。有幾盆未全謝的紫丁香，被風吹著，向綠蔭裡散著餘香，讓人聞著，精神為之一爽。

李旭東迎著風，將琵琶調了一調弦子，覺得音調很是和諧，便道：「月英，你現在應該全會唱了，我不教你，你一個人唱著試試看。」

月英將左手執著玫瑰花，右手把花瓣扯下來，將指頭彈著，把它彈去。彈了一瓣，又彈一瓣，一朵玫瑰花都讓她彈完了，直讓父親問她，她才把手上的花枝兒扔去，笑道：「人家不願意唱，老是要人家唱。」說畢，將身子一扭。

李旭東道：「你唱吧，你若唱得一點兒不錯，今天晚上，我帶你到真光去看電影。」

月英聽了這話，將身子一跳，三步兩步走了過來，伏在她父親的背上，兩隻腳接二連三地跳著，笑道：「好極了，今天晚上，真光是李麗、吉舒姊妹倆的《亂世雙姝》！聽到這個消息，我早想去看，您這一說，正猜著我的心事了。」說畢，將頭自李旭東的左肩上伸了過來，笑著問道：「真的嗎？可不能冤我。」說時，又用手去撫摸她父親的頭髮。

李旭東笑道：「你別淘氣，我自然會帶你去。」

月英聽說，便在屋子裡，找了一張小圓凳子，放在父親面前，自己坐在上面，兩隻膝蓋挺起，兩隻胳膊撐了膝蓋。上面比齊兩掌，伸開托著下頦，掩著蘋果般的兩頰，笑道：「爸爸，你瞧這像哪個電影明星，像不像愛麗絲？」

李旭東道：「你還是這樣淘氣，我不帶你去看電影了。」

月英聽了，連忙放下手來，便笑著唱道：「圓圓的月亮，照著東牆。」

李旭東道：「慢來慢來，我還沒有彈起來哩。」他又調了調弦子，於是父親彈著，女兒就唱起來。那曲子是：

圓圓的月亮，照著東牆。
柔軟的南風，吹起玉梨香。
記得去年今日，度蜜月光陰快樂的我倆。
我倆，我倆手挽手兒，靠在欄桿上。
他說我是梨花，我說他是月亮。
這般的花香，都為月光照在花身上。

清涼的月亮，過了迴廊。
角門外的夜風，吹散梨香。
不道今年今夜，只有一個影兒橫在紗窗。
紗窗，紗窗，隔著夢兒，空把他來想。
開窗望著梨花，梨花不見我倆。
怎能像那月兒，照著儂家也照著戰場上。

一支曲子唱完，只聽見當著院子門的屏風後，一陣鼓掌之聲，接著轉出一個人，笑道：「唱得好！唱得好！李先生編的曲詞和李先生彈的琵琶，已經是好的了，加上密斯李體貼曲詞，唱得這樣清涼婉轉，實在好聽。」

一看那人是群英學校的教務長陶素行先生，他也就是李月英的老師。因為她正在這個學校裡讀書呢！

李旭東放下琵琶，站起來笑道：「日子很長，悶著無事，我又懶得出去，所以把我新編的曲子練熟，爺兒倆自彈自唱起來。」

陶素行笑道：「我向來只知道密斯李舞蹈得極好，我還不知道她有這樣的技能，唱得這麼好的歌曲。敝校下兩個星期要舉行遊藝會，李先生能不能給令嬡編一齣舞蹈的曲子，加入遊藝會。有了李先生編的腳本，加上密斯李的歌曲和舞蹈，這真可以說是李氏三絕，那天一定博得觀眾盛大的歡迎。」

李旭東笑道：「當然可以，我是不要報酬，可以趕辦起來，不過她是一個電影迷，有什麼事找她，她就要人家請她看電影，為交換條件的。」

陶素行笑道：「小事小事，隨便哪一天，都可以照辦。」說時，便走到月英面前，伸手撫摸著她的頭笑道：「你愛看電影嗎？可惜你不生在美國，若是生在美國，憑你這種天真爛漫的樣子，就可以去做個明星。」

月英得著先生這樣的誇獎，將右手的食指比著嘴唇，把一雙亮燦燦的眼珠望著陶素行，只是傻笑。

陶素行攜著她的手道：「你要看電影嗎？今天晚上，我就可以請你到真光去。」

李旭東道：「今天晚上是我的東了，你要請，就另擇吉期吧。」

月英接過陶素行手上的手杖，將手杖在地下隨意畫著，低著頭道：「陶先生既然請我，自己又要陪著去，雖然花了兩張票，實在只有一張票是請我，我倒是不要人陪著去，最好是……」

陶素行不等她說完，便接著笑道：「最好是我不必去，我自己的那張票省下來，轉送給你，對也不對？」

月英扔了手杖，兩隻手執著陶素行兩隻手，接連跳了幾跳，笑道：「陶先生真的嗎？多謝！多謝！」

陶素行道：「我不但送你兩張，我要送你五張呢。」

月英道：「那更好了，別在院子裡站著，請到屋子裡坐吧。」

李旭東對陶素行笑道：「怪不得在社會上辦事總要送禮，你看你的禮還沒有送來呢，只是口裡這樣說一句，已經就有被請到屋子去坐的資格了。」

陶素行笑著和他爺兒倆一路進去。坐談了一會兒，告辭走了。

到了晚上，月英果然隨著父親上真光去看《亂世雙姝》的片子。回得家來，桌上放著一封信，下面置著「陶緘」二字，月英看見，一把便搶在手裡。李旭東笑道：「不過幾張電影票罷了，你何必做成這個樣子。我見了，也不會就要你的。」

月英拿著信，將手放在背後，笑道：「也許多了，您要留幾張呢！倒不是要我的，你怕我有了電影票，就會天天去看，所以一定會拿起來的。」

李旭東笑道：「你倒是不打自招，你既然知道這一層，我不留下你的了。」月英將信交給父親拆開，就靠著她父親同看那信，打開來，果然是五張真光的電影券，月英歡喜得了不得。

李旭東因為《亂世雙姝》這一張片子要映一個星期，票子就交給月英。這六日之內，她是不會去的了，誰知到了次日，月英等不及晚場，日場她就復看去了。看過之後，回來吃晚飯，吃了飯休息一會兒，她又去看第三次。

晚上十二點鐘回來，李旭東才知道她去了真光劇場，因道：「月英，這張片子，你很愛吧？看了兩次呢！」

月英笑道：「你還不知道，我看了三次了，明晚上再去看一次，也許我就夠了。」

李旭東笑道：「除非研究電影的人把看電影當上課，不然，沒有把一張片子看上四五次的。」

月英道：「也許我就是上課呢，將來我學會了演電影，做起大明星來，咱們就發財了。那個時候你也不要當教員，咱們就一塊兒出洋去遊歷。第一，自然是先到美國。到了美國，我就用中國明星的名義到好萊塢去參觀。你瞧，那個時候，許多明星都要來歡迎我了。」

李旭東笑道：「還沒睡覺呢，別說夢話了。」

李先生雖然這樣笑她，可是李小姐心裡真有一個明星迷，說的話，好像是鬧著玩，她心裡未嘗不想辦到這個程度。

到了次日晚上，她因此又耗費了一張影票，去看第四次的《亂世雙姝》。後來到了學校裡去，同學有看過這張片子的，和她一談起來，誰也沒有她那樣熟悉，她不但是口裡說，而且手裡還帶著做。

在課堂上，先生下了課，同班的學生都不下課，笑著說道：「密斯李，密斯李，電影表演，電影表演。」

月英聽到人家這樣說，她一定就站到講臺上去表演。

有一天，她在講臺上表演賴婚片安娜和那私生子施洗禮的一段，也不知道在哪裡借來一個洋娃娃，她環住左手，將孩子環抱在懷裡，用一個大茶杯斟了一杯茶，放在講臺的桌子上，私私為抹了一點兒茶水在眼皮下，像流淚的樣子；用右手濺了幾點水，滴在洋娃娃的頭上，自己昂著頭，張著嘴，望著天花板，聳著肩膀，只管嗚咽著。

這時，一個同學裝著女店主，隨便地坐在位子上說道：「你這孩子不中用了，四肢都冷了。」

她聽了這句話，發了狂似的，哭著用臉去亂親那洋娃娃的臉，洋娃娃抱得是格外地緊了，又執著洋娃娃的小手，伸到嘴邊，嘴是極力去呵熱氣。

課堂上這些天真爛漫的女郎，倒認為是事實，一齊偃著後腦勺子，對講臺上望著，有幾個真流出淚來，課堂上倒鬧得鴉雀無聲，靜悄悄的。

恰好這下一堂課是國文，乃是陶素行代的課，他夾著書本子走進課堂來，見學生坐著很斯文，很是奇怪，向前一看，原來月英站在講臺上正表演得入神，自己也站住看呆了。

月英一抬頭，見先生來了，將洋娃娃向桌上一扔，便跑回自己位上去，堂上的學生這才一陣哄堂大笑。

月英紅了臉，搭訕著翻書，打開桌上的抽屜板，把臉藏在板後，不敢望著陶素行，總怕他為了這事，要申斥幾句，不料他只說了一句頑皮，接上講書，就把這件事揭開過去了。從此以後，月英表演電影越發是出了名，同學給她取了一個綽號，叫作電影迷。

不多的日子，群英學校裡就要開遊藝會了。李旭東因為受了陶素行的重託，給他們編了一齣無愁仙子的舞蹈曲子。李旭東為著學生容易練習起見，逐日親自到群英學校來導演，那戲裡的無愁仙子一角，就是月英擔任。

過了一個星期，遊藝會正式開幕，李月英學的無愁仙子也就完全純熟了。學校裡因為她表演電影是有名的了，特意把這無愁仙子擱在遊藝正熱鬧之時候表演，表演的地點在大禮堂，又是遊人最多的所在。

這個舞蹈曲的情節，是一個無愁仙子看到人世寂寞，吩咐春風姐姐到人間去，吹噓一陣，春風姐姐下了凡。花姐姐都來了，蝴蝶姐姐也來了，於是無愁仙子降到人間，給許多女郎快樂舞蹈一會兒。春風姐姐忽然狂舞起來，她把花姐姐全帶了去，剩了無愁仙子和兩個蝴蝶姐姐，依然感到寂寞，唱了一個很悲哀的曲子，然後閉幕。

月英在這舞蹈曲裡面，有四五次舞蹈，還有兩段獨唱之歌曲，博得許多的彩聲，尤其是她那婀娜的身材，穿著淡青色的古裝衣，披著漆黑的一把頭髮，一舞起來衣裳飄動，活潑極了。

月英本是一個圓圓臉兒配著一雙烏珠似的眼睛，一帶著笑容，便覺春風滿面，她是臉上能有表情的人，比別一個舞蹈的女孩子，更加一層好處。所以那些參觀遊藝會的人，沒有不得著十分愉快的。

舞蹈完了，演臺的紫幕已垂下來，看的人覺得正到好處，忽然停止，十分可惜，就轟天轟地地鼓掌。

演臺上的指導員，被催不過，又要求月英再演一段。繡幕重開，她又把最後的那一段表演一回。表演已完，大家依然是鼓掌，於是月英含笑走到演臺的當中，兩隻手牽著長衣的裙擺，身子向下一蹲，向臺下道謝。

正在這時，幕垂下來了。這一來，大家都感到餘味不盡，以為月英的動作，處處都含有美之意味。

自從這一次遊藝會開會之後，無愁仙子的曲名和密斯李月英的芳名，同時宣傳於教育界，凡是教育界有什麼遊藝會，必定邀李月英去表演無愁仙子。

李月英不能個個遊藝會都到，於是別的學校裡，也抄了這無愁仙子的歌曲去排演。可是據看過月英舞蹈的人說，別的歌曲不能說定是誰演得最好，但是無愁仙子這一齣舞蹈曲，誰也不能賽過李月英，因此知道有無愁仙子的，就無人不知道李月英了。

當那太平時候，交通便利，大概南北各處穿的衣服，是以上海為轉移，可是文化上的種種運動，無論是哪兒，都以北京為轉移。這時北京各校的舞蹈曲初興，外省少不得要來學樣。李月英主演的那齣無愁仙子，也就由北而南，大家都仿演起來。

要說仿演得最快的，當然是上海了。有那知道這曲子來源的，都讚一聲李月英，因此李月英三個字，也由北京傳至數千里外去，而小小一段銀幕佳話，就從此產生了。

## 二　電影迷

卻說李月英創作了無愁仙子而後，聲名鵲起，連上海方面也知道她的芳名了。大家又知道她的藝術是父親一手培植起來的，更欽佩李旭東先生是一個藝術家。這個時候，恰好上海的江南大學少一個文學教授，同時中外女學校也少了一個音樂教授，不約而同地寫了信給李先生，請他南下去充任這一席。

李旭東把京滬兩方的束脩一比起來，覺得是彼善於此，因此便把行裝收束，準備帶著女兒南下。

月英得了這樣消息，比她父親能多掙錢還要快活幾倍。眼見不多久的時候，就到了那個花花世界的上海了，她每天和父親閒話的時候，便要問父親，哪一天動身。

李旭東因為在北京多年，既然要走，收束的事自然不少，所以動身的日子總不能一定，李小姐可真急了，自己兩件小小行李，取了又打開，打開又收起，倒有四五次。

她老早地買了一蒲包水果，預備帶到火車上去吃的，後來水果吃光，連蒲包都不見一點渣兒了，動身的日子還沒有定，她索性不問父親哪一天走了，常是鼓著那小嘴。

李旭東笑道：「你又不等著到上海去會什麼親戚朋友，上海也沒有什麼重要職務等著你去充任，你為什麼要這樣著急。」

月英道：「既然要去，早早地就去，為什麼要遲了又遲呢？我是早寫了快信，告訴我幾個老同學去了，老同學望不著我到，還要說我失信呢。」

李旭東笑道：「你著急的理由，就是為這個嗎？你真是願意著急了，我要知道你是這樣等不及，我就不老早告訴你，免得惹你這樣麻煩。」

月英鼓著嘴，坐在一邊，用手去擰衣裳角，眼光也不望著父親，口裡可就說道：「不走就罷，我不再問你老人家幾時走這一句話了。」

李旭東道：「你打一個電話，問一問東車站看，到浦口的通車是幾點鐘開？」

月英道：「忙什麼，早著呢。」

李旭東笑道：「就該走了，怎麼還不忙呢。」

月英道：「就要走了嗎？是哪一天呢？請你告訴我一個日子。」

李旭東用手點著她，笑道：「這可是你輸了，你剛才還說不再問我幾時走了，怎麼不到五分鐘的工夫，又問起來呢？」

月英聽說，一跳兩跳地跳到她父親身邊，兩隻手捉著她父親一隻胳膊舉將起來，自己就把腦袋伸到父親脅下，扭著身子，半哭半笑地道：「您冤我，那不成，您非快走不可，不然，我一個人先搭火車走了。」

李旭東有他女公子這樣嬌憨可愛，不忍太拂她的意思，就趕著料理一切。不到三日工夫，各事粗粗就緒，就帶了月英，搭了火車南下。

李先生在上海雖有許多好友，但是一下火車，就把行李挑到朋友家裡去，總不是個辦法，因此先在大東飯店開了一個房間，洗了一個澡，又吃了一點兒東西。

依著李先生，就要帶月英去拜訪朋友。

月英道：「又不是我的朋友，我不去。」

李先生道：「留下你一個人在這裡，不悶得慌嗎？」

月英道：「不要緊，我一個人會去瞧電影去。」

李旭東笑道：「胡鬧，坐了兩天的火車，剛剛休息，就要去瞧電影，被人聽見說了，真是笑話了。」

李月英笑道：「我老是聽見人說，上海的夏令配克戲院不錯，我是急於要去看看。我在報上看見，《多情英雄》這張片子，就只演今天一天，明天就要運到外埠去了，我不去看，豈不錯過。」

李旭東笑道：「上海騙子多，你到這兒來，人生面不熟，可仔細被騙子拐去了。」

月英笑道：「騙子拐我？咱們是北京來的，不含糊。」

李旭東笑道：「不要說咱們是到了上海來，要說伲篤才時髦呢。」

當李先生還要望下說時，月英已經悄悄走出去了。

李旭東以為她既願意看電影，也就隨她。

當天他拜訪了一下午的朋友，有幾個朋友知道他帶了女公子來的，便問女公子何以不見。李旭東笑著把原委告訴了，大家都笑著道：「這了不得，一到上海，什麼事不辦，就去看電影，可想到她真愛這件事。上海朋友裡面，不少的電影迷可是迷到她這種程度的，真還不多見呢，現在上海各電影公司，正在紛紛地搜羅人才，李小姐這樣喜歡電影，一定極內行，若是也加入他們公司裡，一定要成一個明星的。」

李旭東聽了他朋友的話，也只是笑笑。

當日他回大東飯店的時候，月英早回來了，自己手上拿了一本電影雜誌，躺在沙發椅上看，沙發椅旁邊茶桌上，又疊著三四本電影特刊。

她見了父親回來，便舉著手上的雜誌，一直伸到臉上，笑道：「爸爸，你瞧瞧，這全是新出版的，若是在北京，至少要一個星期後才看得見呢！」

李旭東皺著眉道：「嗐，你真是無事忙，我的事多著呢，哪裡有工夫瞧這個。」

月英碰了父親一個釘子，鼓著小嘴坐到一邊去了。

李旭東見月英這樣貪玩，心想這上海地面不比北京，總要檢點一點兒的好，因此就趕快在學校附近賃了所兩樓兩底的房子住下，一面就設法把月英送到中外女學校，插進相當的班次去讀書。恰好這個女學校又正是注重美術，鼓勵學生精神活潑的，同班的學生都和月英說得來。

她們本來就學過無愁仙子這一套歌舞劇，現在發明這事的李氏父女來了，正好看看原來所演得怎樣，所以不到第三個星期，大家就鼓動月英表演了一回。表演之後，大家覺得與眾不同，都說一聲好，恰好她同班裡面，有幾位電影家的姑娘，把這事就緩緩傳到電影界裡去了。

這個時候，上海有個銀漢製片公司，資本還算充足，辦影片辦得稍稍有點兒成績，因為在攝製正片之外，要另攝些新聞片子，正在四處搜羅相當的材料，聽到發明無愁仙子的李女士現在到了上海，以為要請李女士在鏡頭前表演一回，比攝製那些老戲就要強十倍，因此就委託了公司裡一個經理人李介梅去見李旭東，徵求他的同意。

李旭東是個極開通的人，對於這種要求當然不會拒絕，便許稍緩一二日，親自帶月英到公司裡去攝影，好讓月英參觀電影公司的內幕。

李介梅笑道：「李小姐若能到我們公司裡去，我們竭誠歡迎的，請李先生給我一個確實的日期。」

李旭東笑道：「這個確實日期，我是不能代她指定的，必得當面問她自己。」便讓人把月英叫了出來，給她介紹道：「我給你一個極願認識的人，這是銀漢電影公司的經理李介梅先生。」

月英走上前來，笑著對李介梅一鞠躬。

她穿的是一件杏黃色的明星布的旗袍，細細的腰身，短短的衫袖，非常靈巧，胸面前挖著四方的套領，露出脖子下一塊如雪凝酥的皮膚，在這白皮膚上，掛著一串豌豆大的假珠圈。這個時候，旗袍傳到上海還不太久，月英這種中西合璧的裝束，非常觸目，加上面如滿月，配上一頭烏漆似的頭髮，挽著丫角雙髻，黑白分明，非常美麗。

李介梅便笑道：「密斯李，我們公司久仰得很，要想你把無愁仙子的舞蹈劇，讓我們攝一張片子，你肯答應嗎？」

月英笑道：「這倒是很有趣的事，很願意試一試，可是這幾天不能攝片子，還要等兩天。」

李旭東笑道：「人家請你，你倒真端起來了，你還有什麼要緊的事，還要讓人家等兩天。」

月英道：「你不是答應了我，讓我剪髮嗎？要我剪了髮再拍片子。」

李旭東道：「你愛哪天剪，就哪一天剪，為什麼還要等兩天呢？」

月英笑道：「我自然有一個理由，現在暫不告訴你。」說時，用右手一個食指，依次點著左手五個指頭，眼珠一轉，對李介梅笑道：「李先生，你禮拜五來吧，那天就有工夫了。」

李介梅道：「不是在府上拍，是到敝公司去拍，我們那裡有玻璃屋子，可以把光線配得勻勻的，然後動手。」

月英微微將身一蹲，做出要跳起來的樣子笑道：「好極了！那可以提前一天，禮拜四到貴公司去參觀吧。」

大家不明白她用意所在，且自由她，殊不知她全副精神注重在一卷新聞片子上。因為這片裡面，有一大段片子，是美國最新式的剪髮樣式，無意中被她在一家影院公司看見了，她覺得這種剪髮非常美麗，很想也把頭髮剪了去。但剪髮這件事，提倡的人雖多，實行的人還極少，父親的意思怎樣，還不知道，總是問一問好，因此看完了電影就和父親商量。

豈料李旭東很容易說話，月英一提，他就完全贊成，而且給月英建議，應該剪什麼樣子。月英一想，中國人對於剪髮的樣子，並沒有什麼研究，無論如何，不及電影上那種樣子好。可惜看影片的時候沒有十分留意，不知道怎樣剪法。

因此到了第二日，又到電影院去，打算把那張剪髮的新聞片看個第二回，但是事有湊巧，正副片子完全換了。

當她一進門的時候，就看見影告牌上已經把畫片完全換了，當時就問收票的茶房道：「怎麼著，今天換了片子嗎？」

茶房笑道：「小姐，你來得正好，這是新片子的第一場呢。」

月英站在影告牌邊，把牙齒咬著左手一個食指，低了頭好像很躊躇似的，這旁邊正站著一個影院裡的經理，他認得月英是本院的老主顧，而且知道她是大名鼎鼎的李月英，便忍不住插嘴道：「李小姐，上次影片，你不是來了嗎？」

月英道：「來是來了，這張片子，我還打算再看一回。」

經理道：「這張片子，我看不大好，有再看的價值嗎？」

月英道：「我倒不是要看正片子，我是要看新聞片子。」

經理道：「這新聞片子也不見有什麼特別之處，不錯，這裡面有一段卻爾司登的步法，攝得很清楚，要學會了，看一回是不成的。要看這片子，倒有機會，現在轉到中華影院去了。」

月英聽了這話，轉身就走，連忙趕到中華影院來，一進門便問夏令配克轉來的片子，今天演了沒有？那影院裡也不知道她是哪裡來的老內行，便一老一實地告訴她新聞片子在內，都是禮拜四演起。

她記住了這句話，所以提到要剪髮，她就要看完這張新聞片子以後才辦，別人哪知道她葫蘆裡賣的什麼藥呢？

到了禮拜四，她就老遠地去看這張片子，只把新聞片子看完，正片也不要看了，走出影場門，掏出身上的日記本子，把心愛的那一種剪髮樣式就趕快畫著樣子，記了下來。回得家去，叫了一個理髮匠來，對著鏡子，連說帶比，把那樣子說出來。

理髮匠倒是一個高手司務，依著她的話，仔仔細細給她剪下髮來。這樣剪法，頭髮齊頂心一分，左右下垂，護著兩耳，後面的頭髮，圓圓地連著兩鬢。她那又白又圓的面孔，將黑頭髮兩邊一陪襯，減少了臉的圓周，越顯得俊秀了。

從來女子的鬢髮都是向後攏著的，現在順著鬢髮的勢子，兩耳一托，恰好是向前彎了過去，因之後來學月英剪髮的，就叫著雙鉤勢了。

月英始終不脫北方人的氣味，總喜歡穿旗袍，現在又剪了髮，有點兒像男子的西式分頭。上海人初看到這種裝飾，很覺特別，遠遠地看處，倒要認為是個未成人的美少年了。

她剪髮之後不到兩個鐘頭，銀漢公司的經理李介梅正來履約，請李旭東父女到公司裡去參觀。一看見月英新剪的頭髮，光滑烏亮，罩住雪白的臉子，便笑道：

「李小姐真善於化妝，要是現身銀幕上，真可以更動社會人的視線。現在上海灘上，剪髮的女子也不少了，剪出來，不是一叢涼帽纓子，便和男子的分髮一樣，一點兒也不美觀。李小姐這個式樣，除了髮髻的累贅，依舊還保存著頭髮的天然美，實在不錯。」

月英聽了人家這樣的稱讚，不住地用手理著鬢髮，含著微笑。

李介梅笑道：「這並不是我當面奉承，李小姐這種裝束，實在是很美的。我們公司裡，什麼都預備好了，就請李先生、李小姐去吧。李小姐也不必再裝飾了，這個樣子就很好。」

月英道：「去，我是極願意的，不過，學校裡和我合演無愁仙子的幾個同學，我為看電影，忘了招呼她們，今天來不及了。」

李介梅道：「那也不忙，李小姐今天可以先到我們那裡去參觀，回頭就可以請李小姐在燈光下先攝幾十尺單人片子試試。」

月英笑道：「設若我要表演呢？」

李介梅笑道：「那更好了，只要攝得好，就可以插進新聞片子去的。」

李旭東道：「你不要太誇口了，人家那裡的演員，誰不是有幾年經驗的，倒要你這一無所知的人前去表演，人家看了，那不是笑話嗎？」

月英被她父親當著客人面前一說，倒很有些不好意思，便在身上抽出手絹，憑空提著兩隻絹角，擋住面孔，把臉藏在手絹後面笑。

李介梅道：「李小姐精神很活潑，據我看，一舉一動都藝術化呢！好吧，我們就走吧。」於是催著李氏父女，一同起身。

李介梅前來歡迎，是非常誠懇的，所以自己駕著公司裡的精美汽車前來迎接。這時，三人一同坐著汽車，便直向銀漢公司來。

到了公司裡，李介梅先引著他們在客廳裡稍微休息了一會兒，介紹了幾個辦事的人物，和他們見面。

李旭東道：「貴公司的導演家王清泉先生，和我倒認識，現在可在公司裡？」

李介梅道：「在公司裡，這個時候，他忙著呢！正在導演一張片子，今天是攝內景，在玻璃屋子裡工作，所以沒出去。」

月英笑道：「這正是機會了，李先生，你能讓我去看看嗎？」

李介梅道：「那有什麼不可以，這張片子名字叫《苦海回槎》，是說一個失戀的青年，經過一番情場的苦惱，忽然醒悟過來，解脫了一切。劇旨倒是很沉痛，今天正是攝那個少年失戀的時候，最吃緊的一段。」

月英聽說，馬上站起身來，笑道：「那麼，我們就去參觀吧，不要把這一段精彩的地方失掉了。」

李介梅見客都站起來了，當然不便坐著，只好站起來引道，將他們引到攝影的地方來。恰好這個時候，在休息之間。一群男女演員都圍坐在兩架攝影機邊下，大家說說笑。李介梅搶上前一步，先去知會了一聲。

只見人叢裡走出一個胖子，禿著頭，圓圓的臉，額角上還列著一層汗珠子，身上穿了灰嗶嘰長衫，可是斜捲著兩隻衫袖，左手食指中指之間，夾著大半截雪茄煙，他一見李旭東，早笑著說了兩聲歡迎。

李旭東也點頭為禮，便笑著回頭對月英說道：「這就是大導演家王清泉先生了。」

王清泉走過來，和李旭東握了一握手，李介梅介紹月英和王清泉說話。王清泉笑道：「怪不得李小姐的歌舞劇很有名，今日一見，果然是個有藝術天才的人。」

李旭東笑道：「什麼藝術天才，淘氣罷了。」

月英卻是微笑，眼睛不住向那群演員裡面看去，那群演員也是向月英這邊看來。月英看那裡面，有一個女演員，長得長長的臉兒，前面的覆髮一直罩到眉毛，身上穿一件圓大襟的短衣服，越發顯得身材活潑。她一雙水光眼珠，流星似的，直向這邊看人。

月英常在銀幕上看見這人面孔的，她叫柳暗香，專演風騷一派的角兒，很有名聲。一向在銀幕上看慣了她，倒像是熟人一般，便對她點頭微笑。柳暗香見她是個小姑娘，也就回了一笑，月英為什麼笑，卻不明白呢。

柳暗香身旁，有一個演小生的楊倚雲，正看得入神，他忽見月英向這邊笑來，誤會了，以為是招呼他，便點了一個頭。

月英在一張愛情片子上，曾看見他表演得十分沉痛，到如今心裡還替他難受。現在見人家點頭，自己也就點了一個頭。

楊倚雲正要借這個機會走過來和她談話，那導演家王清泉又下了令，開始攝演，這一開演就是楊倚雲上鏡頭。

鏡頭面前是一幕房間景，一張小鐵床，上面有老頭子睡著。他脫了西裝的外衣，光穿著白的襯衫，一根長的領帶子，飄到胸面前。

王清泉坐在攝影機邊說：「拿著你情人的信，那信寫的是極危急的。」於是楊倚雲在褲袋裡的信拿出信來一看，發出很苦惱的樣子，背著兩隻手，走來走去。

王清泉說：「決計走，穿上衣服。」

楊倚雲於是在衣架上取了衣服穿上，把腳一頓，似乎下了決心的樣子，又戴著帽子，對壁上掛的鏡子照了一照。

王清泉道：「床上的病人，要盡量感到病苦，翻身翻身，慢慢地從被裡拿出手來。走的該走了，開房門，病人要緊啦。走的猶豫了，回轉頭來，走向床邊看，不忍走。」

那導演家一面說，布景裡的人一面演，這正是吃緊的關頭。月英耳目並用，覺得這很是有趣，看都看呆了。

那楊倚雲表演情人遭危困，不能不去，又覺得老父病體垂危，萬難走開，直演得徘徊不定，有肝腸寸斷的神情。月英看了，見事情逼真，幾乎要流下淚來。一會兒把這一幕戲攝完，這一天的工作是算完了，大家簇擁著走過來。王清泉便對月英道：「李小姐，我介紹你和幾個明星相見吧。」於是引著月英和男女演員一一相見。

見到了楊倚雲，他取下了帽子，深深地一鞠躬，笑道：「李小姐，我久仰你的大名了，今天遇到，非常榮幸。剛才表演的，見笑得很。」

月英含著微笑，略略謙遜了幾句。這時，王清泉趕快把布景撤去，請月英個人站在鏡頭前，攝了一捲片子。

當月英攝影之時，楊倚雲站在攝影機邊呆呆地看，手上的帽子落在地下，腳不住踏著，自己一點兒不知道，惹得大家笑起來。但由此一笑，楊、李卻成了朋友。

## 三　情竇初開

卻說月英在鏡頭前拍照，楊倚雲老遠地望著，人都望呆了。他手上本拿著帽子的，帽子落在地下，用腳踏著，一點兒也不知道，所有在場的人看見他這種情形，都不由得轟然一聲笑了起來。

楊倚雲初還不知道，後來看見大家都望著他腳下，低頭一看，才醒悟過來。一面彎著腰去拾帽子，一面笑道：「我從來沒有看見初上鏡頭的人，有這樣自在的。李小姐這樣態度自然，我實在佩服。」

在這大家笑語聲中，月英的像已經攝完，走了過來，不由對楊倚雲一笑。楊倚雲微微鞠了一個躬，因問道：「密斯李，聽到說明天要到敝公司來攝一幕無愁仙子，有這話嗎？」

月英道：「是的，可是恐怕演不好。」

楊倚雲道：「客氣話，客氣話，我想密斯李不但可以攝那種小片子，就是正正當當地來攝片子，一定也不會壞。我看密斯李一定在北京拍過片子，不然，沒有這樣穩重，不要是個老內行，來冤我們吧。」

月英聽人家這樣恭維她，不住地憨笑，對楊倚雲微微搖頭道：「我實在不懂，不信，就請楊先生問一問家父便知。」

楊倚雲笑道：「縱然沒有拍過片子，也是對電影很有研究的。密斯李，你也願從事於電影事業嗎？」

月英笑道：「很願的，但是我一點兒經驗都沒有。」她說這話時，聲音很細，幾乎聽不到。說完，她又拿起手帕，來蒙住她的臉，似乎又有一點兒害臊的樣子。楊倚雲見她天真爛漫之中，略略有點女子態，非常有趣，只顧跟著月英說話，不覺一路走到客廳裡來，大家坐下。

楊倚雲也坐下，他們的導演家王清泉看見楊倚雲那樣得意忘形的樣子，心裡可就想著，要把攝影機放在他和她之前，攝出來的片子，那真是優於內心表演的了，心裡這樣想著，眼睛就不住地向二人身上打量。楊倚雲看見，未免有些不好意思，只得對客告辭先走了。

這王清泉一見月英之後，認為是一個很好的電影演員，極力想把她羅致*在公司裡。不過人家是一個小姐，並不要謀什麼職業，要她來演電影，完全是興趣問題，不過這事也不難。看她的情形，見楊倚雲呆頭呆腦地跟著，倒並不討厭，他兩人一定可以說得上的，不如就利用楊倚雲把她引進公司來。

這樣想著，到了次日，月英帶一班同學來演無愁仙子之先，卻特意和楊倚雲打電話商量，讓他來當副導演，幫助引這班女孩子上鏡頭，這個差事本來就不錯，加上楊倚雲對於月英已經一見傾心，只恨沒有機會來接近。

現在當副導演，就可以隨時找著月英談話，既可公開又極便利，論起機會來，真沒有比這再好的了，馬上換了一套極漂亮的西裝，臨時趕到東亞大理髮館理了一個髮，而且買了幾條花綢的手絹，隨插在各衣袋裡，領襟紐眼裡，也插上一朵晚開的玫瑰花。

楊倚雲修飾停當，手上拿了一根軟藤司的克，便坐著包車，直到公司來。

這時，李月英帶著一班同學，正在化妝室裡化妝。楊倚雲先到休息室裡和王清泉談話，王清泉見他穿的深藍色的褂子，雪白的襯衣上，又懸著一條大紅領帶，便笑道：「漂亮啊！今天……」

楊倚雲不等他說完，先就笑道：「今天我高升了，升了副導演，當然是要換一套新衣服到任。這有什麼奇怪。」

王清泉道：「既然如此，我希望你多多賣力把這個無愁仙子導演出來，讓人看了，真要是無愁仙子才好。」

楊倚雲道：「那樣說，王先生不管了？」

王清泉笑道：「楊先生若是肯負責，我就不管，但是希望你要對全體負責才好，不要注重一個人。」

楊倚雲忍不住笑，便搭訕著抽煙捲，因為休息室裡找不到火柴，便走將出去。越走越遠，不覺走到化妝室來。

這裡的化妝室，劃為兩大部分：一部分是男化妝室，一部分是女化妝室。兩室之間，只有一間小小的過道。

楊倚雲背著兩手，只在過道裡徘徊著，只見女化妝室的門一開，一陣笑語之聲，跑出好幾個小妹妹來，當頭一個正是李月英小姐。她已經換了綠紗的舞衣，頭髮上勒著一串花鑽花瓣，手裡捧著一個五彩小匣子，帶笑帶跑。

楊倚雲出於不備，一刻工夫閃避不及，二人撞了一個滿懷。月英哎喲了一聲，那匣子落在地板上，匣子蓋一打開，又是唏哩哩一陣響，卻撒了滿地的小紙包，仔細看時，卻是許多花紙包的糖果。

後面那幾個小妹妹，也是換了舞衣的，看見月英撞了人，糖果灑了遍地，卻只在後站著，不肯上前。

楊倚雲碰壞了人家的東西，未免有些不好意思，便俯著腰，要給月英去撿，但是當他彎著腰的時候，月英正也彎腰去撿，楊倚雲口裡本來就在說對不住！對不住！恰好在對不住聲中，兩人的腦袋又撞上了一下。

月英碰在頭頂上，又有頭髮護著，倒不覺甚痛，楊倚雲可就碰在顴骨上，這一下子，可撞得他眼睛發黑，痛入肺腑，站立不住，便在旁邊一張椅子上坐下。

那幾個小妹妹都糾在一處，笑了起來。月英覺得也有些不好意思，轉身就走，這一群小姐就如一窩蜂子似的擁進女化妝室去了。

倚雲坐著定了一定神，然後才把地下的糖果一粒一粒全撿起來，放進匣子裡去。剛剛撿完，偏偏遇到一班同事從男化妝室裡出來，見楊倚雲手裡捧著一匣打開了的糖果。大家不由分說，一個人伸手過來拿幾塊，楊倚雲擋住了左邊，右邊已經被人拿去，擋住右邊，左邊又被人拿去，口裡拚命地喊：「人家的，人家的，不能動，不能動。」

但是來勢很猛，不一會兒工夫，搶去了大半匣。

楊倚雲兩隻手抱著個匣子，極力地向懷裡藏著，而且彎著腰來掩護，這才把難關打過，便趕緊站到女化妝室門口，交老媽子送了進去。

楊倚雲站在門外，只聽見裡面說道：「喲，這一盒糖果都吃完了才送來嗎？」他聽了這話，是有些不好意思，但是又不能為了這事進去申辯一番，只得先行閃開。

一會兒工夫，王清泉親自到這兒來，請這些小姐出去拍片子。

楊倚雲在攝影場上，和月英見面，早取下頭上一片瓦的軟帽，向她一鞠躬，笑道：「真對不住，那一盒糖果，讓同事鬧著玩，拿了一大半去了。」

月英見他穿了雪白的襯衣，披著一個紅領帶，精神抖擻，那態度又極為謙和，很可以讓人軟化，因笑道：「那是很小的事，何必掛齒。」

楊倚雲趁著這個機會，就和她牽連不斷地說話。

月英因為他先告訴了是副導演，少不得要聽他的指揮，當然也是有話必答，因此一來，兩人倒顯得很是接近。

王清泉也是一個喜歡鬧著玩的人，索性由楊倚雲去指揮月英一個人，他卻是照應其餘的女孩子。這一張短片子導演下來，楊、李二人就熟識了好多。

到了導演完畢的時候，楊倚雲笑問月英道：「密斯李什麼時候在家，我可以過去奉看嗎？」

月英道：「除了禮拜，每天四五點鐘，從學堂裡回來，總在家的。」

楊倚雲道：「明天不是禮拜，我去奉看，當然可以見著密斯李的了。」

月英手上提著一把綢傘，她用手撫弄傘柄上的穗子，低了頭笑道：「很歡迎。」說畢，一扭轉身軀，就和一班同學走了。

楊倚雲看月英那種神氣，絕沒有絲毫討厭之意，心裡很是愉快。

到了次日下午，他就跑到玉蜂糖果公司去，要買上等的糖果，可是挑來挑去，要買昨日月英所吃的那種糖果，竟找不出來。挑了半天，也不好意思不買，就把那一塊二角錢一磅的什錦糖果，隨便要了一磅。心裡一想，她吃的那種糖果，恐怕是外國貨，本國公司裡大概買不到，不如到百貨公司去看看，也許那裡有好的。

他本來是賃了一輛小汽車，自己開著跑，因為當明星的人，不會跳舞，不會開汽車，那是一種恥辱，所以楊倚雲對於開汽車也很在行。

他跳上汽車，只是將車機一轉，不到幾分鐘工夫就到了百貨公司。將汽車停在門口，自己一直就向第三層樓食物部來，找到夥計，就問有頂好的糖果沒有？

夥計道：「有好的，不過要六塊錢一盒。」

楊倚雲聽說價目這樣大，先就有三分願意，就叫夥計拿來看。

夥計打開玻璃櫥，捧出一個一尺上下長方形的匣子來。匣子外面是一層鵝黃細綢，中間有漏花，鬆鬆地裹著。未曾捧到面前，早有一陣馥郁濃香，襲人鼻端，黃綢的上面，繫有釘扣的活帶，只一拉，帶子鬆了，解出來，裡面是一層玻璃紙包著匣子。匣子上印了五色水彩畫，用金線滾著匣邊，非常精致，沿匣子四周，是金質堆花，也極好看。

楊倚雲道：「外表是很好看，可不知道這裡面的糖果是什麼味兒。」

夥計道：「我們另外有零的，可以請你嚐嚐。」於是捧了一個大玻璃缸出來，揭開了蓋，取了一個小紙包，交給他。

楊倚雲接過那小紙包一看，上面用淺紫色印著一個Kiss的英文字，便覺一語雙關，是送女友一種好禮物。打開小紙包來，裡面是一片雪白的糖塊，不曾用鼻子去嗅，早聞到那一陣略帶梅花味的香氣，將糖放在口裡，又甜又酥，非常可口。

楊倚雲嚐了一片，又嚐一片，笑道：「很好，這些零的也賣給我，你給我包上。」

夥計用小秤稱了一稱，算是三塊錢。找了一個紙囊，就要裝上。楊倚雲道：「不，你給我做兩袋裝，我還要分一半送人。」

夥計聽說，又另找兩個東洋五色亮紙小囊給他裝上。他付了錢，帶著糖果，很高興地開了汽車，直上李月英家來。

到了門口，停車下來。楊倚雲將左脅夾著紙盒，左手提著糖果，右手按著門鈴。門一響，早就取下頭上的帽子，含笑問道：「李先生在家嗎？」

開門的那人，忽然笑起來，開了半扇門看時，這人正是李旭東。

楊倚雲一心要進門，這話問得太快，也笑起來，因看見李先生頭上戴著帽子，身後一個人影子一閃，好像是李女士，因道：「來得不巧了，李先生正要出去哩！」

月英忽然將那扇門也打開，笑著對他點了一點頭道：「不要緊的，楊先生請進來坐吧。」

楊倚雲道：「倒是不要客氣，我是沒事的人，明天再來也是不要緊的。」

月英道：「我們也是出去玩，請進來吧。」

李先生見小姐再三地讓客，也就說道：「請進來談談，我們很歡迎的。」

楊倚雲因主人誠意相讓，便和他父女一路進門。

楊倚雲不待坐定，先就將那一盒好糖果雙手捧著，遞給月英，笑道：「這是百貨公司的上等糖果，我介紹給密斯李。」

月英笑道：「楊先生真是客氣了，昨天那盒糖果……」

楊倚雲搶著笑道：「不，不，我並不是賠償損失來了。我因為剛才在百貨公司買東西，無意中嚐了一塊糖果，覺得實在好吃。我知道密斯李喜歡糖果，所以買了來，介紹介紹，這好像做掮客的人，替人送貨樣來了。」

月英接了糖果，讓楊倚雲在三連座的大沙發上坐了，自己卻坐下手，同在一張沙發上。

李先生呢，卻坐在另外一張圈椅上，因笑道：「這盒子太精致，糖果總還好吃。」

月英笑道：「我也是這樣說，先嚐嚐看。」說時，就解黃綢外的五彩條帶。

楊倚雲道：「先別打開，免得走了香味。」說著將手上的紙囊一舉道：「這裡還有零的呢！」於是將紙囊透開，將糖果傾倒在茶桌上，笑道：「密斯李，請嚐嚐。」

月英解了一小包，一吃便覺合味，接連吃了三塊，才笑道：「果然不錯，爸爸，你也嚐兩塊。」說時，抓了幾小包，走過來，向李旭東手裡亂塞。

李旭東皺眉道：「我怕吃甜的，你說不錯，那就是了。」

月英不由分說，解了一包，兩個指頭鉗著一塊，笑道：「爸爸，你張開嘴。」

李旭東道：「有生客在這裡也是胡鬧。」

月英就趁他張口說話的時候，將糖塊向他嘴裡一扔，笑道：「好吃不好吃？」

李旭東咀嚼著，點了一點頭，笑道：「不錯，你是研究吃糖果的人。你說好，還壞得了嗎？」

月英聽到父親一誇獎，眉毛一揚，笑道：「那不是吹的，差不多的人，決不能像我吃糖果這樣有研究。」

楊倚雲道：「這糖果，密斯李是認為很好的，那麼，六塊錢一盒，也就不算貴了。」

月英問道：「六塊錢一盒嗎？楊先生太破費了。」

楊倚雲笑道：「要送禮，自然送好的，若是送了不好的來，密斯李吃不上口，送禮的人未免有些不好意思了。」

這裡月英坐到一處來，將糖果一顆一顆剝了吃。楊倚雲也就說說笑笑，陪著吃起來。

李旭東笑道：「這樣好的東西，應該慢慢地吃，若是整包的吃下去，像吃飯一般，那吃得什麼滋味來。」

月英聽說，抓了茶桌上的糖果小包，就向紙囊裡裝進去。

楊倚雲將手攔住道：「不必，不必。」因在身邊提起一個蠟紙囊，笑道：「這裡還有一袋呢！」

月英道：「很好吃，別讓我一個人吃光了，這一袋楊先生帶回去吃吧。」

楊倚雲笑道：「送人的東西，哪有帶回去的道理。」

月英低頭想著，笑了一笑，說道：「來而不往非禮也，我這裡也有點雪花糖，送楊先生。」說時，便回內室去，不多大一會兒，她捧了一個五彩洋銅盒子出來。她揭開蓋來，裡面是極細的白糖片。

這糖片只比芝麻粒大一點兒，是仿造雪花製的，或長或圓或方，都是六個犄角兒，而且那種顏色極白，遠遠地看去，真會說它是一盒子雪，不會說它是一盒子糖果。

楊倚雲一見，連連叫好。月英鉗了一粒，笑道：「這個糖不在乎多吃，楊先生，你試試看。」

楊倚雲伸開手掌，托著一粒，送到口裡，果然覺得甜津津的，而且那嘴裡有一陣清香，在牙縫中透露出來，因笑道：「好東西！剛才我買的糖，覺得裡面含有一種梅花香味，似乎又帶有一點兒玫瑰之味，現在吃這個糖，那就覺得完全是梅花味了。」

月英道：「我就因為吃到那糖的香味，才想起這糖來的，現在我分一半給楊先生吧。」於是就把空紙囊打開，將盒子裡的雪花糖傾了半袋在裡面，將紙囊口上的紙疊了三疊，在衣袋裡一摸，摸出一隻小別針，將囊口夾上，笑道：「這就跑不掉香味了。」

楊倚雲見她想得周到，不住地叫謝謝，因為公司裡拍片子的時間已到，不能再坐，就提了半紙囊雪花糖告辭而去。

這天晚上，楊倚雲坐在燈下閒想，這位小姐天真爛漫，真是可愛。上海灘上的女子，都是狡猾非常的，越是漂亮，越是愛她的人多；越是愛她的人多，越是交際廣；越是交際廣，就越會掉槍花*。這種女子是沒有純潔誠懇之愛情的。我看李小姐和人說話，就和人說話；愛送人東西，就送人東西，一點兒假意沒有。上海灘上，真不容易找到這種人了。我看她分給我的半紙囊雪花糖，非同等閒，是自心愛之物，尤其是那一隻別針夾住袋口，是一層最動人的小動作，若攝進電影去，那是值得特寫的。

想到這裡，禁不住就在抽屜裡取出那紙囊來玩弄。

原來楊倚雲就是兄弟二人和一個母親，此外便是男女傭工了。他自己住在一間前樓，每日回家，也看些電影一類的書報，以資深造，所以他在屋子裡的時候，卻也沒有人來打攪他。

他解開紙囊，取出兩粒雪花糖放在嘴裡，便覺有一陣清香，隨著自己的呼吸向外透出，真是合著一句成語，留芳齒頰間。

大凡帶有香味的東西，有兩種能力：一種是安慰人的；一種是引誘人的。譬如窗明几淨之間，養一盆鮮花，青燈古佛之旁，焚一撮沉檀，這是安慰人的了；又像歌舞場上，脂粉流風，綺羅叢中，花鈿委地，就是鐵打金剛，到此也不免真個銷魂了。而且有香味的東西，安慰人的居少數，引誘人的，卻居多數，尤其是兩性間贈送的東西，要是帶上些香味，可以格外引起對方的注意，所以香囊帶香帕這一類的小物事，雖然不值什麼，但是那一股香氣，卻是無價寶。

現在楊倚雲所得到的，卻是一種香糖吃下去了，由髒腑裡面香了出來，那一種香的能力，也不知是安慰，也不知是引誘。但只覺得令人神魂顛倒，十分快樂。

楊倚雲的兄弟少雲，正有一件事要等著和哥哥商量，哥哥上前樓，半天不見出來，也沒有一點兒聲息，很是奇怪，便輕輕地走到前樓來看。只見他左手提著一個紙囊，右手兩個指頭，好像鉗了一點兒什麼東西，放在嘴裡，他卻笑嘻嘻的，閉著眼睛睡著了。

楊少雲笑道：「這個樣子，是做夢還是真笑呢？」

楊倚雲糊裡糊塗答應道：「是真事，怎麼會是做夢。」說畢這話，醒了過來，這才知道自己是做夢，不由得也笑了。

楊少雲笑道：「那紙袋裡是糖果嗎？怎麼拿著糖果睡著了。」

楊倚雲只微微一笑，不肯分辯，但是這話一傳出去，大家也就知道這一件事了。

又過了一天，楊倚雲忽然接到一封信。信柬是嫩黃色，用鋼水筆寫的紅字，左邊寫著李緘。楊倚雲看到這個李字，心領神會，早就要笑出來，拆開那信，卻是極好的玉版箋，用朱線畫成格子，字卻是胭脂水寫的，看看非常鮮豔。那信道：

倚雲先生：

你送我的糖果，越吃越有味，謝謝你。拍照是怪有趣的事，我還想到貴公司來玩玩，可以嗎？昨天我又看到你新拍的一張片子，你的表演好極了。

報上說，你拍照，由馬上摔下來，這話真的嗎？我很是惦記。

英上

楊倚雲就最愛月英說一口很流利的北京話，現在她寫的信，滿紙京話，而且字裡行間一往情深，就像有一位很伶俐的小姑娘，站在當面含笑說話一般，而且那信封裡面有一陣濃香，彷彿就有些像月英身上那一種衣香，真個是傳神阿堵*了。

當時他將一張信紙，顛來倒去，念了七八遍，臉上不住地現出微笑。於是立刻刷刷頭髮，刷刷皮鞋，戴上帽子出門去了。

## 四 兩小無猜

卻說楊倚雲接了月英的信，馬上修飾一番就出門而去。他的意思是要到哪裡去，自己也並不躊躇去想，可是一出大門，自己一省悟，忽然大笑起來。原來這個時候，已經十點鐘，馬路上電燈燦亮，只照著稀稀的幾個過路的人影。

這時要到李家去，是個什麼客人呢？自己笑了一陣，又推門回家去了。

他這晚在床上，一想我無緣無故常跑到李家去，也不是一個辦法。就是人家不說奇怪，自己也覺得無聊，最好把她弄到公司裡去，她也成一個演員，我們成了同事，那就可以很隨便地往來了。這樣想著，次日到公司裡去，就打算和導演王清泉商量這件事。

這個時候，銀漢製片公司，名譽一天高似一天，自然也是賺錢的時代。就是一層，演員人才異常感到不夠用。他經李月英拍過一張短片子以後，覺得她確有藝術天才，生成是個銀幕上的人物，也曾托人去和李旭東商量過好幾回，希望李小姐加入銀漢公司，也來當一個演員。

李旭東對於藝術這一件事，本來很熱心，也極願意月英成個藝術家，但是這個時候，上海的一班演電影的角色，名譽實在不大高明，尤其是女演員。社會上拿著她當一件有趣的事兒閒談，很不願月英這天真未鑿的姑娘，加入這一班交際明星裡面去，因此對於這事很是躊躇，答應不下來。

無如月英聽到這個消息，猶如買彩票中頭彩一般，馬上就要答應，她見父親持著猶豫的態度，噘著一張小嘴，老是不高興。在她父親面前走路的時候，腳步也放得重重的，踏著地板咚咚地響。

李先生看到這種情形，心裡未免好笑，且不理她，看她怎樣？

月英越想越氣，一味地發悶氣。到了吃飯的時候，家裡的女僕人高媽來請吃飯，月英噘著嘴道：「不吃飯。」

高媽見她在房裡坐著不動，就去告訴李旭東。

李旭東笑道：「這越發胡鬧，這個事，慢慢地和我說就是了，值得發氣不吃飯。」於是自己走到李小姐屋子裡來。

李小姐坐在一張軟椅上，兩手捧了一本小說，擋住了臉，靠著椅子背在那裡看。李先生進來，她把書向上舉了一舉，卻不露面。

李旭東笑道：「你不吃飯嗎？」

月英依然看書，並不理會。

李旭東笑道：「沒有出息，只這一點兒小事，自己就罰自己挨餓。」

月英只當沒有聽見，動也不動。李旭東趁她不提防，走上前，一把將書奪了過來，笑道：「我倒要看看你氣到什麼樣子。」

月英見父親把書搶去了，便伸開兩隻手的巴掌，遮著兩邊臉，噘著嘴，只把身子扭著轉到一邊去。

李旭東笑道：「哈哈！這小東西真發了氣了。」說時，就來拉月英的手。月英忍不住笑，扭轉身子便伏在椅子上，口裡說道：「越拉我越不吃飯，再要拉我，我就會哭起來的。」說時，兩腳亂頓。

李先生拉著她的手道：「你坐起來吧，我答應你去拍電影，這還不成嗎。」

月英將身子一扭道：「真的嗎？」

李先生道：「當然是真的，我怎能冤你，我若冤你，你不會和我再鬧彆扭嗎？」

李先生一邊說著，一邊拉著她。月英就只好抽出手絹，掩著面，跟李先生去吃飯。

經過這一度小風潮，李先生對於李小姐之電影趨向，實在沒法干涉。

到了次日，恰好銀漢公司的王清泉、李介梅二人同到李家來，敦請月英女士加入他們公司裡。

李氏父女就請在客廳裡當面談判，先說了一些客氣話，後來談得入題，王清泉就笑道：「我們看到李小姐有藝術天才，所以來請她。既然是專程來敦請的，當然要特別待遇，所以第一張片子，不但是請李小姐充當主角，而且演的角色正和李小姐的性情相近，可以讓李小姐充量去發揮天才。至於薪水一層，我們也可以代表公司裡說一句，總求好看一點兒。不過公司裡既然是買賣，當然有一定的手續，到了將來主演過幾張片子後，自然是要加的。」

李介梅也笑著說：「電影事業前途未可限量，目前還不算大發展。」他兩人說了一陣，始終還沒有提到是多少錢。

後來王清泉又說：「中國電影，不過是些熱心藝術的人出來試辦試辦，現在還談不到資本，所以演員的薪水非常低。若把好萊塢的薪水來比那是不可的，其實我們公司裡的薪水，不過是個名義，只好算是車馬費而已。現在我們這裡的兩個女明星章錦霞和柳暗香，總算是有點兒名聲的了，可是她們二人的薪水都是三百元，此外還有幾位和她們資格差不多的，我們就不敢再定包銀，不過是論片子算，拍一張片子，也不過一二百塊錢。費事一點兒，一張片子要兩三個月，那是常事。現在李小姐初上銀幕，我們也決不薄待，將來自然是和明星一般給薪水，目前呢……」

王清泉說到這裡，將手取下嘴裡銜的呂宋煙，只是向痰盂子裡彈煙灰。

李介梅也是坐在那裡臉上顯出笑容，像要說什麼，一時又不好說出來。

李旭東倒是很諒解，笑道：「她本來是去試試，成功失敗還在未定之天，怎能就計較薪水多少。」

月英也笑道：「我倒不在乎錢，不過試試看罷了。」

王清泉見條件並不苛刻，就許了送二百塊錢，而且請月英主演的片子名字也有了，就是《兩小無猜》。

商議了一陣，就約定下個星期，開始攝影。王清泉、李介梅商議好了，就起身告辭。李先生送到大門口，又說了幾句話，轉身進來。走進屋，只見月英坐在沙發上，左手捧著一冊小日記本子，右手拿了一枝小鉛筆，伸到左手手背底下，反過來敲著日記本子的書面，噗噗噗地響。將牙齒咬著下嘴唇，卻偏了頭在那裡出神。

李先生笑道：「你又想什麼？」

月英將日記本子交給他，笑道：「我在這裡列預算表，您瞧瞧，我還該買些什麼呢？」

李先生接過她的日記本子看，只見上面寫道：「下月分預算表。計收入二百元，付請客二十元，付製衣六十元，付皮鞋八元，付跳舞絲襪五元，付自來水筆十二元。」

李先生還沒有看完，先笑起來，說道：「我沒有給你辦的東西，你全寫在上面了，還有一樁要緊的費用，你沒開在上面，做明星是要坐汽車的，你怎麼不列上汽車費呢？」

月英道：「那怎樣能開，二百塊錢還不夠坐汽車的呢！」

李旭東道：「當然不夠，一個月也該雇一兩回的車點綴點綴。」

月英道：「那麼，我和你借十塊錢。第一天我上公司，坐了汽車去，裝一個面子，發了薪水，我就奉還。」

李旭東笑道：「你現在也不過掙二百塊錢一個月，動不動就是薪水，真是得意呀。」

月英也不由得笑了起來。但是她這個要求卻是多餘的，在條件議好的次日，公司裡就派代表正式訂合同，而且允許第一天派汽車來歡迎她。

楊倚雲得了這個消息，歡喜得了不得，也來對月英說，第一天自己開汽車來送上公司。

到了那日，公司裡和楊倚雲開了汽車來，月英以為兩人坐一輛車可以談話，就坐了楊倚雲的車。到了公司裡，也由楊倚雲引著她到總理室去，公司裡的人倒是意想不到，怎樣他二人的交情就深到這樣。

楊倚雲對於這事，以為是正當的行動，倒不怕人注意。月英又是一個天真爛漫的人，決不留心這些，因此他們第一日到公司裡，就成了一種韻事。

那個導演家王清泉倒認為月英是個可造人才，因此先請月英到休息室裡去。對她把這種影片的情節說了一說，又告訴她所應注意的幾點。他說：「密斯李雖然拍過一個片了，那是現成的舞蹈，是機械的動作，無所謂表演，今天還算是初次上鏡頭，先試試看。這就請你去化妝了。這演電影化妝和舞蹈的化妝是不同的，我請章錦霞女士幫你一點兒忙吧。」於是走了出去，把那位章錦霞明星請了來。

她穿了一件杏黃色的印度綢電印花旗衫，周身滾著綻水鑽的綠絲辮，走起路來，衣光一閃一閃。她一進門早是圓頰生春，對月英一笑。

王清泉一介紹之後，章錦霞便握著月英的手道：「不要緊的，小妹妹，你有什麼事，都來問我得了。」

月英和她站在一處，只覺得她身上那一種香氣，芬芳馥郁，濃厚異常。而且她一口廣東音，說著上海話，就不大上軌道。現在改為普通話，更是佶屈聱牙*。月英握著她的手，卻只和她傻笑，章錦霞便帶她到化妝室裡去了。

這裡月英雖然來過一次，現在情形有些不同。那裡面接連兩張大餐桌，上面放了些化妝品，幾面小鏡子。桌子兩頭有架穿衣鏡，幾個女雜角靠了桌子坐下，正在一面說笑，一面化妝。桌子那頭，另外有個小屏風向裡折著，將屋子隔開了一段。

章錦霞把她引到屏風裡來，又有一張大餐桌、幾張轉椅和兩面大鏡子，東西比較都精致一點兒。章錦霞讓她坐下，就給她開了桌上的化妝盒，教她擦粉、畫嘴唇、點胭脂。

正在這個當兒，只見旁邊一扇房門一開，那柳暗香穿了一件白色洋式睡衣，披著頭髮，走了出來。見了人，縮著脖子一笑。

章錦霞拍著月英的背道：「你看，她已化妝好了，要去拍片子了，趕快弄好，我們可以去看她演一段很好的表情。」

柳暗香道：「別聽她的，沒有什麼意思。」說時，她把一隻手撩起睡衣的後身，赤著一雙雪白的腳背，踏了一雙拖鞋，梯踏梯踏，就笑著走了。

章錦霞告訴月英：「她今天所主演的片子，名叫《誘惑》，男角就是楊倚雲，他們兩人合演起來，正是旗鼓相當，回頭你去看看，一定看得入神。這是真做真事，比在電影上看，更是有趣味了。」

月英聽了，很是高興，馬上趕著化妝，就和她一路到攝影場來。這攝影場正面，布著一片臥室的內景，靠了假牆，橫陳一張沙發睡榻，睡榻前開著一個小臥室門，門緊閉著。對著這內景，一列排了兩架攝影機，攝影機邊，放了一把小轉椅。

王清泉就坐在那裡。腳邊倒豎著一個傳話筒。再後一點兒有幾張半新半舊的沙發椅，坐了許多人，也有男的，也有女的，也有化了妝的，也有沒化妝的，大家隨便說笑，那柳暗香、楊倚雲也都在這裡坐著。

王清泉見月英來了，便用手拍著一張空椅道：「密斯李，你在這兒坐著，請你先看一幕。」

月英笑著，眼睛只望著大家。

楊倚雲穿了一套漂亮的西裝，一隻手拿了一束鮮花，一隻手拿了一根司的克，對她微笑點了幾點頭，意思讓她坐下。月英坐下去。

王清泉笑道：「你看看，這就開始了。」於是和楊倚雲、柳暗香各打了一個招呼，他們就陸續登場。

內景兩斜角上，豎著兩支銅腳燈架，上面頂著兩盞鎂光燈，發出刺人眼光的白光，交叉光線，射到那內景的集中點。諸事預備好了，王清泉便嚷道：「倚雲，你睡在那睡榻上，要設想到兩性的行動上去。」

那楊倚雲將手上的花和司的克，都放在沙發榻邊的一張小几上，帽子也擱在那裡。他支著一隻腳，躺在沙發上抽煙捲，這就開始攝影了。

楊倚雲對著那扇小臥室門不住抬著兩肩微笑，依著王清泉的指導先坐起來，坐起之後，又走幾步。

王清泉嚷道：「敲那門，但是不要敲著，極力地躊躇著。」

楊倚雲果然一露笑容，就伸手向前要做敲門之勢，手一到門上，又縮了回來，將上面幾個門牙咬住下嘴唇，癡立了一會兒。王清泉道：「決定敲門吧。」楊倚雲於是側伸身子，反著手，數著次數，慢慢敲那門。

王清泉舉起話筒，喊道：「密斯柳出來，儘管媚一點兒，不妨帶點兒難為情。」於是那門開了，柳暗香將披散的頭髮一齊由左肩上垂到面前來，探出半邊身子對楊倚雲就是一笑，右手一把捏住一綹散髮，左手舉起捶衣的大袖，送到嘴邊，將牙齒咬住一點兒袖角。月英看到這種樣子，不由得耳根上發出一陣熱氣。

那王清泉一舉右手，喊了一聲：「克弟*！」攝影機就停止了。

月英起初不知為什麼他叫克弟，後來兩邊的攝影機停止了，這才知道是發停止的命令。正要問話，只見王清泉對楊倚雲、柳暗香說出兩個字，乃是特寫。

他們於是站在那裡，靜等王清泉的後命。鎂光燈和攝影機卻都搶著移向前來，將他們兩人圍住。王清泉也跟著攝影機，站到前面來，因對柳暗香道：「密斯柳，你讓倚雲調笑，不要放出怒色，倚雲就可以趁這個機會，儘管放浪起來。」因把動作的大概略略說了一遍。

這時，那鎂光燈的光線罩住他倆身上，光耀奪目，真個是鬚眉畢顯，纖毫不隱。

柳暗香還是那樣笑著，楊倚雲卻走上前一步，對柳暗香微笑，跟著微微一鞠躬。柳暗香笑著，把眼珠向他渾身上下打量一番，他卻伸出手來，給柳暗香理那肩膀上披的頭髮，一面又另伸一隻手扯住柳暗香的衣袖。二人所站的地方，就越近了，幾乎要擠到一處。

月英看了電影不少，卻沒有想到扮演起來，要這樣旁若無人的，看他們二人表演，不但不知道有許多參觀人，連兩架攝影機正對著面孔攝影也不知道，覺得這事有些難辦，不過自己一團高興投到電影界來，又受人家一番盛情抬舉，無論如何總是力避艱險，向前做去。自己這樣想著，就鎮定了許多，一直把楊倚雲、柳暗香這一幕攝影看完，不覺長了許多見識。

楊倚雲演完了，就到月英面前來說道：「密斯李，你看怎麼樣，我表演得沒有什麼毛病嗎？」

月英坐的皮椅上，正空著有一小尺地方，他也毫不客氣，一挨身就在那裡坐將下來。月英一見這裡的人，都是不分男女隨便坐下，隨便說笑的，就也不能閃讓，因答道：「我覺得特寫這件事倒有點兒難，鏡頭燈光都逼在身邊，一點兒幫助沒有，硬要在臉上身上表演出來，若是勉強一點兒，攝出來就會不成個東西了。」

楊倚雲笑道：「密斯李究竟不錯，能知道有這一分困難，自然就會表演出來了。」

王清泉走過來，用手拍了一拍他的肩膀，笑道：「倚雲，你索性還受一點兒累，陪著密斯李拍幾尺片子試試。」

楊倚雲笑著站立起來，握著王清泉的手掌，搖了幾搖，笑道：「王先生很提拔我，讓我和密斯李合演，我還有個不努力的嗎？」

王清泉這一隻右手被他握著，左手還是拍著他的肩膀，連說不錯不錯，於是讓楊倚雲休息了一刻，另外找了一個攝影場。正面布的是花園一角的小景，一個月亮門下，陳列著一條石椅，石橋四周放了許多盆景，都是開得整株的花。

這在本裡已經是中部的情節了，今天就是先攝這一段。王清泉告訴了月英，叫她在月亮門裡往外走，卻是歡迎人的樣子。月英走到景後，候令上鏡頭，只見攝影機後，來看的人格外多了，不知道怎麼回事，不像平常登臺跳舞自在，心裡儘管撲通撲通，跳將起來。

王清泉手上拿著話筒，便說道：「密斯李，請由月亮門裡出來。」

月英極力將神志鎮定著，先在景後靜默了兩分鐘，然後走出月亮門，那前面許多參觀人的眼睛，正和那攝影機的鏡頭一般集合著視線，一直射到本人身上。那都罷了，唯有那導演的王清泉，睜著兩眼看人，先是由頭看到腳，轉身又是由腳看到頭，看得人不知道如何是好。

她出了月亮門，依了王清泉的話，作為遙遙瞭望之勢，靠住了石椅，手上攀著花，昂頭向前看去。

王清泉喊著道：「先向極遠的地方看，你要覺得有一個極歡迎的人來了！」復又道：「看近些，他快要到你面前，笑，笑著迎上前去！」

月英先聽著王清泉的指揮，還知道依情節做去，現在突然地要憑空向遠看，回頭又向近看，而且無緣無故還要笑，一個人心裡慌的時候，決計快樂不出來，這一笑從何而起，被王清泉一喊，不由得向他呆望了一望。

王清泉道：「向前看，快些笑，笑著像歡迎一個情人的樣子。」

月英究竟能表演舞蹈的人，立刻掉轉身，強制地笑將出來。

王清泉道：「是情人上去，握住她的手。」

楊倚雲早從布景的外面，三腳兩步走入鏡頭，一和月英靠近，就握著了她的手，嘴裡還說了不少的親愛的話。

王清泉道：「密斯李，靠住了你的情人吧，可以和他說些親愛的話。」

月英雖然知道在攝影場裡，並不是做了啞子表演，但是事先並沒有預備，而且和一個男子無端說出親愛的話，這實在有些說不出口，又愣住了。

王清泉也知道她初上鏡頭，這事很不容易辦，就停止攝影。

月英漲紅了臉，問道：「王先生，你看我表演得怎麼樣，很不好吧？」

王清泉還沒有開口，楊倚雲先搶著說道：「不要緊的，初上鏡頭，有密斯李這個樣子，就很難得了，你若經過四五天的訓練，一定就表演自由了。今天本來是試一試，就是攝得好，這一捲片子也不一定要片子拍得好，糟蹋一捲片子，原是不在乎的。」

王清泉也覺得月英是個銀幕人才，今天本來是先給一段比較難些的讓她動手，現在總算不十分壞，聽了楊倚雲的話，也就點點頭。

月英見他們這樣安慰她，心裡才寬解下來，休息了一會兒，月英換了原來裝束，就由楊倚雲送她回家。

到了次日工作的時間，月英還沒有出門，楊倚雲又來接她。月英雖然初次加入影界，有這樣一個切實的指導者，也就很容易上軌道。過了兩天，是星期的日子。楊倚雲駕了一輛汽車來訪她。

李旭東有事，先出去了。月英一個人在家裡正悶得慌，不知怎樣好，楊倚雲一見，就說天氣很好，要她到半淞園去走走。月英倒也同意，便坐著楊倚雲的汽車，一路前去。

到了那裡，在水池邊柳樹蔭下，揀了一塊石頭要坐下。楊倚雲掏出手絹，蒙在石上，給月英墊坐，一彎腰，楊倚雲袋裡掉下一捲相片。月英撿起來一看，第一張就是初上鏡頭和他合演時，二人握手情話的情形，翻過反面，卻是楊倚雲親筆寫的情人兩個字。楊倚雲一見實在不好意思，少不得掩飾幾句。

# 五 銀漢雙星

卻說月英翻過相片來，看到上面寫有情人兩個字，倒不知用意所在，正要問話，楊倚雲先就分辯道：「我對於自己所拍的片子，凡是得意的地方，我總放大地印下幾張來作為自己的參考品。這張片子，我以為很像美國片子情人裡的一幕，所以我注上情人兩個字。」

月英瞧了他一眼，說道：「是嗎？」說著，就在蒙住石頭的手絹上坐下，摸了石頭邊的小石子，向水裡扔去。

石頭扔到其平如鏡的水裡，起了一個小圓紋，這一道浪紋，其先不過碗口大，慢慢地擴大起來，由碗口大至於桌面大，由桌面大至於門框大，一直擴大到和池面相等。

月英看得很有趣味，等這個浪紋平了，接上又投下一塊石頭去，看了只是發微笑。

楊倚雲見她對於情人兩個字絲毫不曾留意，又不顧忌諱了，便一挨身也坐在那石頭上，便問道：「密斯李，你什麼事看著這麼出神，我看你含著這微微的笑容，這一定想到了一個有趣的問題，這件事也能告訴我嗎？」

月英道：「沒有什麼有趣的事，我就是看到這水的浪紋慢慢加大，很有意思。」

楊倚雲道：「無論什麼事，都像這水浪，總由一個小圈兒，後來慢慢地擴大起來變成無窮大，人的愛情，人的友誼，也是這樣。」

月英笑道：「是這樣嗎？我倒不明白。」說著這話時，把她另一隻手拿的幾張相片，一齊交給楊倚雲，說道：「我們在園裡走走吧。」

她站起來，在石頭上向地下一跳。

楊倚雲看見，趕上前一步，就要來攙她，笑道：「不要跌倒了，我陪你出來，我在李先生面前，是要負相當責任的。」

月英身子一閃，正倒在楊倚雲懷裡，楊倚雲在她身後，就用兩手抄住她兩隻胳膊，說道：「站好了，摔在石頭上，可要摔破頭呢。」

月英笑著把頭擺了一擺，短髮蓬鬆，紛披到額角上，一扭身子離開了楊倚雲。豎起一隻手去理額上的散髮，卻望著他笑道：「這可不是表演呢。」

楊倚雲見她憨態可掬，心裡越是喜歡，笑道：「這一段表演就很好，我明天告訴王先生，叫他在《兩小無猜》這片子裡，也攝了進去吧。」於是挽著月英一隻胳膊，順手又在西裝褂子袋裡抽出一個蠟紙小口袋，笑道：「這是你送我的糖，我還留著沒有吃，我們兩個人來同吃吧。」

月英聽說，真個伸了兩個指頭到蠟紙袋裡去，夾了一塊糖放到嘴裡，又向他道：「你怎樣不吃？」於是又拿了一塊給楊倚雲。

他笑著伸出巴掌托著，向口裡一送，這實在有味。

兩個人並肩合步地走著，不覺花園裡繞了一個彎了。楊倚雲的話語又多，南天北地，說完了還有。

月英總是走了路聽著，走過一個圈子，再走一個圈子，兩個人誰也不覺得疲倦。

正在這時，只見三四個時裝少年由草亭子裡出來，目光灼灼向兩人看著。楊倚雲和月英丟了一個眼色，牽著她就趕快走了幾步，月英不解他的用意，只好跟著走。

楊倚雲道：「我們走吧，不要在這裡供給人家材料了，那幾個人都是辦小報的，專門和我們開玩笑的。」

月英道：「他們為什麼要和我們開玩笑？」

楊倚雲道：「那有兩個原因，一個原因，是要敲我們的竹槓，因為寫這種小報是沒有生意的，也沒有人津貼他，他就專在唱戲的和堂子身上打主意。自從有了許多電影公司，他們又多了一樁買賣，都要每家公司在他們那報上登一份廣告，每月出個二三十塊。這種小報，哪有什麼正經人去看，而且銷數也是很少的。做一種生意經，要公司去登廣告，公司裡是不會肯的，所以他就專門把公司裡的私人行動去登報，弄得公司裡不登廣告，拿大薪水的演員也不能不去敷衍他；又一個原因，就是現在拍電影，是一種時髦事業，電影公司裡的新聞，和電影明星的行動，人家都願意知道。小報上無非是評花捧角，加些電影演員的材料上去，就格外有人看，所以我們遇到小報館的人，躲得遠遠的才好。」

月英笑道：「我們不怕他們，他們遇到了我，也不認識我是誰。」

楊倚雲道：「那不一定，他們的本事好極了。公司裡的事，常常我們一點兒不知道，他們已經就在報上登出來了。你的片子還沒出版，人家不認得你的面孔，出版之後，那就到處都有人注意你的。」

月英笑道：「未必有那個日子，就是有那個日子，我也不怕的。」

楊倚雲低頭將嘴一努，說道：「他們又跟上來了，我們走吧。」說畢，拉了月英就走，兩人坐上汽車，楊倚雲就叫汽車夫開到一枝香。

月英知道他是要請吃飯，特意裝成不知道，也不作聲，一直到了一枝香門口，她才說道：「你先叫汽車送我回去吧。」

楊倚雲道：「到了這裡了，哪還有回去的道理，今天到半淞園去，玩得一點兒也不痛快，我們到這裡來吃一點兒東西吧。」

月英笑著下了車，楊倚雲過來一把挽住，就一路進去，兩人揀了一個雅靜些的小房間坐了，將菜牌子一看，大致可以，菜倒是不要換，楊倚雲就和西崽*要兩杯葡萄酒，月英連連搖手笑道：「我不要，我喝酒就上臉的。」

楊倚雲道：「葡萄酒像甜水一樣，那要什麼緊。」

月英道：「我實在不能喝，喝了弄得滿臉通通紅的。」

楊倚雲道：「既是不能喝，少喝一點兒吧。我倒想了一個法子，把酒兌在汽水裡喝，就不要緊了。」

月英因他一再地說，也不好拒絕，只得答應了。

一會兒西崽將酒菜送上，給月英倒了一大玻璃杯汽水，然後斟了一小杯葡萄酒，拿來就向汽水裡一傾。月英正要說慢點兒，剛是說出一個慢字，那酒已完全傾到汽水杯子裡去了。

她站起來將腳輕輕一頓地，皺了眉道：「嗐，怎樣都摻進去了。」

楊倚雲道：「不要緊，酒多一點兒，少喝一些也是一樣的。」

月英端起玻璃杯抿了一口，覺得甜津津的，卻不怎樣難喝，於是就坐下來，帶吃帶喝，吃的時候，楊倚雲有說有笑，不住地端杯喝酒。月英忘其所以的，也時時喝起來，及至菜吃完，一大杯汽水也喝個乾淨，兌在水裡那一小杯葡萄酒，自然也是喝下肚去。

這個時候，倒覺得耳朵根下有些熱烘烘的，似乎有酒氣上來了，西崽將水果送上來。楊倚雲揀了一個香蕉，翻剝著皮如蓮瓣似的垂將下來，用三個指頭拿了下端，伸著送到月英面前，笑道：「吃一點兒吧，解解酒味。」

月英且不用手去接，伸了脖子，將嘴就上，就在楊倚雲手上咬著吃了。月英吃完一個，伸手就去拿碟子裡的蘋果。

楊倚雲道：「不忙，讓我來吧。」於是拿了一個肉紅色的蘋果，在身上掏出小刀，轉著削皮，削得乾乾淨淨的，然後在碟子裡切成四塊，用刀尖戳著，送了兩塊到月英碟子裡，留下兩塊，卻自己吃了。

楊倚雲一面吃著，一面又取了一個梨來削。削完了，月英卻望著他笑道：「梨是不好分開吃的呀！」

楊倚雲笑道：「你也迷信分梨分離這句話嗎？好吧，這梨就一個人吃吧。」

他嘴裡這樣說著，心裡就痛快到二十四分，不料無意之中，她居然吐出不願分離的意思來，這就好極了，因笑道：「密斯李，你這就要回去嗎？我想請你到卡爾登去看看跳舞，你的意思怎樣？」

月英是最愛跳舞的人，要她到著名的跳舞場去參觀，她哪有不願意之理，不過今天出來一天了，並沒有通知父親，這個時候不回去，還要去看跳舞，恐怕父親不高興，躊躇了一會子，便道：「今天不早了，不去吧！」

楊倚雲笑道：「你以為很晚嗎？跳舞廳裡不到九點鐘以後，還熱鬧不起來呢！」

月英道：「不是，我怕回去晚了。」

楊倚雲道：「不要緊，我們公司裡就有好多人在那裡，就是章錦霞、柳暗香兩位女士，差不多是每晚必到的，回頭總可以碰到一位，要回去的時候，請她送你回去就是了。」

月英心裡本來就愁著回去父親要說話。就是楊倚雲能送，也嫌不妥當，現在楊倚雲說有女明星可以送，有個女伴伴著，大概父親不能多說什麼，便道：「去是可以的，但是十二點鐘以前，我非回去不可，到了那個時候，你定要送我的。」

楊倚雲道：「一定一定，決不誤事，現在時間還早，我們可以到大世界去玩，到九點鐘我們再到卡爾登去。」月英到了此時反正是玩，就由著楊倚雲的意思，先到大世界。

楊倚雲因為她在北京多年，喜歡北方的遊藝，就帶了她上大鼓場去聽大鼓書。不過月英喝了那一大杯葡萄酒，心裡緩緩地有些鼓蕩起來，頭上也微微地有點兒發暈，明知是酒醉了，但是極願意去看跳舞，還是勉強支持著，不肯透露出來。遊嬉場的時間，極是容易過去，一轉眼工夫，就到了九點鐘了。

楊倚雲因為隨時要走的，沒有敢讓汽車開走，因之又和月英出了大世界，同坐汽車到卡爾登，告訴汽車夫十一點多鐘來接，於是扶著月英，走進舞廳，先在一盆大梔子花下面，揀了一個小圓桌邊坐下，跳舞場裡的人，都有些狂熱的，吃冰是比平常人格外吃得早，所以這裡早預備了冰激凌、冰咖啡之類。

楊倚雲看月英臉上紅紅的，笑道：「這酒氣是正上來了，喝點兒涼的吧。」月英用手摸了一摸自己的臉，笑道：「可不是，我要一客*冰激凌。」

楊倚雲道：「我總和你一樣，也是冰激凌吧。」

這個時候，有一個賣糖果的小孩，掛著木托盤，到這兒來兜賣糖果，一見楊倚雲，便笑著喊了一聲楊先生。

楊倚雲道：「章小姐來了沒有？」

那小孩道：「這兩天章小姐都來得晚，恐怕要到十一點以後才得來呢。」

楊倚雲一面和他說話，一面就伸手到那托盤裡去挑糖果，挑了幾樣，放在桌上。小孩說是一塊六角錢。楊倚雲摸出兩塊銀幣，向托盤裡一扔，說道：「拿去吧。」那小孩道了一聲謝謝，轉身去了。

月英笑道：「你們倒很熟，但是吃一回糖果要這些個錢，豈不太貴嗎？」

楊倚雲笑道：「我是難得吃的，章小姐每天請客，就花得很可觀。一個月和這小孩做上百塊錢的來往哩。」

月英道：「她用錢很耗費呀，薪水怎樣夠呢？」

楊倚雲微笑道：「靠薪水來維持生活，那是不夠的，她們自然還有別的法子，將來你就明白了。」

正說到這裡，樂場上已奏起音樂，一對對紅男綠女互相擁抱著在舞廳中間跳舞。月英還是初次觀光，看了他們那樣憨嬉無礙的樣子，未免也看得出神。冰激凌早送過來了，她一隻手靠住桌子，看那來來往往的舞女，只管出神，冰激凌也忘卻了去吃。

楊倚雲微笑道：「密斯李，你覺得怎樣？有意思嗎？」

月英微笑，點了點頭。

楊倚雲道：「密斯李，會不會這種交際舞？」

月英搖搖頭道：「我不會。」

楊倚雲道：「學會了，倒也很有趣的，密斯李若是願意學，我倒可以教你。」

月英笑道：「不學也罷，學了也沒有用處，這樣跳舞，有些難為情。」

楊倚雲道：「有什麼難為情，你看柳小姐不很高興地在那裡跳舞嗎？」

月英看時，只見柳暗香穿了一件淡青色織花紡綢的舞衣，袒胸露臂的，和一個穿西裝的少年糾纏在一處，正跳得起勁。她一回頭，看見楊、李二位，用眼光瞟了過來，抿著嘴，微微一點頭，這邊二人也對她笑笑。

在這一剎那間，她移著舞步，又擠過一堆那一邊去了。

月英只是傻看，卻不說話，原來她喝了那杯葡萄酒，早是醉得可以了，只因為心裡貪著玩，不肯說回去。

偏是喝醉了的人，宜動不宜靜的，她由一枝香到大世界，大世界又到卡爾登，來來去去，顛動得心裡非常難過，雖然在這裡坐著，可是胃裡有一陣鼓動，只是要向上翻出來，腦袋昏沉沉的，只覺抬不起來，實在是支持不住了，便對楊倚雲道：「時候不早了，請你送我回去吧。」

楊倚雲拿出衣袋裡的錶一看，笑道：「你急什麼呢？還只有十點多鐘，我們還坐一個鐘頭吧。」

月英道：「不是我不坐，我實在坐不住了。你不送我，我也要回去的。」

楊倚雲道：「我們不是約了汽車夫，叫他十一點多鐘來嗎？現在要走，車子還沒有來，那怎麼辦呢？」

月英道：「不必汽車，就是坐人力車回去吧。」

楊倚雲見她局促不安的樣子，實在是身上不舒服，便道：「既然如此，我打一個電話到行裡去催一催看，只要車子在家，那只要一會兒就會來的。」說畢，就去打電話。

月英把手臂伏在桌上，額頭就枕著手臂。楊倚雲一會兒從外面回來，見她這個樣子，索性不驚動她，讓她休息片刻。約莫過了半點鐘，估計叫的汽車來了，就把月英攙著，一路走出來。

月英酒興實在是上來了，走到街外，被晚風一吹，更覺得酒興勃發，竟有些站立不住，幸而叫的那輛車子就停在卡爾登大門口，楊倚雲將她扶上車去，她一坐下，就歪著身子，躺在椅角上，睡眼朦朧地望著楊倚雲微笑道：「我真醉了。」

楊倚雲道：「不要緊，馬上就到家了，到家睡一大覺，明天就沒有事了。」說時，汽車一路顛簸著，不覺已到了李旭東家。

楊倚雲敲開了大門，便又扶著月英下車，月英扶著大門進去。一走進屋子，就看見李旭東背了兩手，板著臉走過來，因問道：「今天怎麼玩到這時候才回來？」

月英道：「公司裡的人請我吃大菜，又要我去看跳舞，我推辭不了，托了病，才請楊先生用汽車送回來的。」

李旭東是疼愛這位女公子的，先是怕她在外面胡鬧，現在見她說得有理，也就不追究了。

到了次日，月英到公司裡去，柳暗香便握著她的手道：「小妹妹，昨晚上我正要請你吃糖，一轉眼你就走了。」

月英道：「我心裡忽然有點兒不舒服，坐不住了，楊大哥就叫了汽車，把我送回去了。」

柳暗香笑道：「楊大哥對你真是實心實意，可以說比小妹妹自己的阿哥還要好些，你叫他一聲大哥，那才是對呢！」

原來這楊倚雲排行第一，他家裡人叫他大哥，慢慢地外面人也綽號他叫楊大哥，久而久之，這楊大哥竟出了名了。月英因為這樣，在公司裡同事面前，也叫他一句楊大哥，有時候把這楊字刪去，就直接叫大哥。同時公司裡的人，因為月英年紀最小，幾個女演員都叫她李家阿妹。

女演員一叫出來，男演員也跟著叫去，楊倚雲當然也可以叫他李家阿妹了。不過男子口裡叫人家阿妹，未免有些肉麻，所以他也不過在大家說笑的時節，偶然說一兩句李家阿妹而已。

這時柳暗香和月英兩人正談到哥哥妹妹的問題，恰好楊倚雲從外面走進休息室來，柳暗香連連笑道：「楊大哥，楊大哥，昨晚上不理我們就走呀。」

楊倚雲道：「不是我不理你，因為李家阿妹頭暈，等著我送她回去。」

柳暗香笑道：「阿妹就是阿妹，不應加上李家兩個字。」

楊倚雲笑道：「不要那兩個字，就不要那兩個字，我這麼大把年紀，充她的阿哥還充不過去嗎？」

柳暗香將月英輕輕推了一下，笑道：「聽見沒有，他要充你的大阿哥呢！」

月英笑道：「楊大哥本來比我們大，他要充老大哥，是應該的，那有什麼法子呢。」

柳暗香向楊倚雲瞟了一眼，笑道：「真有面子啊！」

楊倚雲聽著，心裡也是一陣痛快，就笑道：「老大哥雖然有面子，也不是好當的，譬如晚上她不舒服，不能請柳阿姐送回去，可要楊大哥送回去呢，做老大哥的，對於小阿妹是要盡保護之責的。」

柳暗香覺得他說保護這兩個字大有意味，又抿嘴微笑，對他瞟了一眼。

月英雖然聰明伶俐，對於這種輕描淡寫偏偏帶有痕跡的話卻是不懂，從此以後，月英倒以為同事們說得很對，見了楊倚雲不叫楊先生了，有時候叫他作楊大哥，有時候就叫他阿哥。楊倚雲本來極喜歡她，她叫阿哥當然不便叫她密斯李，或叫她李小姐，也帶著好玩的意味，叫她一聲小妹妹。每日到了攝影場裡，哥哥妹妹叫得好不熱鬧。

時光容易，不覺已是三個多月，月英攝的片子，已有兩套成功。銀漢公司的女演員，十之六七出身不大高明，唯有月英是個文學家的女兒，受過正式的中等以上的教育、自然是個出類拔萃的人，因此公司裡登廣告的時候，把月英的身價鼓吹得十分清高。

上海各報和各電影公司，向來是有一層物質上的關係。公司裡每月登上千塊錢的廣告，另外有一個附帶條件，公司裡新出一張片子，他們發出的宣傳消息，必得給他照樣畫一葫蘆也給登上。

此外有些小報，知道月英在公司裡有一個小阿妹的徽號，覺得這個名稱有些趣味，都把小阿妹三個字當著一種開心文字，天天在報上登來登去。

小報館裡的人，調皮的居多。對於一個鄭而重之人，還要在筆下輕薄一陣，遇小阿妹這樣好玩的人兒，豈能輕易放過，因此設法向公司裡去探聽小阿妹的消息，來當一種新鮮話兒登出，就是找不出來，無中生有，也要造一段話來登在報上。

到了這個時候，楊倚雲和月英的關係，就自然而然地傳到社會上去。

月英未上銀幕以前，一班教育界的人已經覺得她是舞界之花，而今上了銀幕，大家就為了她出身不錯，跟著先入為主的思想，不把她當一個平常的角看待，對於她主演的片子，都以先睹為快。

平常女明星有什麼交際上的活動，社會上都認為不是光明的，至於月英和楊倚雲的友誼，社會上就說她是天真爛漫的女兒，是一片忠實的友愛。因之無論月英的私事也罷，月英工作的消息也罷，社會上都給予一種好的批評，等到月英主演的第一張片子《兩小無猜》出了版，叫座的能力，遠駕一班片子之上。

公司裡本來就因人而製片，見她有這種結果，也不過是求仁得仁，唯有月英自己，真不料自己在銀幕上成功是這樣容易，卻是十分高興。有些人和她要相片子，要她到什麼遊藝會，她也就公然地許可。

本來上海各公司，當主角的演員照例算是明星。月英有了這種成績，社會上又很捧她，更要算是明星了。接上第二部片子出版，公司裡毫不猶豫，就給她加上一個頭銜，東方瑪麗璧克福*，喜情女明星李月英女士。這一下子真把她抬得和那老演員章錦霞、柳暗香之流齊驅並駕。

楊倚雲用盡了一番的心血，幫助月英在銀幕上的工作，而今她有了這一樣的成績，月英是很感謝他。

李旭東先生也是很感謝他，所以李先生為表示一番謝意起見，特意由家裡備了幾樣菜蔬，專門請楊倚雲一人在家裡吃飯。

這一餐飯，倒很有可注意的價值。

## 六 合股關係

卻說李旭東為感謝楊倚雲指導月英起見，特意在家裡自備了一桌飯，請他來吃，也並沒有下什麼請帖，只是由月英見著楊倚雲口約而已。

楊倚雲是歇不了三天，不到李家來的，不約他，他還要來，而今又是月英面請，當然非來不可。當月楊倚雲和月英在公司裡工作已畢，就共坐了一輛汽車到李家來。

到了門口，汽車自開回去了。楊倚雲一見李旭東，就笑著說道：「怎樣還要老伯來請我，真是不敢當。」

李旭東道：「難道年長的就不該請年輕的嗎？那麼，倚雲，你為什麼老請月英哩。」

楊倚雲道：「我們是同輩，年長年輕沒有關係，老伯可是長輩。」

李旭東道：「你不要看我是長輩，好玩起來，也和你們年輕的人差不多呢！回頭吃了飯，我們一塊聽戲去。離得北京久了，倒想聽真正的北京調，現在由北京來了一批新角，應該去看看。」

月英聽說，對著楊倚雲一跳腳道：「我說怎麼樣，汽車留著在這裡，也許吃過飯有什麼玩意兒，你就硬要把汽車打發走了。」

楊倚雲道：「我們坐黃包車就是了，何必一定要坐汽車呢？」

月英道：「坐汽車不坐汽車，倒沒有什麼關係，不過，我是主張留著汽車的，你一定不依，要把汽車打發走，我不能不算是一段小小失敗了。」

她說時，正站在一盆花架邊，她於是背轉身，對著一盆新開的梔子花不住地用手去扯那綠葉，扯了一片，用手一撕，扔在地下，就把腳來踏。

楊倚雲見她有十二分不高興的樣子，便笑道：「這很不值什麼呀！我們吃過飯，打電話去叫一輛來就是了。」

月英依舊是背著臉，說道：「來得及嗎？」

楊倚雲道：「如其不然，我馬上打電話叫去，也未嘗不可。」

他們在說話時，李旭東在一邊看著，覺得他們嬌嗔可喜，另外有一種小兒女的情致，自己本來就覺得楊倚雲尚屬誠實一流，在上海灘上，這樣的年輕人卻是不可多得，況且拍電影的人，十有九個是滑頭碼子，楊倚雲獨能不落俗套，更是難得，所以心裡對於他倒還引為可靠的晚輩來看待，而且楊倚雲對於月英那一番體貼之意，更勝於骨肉，很是高興，便笑道：「倚雲，你不要信她，時候還早著哩，把汽車叫了來，在門口等我們吃飯，那個錢花得太冤了。」

月英道：「既然如此，我們就快吃飯吧，飯吃得早，可以從從容容去看戲。」

楊倚雲笑道：「你怎樣不說聽戲哩？北京人是不說看戲的呀，你這個老北京，倒鬧成外行了。」

月英道：「在上海這樣久，慢慢地也跟著上海人說上海口音了。」

楊倚雲笑道：「我以為北京話好聽，非常伶俐清脆。」說著，偏過頭望著李旭東笑道：「老伯以為如何？」

李旭東笑道：「對的。」

月英搖了搖頭道：「哼，難怪你要我說北京話，原來你是為著好聽呢。我不是留聲機器，我能說話讓你聽嗎？我偏不說，偏不說。」

她這樣一來，大家都笑了。

這時，酒菜已經擺好在桌上，李旭東讓月英和楊倚雲坐了上下位，自己卻在楊倚雲對面坐了，自覺是個知趣的人，這樣就不礙他們的友愛了。

楊倚雲面前擺著一把酒壺，拿了起來，就要向月英杯子裡斟酒。月英一伸手將杯子按住，笑道：「不，不，不要。」

楊倚雲笑道：「怎麼樣？我們還要分個誰是主人誰是客嗎？」

月英笑道：「我才不管呢！因為這兩天我正要到永安公司去灌話匣子，怕喝酒傷了嗓子。」

楊倚雲道：「真的嗎？我彷彿聽見說，永安公司要請你把那《童女牧牛》的曲子灌片子，我起初以為是小報上的謠言，不料倒真有其事。」

李旭東道：「我原也不曾料到有這件事，老實說一句，這無非是因為月英升了明星，讓人家抬起來了，於是她平常唱的歌也會值錢起來，到了話片子開起來的時候，就有人說道，請電影明星李月英女士唱《童女牧牛》。那麼，自然就會有人聽，有人聽，公司裡灌的片子也有人買了。譬如柳暗香，她唱的廣東小調，真是廣東婦孺皆知的東西，偏是她唱了，可以賣一塊錢的門票，這不是笑談嗎？」

楊倚雲道：「真有其事，小阿妹倒要發筆小財啊。」

月英笑道：「我收到了錢的時候，我一定請你吃飯。」

楊倚雲將手上的酒杯向上一舉，笑道：「這不是請我嗎？飯我是不要吃，不過你唱的《童女牧牛》，我還沒有聽見過，我倒是願意先聽為快呢！」

月英笑道：「先聽為快這個名詞，我倒是第一次聽到，等哪天我在家裡練習的時候，你來聽吧。」

楊倚雲道：「是哪一天練習呢？」說著話，就望著李旭東。

月英怕她父親說出來，不住地對她父親擠眼睛。

李旭東笑道：「不告訴你也好，你將來先在留聲機器聽吧，那一定比當面聽著還更有味。」

倚雲笑道：「就是不告訴我，我也會探聽得出來的，到了小阿妹練習的時候，我就會偷著來聽的。」

月英笑道：「老遠地跑來，聽著人家唱一段曲子，那也太沒有意思了。」

楊倚雲道：「我坐汽車來。」

李旭東正拿了手上的筷子要去夾菜，聽到這樣說，於是將筷子在桌上畫著字，說道：「你這一筆費用，每月犧牲得不少吧？」

楊倚雲皺了眉，又吸著一口氣，說道：「正是這樣，每月的汽車費花得太可觀，我很想買一部汽車，一口氣又拿不出這些錢。」

月英道：「我也是這樣想，什麼時候賣香檳票，我要買一張香檳票試試。若是中了彩，就可以買一部德國車了。」

李旭東道：「我們有職業的人，為什麼要想發那種渾財？我也是少不了要坐汽車的，我們想法子去買一部，大家來共坐吧。」

月英放下筷子，一拍手笑道：「我有一個辦法了，我們來開一個股份公司，我和楊大哥都在公司裡借兩個月薪水，什麼錢也不用，先買下一部汽車。若是錢不夠的話，爸爸，你也湊上一點兒，坐起車來，也攤你一份。」

李旭東道：「你每個人借兩個月薪水，也不過是千把塊錢，哪裡能買好汽車。」

月英道：「我灌了話片子，還有一筆款子啊！」

楊倚雲笑道：「我也有一筆外花，現在乾坤公司、一元公司都約我拍一套片子，我因為怕忙，沒有答應，若是為買汽車起見，我也只好接受他們的聘書了。錢是我和小阿妹出，汽車可是加入老伯一個，老伯看好不好？」

李旭東笑道：「有這樣便宜的事，我豈有不贊成之理，何必問好不好。」

楊倚雲笑道：「小阿妹出錢，還不和老伯自己出了錢一樣嗎？占一點兒小阿妹的便宜，那也不算什麼啊！」

月英道：「我買了車子，每天到公司去，我是要坐車子的，爸爸每天出門的時候，和我到公司裡去的時候，恰好是衝突，這個我不來。」說著，擺了身子一鼓嘴。

李旭東笑道：「不要著急，我這一份乾股是不享優先權的，你們坐了不要車子的時候，我才順便借著用一用。若是你們整日整夜地要坐，我這一份乾股，就不發生效力，你們看這種辦法如何？」

月英道：「我們的錢怕不夠呢，你多少得湊一點兒數目。」

李旭東笑道：「這話太豈有此理，既要我出錢，又不許我坐車，我為的是什麼？剛才倚雲所說，倒很歡喜，以為可占便宜，這樣說來，倒是你們要占我的便宜。」

這一說，大家都笑了。

三個人吃一餐飯，就談了一餐飯時間的汽車問題，談到後來，月英跳著腳道：「沒有什麼可疑的了，我們就是這樣辦吧，明天就和楊家阿哥去看汽車樣子。」

李旭東道：「這一層倒不要忙，你還是先把歌唱好吧。把灌話片子的錢拿到了手，你才算有坐汽車的把握呢。」

就在這時，門口的汽車嗚嗚地按著喇叭亂叫，月英將兩手兩個食指同時塞住了耳朵眼，皺了眉頓腳道：「吵死了，吵死了。」

楊倚雲道：「汽車夫催我們上戲園子去呢，我去罵他兩句吧。」

李旭東道：「罵他做什麼，他多等一個鐘頭，我們多出一個鐘頭的錢。他催我們出去，這是好意，為什麼還要去罵他呢？」

楊倚雲笑道：「其實我們也該出去了，這一餐飯吃得時候很久，再要不去，好戲都要唱過去了。」

一句話提醒了月英，走到屋子裡去，拿了粉撲，對著鏡子，忙著一陣亂撲，脫下了家常穿的衣服，換了一件新的長衫，一面扣著，一面由屋子裡走出來，笑道：「走哇！再要遲了，花錢只好聽一點兒戲尾子，真是不值呢。」

一陣亂催，把李旭東和楊倚雲茶也來不及喝，就加上衣服。

月英在衣架上取了兩頂帽子，一隻手拿了一頂，將李旭東的帽子舉起，自己微微一跳，把帽子向他頭上一合，接上將楊倚雲的帽子向他懷裡一扔，笑著說道：「走吧，走吧，不要耽誤了。」

說畢，拖了李旭東就跑，楊倚雲也笑了跟在後面。

三人到了戲園子裡，正好趕著好戲上場，看得十分有趣。戲又長，到一點鐘才散戲。

這一輛汽車，先送李氏父女二人回家，然後再送楊倚雲回家，這一晚的汽車費，就花了十幾塊。楊倚雲受了這一點刺激，覺得這汽車有早買之必要。

第二日在公司裡見了月英，就極力地鼓動她合股買車，月英道：「你不要急，車是買得成的，明天我就到永安公司灌片子去了。」

楊倚雲道：「一切都預備好了嗎？」

月英道：「這也無所謂預備，明天我帶著音樂隊一路去就是了。」

楊倚雲聽了她這話，心裡就算有成局，只是含著微笑。

到了這天晚晌，他晚飯也來不及吃，就獨自一個人，到李旭東家裡來。那正是六七點鐘的光景，在那電燈稀少的馬路上，一輪新月飛上天空，照著馬路上的綠樹，一閃白光，風一吹，樹梢上的銀光飄搖不定。

楊倚雲走到李旭東弄堂門口，因為月色很好，徘徊了幾步，就在這個時候，有一陣弦簧緊奏的西樂聲送入耳鼓，聽那聲音，正是從李家發出來的。

這次來得巧，恰是月英唱曲的時候。走上前，將門推了一推，倒是虛掩的，於是挨身而進，站在天井裡，靜靜地向下聽。

月英的調門唱得非常的高，字音又很準，因此一字一字都聽得清清楚楚，袒面的音樂完了，楊倚雲情不自禁地鼓了一陣掌。

屋子裡四個奏西樂的，正擠在一處，月英和她父親都坐在沙發上含著微笑。楊倚雲一進門就笑道：「你不告訴我唱的時候，我也知道了，唱得真好啊！」

月英笑道：「我告訴你好消息，明天我就要去灌片子了，我的股份大概不成問題，你的股份哩？」

楊倚雲道：「只要你下令好了，我一定趕辦，絕對不成問題。不過剛才我聽你所唱的，只有一小段，你不能不把這曲子重新唱一遍？」

月英道：「我原沒有唱完，不過，你加上不能不三個字，倒有些強迫的意思。我偏不唱，看你對我又怎樣辦。」

楊倚雲道：「呵，我這話是說得冒失了，不過，我的意思是說在交情一方面，我既特意來聽你的唱，你不好意思不唱呢，有老伯在這裡做證，看看我的顏色，是不是強迫的樣子呢？」

李旭東聽了，只是微笑。

楊倚雲笑道：「這真是我的話說錯了，我現在自己來罰自己，明天準請你吃飯，你看這一餐飯能不能蓋過我說錯的那句話。本來呢，一句話說錯了比什麼事還要重大，無論怎樣是贖不回來的，不過……」

月英笑道：「你不要解釋了，越解釋越錯，我還是唱我的，你只在一邊聽，不要多我的事就行了。」

李旭東見她如此說，又指揮樂隊奏將起來。月英同時站起來，揮動兩隻雪白的手臂，帶做姿勢帶唱。她曲詞裡面，每段都是一半景，一半言情。她唱道：

天上的月，鏡樣圓。樓下之花，錦樣鮮。
月圓花好，是個有情天。小情人，今夜是有情天。
我為你吃不飽，我為你坐不安。
我也為你深更半夜眠不能眠，

嗳呀我的哥，不是我把你憐，只是你和我有緣。
嗳呀我的哥，你和我有緣。

月英唱到「嗳呀我的哥」一句，眼睛對楊倚雲瞟了一眼，唱到「不是我把你憐」，手微微地一擺，接上將巴掌向身前一照，又對自己的臉一照；唱到你和我有緣，於是再瞟楊倚雲一眼，又點點頭道：「你和我有緣。」

楊倚雲耳聞目睹，不由心裡一動，連那幾個奏西樂的，在這時候都望望楊倚雲，又望望月英。

月英把歌唱完，向後一退，向椅子上一靠坐下，兩腳不住地打著拍子，笑向楊倚雲道：「唱得好不好？」

楊倚雲拍著手道：「好好好，再來一段就更妙。」

月英一撇嘴道：「你倒說得好，天下哪有那樣容易的事呢？」

李旭東道：「倚雲，你不要理她，等明天大話匣子出來了，你買上一張片子，放在家裡，愛在什麼時候聽，就在什麼時候聽。愛聽多少次，你就聽多少次，那不好嗎？何必現在這樣恭維人呢！」

楊倚雲笑道：「話匣子唱的，哪有人唱得好！我寧可……」

月英笑道：「你越是抬舉我，我越不受抬舉。」說畢，一轉身，就向後面屋子跑走了。

楊倚雲跟著在她後面走，一直跟上樓，到了月英父女讀書的房間裡，因為來遲一步，竟找不著月英，於是向靠背沙發上一坐，笑道：「無論如何，你也躲不出這兩間房，我坐在這裡守著，看你出來不出來。」

一語未了，突然有兩隻手從背後伸出來，將楊倚雲的兩隻眼睛握住。楊倚雲反過兩隻手，將她的兩隻手也一把握著，向下一拉，回轉頭笑道：「你和我鬧，我可把你捉住了。」於是站起，將月英拖到面前來。

月英笑著靠住他，向沙發上一坐，笑道：「你這個人太不客氣了，在樓下有那些人，你一定要我唱了又唱，人家知道我們是什麼關係，我不難為情嗎？」

楊倚雲道：「這有什麼難為情，無非算你肯答應我的要求罷了。這一陣子，小報上天天登的是我們的消息，我們的關係，你怕還沒有人知道嗎？」

月英將頭在楊倚雲胸脅下不住摩擦，口裡哼道：「我不來，他們給我搗亂，我不來。」

倚雲笑道：「你來不來關我什麼事，這是小報館登的話，你還是和小報館去交涉吧。」

月英將腳一頓道：「我明天就去，怕什麼？」

楊倚雲道：「我也不明白，他們的耳目為什麼那樣靈通，我們買汽車的話，千萬不可讓他們知道，若是登出來了，我們的汽車還沒有買妥，那就更難為情了。」

月英道：「既然如此，你明天就可以到洋行裡去看汽車，後天我們就坐起車來。無論如何，不讓小報館裡先知道。」

楊倚雲笑道：「只要我們坐車，就是讓小報館裡先登出來，那也不要緊。」

月英道：「不，我主張馬上就買，明天下午，你到我家裡來拿款。」

楊倚雲對於月英說的話，是百依百順，月英既然主張要趕快坐車，楊倚雲辦得更是敏捷。

次日總算起了一個早，十一點鐘的時候就起來，趕緊到洋行裡去，看好一輛汽車，價目講定三千二百塊錢。他們久在上海灘上混，條條路都是通的，居然和洋行裡說妥了，先開車子回去，次日來付款。

楊倚雲是個會開車的人，馬上一直開到李旭東家來。這個時候，月英預備吃完飯，好到公司裡去灌話片子，正和李旭東要商量叫哪一家的汽車。

楊倚雲笑著進來說道：「我辦差事，總算是會辦的，車子已經買了來，若要上公司去，我就送去。」

月英道：「車子就買好了嗎？車夫呢？」

楊倚雲豎了一個大拇指，反指著自己的胸口，笑道：「這樣一個小汽車夫，能夠伺候小姐嗎？」

月英笑道：「你的汽車開得是好，不過你是兼差，我怕你幹不長久呢！」

楊倚雲道：「我馬上倒是有一個人，我今天沒有去找他，你若是願意，我明天可以叫他來看看。」

月英敲著擋風的玻璃板，說道：「開吧，開吧，到了約會的鐘點了，給外國人做事，不要不遵守時間啊。」

楊倚雲今天開了自己買的車子，也是一件喜事，精神非常興旺，用一種靈活的手腕，把汽車開得快而且穩。

不多大的工夫，到了永安公司。楊倚雲陪著李氏父女進去灌話片。所有音樂隊，他們早來了，公司裡的人正也忙著別的事，因此他們一來，就請灌片。片子灌完，前後還不到十分鐘，公司裡的外國人，支票也未曾簽，就將十元一張的鈔票疊著齊齊的，送了李旭東兩厚遝。

李旭東教了半輩子的書，從來不曾見賺錢有如此容易的，現在突然接到二千多塊錢，也不曾費絲毫的力量，覺得這錢只要有法子去找，將錢到手卻不費吹灰之力，於是喜氣洋洋的，和楊倚雲月英坐了汽車回家。

到了家裡，正有人要找他到學校裡去，於是將錢鎖在箱子裡，也不管月英和楊倚雲如何去消遣，匆匆地到學校裡去了。

當李旭東將錢收起來的時候，月英一伸手從中抽了一小疊，也沒有數多少，就向袋裡一塞，這時對楊倚雲笑道：「阿哥，你總是請我，我沒有請過你，今天你不要客氣，我要大大地請你一下，你願意到什麼地方去玩呢？」

楊倚雲道：「今天，我們自己有了車子，還不是愛上哪兒就到哪兒。我想我們開了車子，到鄉下去一趟吧，回來之後，我們再找個地方吃飯，你看好不好？」

月英也是喜歡過了分了，一點兒主張沒有，楊倚雲說是下鄉，就是下鄉好，當時和楊倚雲出門，也不向後坐，就坐在楊倚雲開車的地方。

楊倚雲開了車，風馳電掣，直向鄉間而去。

這馬路修得光滑平坦，兩邊的柳樹枝葉相連，齊齊地排著，直成了一條綠巷。這條綠巷由崇樓傑閣的當中，慢慢伸到曠野的地方。這裡四圍是麥田，麥都長得三四尺高，風一吹來，起著一層層的黃色波浪。

車子所過的地方，有幾條小河在麥田裡縱橫穿插。鄉下許多新樹，左一堆綠，右一叢青，散在各處，青綠之間，有時還帶著一兩間竹籬茅舍的人家。楊倚雲看了景致，心裡一暢快，車子開得也極快了。

車子下面隨捲著一道浮塵，如濃煙一般，向空中直冒，因笑著對月英說道：「我覺得在鄉下住，比上海灘上有意思多了，我們將來在鄉下買地造房子，住在鄉下吧。」

月英抿嘴笑道：「我們合股買汽車，還合股蓋房子嗎？」

楊倚雲笑道：「其實要合什麼股，將來我的不就是你的，你的不就是我的嗎？」

月英偏了頭，望著風景，說道：「我們又沒有債務關係，這話怎說呢？」

楊倚雲將一隻手扶了車機，一隻手從月英背後偷了伸著過來，要將她脖子一抱，正要她回頭過來，月英忽然大叫一聲，楊倚雲縮手不迭。

卻說月英大叫一聲，楊倚雲忙把手縮了回去，偷眼看她時，是害怕的樣子，倒不是害羞的神氣，因笑問道：「你怎麼了？」

月英道：「我想起來了，這麥田裡是閻瑞生害蓮英的地方，我怕有鬼。」

楊倚雲這才明白，笑道：「不要胡說了，鄉下到處是麥田，難道到處都是害蓮英的地方不成？」於是依舊伸著手過去，拍著她的脊梁，笑道：「不要害怕，不要害怕。」

他們開著車，兜了一個大圈子回租界去，上館子吃晚飯，吃晚飯之後，又上跳舞場去跳舞，整整地樂了一天一晚。

楊倚雲用錢本來就很奢侈，現在李氏父女突然發了一個小財，用錢更不在乎，以為錢是這樣容易來，只要月英灌十分鐘的話片，就可以大用一個月了。

楊倚雲差不多是無日無夜陪著李氏父女的，隨著他們花錢，未免有些饑荒，本來自己用錢，一向是寅支卯糧，而今連卯糧都支完了，天天還是零零碎碎去湊錢，卻大把地花去，因此物質上是很愉快，精神上是特別痛苦。

有一天，駕著那輛汽車，停在先施公司門口，自己到裡面去買東西。一進門，就看見一個時髦的女郎，穿了一件繡花緞子的長衣，齊了雙膝，膝下露著肉紅色的絲襪，骨肉停勻，下面穿的那雙高跟皮鞋，一走一頓，上身隨著扭動起來，頭上蓬了一頭燙髮，兩耳邊垂著兩個螺旋形的頭髮，在頭髮下墜出兩隻鑽石耳環來，搖擺著銀光一閃一閃。

楊倚雲看了，覺得她身腰楚楚，大有外國閨秀的意味，自己隨在她身後，那一陣陣的脂粉香，儘管向人身圍繞著，拂之不去。因為這樣，不由得心裡想著，她後影子如此好看，究竟不知道她的面孔如何，非看一看不可。心裡盤算著，兩隻腳不由得加快起來，已經走旁邊過去，抄到她的前面。

恰好到了這裡就是上那太平梯的所在了，楊倚雲搶過去幾步，上了梯子。一回頭，恰好和那女郎打一個照面，見她是張鵝蛋臉兒，配著輕輕地一雙眉毛，一對水也似活的眼睛，兩腮上並沒有擦多少粉，只眼眶下輕輕地把胭脂暈了兩個小紅印兒。楊倚雲這樣仔細地看她，她不但不躲避，倒反而由上至下看了過去。

楊倚雲猜她是闊人家裡的大小姐，還不敢魯莽，只是放慢了腳步，把那梯子一步一步地走著，那梯子到半中間便是轉過來斜上去的，在這個地方一個在前，一個在後，又正好側面看著，那女郎見楊倚雲老是看她，就不禁嫣然一笑，露出兩唇之間一排雪白的牙齒。

楊倚雲料得無事，便在迴梯之處候著她，她走上前一步，笑道：「你老看著我，認得我嗎？」

楊倚雲也笑道：「似乎在哪裡會過，但是想不起來了。」

那女郎抿嘴一笑道：「你不認得我，我倒認得你，你不是那楊倚雲楊先生嗎？」

楊倚雲笑道：「是的，我們這一副面孔，總在銀幕上和人見面，人家自然認得。」

那女郎一面和楊倚雲說話，一面走到賣綢緞的玻璃櫃子邊去，那些夥計看見她前來，早有幾個笑著迎上前笑道：「六小姐，好久不見了，今天要買點兒什麼？新到的巴黎緞，各種花樣都有，價錢也公道。買兩件料子，好嗎？」

楊倚雲聽了，這才知道她是六小姐，因為她並沒有表示拒絕，覺得盛意可感，便也不走開，只在身後，笑嘻嘻地站著。

那女郎對夥計道：「我自己不做衣服，你拿點兒袍料給我看看吧。」

夥計有認得楊倚雲的，對他望了一望，笑道：「這是楊先生吧？」

楊倚雲笑著點了點頭。夥計見著，以為楊倚雲是和那女郎一塊兒來的，便也拿料子給他看。

那女郎看了兩樣，便回轉頭來，笑著問楊倚雲道：「你看這樣子怎麼樣？還好嗎？」

楊倚雲也隨聲答應好，於是她就叫夥計剪了兩件料子，打開錢袋給了五十塊錢，另外又買了一點兒零碎東西，笑著和楊倚雲點頭道：「我們走吧。」

楊倚雲一時為感情所衝動，自己也忘了是來買什麼東西的，她說走，也就跟了她走。

走到梯子邊，她回轉頭來一笑，說道：「我們從今天起就認識了，不能不留一點兒紀念品，我買的這兩件料子，送給你吧。」說時，把包好了的一捆衣料，輕輕悄悄地向楊倚雲手裡一塞。

楊倚雲笑道：「這可不敢當，怎麼初次會面，收六小姐這樣的重禮。」

那女郎聽他稱呼為六小姐，笑道：「這樣客氣做什麼，東西就請收下吧，我買了袍料做袍子，自己穿不成。」

楊倚雲見她如此說，只好把東西收了。

一路下得樓來，楊倚雲見她自己並沒有預備什麼車子，便笑著說道：「我這裡有車子，送六小姐回去，好嗎？」

那女郎笑道：「可以的，我也請你到我家裡坐坐。」

楊倚雲便問道：「車子開到哪裡？」

那女郎道：「小花園吧。」

這小花園正是堂子會集之所，楊倚雲這才明白，她是一個妓女，但是她一來長得好看，二來又盛情可感，決不能因為人家是個妓女，就不來睬她，於是和她一路坐上車去，告訴車夫，開到小花園。

楊倚雲在車上和她並坐，笑著拉了她的手道：「你真不像是堂子裡的人啦，我以為你真是人家的大小姐呢！你芳名叫什麼？」

那女郎道：「你就叫我老六好了。」

楊倚雲道：「不，我總叫你的名字，因這樣稱呼，才見得親熱呢！」

那女郎道：「我叫春萍，你以後叫我春萍也好，叫我老六也好，我總把你當是親熱的稱呼就是了。」

楊倚雲笑道：「好吧，以後四個字一達括子叫，叫你春萍老六就是。」

兩人說笑著，車子已停住了，春萍便和楊倚雲一路走進弄堂口，第三座門便是她家裡。

春萍先在前面走，上了樓，她一直把楊倚雲引到亭子間裡，笑道：「地方不大好，勉強坐坐吧。」

楊倚雲進來，見銅床上垂著天青的珍珠羅帳子，裡面鋪上綠色的錦被，配著紫色繡花緞子軟攏，那床上兩個鮮花球濃香襲人，真有一種富於挑撥性的樣子。

春萍笑道：「我們這裡地方是窄得很。」

楊倚雲笑道：「我以為到了仙洞裡了。」

說到這裡時，春萍兩個房間裡的人含著嘻嘻的笑容送茶送煙，忙個不了，走來走去都不由得向楊倚雲瞟上兩眼。

楊倚雲笑道：「你們看我做什麼？認得我嗎？」

房裡人阿金笑道：「怎麼不認得呀！我和我們六小姐常常去看你的電影，看你本人比電影上的人還要漂亮些。」

楊倚雲笑道：「那也未見得，你當面把我高帽子戴吧。」

阿金正擰了一把毛巾，站在他面前，把手巾展開來，只顧和他說話，不覺得自己先擦起手來。

春萍道：「阿金，你出了神了，怎樣擰了毛巾把子，自己先擦起來了。」

阿金低頭一看，不覺紅了臉，笑道：「我是只管說話，就不會客氣了。」她借著換手巾，就一偏頭走了。

春萍看了阿金的後影子，對楊倚雲抿嘴微笑。

楊倚雲道：「她是以為我到這裡來，也是演電影，所以儘管看我。」

春萍指著他笑道：「以後你一個人，少出門一點兒吧，女人家看見，弄得人家喪魂失魄，那是何苦呢？」

楊倚雲伸了一個懶腰，向床上一歪，笑道：「這種地方，又有一個美人兒陪著，我也喪魂失魄呢！」

兩個人你恭維我一句，我恭維你一句，真個是惺惺惜惺惺，越談越有趣，由下午一直談到晚上，楊倚雲也不曾說出一個走字。

春萍道：「你不要客氣，我請你一塊去吃晚飯，你去不去？」

楊倚雲道：「我請你，我請你。」

春萍笑道：「這種小事，我倆就不應該客氣，你請我也好，我請你也好，算什麼呢！」

楊倚雲連連點頭道：「你這話有理，以後我們彼此不客氣就是了。」於是春萍又坐了楊倚雲的汽車，一路出去吃晚飯，一直留戀到兩點鐘，才各自分手回家。

楊倚雲這一來，覺得春萍老六的確是多情。人家說，青樓中的女子談不到愛情，由此看來卻有些不然，不過自己盤算著，這兩個月來，陪著月英玩，已經有些虧空，最近又七拚八湊，買了一輛汽車，差不多山窮水盡了，哪裡還有錢到堂子裡去花，但是老六待我這樣好，我要不去做一點兒面子，良心上又說不過去，因此兩下為難，倒儘管躊躇起來。

這天晚上，自己打攪得到了天亮才睡，一覺醒來已是下午三點鐘。今天公司裡正趕著拍一部片子的內景，這應該去了，因此爬起來洗把臉，只喝了一杯牛乳，就坐了汽車，趕到公司裡去。

一走進攝影場後面的休息室，只見月英鼓了兩片小圓腮兒，楊倚雲遙遙對她一笑，走上前去，她卻一翻身，臉掉了過去。

楊倚雲用一個手指頭點了指著她道：「你不要開口，我就知道我是什麼事得罪你了。」

月英儘管由他說，卻是不作聲。

楊倚雲道：「你不是因為我昨天開了汽車走開，你找不著我的人影嗎？人家昨天下午一場病，幾乎病得過去了，我不怪你沒有去看我，你倒怪我沒有開車來陪你嗎？」

月英聽說，一轉身過來說道：「我怎麼會知道你病了。」

楊倚雲道：「你不知我病了，我也不怪你，不過，你不能糊裡糊塗就生我的氣。」

月英道：「你為什麼也不打一個電話給我呢？」

楊倚雲笑道：「你這是孩子的話，我要是能夠起來打電話，為什麼不來找你；我要能打電話，我就坐車子來看你了，你說是不是？」

月英讓他一說破，就沒有什麼話可說了，禁不住微笑起來。

楊倚雲道：「我說出理由來了，你就無話可說了，以後不要這樣糊裡糊塗地生氣才好。」

月英道：「我才願意生氣呢！今天晚上能不能請你到我舍下去吃飯？」

楊倚雲道：「請我吃飯，這是好事呀！還有個能不能的嗎。」

月英因昨天晚上要到幾個地方去，沒有坐汽車，肚裡是滿肚皮不願意，現在楊倚雲慢慢說好了，月英就不生氣，二人言歸於好。但是從這天起，楊倚雲就不像從前一樣，是每天到晚都在李家，他有時來，月英問起來，倚雲總是說有事。

月英的名聲，現在是一天高似一天，人也一天忙似一天，不能像從前那樣清閒。看看時光，又到了五月中旬。

這一天，因為銀漢公司帶了許多人到蘇州去攝外景，自早上七點鐘趕了早車走，到晚上九點鐘的時候，又坐了特別快車回來了。

這一天，大家在大毒的太陽底下忙了一天，實在也就夠累的了，因之到了上海，一些頭等明星就忙著到飯廳裡去開房間洗澡。

原來上海的闊人，他們是不到澡堂子裡去洗澡的，要洗澡，都是到飯店裡去開房間，一來是房間寬大舒服，比澡堂子好；二來可以徘徊一天一晚的時間；三來是吃喝玩笑，還有種種的便利。

楊倚雲在火車上便私私地問月英道：「到了上海，一塊兒開房間，我們去洗澡去。」

月英紅了臉，微笑道：「我是在家裡洗澡慣了的，不上旅館，你要洗澡，你一個人去吧。」

楊倚雲見她沒有答應，也就不再向下說。

那同坐火車的柳暗香見他兩人唧唧噥噥地說話，看在心裡，儘管微笑。等著楊倚雲坐了過來，因笑著說道：「今天拍片子，拍得真是累煞，到了上海，第一是去沐浴，第二弄部汽車坐了去兜圈子，夜裡去吃幾客冰激凌。」

楊倚雲道：「你想得周到，那是很愜意的。」

柳暗香道：「你別說人愜意，你自己呢！」

楊倚雲道：「我自己嗎？現在還沒有一定。」

柳暗香道：「邀了小阿妹，我們三個人一道去，你看好不好？」

楊倚雲道：「她說她不願意在外面洗澡。」

柳暗香道：「家裡洗澡，哪有外面好呢？盆子又小，水又少。」

月英心裡一想，我要是不去洗澡，柳阿姐一定要跟了去，那不是好事。我不可以放鬆，而且有了柳阿姐在一道，我越發可以跟了去。不過自己說了不去在前，這個時候要去說，倒有些不好意思，所以默然無語，意思是要楊倚雲替她把話說出來。

不料楊倚雲平常調皮，這件事一點兒也不調皮，月英不曾說去，他也就不敢代表替她說去。

就在這個時候，他們公司裡的滑稽明星大塊頭，走了過來插嘴樂道：「哪個要洗澡，帶上我一個，行不行？」

柳暗香且不說什麼，將下巴一翹，嘴一撇。

大塊頭笑道：「面孔長得不好的人，辦什麼都要低一個碼子，連交朋友都有些不行。」

月英也是氣不過，便道：「你交不到朋友嗎？不要緊，我們兩個人算是朋友就是了。」

月英說了這話，以為楊倚雲一定要生氣的，卻不料他淡然處之，只是微微一笑。月英看見這種情形，心裡有如火燒，但是這種苦處說不出來，也只好勉強忍著。

及至到了上海，楊倚雲卻算沒有跟著柳暗香走，陪了月英一塊兒回來。

坐了一會兒，月英見他還是坐著，沒有走開，便問道：「你不是要去洗澡嗎？怎樣還坐在這裡？」

楊倚雲道：「我不能走，我走了，怕你要疑心哩。」

月英笑道：「胡說，我疑什麼心？你要走就走吧，不要在這裡很惺惺了。」

楊倚雲笑道：「有了這一道御旨，我就可以暢所欲為了。」

楊倚雲戴了帽子正要走，月英一伸手扯住他的衣服，說道：「可是一層，要回來吃夜飯，你若是不回來吃飯，我是不答應你的。」

楊倚雲道：「一定一定，有飯吃，豈有不來之理。」

楊倚雲坐了汽車，且不上澡堂洗澡，一直就到小花園春萍老六家裡來。

春萍正在家裡無聊，找不到事情來消遣，楊倚雲來了，非常高興，因笑道：「公司不是到蘇州去拍片，你沒有去嗎？」

楊倚雲道：「我也去了，因為公司裡怕多花錢，當天去，當天就回來的。」

春萍道：「剛回來的嗎？」

楊倚雲道：「下了火車我就到這裡來的。」

春萍道：「你不要騙我，火車是什麼時候到，現在是什麼時候。」

楊倚雲笑道：「你真厲害，我要撒一點兒謊都不成，我原是到公司裡去一趟，交還了化妝的東西才來的。我急於要去洗澡，想來邀你一道到大西去開一個房間，不知……」說時望著春萍的臉微笑。

春萍也笑道：「你不要在我面前掉槍花，什麼洗澡不洗澡。」楊倚雲道：「你以為我是借洗澡為由頭嗎？不信，你聞一聞我身上這一身子汗味。」說時，就牽了自己的衣服，讓春萍去就聞。

春萍道：「我聞什麼，要開房間，你去開房間就得了。」

楊倚雲笑道：「這個我自然知道，但是你去不去呢？」

春萍道：「我陪你一塊兒去，你還有什麼不放心的嗎？」

楊倚雲道：「好極好極，我是渾身發癢，一刻兒也不能等。要走，我們馬上就走。」於是催著春萍換了衣服，一塊兒就到大西飯店去。

楊倚雲在飯店裡鬼混了一陣，記得月英還要他吃飯之約，便對春萍道：「你在這裡睡一覺吧，我有事要到公司裡去一趟。」

春萍道：「飯店裡我已給了錢了，我也出去，一點多鐘的時候，再來吧。」

楊倚雲道：「那也好。」於是又坐汽車到月英家裡來。

這個時候，已經快十二點鐘了。月英在家裡正等了個不耐煩，一見楊倚雲，便埋怨道：「怎麼這時候才來？等得我起坐不寧。」說話時，皺了眉頭，仰著斜躺在沙發椅上，身也懶得起。

楊倚雲笑道：「我今天實在對你不住，接連誤了你幾回事。」說時，俯著身子，兩手撐了沙發椅，慢慢地挨著坐下來。

月英道：「大家一路從蘇州回來的，都要休息，獨有你一個人忙，回來之後，就四處亂跑，我不懂是什麼道理。」

楊倚雲道：「這並不是臨時發生的事，早就約了時間和人見面，我不到蘇州去，還不要緊，我到蘇州去，就把時候挪動了，事情更是擠在一處，所以回來之後，就非常忙。」

月英聽了他的話，又以為是實情，於是催著燒飯的阿姨，將飯菜全搬了出來，與楊倚雲共飯。那位李旭東先生，卻自有事情，還沒有回來呢。

吃過飯，楊倚雲喝了半盞茶，卻笑著對月英道：「現在時候不早了，還有什麼事要辦的嗎？」

月英道：「沒有什麼要辦的事了，你還有什麼事嗎？」

楊倚雲想了一想，微笑道：「我現在沒有什麼事，我要回家了，明天恐怕我要向公司裡請大半天假，不會去了，你有什麼事，要等明天晚上再見了。」

月英一面說話，一面陪了他走出大門來。在弄堂裡抬頭對天上一看，一輪月亮光爛爛地掛在碧空的天上，在月亮的四周只稀稀地有點兒亮星，這堂弄裡，自然一陣涼氣環繞四周，一出門，不覺上身一陣清爽。

楊倚雲道：「外面涼爽，你進去吧，不要著了涼。」

月英點點頭道：「不要你掛心，這月色很好，我要在馬路上樹蔭下走走，踏一踏月色。」

楊倚雲將兩手一伸，攔住了她的去路，笑道：「我去了，你一人在馬路上走，不怕嗎？」

月英道：「怕什麼？哪一個拆白黨要跟著我，小姐就賞他幾下耳光。」

楊倚雲道：「不是說你怕拆白黨，若是馬路上的小流氓看見你手上的戒指，他要來搶你的，你怎麼辦？」

月英道：「我也不走遠，就站在弄堂門口，這弄堂門口，有個印度阿三在那裡守著的，小流氓縱然大膽，他也未必敢動手，況且過去一點兒路，就有一個巡捕的崗位，那怕什麼？」

楊倚雲笑道：「你真是要去，就去吧。」

月英心裡原來沒有什麼用意，因為楊倚雲再三地不要她出去，她心裡更疑惑了，就非跟出來不可。

走到弄堂門口，這公用的汽車正頭朝東，尾朝西，汽車夫已經在車上等著。月英一想，不對，這不是楊倚雲回家之路啊！

汽車夫一見楊倚雲出來，便問道：「楊先生，汽油不夠了，這就到大……」一個大字沒有出口，見他身後還跟著一個月英，便把話忍回去了。

月英知道這大字以下湊上一兩個字，便是地名，故意裝著沒有聽見。

楊倚雲道：「既然沒有汽油，為什麼不早說。」

月英不管他的話，忽然打了一個寒噤，說道：「哎呀！好涼，我進去了。」

轉身便向弄堂裡一跑，跑到一個人家後門洞裡，略微等了一等，然後輕輕地拖著腳步，走了出來。

只聽見楊倚雲說道：「那就不必去了，明天十二點鐘，你開車接我去好了。」接上，就聽見楊倚雲叫黃包車的聲音，自己閃在暗地裡向外一看，汽車開走了。楊倚雲坐了一輛黃包車，向南而去。

這個時候，馬路的樹葉上灑滿了露水，月亮照了，亮晶晶地發光。馬路上行人稀少，只有一陣陣的晚風來吹動衣袂。月英大疑惑之下，這般夜深，他向哪裡去哩？這一急，就要跟下去看個究竟。

## 八 情場生波

卻說月英見楊倚雲走了，自己便要跟著下去看看究竟，但是剛要叫車子的當兒，她父親李旭東恰從外面回來，一看見月英站在外面，便走上前握了她的手道：「孩子，這樣夜深，你怎麼一個人在外面。」

月英不便說實話，只道是出來踏一踏月色，就隨著她父親進去了，自己肚子裡懷著一肚子的疑雲，一晚也不曾睡得安穩。

那楊倚雲的行動，恰是站在她的反面，當晚上坐了黃包車，一直二大西飯店去會春萍老六。到了次日一點鐘，二人又是在一處吃早飯，這所用的錢，固然全是春萍所花的。吃完了飯之後，春萍又逼著楊倚雲一路到凱羅公司去，又給他做了一套西服。

楊倚雲明知道白相*是要花錢的，所以自己雖有許多朋友是嫖界的老手，但是總不敢學樣。現在白相起來，不但不花錢，而且還可以收許多錢回來，真是出乎人意料以外。她們堂子裡的人，犧牲色相，為的是賺錢，現在春萍卻把她的錢流水似的向外花。這種愛情，當然沒有絲毫假意，自己和人家交了朋友，又花了人家的錢，心裡實覺過不去，也不知道要怎樣辦才好。

到了本日晚上，索性不到李家去了，直接就來看春萍。

等擺果碟的人不在這裡，春萍當著楊倚雲的面，卻拿出兩疊鈔票放在桌上，看那樣子大概有三百元，因瞟著他一眼，笑道：「他們來了，你就只當是你拿出來的。」

楊倚雲笑著剛說了一句不好意思，房間裡的阿金就送了水果進來了，春萍望著她，嘴向桌子上的鈔票一努，阿金會意，便笑著望了楊倚雲道：「我們要謝謝楊大少。」

楊倚雲紅了臉，只是微微一笑，卻沒有說出什麼來，等到人走了，楊倚雲握住春萍的手道：「你這樣做法我心裡過不去，應當有的開銷，以後請你先告訴我，我自然會預備。」

春萍道：「幾個錢算什麼？還值得這樣提起？只要你對我良心好一點兒，不要專念著小阿妹就行了。」

楊倚雲聽了這話，恨不得把自己的心都掏出來給她看，將春萍的手握得緊緊的，將頭一直就到她的肩下，很誠懇地道：「老六，你還有什麼信任我不過嗎？」

春萍笑道：「男子的心，那是難說的，時時刻刻都可以變，況且我是堂子的人，人家是小姐，我怎樣可以和別人家比，只要你把愛小阿妹的心分一點兒給我就行了。」

楊倚雲道：「你不要信外面的謠言，我和她不過因為在公司裡同事，是個朋友罷了，其實一點兒關係沒有，外面報紙上登著我們怎樣怎樣，全是胡說。」

春萍道：「既然登的完全不對，你們為什麼不要報館登轉來呢？」

楊倚雲道：「他們登一次兩次，我們可以叫他更正，現在他是天天給你登，你有什麼法子，難道天天去更正嗎？好在這種事，到了後來，終久會水落石出的，所以有些報館裡知道，不過是這麼一回事，也就不大登了。」

春萍道：「好吧。我也往後看，看你的話是真是假。我有這一句話，將來就可以看出你的心事怎樣了。」

楊倚雲道：「這話說得最是中聽，你往後看看我的行動就是了。」

春萍道：「不要說閒話，我問你，吃了飯沒有？」

楊倚雲道：「沒有吃飯。」

春萍道：「我猜你就沒有吃飯，一塊吃飯吧。」

楊倚雲道：「你不要出主意，讓我帶你出去，好好地吃一回俄國大菜。」

春萍道：「不要出去吃，我自己給你燒了一點兒小菜，就在我這裡吃，你看好不好？」

楊倚雲道：「是你做的，我非吃不可，得了沒有，我這時就要吃。」

春萍笑道：「做可不是我做的，不過我告訴阿金，叫她怎樣弄。」

楊倚雲道：「原用不著你自己去做，譬如我們拍電影一樣，有好導演的，片子就會拍得好。沒有好導演的，就是弄了許多明星去做演員，那也是枉然的，阿金本來是個做菜的明星，有了你這做菜的大導演家出來一導演，那自然會好吃了。」

阿金正在房門外，聽了這話，一掀簾子笑了進來道：「楊大少真是會說話，這樣一說，六小姐好，我也跟著好，這要是六小姐自己做，倒反顯得差一點兒了。」

楊倚雲笑道：「那也是好的，好比導演家，自己有時也拍片子的。」

春萍抿嘴笑道：「你這一張嘴，實在是甜，我真沒有你的法子。阿金，你把菜端來，我們就吃吧。」

阿金含著笑，於是將櫥子打開，在櫥子裡取出一雙牙筷，一把銀匙來，先放在桌上。

楊倚雲笑道：「這是怎樣的吃法，兩個人共用一把匙子，那還可說，兩個人用一雙筷子，那怎樣行呢？」

春萍笑道：「這是我自己平常用的，你用吧，我為你來，我已經買了一雙新筷子，一個新湯匙，一隻新飯碗。」

阿金笑著對楊倚雲道：「這是面子啊！我們六小姐最要乾淨，平常不用人家的碗，她的碗筷也是不給人用的。」

春萍笑道：「去吧，不要在這裡多話了。」

阿金笑著，另取筷子、湯匙放在桌上，然後把菜碗飯碗陸陸續續地也擺在桌上。楊倚雲一看，是一碟雞肫，一碟糖醋紅蘿蔔，一碗炒豆苗，一碗紅燒鯉魚，一大碗白菜湯。

春萍先將筷子撥了一撥紅蘿蔔，夾取一塊蘿蔔，給楊倚雲看道：「這個東西，不是上海的東西，是從天津帶來的。」

楊倚雲道：「這個白菜，大概也是北方來的。聽見人說，北京的白菜最好吃。」

春萍道：「你應該吃過啊！你的那個小妹妹，不是北京來的嗎？」

楊倚雲道：「不許再提這些話，你要再提，我就不依你。」

春萍道：「你怎不依我呢？」

楊倚雲道：「現在不能說。」於是二人一笑而罷。

當時對坐著吃飯，是很適意的，吃到半中間的時候，忽聽到有人嬌滴滴地叫道：「大阿姐。」春萍一聽那聲音，就知道是結拜的妹妹飛豔老七，便答應道：「你上來吧，我給你介紹一個朋友。」

飛豔正是站在梯子的半中間，當時一雙高底鞋，撲通撲通踏得梯子響。響聲一畢，簾子一掀，一個人向裡一跳，楊倚雲看時，一個麗人站在門簾子邊，身上穿了一件整白花織花緞子絳色旗袍，臉上擦了薄薄的脂粉，一頭黑髮，卻用一串珠辮來束著。

這旗袍是挖領的，略略露出裡面粉綢襯衫，光滑滑不戴珠項圈，戴了一串絲條，繫著把金鎖，垂在胸前。楊倚雲在這裡看她時，她也偷眼來看楊倚雲。

春萍就笑問道：「你認得嗎？」

飛豔道：「面孔蠻熟，想不起來在哪裡會過了。」

春萍道：「你仔細想想，總會想起來的。」

飛豔笑道：「是了，我記起來了。」因問楊倚雲道：「你貴姓是楊吧？」

楊倚雲笑著點了點頭。

飛豔道：「我的記性真是不好，前三天我還看見你演的電影，怎麼今天就想不起你的面孔來了。」

春萍道：「老七也是一個電影迷，好片子沒有不看的。」

楊倚雲笑道：「看好片子的人，看我主演的電影，那是很不入目的。」

豔笑道：「哎喲，客氣。」

楊倚雲道：「不是客氣，是我主演的片子，不敢說好，究竟也不至於壞到哪裡去，但是上海灘上的電影公司，無論什麼全是很幼稚的，要和人家外國影片比，當然有天淵之隔，看慣了外國影片，再來看中國影片，就會覺得處處是毛病。」

飛豔道：「這話蠻對，但是慢慢兒總會好的，我想中國的電影明星，都有你這樣子，又肯下功夫，也就很好。」

楊倚雲笑道：「這是給我高帽子戴啊，我倒很感激。」

二人越談越入港，索性坐了一處長談下去了。

春萍因為和飛豔私人感情很好，自己的情人和飛豔也可以算是一種朋友，所以並不嫉妒，倒願意他們談得有趣。

她因有事走開了，飛豔瞟了楊倚雲一眼，卻微微笑道：「你和我們六阿姐，蠻要好哇！」

楊倚雲笑道：「我們也是新朋友，還談不到要好。」

飛豔將嘴一撇道：「不要瞎話來騙我。」

楊倚雲笑道：「新朋友好朋友這有什麼關係，用不著騙你。」

飛豔道：「新朋友交情就這樣好，少見啦。」

楊倚雲笑道：「這話不對，譬如我們兩個人是初次見面，而且見面還沒多大一會兒，何以說話說得這樣熱鬧呢！只要彼此說得來，新朋友也是和舊朋友一樣的。」

飛豔道：「真的嗎？」

楊倚雲道：「真的，譬如老六請我吃飯，我到了，你要請我吃飯，我也會到的。」

飛豔道：「好，我今天晚上，請你在老半齋吃點兒東西，你去不去？」

楊倚雲當她進門之時，就覺得豔麗之中另帶一種浪漫的色彩，很願意和她接近接近，如今她要請吃飯，這朋友又是交成功的了，自然是歡喜。連道：「去！去！去！」

飛豔聽說，眼睛望了楊倚雲，微微一笑道：「你去是去，可不要對老六說。」說畢臉上一紅。

楊倚雲笑道：「當然，我何至於那樣憨。」說到這裡，門外腳步響，二人便停止了不說。

春萍進來了，見飛豔坐在下手門邊的小椅上，笑道：「老七為什麼坐得這麼遠，你怕阿楊吃了你下去嗎？」

飛豔笑道：「吃是不怕吃下去，我怕他看了我的樣子，又去導演片子，我倒給他做了一種材料。」

春萍笑道：「這樣說，你是自己以為很標致呀！」

飛豔站起身道：「你兩家頭談心去吧，我不要在這裡打岔了。」說畢，笑著走開了。

春萍對楊倚雲道：「老七很熱鬧，蠻好白相。」

楊倚雲笑說：「我喜歡溫柔些的人，這種人是不大對勁的。」

春萍笑道：「真的不大對勁嗎？剛才你們為什麼談得那樣好呢？」

楊倚雲道：「我又不是一個木頭，人家和我談話，我怎好不理人家呢？你討厭我和她談話，以後我不見她就是了。」

春萍道：「胡說，我也犯不著吃那種飛醋，連你和人說話我都不願意，那我只有晝夜跟著你了。」

楊倚雲笑道：「我也猜你不致如此，不過，我真要和你的姊妹們要好，恐怕你……」

春萍把脖子一歪道：「決不，決不，那要什麼緊。你願和哪個要好，你就和誰要好得了。」

楊倚雲笑道：「好，這話說了放在這裡，我們往後看吧。」當日兩人說了一陣，各自散開。

到了晚上八點鐘，楊倚雲就到老半齋赴飛豔的約會。飛豔早訂了一間屋子，在那裡品茗恭候。

楊倚雲一掀簾子進來，飛豔早是眼珠一轉，向他嫣然一笑。

楊倚雲笑道：「你看怎麼樣，我總算沒有失信吧？」

飛豔突道：「我自然知道你不會失信，若是知道你失信，我還會在這裡等著嗎？」當時兩人並肩坐下，就吃喝起來。

飛豔舉了筷子吃東西，金光燦燦的，由無名指上發出一道光來。楊倚雲回頭看時，乃是一隻鑽戒，因笑道：「你一個人出來，還戴這些東西，你就不怕危險嗎？」

飛豔道：「這是極小的鑽石，總共不過值四百多塊錢，我想沒有什麼人會注意它。」

楊倚雲笑道：「沒有人注意它嗎？我就注意它。」

飛豔放下筷子，左手在右手上一扒，就把鑽戒拉下了來，交到楊倚雲手上，笑道：「你就拿去，也只有這麼大的事，值得注意嗎？」

楊倚雲將鑽戒套在手上看了一看，笑道：「倒是很合適。」

飛豔道：「你很喜歡這隻鑽戒嗎？」

楊倚雲道：「寶物是人人都愛的，這何消問它。」

飛豔道：「既然你很愛它，我就送給你吧。」

楊倚雲真不料她的手腕比春萍更是慷慨，一見之下，馬上就送四五百塊錢的貴重物品，心裡哪裡禁得住一陣狂熱的歡喜，因道：「我一點兒什麼東西也沒有送給你，怎樣你就送我一隻鑽戒。」

飛豔道：「你說這話，有多麼小氣，難道非你送我的東西，我就不能先送東西給你嗎？」

楊倚雲笑道：「這算是我失言，你不要見怪，本來交朋友，只要是知心，有東西我送你可以，你送我也可以，那不算什麼。」

飛豔道：「這話倒還像話，以後我們常常聚會，不要把我看作不如老六就行了。」

楊倚雲道：「我要求你一件事，行不行？」說畢，對飛豔瞟了眼睛傻看。

飛豔笑道：「揀好的說。」

楊倚雲道：「大馬路新開了一家照相館，我們去同拍一張電光小照，可以不可以？」

飛豔道：「那有什麼不可以，和電影明星在一處拍照，那是人家想不到的事情啊！」

楊倚雲道：「我們既然是朋友，無論你願意和哪一位拍電影的拍照，我都可以介紹。」

飛豔抿了嘴笑道：「你這人倒是很大方。」

楊倚雲道：「既是要好，就要大方，若是處處拘束，那有什麼意思呢？」

飛豔聽他這話，更覺合意。吃過飯，兩個人很高興地到照相館去，拍了一張並坐微笑的小照。照相之後，飛豔說天色還早，要出去玩玩，二人又到跳舞場去混了一陣。到了一點多鐘，楊倚雲將汽車送飛豔回家去。

自這天來，他不是和春萍在一處玩，就是和飛豔在一處，晚上或者回家，或者不回家，就是回家，也是兩三點鐘的時候。至於對月英，除了在公司裡拍照可以會面外，兩三天也難得到她家裡去一回。

月英問起來，楊倚雲就推說要組織一個公司，公司規模偉大，總要駕乎銀漢公司之上。因為這樣，事先總要盡量地籌備妥帖，資本也格外要集合得雄厚一點兒，有這點兒緣故，所以日夜地忙。

月英因他早有自樹一幟的心思，他說是為了組織公司而忙，卻也相當相信。不過楊倚雲儘管是忙下去，永遠見不著他閒一天半天，而且他的服飾也是一天一天講究起來，今天換一套西裝，明天換一套長衣，今天戴鑽石戒指，明天鉗一隻瑞士金表，也不知道他哪裡的許多錢，儘管讓他揮霍。

有一天，在一幕電影拍完以後，楊倚雲拿了一支煙卷，躺在休息室的沙發上休息。月英卸了妝，也走來了。楊倚雲一歪，將沙發椅子讓出一塊地方來，那意思就是表示請月英坐下。

月英走上前，側著身子坐下，楊倚雲握了她的手，對她微笑，她只是低著頭默然不語。

楊倚雲道：「我這一向忙得不亦樂乎，總沒有陪你玩過，我知道你對我不能完全諒解，但是我把這一陣子忙過去了，把我辦的事辦了出來，你就可以相信了。」

月英道：「我也無所謂相信，也無所謂不相信，反正各憑各良心就是了。」

楊倚雲道：「你對於我一番誠摯的意思，我是很明白，所有我的苦衷，實在不能三言兩語就可以說完。讓我今天到你家裡，把這話慢慢地談一談。」

月英道：「你現在是貴人不踏賤地了，我怎敢請你去呢？」

楊倚雲道：「你真和我惱了，拒絕我去嗎？」

月英道：「我怎麼會和你惱呢？只要你不和我惱就行了。」只說到這裡，半天不言語，卻掉下兩行淚來，有兩點淚正滴在楊倚雲的手上。

楊倚雲在西服袋裡抽出手絹，在她臉上輕輕按著，給她指乾臉上的淚珠，因道：「你心裡不平，我也是知道的，你對我生氣，那是應當的，我一點兒也不怪你，不過我們的感情，不但公司裡的人知道，小報上常常登著，連社會上也知道。這個時候，忽然把我們感情有缺憾的話說了出來，豈不是我生平的笑話，就是對於我們職業上，恐怕多少還有發生一點兒障礙，所以我縱然有點兒對不住你的地方，我總希望你忍耐著，不要表示出來，免得讓人看出痕跡。」

上面一段話，正是月英蘊藏在心坎裡要表示出來的言語，心裡一動，正要哭出來，及至聽到他說，免得讓人看出痕跡，就接過楊倚雲的手絹，自己來將眼淚擦乾，勉強笑道：「你的嘴實在會說，我竟沒法子駁你了。」

楊倚雲道：「你先回去吧，一會子我就來吃晚飯，若是要添菜，就替我預備一兩樣清爽些的就是了。」

月英道：「你若是失信呢？」

楊倚雲道：「決不能夠失信，請你約定一個極確的時間，我就準來。」

月英道：「我在家裡，有什麼時間性，等著你不出去就是了。」

楊倚雲道：「你還出去嗎？」

月英道：「我出去，我怎麼不出去，你不來，我就出去，你覺得我這種行為不對吧？」

楊倚雲笑道：「得了，不要說這樣的俏皮話了，我是失口說錯了這一句話，你恕過了我吧。」說時，口裡銜著煙捲，眼睛斜望著月英微笑。

月英一伸手，輕輕地在楊倚雲的胳膊上擰了一把，笑著將頭一縮。楊倚雲道：「你也用一點兒力擰著，我一點兒也不痛。」

月英經他這樣一說，就忍不住伏在沙發上大笑起來，經這一笑之後，二人總算言歸於好。月英就很高興地回家去了，給楊倚雲預備晚餐。又因李旭東先生有事，不曾回家，月英更不受什麼牽制，將飯預備好了，就在家裡實心實意地往下等。

不料由七點鐘等至晚上十點，始終不曾見楊倚雲來，這個時候還不來吃飯，無論如何是不會再來的了。月英在這一個星期中，已經發現了楊倚雲許多弱點，只因為想起以前他的好處，總不忍拒絕他。今天晚上是當面約定了的，千真萬確，一定可以來吃晚飯的，不料在這一刻之間，他一背轉身去，又變了心，連累自己餓得滿腔煩躁。當時也不曾吃飯，就伏在床上痛哭了一陣。

不多一會兒工夫，李旭東回來了，因問她為什麼生氣，月英一個字不肯說，反是哭得更厲害。

李先生問了老媽子，才知道是小姐預備了飯請客，客人沒有到，因此氣得哭，笑道：「你這孩子真傻，七點鐘的時候，我在一枝香吃飯，就碰見他由那裡出來，他早吃飽了，你還老等他做什麼？」

月英聽說，便問他是不是一人。李旭東道：「我只看見他一個人，但是在館子裡吃飯，總不會是一個人的。」

月英聽了這話，只是發呆，老媽子再三再四地請她吃飯，才用熱茶泡了半碗飯吃了，吃過飯之後，一個人坐在屋子，兩手抱住了右腿的膝蓋，只管望了電燈出神。直聽到樓下的時鐘，噹的響了一下，於是就打開抽屜，取出一疊信紙，放在桌上，預備寫一封長長的信給楊倚雲，心裡一面想如何措辭，一面就揭開墨盒，抽出了筆。

在這個當兒，就覺胸有萬言奔於筆底，蘸了兩下墨，趕快就寫，一口氣寫了兩素箋，這才停筆校看一下。看完之後，覺得言語太重些，恐怕予讀者以難堪，就把寫好的信來撕了，重新寫一張。

這回寫，是加以考慮了的，所以語氣和緩得多，不過寫完之後再念一遍，又覺得過於和緩，這倒好像自己乞憐於他了，把這張也搓成一團扔在字紙簍裡。

待到第三次來寫，心越亂了，不是筆誤，就是落字。寫完一張再校，總是要不得，一束白雲箋快寫過一半了，還未將信寫成一個字，那心裡的難受正如火燒一般，索性不寫信，只蘸了筆，在紙上寫了那個愁字，寫完又寫一個，猛抬頭倒吃了一驚。

## 九 甜蜜回憶

卻說月英在寫字，排出胸中的愁悶，偶然一抬頭，忽見窗戶的玻璃上已經露出魚肚色來，原來天已大亮了。

她倒吃了一驚，怎樣糊裡糊塗地就混去了一夜。人一受驚，彷彿就也有些疲倦，也來不及脫衣服，和衣就倒在床上睡了。

一覺醒來，已是下午三點多鐘，早就應該到公司裡去拍片子，現在已經失了時候了，索性打了一個電話到公司裡去請假。

一天請了假，兩天還是依然不高興，就是這樣一連有三天之久沒有到公司裡去。公司裡拍的這一套片子，正是月英的主角，月英不到場，要牽連好些人不能工作，因此公司裡就推王清泉來看病。

月英正捧了一盒子糖果，無精打采地在張沙發椅子上斜著坐下了，她見了王清泉進來，才緩緩起身，微笑道：「王先生，你是來催我上公司的嗎？」

王清泉道：「不是，我聽說李小姐人不大舒服，看病來了，李小姐是哪裡不舒服？」

月英偏著頭，微微嘆了一口氣道：「心裡很難過。」

王清泉笑道：「我看你也是心裡不大舒服，在臉上是看不出什麼重病來的，李小姐能不能力疾從公。」

月英道：「若是公司裡一定要我去，我自然是去的，不過我心裡煩悶得很，恐怕演不好。」

王清泉一想她的話，倒是對的，便答應她再休息三天。不過王清泉這樣來，就把她害心病的話傳了出來，所謂心病，大家也就料到不外是和楊倚雲翻了臉。

楊倚雲還是逐日到公司裡去的，大家就看他的態度怎樣，不料他卻只當不知道，一句也沒有提到。恰好有幾幕內景，是柳暗香和楊倚雲合作，在休息的時候，柳暗香和他坐在一處，便問他道：「小阿妹這兩天怎麼沒來？」

楊倚雲道：「你難道不知道？她害病了。」

柳暗香道：「我聽是聽到說，不知道她害的是什麼病。」

楊倚雲道：「我不知道。」

柳暗香道：「別人可以不知道，何以你也不知道？」

楊倚雲微笑道：「你以為我們還是從前那樣，交情很厚嗎？現在情形大大不同了。」

柳暗香道：「好好的朋友，為什麼冷淡起來哩。」

楊倚雲道：「這個我也不明白，你的朋友也不少，你想想，有沒有感情很好，後來慢慢冷淡的朋友哩。你自己明白，我這件事，你也就可以明白。」

柳暗香道：「她待你很好啊！你不應該這樣對待她。」

楊倚雲道：「我也沒有什麼對她不住的地方，冷淡下來就冷淡下來，也不由我負什麼責任。」

柳暗香微笑道：「男子漢的心腸，真是硬來希，說丟下就丟下。」

楊倚雲道：「各人有各人的心事，你哪裡知道。」

柳暗香點了點頭道：「說到小阿妹呢，人是天真爛漫的，不過有點兒小囡脾氣，但是你做阿哥的人，應該包含一點才對，為什麼和她這樣計較呢？」

楊倚雲皺眉道：「我的柳小姐，你不明白我們的事，你就不要向下說吧。」

柳暗香笑道：「哎喲喲，你看，那樣好的阿哥阿妹，現在一翻臉，連提都不願人提了，那麼，我就不提了，我們同到咖啡屋裡喝點兒東西去，去不去呢？」

他們這班明星，工作之餘，你請我，我請你，也是常事，當時楊倚雲也不曾加以考慮，馬上就答應了柳暗香可以去。

柳暗香道：「我今天是沒有車子，要坐你的車子同去，可不可以？」

楊倚雲道：「你太多禮了，既然我們同去，當然坐在一輛車上，那還要問些什麼？」

柳暗香微笑道：「我問的是別有問題的，因為你這部車子是合股公司的，得了你這個股東同意，還有別的股東不同意呢？」

楊倚雲道：「沒有關係，車子固然是公有的，難道請一個客人同坐一次，都要徵求同意嗎？那未免太麻煩了。」

柳暗香笑道：「我的意思，不是這麼樣說……唉，不說了，我們坐車走吧。」於是她坐了楊倚雲的車子，同上咖啡館去。

在車子上，柳暗香道：「慢，倚雲，你的目的，是要喝咖啡呢，還是要到咖啡館坐坐而已呢？」

楊倚雲道：「目的當然是要喝咖啡。」

柳暗香道：「既然如此，你就到我家去吧，我正買了一瓶咖啡，還沒有開封，你若是去了，我可以把咖啡做給你喝，又熱又香，比咖啡館裡的要格外有味。」

楊倚雲道：「好極了，我正也要到你家裡去看看。」說到這裡，立刻招呼汽車夫，勒轉車機，開向柳暗香家而來。

到了柳家，柳暗香請他在小會客室裡坐了，自己忙著將火酒爐子點著，將新置的咖啡壺在爐子上煮將起來，這爐子就放在茶几上，她和楊倚雲坐在一張軟椅上，一面招呼爐火，一刻兒工夫，咕嘟咕嘟響起來，壺嘴裡冒出那一陣陣的白色熱氣。

楊倚雲道：「咖啡已經煮好了，應該預備我喝了。」

柳暗香捏著拳頭在他脊梁上輕輕搥了一下，笑道：「你還是不在行，喝咖啡罷了，唯有煮咖啡的一般香氣最是好聞，何不多聞一下子。」

楊倚雲道：「既然如此，你也不必預備糖了，我們就坐在這裡聞一陣子就算了。」

柳暗香道：「可不就是這樣，若是注意在喝，何不上咖啡館子裡去呢。」

楊倚雲笑道：「咖啡館哪裡有這樣好啊！」說時，目斜視著柳暗香，她微微一笑道：「這種好聽的話，不要對我說，對小阿妹去說吧。」

楊倚雲道：「這是你自己見外，其實我們的交情都差不多，這樣一句平常的話，好像並不重要。」

柳暗香聽了，卻非常歡喜，當時斟了兩杯熱咖啡，親自加上糖塊，小茶匙也放在裡面，然後一隻手捧了盛杯子的碟子，笑嘻嘻地送到楊倚雲面前。

楊倚雲接了一面喝咖啡，一面和她說笑，感情益發濃厚了，說來說去，少不得又談到電影上去。

柳暗香道：「公司裡現在要我拍一部少奶奶的片子，你看怎麼樣？我以為美國已有兩部這個片子了，我們若拍不好，和人家一比，又是要挨罵的，不過我們是想試一試，連扇子都預備好了。」

她說到這裡，就跑進屋子裡去，取出孔雀尾拚成的一把扇子來。她打開扇子，遮住了臉，卻把眼睛在翎毛縫裡看人，笑問道：「好不好？」

楊倚雲接過扇子來一看，笑道：「很好，很精致。」

柳暗香笑道：「你要是喜歡，這把扇子就送給你吧。」

楊倚雲道：「你不要用嗎？」

柳暗香道：「原來我是演少奶奶這一角，現改了，我演母親，這把扇子，我就用不著了。」

楊倚雲笑道：「你用不著，我更用不著了，我若拿著孔雀尾扇子，那成個什麼樣子呢？」

柳暗香聽說，咬著嘴唇，微笑著想了一想道：「你願意我送你一把扇子嗎？」

楊倚雲笑道：「你送我東西，我哪裡還有不願意之理。」

柳暗香聽說，馬上轉身進屋去，不多大一會兒工夫，手上握著一柄象牙骨小小的扇子出來，因笑嘻嘻地交到楊倚雲手裡，笑道：「這個送給你，可是有一層，人家問起來，你不要說是我送的。」

楊倚雲道：「朋友送朋友的東西，大大方方的事情，瞞人做什麼。」

柳暗香道：「那你就不必管，我送你東西，要求你這點兒小事，你總可答應的。」

楊倚雲道：「你果然要我保守秘密，我一定替你保守秘密，不過你要我保密的用意，我倒實在不懂呢？」

柳暗香道：「有什麼不懂，你裝傻罷了，你真是要宣傳，我也不怕，交情是交情，謠言是謠言。」

楊倚雲站將起來，用手拍了拍她的肩膀道：「說了半天，倒是你這句話中肯，我現在要走，晚上在卡爾登跳舞廳裡會。」

柳暗香因他拍了肩膀，順手撈住他的手提著，一路送了他出大門，一直看見他上了汽車方才回去。

楊倚雲心想：「她向來和我表示殷勤，我就懶得理她，現在聽得人說我和月英有些糾葛，所以乘機而入，但是我縱然和月英翻了臉，也不至於靠到你這邊來啊。你送我一把扇子，還要我保守秘密，真是像煞有介事。」

楊倚雲對她的態度是這樣，所以到了晚上卡爾登飯店，楊倚雲並沒有去，只把柳暗香等了一個夠。

次日，柳暗香和他見面，他倒先道了歉，也就算了。

這天月英也來了，和楊倚雲不同幕，也沒有和他說什麼，演完了就走。楊倚雲當了大眾的面，覺得反有點兒不好意思，便對月英道：「車子在門口呢，我送你回去吧。」

月英本想說他幾句，女孩兒家，心裡是軟的，當著大家的面，有些抹不下面子來，只將鼻子哼了一聲。

楊倚雲看她兩眉雙鎖，一雙亮晶晶的眼睛，而今只是看著地下，那喜氣團團的臉上一點兒笑容沒有，這就怪可憐的，心裡老大不忍，陪著她上了汽車，和她一塊兒坐著回家。

這時，正是九月的天氣，馬路邊的梧桐樹葉在風中瑟瑟地抖顫著，兩個人在車上都默然不語，車子到了李家。楊倚雲陪著月英進了屋，同坐在沙發上，月英正想找句話來搭訕，突然一陣風掀開了窗紗。

月英本就穿得單薄，不覺打了個冷戰。楊倚雲看她楚楚可憐的樣子，便撫摸著她的手道：「你不冷嗎？」

月英搖搖頭道：「冷，但是這樣天氣冷，你為什麼拿著一把扇子？」

楊倚雲順手就把扇子交給她，笑道：「這扇子很好哇。」

月英接過打開一看，見是牙骨泥金頁的，便掩住嘴唇，偏著頭想，因道：「這把扇子我在哪裡見過啊？」

楊倚雲笑道：「你自然見過，可是這個人不會做人情，秋風早起了，要扇子有什麼用。」

月英嘆了一口氣道：「秋風一起，扇子本來就該丟了，秋風啊秋風，你總要算是扇子的勁敵了。」

楊倚雲笑道：「西風雖然是扇子的勁敵，但是那不過眼前的事，到了明年，天氣熱了，還是得用扇子的。世界上永久有西風，永久有扇子。」

月英道：「雖然西風和扇子永久是有用的，但是扇子用久了就會壞，西風呢，它是永久不會變的。」

楊倚雲知道她這話明指著自己變心，因笑道：「你不要誤會，送這把扇子的人，和我並沒有什麼交情。」

月英道：「我一點兒也不誤會，我想起來了，這是柳家姐姐送你的，對不對？

她也真是癡心妄想。她也不想楊家大少現在是什麼人，多少人要巴結楊大少還巴結不上，哪裡會有工夫來理會你這樣一個倒楣的同事呢？」

楊倚雲聽了她這樣的話，心裡很不高興。不過她指的是柳暗香，老柳並不是自己要擁護的人，很犯不著為了她來和月英翻臉。

當時聽著這些話，也不過含著微笑，卻不肯多說話。月英見他不作聲，一時又不知道要找幾句什麼話來說好，心裡也不住地在划算之中，只這一划算之間，雙方都靜默起來，你望了我一眼，我也望了你一眼，各不言語，屋子裡立刻靜沉沉的，幾乎掉一管針到地下都可以聽見響聲。

月英深深地嘆了一口氣道：「唉，既有今日，何必當初呢！」

楊倚雲笑道：「你這話說得好，很像紅樓夢上林妹妹的口吻。」

月英道：「我不是說你，你不要多心，我不過有點兒感觸，偶然嘆一口氣罷了，我現在的環境裡，我只有悲哀，我希望公司裡趁著這個機會，讓我拍一部悲慘的片子，我想……」

楊倚雲拿了帽子戴著，馬上就走，笑道：「我不要在這裡吧，我在這裡，惹著你心裡老是不痛快。」

他的話還沒有說完，人已經離開屋子了。

月英看見楊倚雲這樣落落難合的樣子，和從前簡直是兩個人。不料男子漢的心腸，卻是這樣容易變換，從前以為他是真能疼我，所以阿哥長阿哥短，叫得非帶親熱，兩個人交情的濃厚，也沒有法子形容，簡直就是非辦到結婚不可。他是一再和我表示，願做終生的良伴，我總以為年輕，不肯就答應。

前三個月，我們還合演了一張片子，叫著《甜蜜的回憶》，就是說一個愛吃糖的女子，為一個有錢的男子所戀，慢慢就談到婚姻問題上，終究是結婚了。結婚之後，男子天天上俱樂部，就把少婦拋開。我當時還對他說，上半部的女主角太像我了，我不願意演。他就說，你以為兆頭不好嗎？正是因為你和片子裡的主角很像，所以才要你來演，拍片子是拍片子，我們的事是我們的事，那何必混扯到一處去。當時我也不留心，就這樣去了。據現在看起來，我還只上了當一半，幸而沒有和他結婚，若是結婚之後，他把我拋棄了，我怎麼樣子辦呢？

可是話又說回來了，他雖沒有和我結婚，然而我們這一層關係，社會上誰又不知道。這個時候，我們忽然翻起臉來，社會上又少不得當一種影界趣聞去傳說，我總算是人家拋棄過的一個女士……

她想到這裡，真不由得肝腸寸斷，心想楊倚雲和自己，本來年齡差得很大，無愛情之可言，因為他對於自己一往情深，態度非常誠懇，所以慢慢地為他所動，就允許了他的婚約，不料他為了旁人的引誘，無緣無故就和我變臉。我和他一年的盤桓，人家只有幾天就奪了過去了，可見男子的心腸，十分容易變，但不知奪我愛的女子，是個怎樣漂亮的人，我倒很願意知道。

月英越想越難過，這一天便情思昏昏的，只是想睡覺。到了晚上，心裡非常難受，便出去看電影，偏偏這天的片子，情節又是說一個女子為男子所拋棄的。無論什麼藝術，若是和賞鑑的人性質相合，就加倍地有意味，能引起人的共鳴。月英本來心裡難受，看了這種片子，也不知什麼緣故，眼淚水只管向下落。

電影散場之後，回了家去，還是睡不著，坐不穩，便開了亭子間的樓窗，向外看看月色。

這亭子間外面，正是一條又長又靜的大馬路，馬路兩邊，牽連不斷的綠樹，恰是一望無際。那缺著一小邊的新月，已沉到遠處一個禮拜堂的鐘樓犄角上。

這時，天上一點兒雲彩也無，在這電光稀少的地方，風露天空裡的月色，自然帶著清涼的意味。

西風過來，吹得那一帶秋葉，發出一陣一陣沙沙瑟瑟的聲音，滿懷幽怨的人對著，更有一種不言可喻的傷感。

在這時，忽然一個感念，想到和楊倚雲合演《甜蜜的回憶》的時候，其中有這樣一幕。說是那個女子是在半輪新月之下，允了一個少年男子的婚約，後來這女子為男子拋棄了，還在半輪新月之下回想從前的事。前次的新月，是一雙人影，在一刻千金的春園中；後來的新月，是個孤獨的少女，在滿天風露的樓窗下，彷彿那捲影片竟是和現在的我寫照。

細想起來，凡事多少有些預兆。當年演這個片子的時候，自己曾想到這事太不妙，不演得好，那時楊倚雲一定說沒有關係，唉，如今看起來，真是注定了的。想到這裡，只望了那半輪沉沉欲下的新月出神。

轉身又一想，楊倚雲他們要新組一個公司，第一個大片子，預定了就是二喬。他的意思，就讓我演小喬，小喬是個幼年寡婦，他若自己演周瑜，那不更是不吉祥嗎？不過演電影演戲，無非是悲歡離合，不是做好結果就是做壞結果，哪裡忌諱許多，這樣說來，又不見得有什麼關係了。

她一個人先是站在樓上的裡面望月亮，慢慢地站過來靠住了窗檻，兩手抱了胸，伏在窗檻上，也不知道有什麼奇異的感觸，好像要這樣看著月亮，心裡才會痛快。

可是看著月亮，也說不出什麼意味，對了天空，只是這樣望，直望得身上冰冷，像洗了一個冷水澡一般，萬萬望不下去了，這才回正面房。一個上床，腳擦著腳，脫了鞋，腿一縮，就隨手牽了被頭，向身一蓋，糊裡糊塗地便睡著了。

她人是疲倦了極點，一覺睡去，竟不知道醒過來。李旭東候到次日一點多鐘，還不見她起來，便上樓來叫醒她。走到她面前，不覺噯呀了一聲。

# 十 心鎖

卻說李旭東見到了中午，月英還不曾起床，便到樓上來看她，只見她兩目深陷，臉子瘦了許多，不由得哎呀一聲。

月英被他這一聲驚醒，就坐了起來。

李旭東道：「這些時候，我看見你總是這樣心神不安，好像有一身的病，這電影可以不必演了，既掙不到錢又受累。你照照鏡子，今天你越發瘦得不像個樣子。」

月英覺得從前和楊倚雲有那一番感情，如今說是冷淡了，很難為情，這實話是不能說的，隨便就答應不過是受了涼，並沒有什麼病。

李旭東雖然知道她和楊倚雲的感情淡了許多，但是這也是少年人慣性如此，不足為怪，當時也沒有問到此層，只是叫她不要到公司裡去，請一天假而已。

月英實在也是懶上公司，當真的寫信去請了假，信到了公司裡，大家都知道不完全是病，和楊倚雲大有關係，有人就勸他不要讓小阿妹太失望，應當去看她一看。楊倚雲也覺自己有些對不住人的地方，似乎要去安慰她一番才好，工作完了，打算就走。

剛要出門，春萍打了電話來了，說是在玉天春吃東西，請他趕快去，說完，又叮囑了一句快點。楊倚雲知道等人的事，最是煩膩不過的，況且又是女子等男子，因此且不問別的事，一直就坐了汽車來會春萍。誰知一問玉天春茶房，她並沒有來，不過打了一個電話來，訂好了房間。

楊倚雲怕人家等，結果反要來等人，一直等到一個鐘頭，春萍才姍姍而來。

楊倚雲一見，伸了一個懶腰，便笑著站起來道：「你這人真是豈有此理，自己沒有到，老早地就催人家來。」

春萍笑著用手向他點了幾點道：「你這人應該要怎樣罰你才對？」

楊倚雲道：「好好的為什麼要罰我？」

春萍道：「你同飛豔的事，你以為我不知道嗎？她請你吃了，請你玩了，又送了你的東西。」

楊倚雲先聽她說，知道了這件事，料到魚與熊掌不可得兼，據現在春萍所談，那就知道得很少，這倒無關緊要，就笑道：「我原不認得她，也是你介紹的，她也就只送了我一點東西，還有別的什麼沒有。」

春萍道：「慢慢來呀，日子久了，自然就會有問題了。」

楊倚雲笑道：「決不，決不，我不是那樣口是心非的人，你放心吧。」

春萍將嘴一撇道：「我有什麼不放心。」

她嘴裡雖是這樣說，心上可真是怕把他失了，當時請楊倚雲吃了飯，走上前，將他的西服牽著看了一看，問道：「這套衣服，是多少錢做的？」

楊倚雲道：「很便宜，只花了四十五塊錢。」

春萍道：「一個電影大明星，穿這樣蹩腳的衣服，多難為情，你同我一道去，我替你做兩件衣服，你看好不好？」

楊倚雲聽她這話，知道她是要送禮，心想你哪是送我的禮，你是要和飛豔賭賽。管她呢，我是樂得受用，便笑道：「我還沒有送你什麼東西，你老送我的禮……」

春萍不等他說完，就道：「你這人真是小氣不過，這還值得說嗎？」

楊倚雲聽說，也就一笑，當時便跟隨她到公司裡去做了兩套西服，共是一百二十多塊，都是春萍代定。

楊倚雲覺得人家盛情可感，不能花了人家許多錢，還是拋了人家走開。因此陪著春萍在一處，又周旋好幾個鐘頭，次日在大東旅館出來，恰好和飛豔碰著。

飛豔一看手上的手錶，還只有十點三刻，因笑道：「阿楊，怎麼這樣早，你就在旅館裡。」

她原是一句很平常的話，楊倚雲倒是滿懷的鬼胎，一時的臉上先不安定起來，微微一笑道：「我找一個北方來的知己。你也不晚啦。」

飛豔笑道：「我是來找你的。」

楊倚雲道：「你怎樣知道我在這裡？」

飛豔越聽他的話音越有些可疑，就抿嘴一笑，然後說道：「我嗎？我有報耳神。」

楊倚雲道：「你不要聽外面的閒話，晚上會吧。」說畢，搶步就走了。

飛豔倒是真到這裡來探聽一個人，碰見了楊倚雲，她倒把正事離開來調查他的事，後來碰見春萍，心裡就恍然了。她想到楊倚雲晚上會的那句話，到了下午，她就幾次打電話到銀漢公司裡去，請楊倚雲晚上吃飯，他有人陪著，自然是來的了。

從此以後，春萍和飛豔兩個人就輪流地糾纏楊倚雲，他神魂顛倒，更是沒有工夫去見月英。

他們三人合股的汽車，也常常分用不過來，楊倚雲為減少麻煩起見，索性將李氏父女的股份也認過來了，從此汽車為他一人所獨有，來去更是自由，大家各做各事，也就整個星期不會面。

這一天他因為由月英家裡經過，順道到她家裡來看看，恰好月英父女二人都在家，卻不約而同地笑著叫了一聲稀客。

楊倚雲笑道：「也不算稀客，不過一個禮拜沒有來罷了。」說著話，一挨身靠著月英所坐的那張軟椅坐下。

李旭東怕他們二人還有什麼私人交涉，銜了一根煙捲就搭訕走了。

月英這一兩個月以來，面孔長得越是圓圓的了，兩片玉腮上一層薄薄的血暈，猶如抹了一層胭脂一般。她的頭髮始終剪的是雙鉤式，黑黑的，長長的，一直披到下巴頦邊來，人顯得格外的豐潤起來。

在往日，楊倚雲少不得讚她一聲筋肉美，可是現在看到，倒以為她是發了胖，反嫌拙笨，卻不甚加以注意，只是默然地側面坐著，有一句沒一句地和她說話。

月英看他不像往日那樣意致纏綿，又認為他是墜歡重拾，或者有些不好意思，便笑道：「你是難得來的人了，你來了，我應該好好地招待你一下子，請你稍微坐一坐，我親自做一杯咖啡給你喝，好不好？」

楊倚雲道：「何必自己去忙呢，我們坐著談一會子就是了。」

月英道：「是吧，大概我不如柳姐姐做的好咖啡吧，怎麼你還巴巴地到她家裡去，讓她做咖啡給你喝呢。」

楊倚雲道：「你不要誤會，我不要你做咖啡，是好意，省得你受累……」

月英將頭一擺道：「不要說這樣的話，這樣的話，說給那下流的女子去聽吧。」

楊倚雲冷笑著一抬肩膀，鼻子哼了一聲，口裡雖然沒有說什麼，可是他心裡已經大大地不以她的話為然了。

正在這個時候，樓下嗚喇嗚喇，一陣汽車的喇叭聲，只管叫了出來異常刺耳。月英實在忍不住了，就打開樓窗對著樓下喊道：「阿根，你難道是小孩子嗎？怎麼老弄那個喇叭，弄得非常刺耳。」

那車夫笑道：「李小姐，你現在管我不著了，我是楊先生的車夫，不是你的車夫哩。」說時，手裡按著喇叭，嗚喇嗚喇，又響上了一陣。

他先時按喇叭，月英還認為他是無意，現在這樣一來，分明是有意給人為難了，當時氣得臉色發黃，一句話也說不出來。回過頭來見楊倚雲坐在那裡，還是笑嘻嘻的，就對他道：「這阿根說話，太豈有此理，你非把他辭掉不可。」

楊倚雲道：「他按幾下車喇叭，這也是很小的事。何至於就歇他的工。」

月英道：「按喇叭原是不要緊，可是他說的話，實在不中聽。」因就繃著臉，把剛才阿根說的話，對楊倚雲說了一遍。

他笑道：「這種人，本來就沒有知識，你和他計較些什麼。」

月英道：「當真嗎？難道我的面子還不如一個汽車夫？」

楊倚雲笑道：「這實在是一件不值得注意的事，何必為這一點兒小問題和我一個汽車夫過不去。」

月英見他這樣保護一個汽車夫，心裡非常不平，恰在這個當兒，樓下面那汽車喇叭聲又嗚喇嗚喇響將起來。

楊倚雲道：「這個阿根實在是個淘氣的東西，他還在那裡鬧。」

月英道：「你看看，他這樣鬧，簡直是和我為難，你若不辭掉他，以後你若到我舍下來，就不必坐汽車，免得我沒有面子見他。」

楊倚雲道：「你這話逼我太甚，為了你，我還不能坐汽車嗎？慢說我們不過是平等的朋友，就是你做了大總統，你也不能不許我坐汽車來見你。」

月英道：「你不要斷章取義，把話來壓我，我原來的意思，不是這樣說。」

楊倚雲道：「你不是說，以後不要我坐汽車來嗎？那要什麼緊，以後我不到府上來拜訪就是了。」說時，戴了帽子馬上就要走。

月英道：「我們這樣寒素的人家，哪裡敢望大駕光臨，以後不來，我們也不敢去奉請啦。」

楊倚雲聽她說了這句話，冷笑了一聲，將手一橫，在空中做一個橫割的樣子，笑道：「好，我們畫地絕交。」說畢，氣衝衝地竟自下樓去了。

這一下子，把月英的心都氣碎了，真不知道楊倚雲心腸有這樣硬，為了這一點兒小事，兩個人就畫地絕交，馬上就向床上一倒，哭得死去活來，哭得久了，人昏昏沉沉的，就這樣睡著，不過心裡還是明白的。

當楊倚雲走的時候，李旭東在樓上亭子間裡，就把他兩人爭吵的話聽了一個清楚。這時見月英哭得這樣，心裡也是憤憤不平，說道：「你也不必哭，這總算讓你我長了一番見識，你也不必再去拍電影了，錢沒有賺到，惹了不少的苦，再要去，煩惱更大了。唉，人心難摸啊！到了現在，我才知道少年人是靠不住的了。」

說著這話，背了兩手在屋子裡踱來踱去。

這一篇話說得兜動月英一腔心事，伏在床上，更是哭得厲害。她本來就有點兒病，這樣一來，愁病交集，更是憔悴不堪了。

月英本來是個無愁女兒，都只為要演電影，認識了楊倚雲，惹下了這一場煩惱，若是根本上就不拍電影，哪裡會認識楊倚雲！因這樣一想，她灰心已極。

到了次日，就寫了一封信到銀漢公司的經理處，說是自己的身子不好，時常患病，不能繼續工作，只得辭去職務，在家中休養，將來病體好了，再來合作不遲。公司裡的人，早就知道她和楊倚雲感情弄得很壞，已經沒有精神做事，勉強也是無益，就讓她辭職。

那楊倚雲這一向子被兩個妓女絆住，一天到晚講究遊玩，已不像從前那樣熱心藝術，加上公司裡給他的薪水不過一百二十塊錢，抵不了春萍、飛豔送他一件小小的東西。他對於銀漢公司的職務更是隨便，決定了自己要開的公司，努力開起來。那邊銀漢公司對他就很不滿意，加上這回李月英受了他的騙，大家也有些不平。楊倚雲一想，莫讓公司辭我，面子難看，在月英脫離銀漢公司的時候，他也就寫信辭職。

楊倚雲和月英在銀漢公司總算是兩顆燦爛的明星，忽然之間，兩人同時離去。社會上不明真相，卻猜一個正反，說是他兩人要離開上海，去北京結婚。有些造得更厲害的，更把他們的行為造得進了一步，說他們為了事實的逼迫，不得不提前結婚，雖然他有了神聖的職業，卻也顧不得許多了。

這話傳到月英耳朵裡去了，更蒙著一種重大的侮辱，心裡非常難過。正好是上兩個星期，又在話片公司新灌了兩段歌曲，得了三千塊錢，和父親一商量，好好找一所屋子，讀一點兒書，不要雜居在鬧市了。

李旭東也同意，就在徐家匯路極端找了一所小樓，樓外臨著一條樹樹相接的綠街，進來是鐵柵門的短牆，也有個上三丈見方的敞地，栽著花草，一片石路通到走廊上，這在上海，已經是中等階級住戶，不易找得的所在了。

樓下三間房，李旭東作為會客看書吃飯之所，樓上三間，李旭東占了一間，餘二間就讓給小姐了。月英把一間來做了書房，一間做了寢室，書房是臨街的一間，好在這裡是大街的支路，街上車輛很少，並沒有什麼聲音來吵鬧。

月英買了新舊許多小說，堆在屋子裡消遣。父親是個音樂家，家裡有的是樂器，看小說看煩了，就拿著樂器來解悶，窗戶的牆上爬滿了綠綠的爬山虎，把牆擋得一點兒都看不出來了。綠藤之中，挖著兩個窟窿，那就是窗戶了。

窗戶玻璃裡，垂著兩邊分垂下來的白色窗紗，人要在牆外走，看見綠的白的相襯，知道這裡面大有人在了。有時候，一種悠揚的歌聲從裡傳出來，尤其令人得著無限的美感。

月英住在這樓上，戲也不聽了，電影也不看了，跳舞場也不去了，除了吃飯，並不下樓。有時候，李旭東的客要見月英時，月英也推托著不肯相見，把一個活潑潑的小妹妹變成了一個深居繡樓的千金小姐，每天只有那幾份日報是她和社會接近所在罷了。

上海社會上，一個時代有一個時代的狂熱。這個時候，上海正在鬧電影明星狂，像李月英這樣鼎鼎大名的人兒，自然是全社會所注意的，現在忽然隱姓埋名，不知所在，誰也當作一件新奇事兒來揣度。大小報上，不時有一種離奇的新聞登出來，和事實相去很遠。

李旭東看了很是生氣，月英理也不理，只是一笑置之。每日無事，自按著琴，就在樓窗下曼聲低唱，越悶得慌，也越唱得悠揚婉轉。在樓下經過的人聽到樓上這一種歌聲，也都不免為之悠然神往。

一天，是夕陽將下的時候，月英見那淡黃的日光照在對面布滿了長藤的牆上，藤上的葉大不是從前那樣一片綠油油了，其間也有一兩片焦黃的，遠遠地看去，就含有一種很濃厚的秋意。

俯首一看樓下，草地枯萎了許多，幾棵草本的花也落去不少的葉子，看到這裡，覺得今天有一種說不出來的觀念，於是捲起窗紗，開了窗子，唱了一個秋風歌。

她唱到得意忘情之際，忽聽得樓下馬路上有一陣汽車嗚喇嗚喇之聲，她忽然有一個感覺，樓上聽到樓下的聲音，樓下豈聽不到樓上的聲音嗎，馬上將窗子一關，依然放下窗紗來。

她關窗子的時候，眼睛望著遠處，卻不料緊靠樓底下的一條路上正停著一輛汽車，汽車的主人翁，不是別個，就是楊倚雲。

他還帶著一位得意的女友春萍秘書，這天因為下午沒事，自己開了汽車，和春萍出來兜圈子，走到這裡附近，汽車偏偏出了毛病，因慢慢開著汽車，沿路找修理汽車的地方，恰好月英這樓隔壁就是一家汽車行。

楊倚雲將車開到樓下牆的旁邊，春萍坐在車上沒有下來，他卻叫了車行裡的人來修車，自己在一旁監督著。

正在這個時候，樓上的歌聲慢慢唱了起來，起先幾句沒有聽得清楚，只經兩三分鐘的時間，那聲調很是耳熟，就一個字一個字都聽懂了。那歌音是：

月暈知道風要生，雲開知道天要晴。天地間的事兒都料得定，只有一寸人心無憑準。說它比天地還深，比風兒月兒還不定。

他說暗又明，說死又生。哎呀這可愛又可怕的一顆心。從今不要談什麼恩，從今不要談什麼情。那恩情都能變做冤和恨，只有自己相信。自己是……

楊倚雲不必再向下聽，知道唱歌的人，正是月英，這歌的詞兒本來就十分哀怨，她又唱得極其淒切。靠了汽車，人都聽呆了。

春萍伸了一隻手，搖著他的手臂笑道：「阿楊，你聽聽，這歌唱得多麼好聽啦，這是什麼歌？」

楊倚雲無精打采地笑了一笑，車子修好，給了行裡的錢，坐上車去，剛要開車，抬頭一看，窗子裡伸出兩隻紅袖，露出雪白的手，將窗戶啪的一聲關了。

楊倚雲心裡十分難過，真不可以用言語來形容，開了車便跑，春萍卻說歌好聽，埋怨他沒有聽一聽呢。

# ＊書中字詞考釋

1 羅致：搜羅、招致。
2 掉槍花：比喻施展詭詐手段。
3 傳神阿堵：形容用圖畫或文字描寫人物，能得其精神。
4 佶屈聱牙：字晦澀難解，不通順暢達。
5 克弟：cut，拍攝時表示停止。
6 西崽：舊時對歐美僑民在中國的洋行、餐館等雇用的中國男僕的稱呼。
7 客：量詞，用於論份出售的食品、飲料。
8 瑪麗璧克福：Mary Pickford，1892-1979，極盛時期是美國最美最富有，名氣最大的電影明星。
9 白相：嫖妓；玩弄女人。

# 秘密谷【典藏新版】

作者：張恨水
發行人：陳曉林
出版所：風雲時代出版股份有限公司
地址：10576台北市民生東路五段178號7樓之3
電話：(02) 2756-0949
傳真：(02) 2765-3799
執行主編：朱墨菲
美術設計：許惠芳
業務總監：張瑋鳳

初版日期：2025年5月
ISBN ：978-626-7510-56-8
風雲書網：http://www.eastbooks.com.tw
官方部落格：http://eastbooks.pixnet.net/blog
Facebook：http://www.facebook.com/h7560949
E-mail：h7560949@ms15.hinet.net
劃撥帳號：12043291
戶名：風雲時代出版股份有限公司

風雲發行所：33373桃園市龜山區公西村2鄰復興街304巷96號
電話：(03) 318-1378
傳真：(03) 318-1378
法律顧問：永然法律事務所 李永然律師
　　　　　北辰著作權事務所 蕭雄淋律師

行政院新聞局局版台業字第3595號 營利事業統一編號22759935


國家圖書館出版品預行編目資料

秘密谷／張恨水 著. -- 初版 -- -- 臺北市：風雲時代出版股份有限公司，2025.05- 面；公分

ISBN 978-626-7510-56-8（平裝）

857.7　　114000486